中国古典小说丛书

说唐三传

[清] 无名氏 著

江西美术出版社
全国百佳出版单位

图书在版编目（CIP）数据

说唐三传 /（清）无名氏著. -- 南昌：江西美术出版社，2018.10（2020.5重印）
 ISBN 978-7-5480-6172-4
Ⅰ.①说… Ⅱ.①无… Ⅲ.①章回小说—中国—清代 Ⅳ.①I242.4
中国版本图书馆CIP数据核字（2018）第139083号

出 品 人：周建森
企　　划：北京江美长风文化传播有限公司
责任编辑：楚天顺　李小勇　康紫苏
责任印制：谭　勋

说唐三传
SHUOTANG SANZHUAN
（清）无名氏　著

出　　版：江西美术出版社
地　　址：江西省南昌市子安路66号
网　　址：www.jxfinearts.com
电子信箱：jxms163@163.com
电　　话：010-82093808　0791-86566274
邮　　编：330025
经　　销：全国新华书店
印　　刷：北京长宁印刷有限公司天津分公司
版　　次：2018年10月第1版
印　　次：2020年5月第2次印刷
开　　本：690mm×960mm　1/16
印　　张：25
ISBN 978-7-5480-6172-4
定　　价：58.00元

本书由江西美术出版社出版，未经出版者书面许可，不得以任何方式抄袭、复制或节录本书的任何部分。
版权所有，侵权必究
本书法律顾问：江西豫章律师事务所　晏辉律师

"中国古典小说丛书"出版说明

所谓"古典小说"云者，其义有二焉：一曰，但凡古代之小说，皆可谓之"古典小说"；一曰，但凡技法未受泰西影响之小说，亦可谓之"古典小说"。然此特就今人之观念言之耳。

揆诸坟典，"小说"一词，出自《庄子·外物篇》，其言曰："饰小说以干县令，其于大达亦远矣。"由此观之，庄子所谓"小说"，不过琐屑之言，以其无关道术，故以小说名之耳。

炎汉成、哀之世，刘向、刘歆父子典校秘书，检讨百家学说，取桓谭《新论》"小说家合丛残小语，近取譬论，以作短书，治身治家，有可观之辞"之意，把《伊尹说》《鬻子说》诸书，归为"小说家"之书，而《汉书·艺文志》（以下简称《汉志》）继之。夷考其说，"小说家者流，盖出于稗官，街谈巷语，道听途说者之所造也"（语出《汉志》），此亦非后世之小说也。

唐修《隋书》，其《经籍志》立论本诸《汉志》，以小说为"街谈巷语之说"（《隋书·经籍志》语）。当此之时，小说之名虽同，而其类目稍广，举凡《燕丹子》《世说》《迩说》之属，皆可入诸小说名下。

后晋修《唐书》，其《经籍志》立论与《隋志》无异，以《博物志》隶小说，此为"神异志怪之书"入小说之始。

天水一朝，欧阳文忠公撰《新唐书·艺文志》（以下简称《新唐志》），以《列异传》《甄异传》《续齐谐记》《感应传》《旌异记》等"史部·杂传类"之书移于"小说类"。至是，小说之部类日夥。

及元脱脱修《宋史》，《艺文志·小说类》承《新唐志》之旧而增广之。

明胡应麟以小说繁夥，派别滋多，于是综核大凡，分小说为六类：一曰"志怪"，一曰"传奇"，一曰"杂录"，一曰"丛谈"，一曰"辩订"，一曰"箴规"。至此，小说一类已蔚为大观，脱《汉志》"街谈巷语"之成规。

清修"四库"，《总目提要》（以下简称《提要》）别小说为三派，"其一叙述杂事……其一记录异闻……其一缀辑琐语"，而又损益之。考诸《提要》，则损益可知：一曰，进"丛谈""辩订""箴规"为"杂家"；一曰，隶《山海经》《穆天子传》诸书于小说。小说范围，至是乃稍整洁矣。其分目虽殊，而论述则袭诸旧志。

曩者宋元明清之史志，难觅"平话""演义"之书，此特士夫习气，鄙其为末流所使然也。史家成见，一至于斯。今人刻书，自当脱古人窠臼。

说部诸书，以文体分，有"白话""文言"之别；以体裁分，有"话本""传奇""演义"之别；以内容分，有"佳话""世情""侠义""家将""神魔"之别。细玩其文，既有劝世之良言，亦有"诲淫诲盗"之糟粕，而抉择去取，转成读说部书之第一要务。以此之故，编者特于说部诸书择其精者，辑之而为"中国古典小说丛书"，凡百余种。

然说部之书浩如烟海，其精者又何限于区区百十之数？此次出版，难免遗珠之憾。然能俾读者因之而省择取之劳，进而得窥说部精要，示人以津梁，则尚不违出版"中国古典小说丛书"之初心。

说部之书，多出自书坊，脱误错乱，在所难免，故于"取其精华，去其糟粕"外，尚需广施校雠，始得成其为可读之书。以此之故，编者多方搜罗以定底本，精排其版以美其观，躬自校雠以正讹误，然后付诸枣梨，装订成书，以飨读者。

限于编者学力有限，书中疏漏之处，在所难免，尚祈广大方家、读者诸君不吝批评斧正。凡能指出书中一二谬误者，皆为吾师，吾人不胜感激之至。

戊戌仲夏上浣，邵鹏军序于丰台晓月里

目　　录

第一回
李道宗设计害仁贵　传假旨星夜召回京……………………… 001

第二回
郡主撞死翠云宫　程咬金保救薛礼…………………………… 005

第三回
薛仁贵受屈落天牢　众小儿痛打李道宗……………………… 009

第四回
薛仁贵天牢受苦　王茂生义重如山…………………………… 013

第五回
薛仁贵绑赴法场　尉迟恭鞭断归天…………………………… 017

第六回
徐茂公回朝救仁贵　苏宝同遣使下番书……………………… 021

第七回
唐天子御驾征西　薛仁贵重新拜帅…………………………… 025

第八回
一路上旗开得胜　秦怀玉枪挑连度…………………………… 029

第九回
界牌关驸马立功　金霞关尉迟逞能…………………………… 033

第十回
空城计君臣受困　宝同一困锁阳城…………………………… 037

第十一回
苏宝同大战唐将　秦怀玉还锏身亡…………………………… 041

第十二回
尉迟弟兄遇飞刀　宝同大战薛仁贵…………………………… 045

第十三回
苏宝同九口飞刀　薛仁贵沙场受苦……………………049

第十四回
薛仁贵魂游地府　孽镜台照出真形……………………053

第十五回
薛仁贵死去还魂　宝同二困锁阳城……………………058

第十六回
徐茂公激将求救　程咬金骗出番营……………………062

第十七回
薛丁山受宝下山　柳夫人母子重逢……………………066

第十八回
薛丁山领兵救父　窦仙童擒捉丁山……………………070

第十九回
薛丁山山寨成亲　窦一虎归唐平西……………………075

第二十回
勇罗通盘肠大战　锁阳城天子惊慌……………………079

第二十一回
薛丁山大破番营　苏宝同化虹逃走……………………083

第二十二回
唐天子君臣朝贺　薛仁贵父子重逢……………………088

第二十三回
唐太宗驾回长安府　苏宝同三困锁阳城………………092

第二十四回
飞钹僧连伤二将　窦一虎揭榜求婚……………………096

第二十五回
窦一虎盗钹受苦　秦汉奉命救师兄……………………100

第二十六回
监中放出小英雄　丁山大破铁板道……………………105

第二十七回
番后火鹊烧八将　薛元帅子媳团圆……………………………… 110

第二十八回
寒江关樊洪水战　樊梨花仙丹救兄……………………………… 114

第二十九回
神鞭打走陈金定　梨花用法捉丁山……………………………… 118

第三十回
樊梨花移山倒海　三擒三放薛丁山……………………………… 122

第三十一回
樊梨花无心弑父　小妹子有意诛兄……………………………… 126

第三十二回
薛仁贵兵打青龙关　烈焰阵火烧薛丁山………………………… 130

第三十三回
樊梨花登坛点将　谢应登破烈焰阵……………………………… 134

第三十四回
穿云箭射伤灵塔　薛丁山休弃梨花……………………………… 138

第三十五回
薛丁山身陷洪水阵　程咬金三请樊梨花………………………… 142

第三十六回
薛金莲劝兄认嫂　闹花烛丁山大怒……………………………… 147

第三十七回
樊梨花怨命修行　玄武关刁爷出战……………………………… 151

第三十八回
刁月娥铃拿唐将　师兄弟偷入香房……………………………… 155

第三十九回
仙翁查看姻缘簿　迷魂沙乱刁月娥……………………………… 159

第四十回
刁月娥失身秦汉　窦一虎变俏完姻……………………………… 163

第四十一回
白虎关杨藩妖法　薛仁贵中箭归天 …… 167

第四十二回
唐太宗世民归天　唐高宗御驾征西 …… 171

第四十三回
樊梨花诰封极品　薛丁山拜上寒江 …… 175

第四十四回
难丁山梨花伴死　薛丁山拜活梨花 …… 180

第四十五回
樊梨花登台拜帅　薛丁山奉旨完姻 …… 184

第四十六回
梨花大破白虎关　应龙飞马斩杨藩 …… 188

第四十七回
梨花破关除二怪　秦汉借旗收双徒 …… 192

第四十八回
凤凰山番将挡路　薛应龙神女成亲 …… 196

第四十九回
月娥摇动摄魂铃　梨花灵符破宝伞 …… 200

第五十回
捆仙绳阵前收服　救龟蛇二将腾空 …… 204

第五十一回
苏宝同布金光阵　樊元帅连抢关寨 …… 208

第五十二回
薛应龙劫阵丧命　二刘将公主招亲 …… 212

第五十三回
梨花大破金光阵　产麒麟冲散飞刀 …… 216

第五十四回
丁山神箭射妖龙　应龙芦花为水神 …… 221

第五十五回
窦一虎盗仙剑被拿　樊梨花擒番将释赦……………………226

第五十六回
铁笼火烧窦一虎　野熊摄去二多娇………………………230

第五十七回
二郎神大战野熊　圣母收服二牛精………………………234

第五十八回
芙蓉设计杀朱崖　梨花兵打铜马关………………………239

第五十九回
盗金莺秦窦逞能　摄魂铃擒花伯赖………………………243

第六十回
哈迷王坐朝议敌　梨花观看五龙阵………………………248

第六十一回
樊梨花一打五龙阵　窦一虎求借芭蕉扇…………………253

第六十二回
善才途中战秦汉　五公主阵上收宝………………………258

第六十三回
元帅营中产薛强　善才大破五龙阵………………………263

第六十四回
欢娘刺死花叔赖　梨花兵打玉龙关………………………267

第六十五回
梨花仙法捉宝同　神光扇软窦仙童………………………272

第六十六回
仙翁触动金教主　妖仙大战樊梨花………………………277

第六十七回
教主摆列诸仙阵　二教斗法有高低………………………282

第六十八回
老祖大破诸仙阵　教主群妖俱已逃………………………287

第六十九回
番王纳款朝金阙　圣主班师得胜回……291

第七十回
丁山奉旨葬仁贵　应举投亲遇不良……295

第七十一回
劫法场御赐金锤　鞭张保深结冤仇……299

第七十二回
众英雄大闹花灯　通城虎打死内监……304

第七十三回
御花园打死张保　劫法场惊死高宗……309

第七十四回
武后下旨捉丁山　三百余口尽遭灾……313

第七十五回
薛刚一扫铁丘坟　武则天借春天顺……318

第七十六回
骆宾王移檄起义　薛刚二扫铁丘坟……323

第七十七回
薛刚三扫铁丘坟　西唐借兵招驸马……328

第七十八回
张君左秦府出丑　九炼山薛刚团圆……332

第七十九回
武三思四打九炼山　程咬金夜劫周营寨……337

第八十回
尉迟景鞭打太阳枪　净道人圈打众英雄……341

第八十一回
俞荣丹药救诸将　武三思月下遇妖……345

第八十二回
莲花洞徐青下山　三思五打九炼山……350

第八十三回
武三思大败回京　薛蚪走马取红泥…………………………… 355

第八十四回
薛蚪兵打临阳关　薛孝争夺打潼关…………………………… 360

第八十五回
盛兰英仙圈打将　美薛孝帅府成亲…………………………… 365

第八十六回
驴头揭榜认太子　梨花仙法斩驴头…………………………… 370

第八十七回
狄仁杰一语兴唐　唐中宗大坐天下…………………………… 374

第八十八回
笑煞程咬金哭煞铁牛　打开铁丘坟报仇雪耻………………… 378

第八十九回
山后薛强遇旧友　汉阳李旦暗兴师…………………………… 381

第九十回
仇怨报新君御极　功名就薛府团圆…………………………… 384

第一回

李道宗设计害仁贵　传假旨星夜召回京

　　前言说到薛仁贵大小团圆，今不细述。且说程咬金进京复旨，君臣相会，朝见已毕，退出朝门，回到府中。裴氏夫人接着说："老相公辛苦了。"程咬金道："如今这个生意做着了，果然好钦差！落了有三万余金，再有个把做做便好。"老夫人道："有利不可再往。如今你年纪高大，将就些罢了。"吩咐备酒接风。程铁牛过来，拜见父亲。孙儿程千忠也来拜见祖父，他年纪止得十三岁。今日夫妻儿孙吃酒，是不必说。次日自有各公爷来相望，就是秦怀玉、罗通、段林等。徐茂公往河南赈济去了，尉迟恭在真定府铸铜佛，也不在。唯有魏丞相在朝，他是文官，不大来往，唯以程咬金是长辈，也来相见。坐满一殿，上前见礼，程咬金一一答礼。程铁牛出来相见，把平辽王之事说知。众公爷辞别起身，各归府中。又有周青等八个总兵官，一同到来问安。问起薛大哥消息，程咬金道："他有两个老婆，又有女儿，兴头不过，不必挂念。"周青对姜兴霸、李庆红、薛贤徒、王心鹤、王心溪、周文、周武说："如今在长安伴驾，不大十分有兴。薛大哥在山西镇守，要老柱国到驾前奏知，保我等往山西一同把守，岂不是弟兄时常相会，操演武艺，好不快活，胜似在京拘束。"程咬金道："都在老夫身上。"周青等叩谢而出。

次日五更上朝，天子驾坐金銮，文武朝见已毕，传旨："有事启奏，无事退班。"程咬金上殿俯伏，天子一见龙颜大悦，说："程王兄有何奏闻？"程咬金奏道："老臣并无别奏，单奏周青等总兵，愿与薛仁贵同守山西全省，还要封赠樊氏夫人、王茂生等。"传旨："依王兄所奏，卷帘退班。"龙袖一转，驾退回宫。文武散班，程咬金退出朝门。周青等闻知，不胜之喜，到衙门收拾领凭。八个总兵官辞行起程，文武送行，离了长安，径到绛州，至王府与薛大哥相会。王茂生实授辕门都总管，柳氏原是护国夫人，樊氏封定国夫人。王府备酒，弟兄畅饮，自有一番言语，不必细表。

次日薛仁贵传令，八位总兵官各处镇守，以下副总、参将、都司等官，都是总兵掌管。果然仁贵到任以来，四方盗贼平息，境内太平，年岁丰稔，安乐做官，不必细述。

再说长安城中，有皇叔李道宗成清王在朝，晓得薛仁贵在山西镇守，朝廷时常赐东西，袍带、盔甲、名马等项，自不必细说。这日回到银銮殿中，想起那薛仁贵，朝廷如此隆重，执掌兵权，镇守山西，手下又有八个总兵。我只生一女，名唤鸾凤，年方十七，是元妃所生，才貌双全。意欲招他为婿，使他退了前妻，难道他不从？但是张美人与他有仇，因他将张士贵子婿五人斩首，每每对我哭哭啼啼，要报冤仇。想那薛仁贵没过失算计他，不如且回宫中，将此事劝他。算计已定，退回宫中。来到安乐宫，张妃朝见，宫娥备办筵席，李道宗朝南坐着，下首张美人相伴，采女敬酒。酒过数巡之后，已到二更，退回内宫，与张妃安寝。成清王与朝廷只差一等，也有内监、宫娥采女，东西两宫，殿前有指挥，一人之下，万人之尊，此话不表。

次日王爷起身梳洗，用过了早膳。张妃流泪说："父兄惨死，请千岁与贱妾复仇，杀得薛仁贵，方泄胸中之恨。"成清王道："孤家岂不知之，但仁贵朝廷十分隆重，朝廷大小爵王俱是他心腹。左丞相魏征、鲁国公程咬金在朝,圣上最听信。他无过失,难以寻他短处。倘然有反叛之心,孤家就好在圣上面前上本。如今一些响动无有,难以动手。今孤家倒有心事,我家郡主鸾凤未招佳婿,意欲招仁贵为婿,使他休了前妻。若然允了便罢,若然不允,说他欺骗亲王,强逼郡主,私进长安。此节事就好摆布他了。"张妃听得呆了,心想:"这岂不让他因祸而得福了?只得含糊答应,待我与张仁商议,他足智多谋,又是我赠嫁,他屡屡要报老爷之仇,忿忿不平。"于是勉强对王爷道:"千岁之言不差,也要从长计较。"王爷说:"美人之言不差。"传旨令带了兵丁出长安打猎去了。

张妃忙宣张仁。那张仁黑碜碜一张糙脸,短颈束腮,犬眼鹰鼻,颔下六撮胡须,其人刁恶多端,奸巧不过。随了张妃来到王府,成清王看他能事,凡事与他商议,言听计从。听得娘娘传宣,他头戴圆顶大帽,身穿紫绢摆开直身袍,粉底乌靴,来到宫中,口称:"娘娘,奴才叩见,不知呼唤奴才有何事干?"张妃道:"张仁,你悉知老爷、公子、姑爷都被薛贼陷害,夺了功劳。昏君听信,不念有功之臣,竟将我家满门屈杀,倒封薛贼做了王位,十分隆重。我想起来,此仇何日得报?今日千岁要把郡主招他为婿,如今想起来,此事怎样处?故此特地唤你到来,与我定下一计,须要摆布他才好。"张仁低头一想,说:"有了。郡主又不是娘娘所生,须要……如此如此,这般这般。"张妃听了大喜,命张仁出去,候大王回来听宣伺候。

再说王爷回归府中,张妃接着王爷,又说此事,说:"千岁须要与张仁商议,他极有高见。"王爷听了,忙唤张仁。张仁听唤,来到宫中,叩头已毕,立起身来,说:"大王呼唤奴才,有何吩咐?"王爷道:"孤家有一事与你商议,但不知你主见如何?"张仁道:"千岁有什么事,说与奴才知道。"王爷道:"孤家想将郡主招薛仁贵为婿,事在万难。"如此如此。张仁道:"这不难,千岁要招仁贵,他已有二位夫人,定然不顺。莫若假传一道旨意,骗他进长安。待奴才邀到王府,他顺从便罢，若不顺从，王爷将酒灌醉，五更上本，说他私进长安，闯入王府，有谋反之心，今已擒拿，候万岁发落。凭他认了什么罪，难道万岁叔父倒弄不倒仁贵不成？此计如何？"王爷听了大喜道："张仁此计倒也绝了，公私两尽。若不成，王府宫中之事，外边也不晓得。倘不允，也报了张美人杀父之仇，摆宴饮酒。"张妃在旁极口称扬。这老头儿就该死，难道将女儿做成这勾当？当晚就在张妃宫中歇息，来朝与张仁做成旨意，差官往山西，此话不表。

再说薛仁贵在山西，太平无事，与二位夫人朝朝寒食，夜夜清明，已经一载，四方宁静。这一日正坐银銮，忽探子报进，说："圣旨下。"仁贵吩咐快开中门，忙摆香案，接进天使。天使当殿开读："奉天承运，皇帝诏曰：朕念卿救驾之功，思念之深。朕忽有小恙，召卿来京，君臣相见一面，作速来京。钦此。"仁贵谢恩道："我皇万岁，万岁，万万岁。"一面香案供着圣旨，一面相待天使问："圣恙如何？"天使道："前日龙驾危险，如今天子幸好了，故此召平辽王进京，朝廷还有圣谕。"仁贵听了，吩咐总管王茂生："武官各守汛地，文官不必相送。本藩连夜进京，二位夫人不必想念。君命召不俟驾而行。"即同天使上了赛风驹，离了绛州，一路星日星夜竟往长安而来。不知吉凶祸福，且听下回分解。

第二回
郡主撞死翠云宫　程咬金保救薛礼

　　却再讲天使，原是张仁扮的，假传圣旨。仁贵见旨上说圣上有恙，故不敢耽搁，此乃仁贵一点忠心。不多日，来到长安，进了光大门，走近成清王府前，有一班指挥相迎，邀进了府中。仁贵不知是计，竟到银銮殿，同这假天使，朝见王爷，口称千岁。王爷见了大悦，吩咐内监办酒，邀入宫中。说："薛平辽在山西辛苦，朝廷想念，孤家无日不思。今日来京，特备水酒与平辽王接风。"仁贵道："承老千岁美意，但是臣未见天子，不敢从命。待见过万岁，然后领情。"王爷苦苦相留。仁贵只是不允。天使道："大王相留，平辽王不必推却。少不得下官原要与你同去复旨，今日天色已晚，明日五更朝驾，大王也要进朝。暂且相留，却是老大王美意。"仁贵听了他劝，信其实意，上前谢了大王，然后安席。大王主位，天使同仁贵坐了侧席，仁贵告礼坐下。席中笙箫盈耳，灯烛辉煌，珍馐百味。太监上前敬酒，天使又在旁相劝，杯杯满，盏盏干。仁贵吃的是药烧酒，不好落肚的；大王与假天使吃的是平常酒，酒壶有记认的，仁贵落了他们圈套。直饮到三更时，仁贵吃得大醉，不省人事，睡在地下。王爷传旨："一面撤去筵席，闲人赶出外面，然后将仁贵绑出。明日见驾就说仁贵私进长安，闯入王府，行刺亲王，此节事就可处死他了。"张妃道："这节事不稳，倘然朝廷问起，说怎么私进长安，他说奉旨钦召来京。天使是假的，圣旨也是假的，说闯入王府行刺亲王这节事，一发无影无踪。况且朝中鲁国公程咬金，圣上最亲密的。秦怀玉、罗通、尉迟宝林、宝庆又是他心腹。倘反坐起来，就当不起了。"王爷听了这话，目瞪口呆，忙说："坏了！坏了！如今怎么处？"张妃道："如今木已成舟，悔已迟了，想出一个妙计才好，还是张仁你去想来。"张仁原要王爷上当，说："果然娘娘虑得到。朝廷追究根由，奴才这狗命，虽万剐千刀情愿的，但是大王金枝玉叶，遭其一难，甚为可惜。"李道宗听了发抖说："依你便怎样？"张仁道："如今事不由己，只得如此如此。"大王无可奈何，将仁贵抬进翠云宫，放在郡主娘娘床上。郡主一看大怒，说："父王听信妖精，将丑事做在我身上。"大哭一场，一头撞死在房中，血流满地。家人忙报知千岁。张妃好不喜欢。李道宗凄然泪下，说："害了女儿，可恨薛礼这厮，我与他不共戴天！"忙乱了半夜，传殿前指挥，将仁贵发到廷尉司勘问。那廷尉司奉承王府，将仁贵百般拷打，昏迷不醒。乃用大刑，将锡罐盘在身上，用滚水浇进，其身犹如火烧，他只是不醒。正在那里审问，郡王们都晓得了。秦怀玉听报大惊说："反了！反了！从来没有这般刑法。若见了朝廷，自有国法，怎么私下用刑？"吩咐殿前侍卫，速到廷尉司将薛爷放了，不必用刑。侍卫奉了驸马爷之命，来到与廷尉司讲了。他惧怕驸马，只得放了仁贵，所以没有得到仁贵口供。

次日，太宗圣驾坐朝，文武百官朝参毕，班中闪出一位亲王。皇叔头戴闹龙冠，身穿黄袍，足下乌靴，执笏当胸，上前哭奏道："陛下龙驾在上，老臣有事，冒奏天颜，罪该万死。"天子道："皇叔有何事启奏？"李道宗道："老臣只生一女，名唤鸾凤。不想薛仁贵昨日私进长安，闯入王府。老臣将酒待他，他强逼郡主为配，老臣回绝了他。不想他竟闯入翠云宫，将小女强逼。小女立志不从，他竟拿起台上端砚，当头就将小女打死。现今血流满地，尸首尚存。"说完亲手将本送上。天子听奏，龙颜大怒，又将本在龙案看过，暴跳如雷，说道："这逆贼，行此不法之事！擅敢私离禁地，私进长安，闯入王府，竟将御妹打死。寡人不斩这贼子，埋没了萧何法律！"天子怒发冲冠，喝叫指挥："将逆贼绑出法场枭首，前来缴旨。"指挥领旨，竟到廷尉司，将仁贵绑缚牢拴拥进朝门。仁贵还是昏迷不醒。那些众臣子一见，哪里知道曲折之事，不知仁贵犯了何罪，皇上如此大怒，立刻要把他斩首。内中又有尉迟宝林兄弟等，好似天打一般，乱箭钻心。把皇上一看，又不敢保奏。程咬金见陛下大发雷霆，又不敢救他。只见仁贵推出午门，竟往法场去了，只得闪出班来，大喊"刀下留人"。午门前指挥回头一看，是鲁国公保救，只得站住了脚。程咬金连忙跪下，说道："陛下在上，仁贵犯了何事，龙颜如此大怒，要把他处斩？"皇上说："程王兄不知细故。"就将此事说明，"王兄你道该斩不该斩？"咬金道："万岁还要细问，不可斩有功之臣。"众公爷又上前俯伏保救。皇上道："诸位王卿、御侄在此，都去问他，为何打死御妹。"秦怀玉等谢了恩，离了金阶，来到午门，见了仁贵问道："大哥，此事因何而起？"仁贵原是不知人事、满身打坏，低了头，被两旁指挥扯定，一句话也没有。众公爷也没法，只得复旨道："人是打坏的了。"皇上哈哈冷笑说："这个十恶不赦之罪，斩首有余，王兄还要保什么？"咬金看见皇上赦是一定不肯的，且保他下落天牢，另用计相救。又奏道："他跨海征东，有十大功劳，万岁可赦其一死。"万岁道："虽有功劳，封平辽王已报之矣，今日因奸打死御妹，朕切齿之恨，王兄且退班。"咬金没法，只得说："陛下，他在三江越虎城滩上救驾，又在长安救了殿下，百日内两头双救驾，功盖天下。念此功劳，将他暂监天牢，百日之后处斩。"皇上听了："准奏，以后不可再奏，恼着寡人。若有人后来保奏，一同斩首。"传旨放绑，下落天牢。文武谢恩退班。驾退回宫。

成清王回府与张妃说知:"圣上大怒,立刻处斩。因有程老头儿苦苦保救,如今下落天牢,百日之后枭首。"张妃听了流泪道:"倘有百日之后,圣上回心,又有一番赦免,怎么处?只是不能报父兄之仇。"王爷说:"美人不必悲伤,他害了我女儿,此恨难消。慢慢在圣上面前奏明,定将他处斩。"遂吩咐开丧,收拾女儿尸首。不知后事如何,且看下回分解。

第三回

薛仁贵受屈落天牢　众小儿痛打李道宗

再说仁贵下落天牢，才得苏醒，满身疼痛，对禁子道："这是哪里？"禁子说："千岁你还不知。"就将如此长短一一说明。仁贵听了说："昨晚我在王府饮酒，怎么因奸打死御妹？此事没有因头，分明中了奸王之计。若无程老千岁相救，我必有杀身之祸。我府中二位夫人怎得知道？恩哥恩嫂未得报知。李道宗如此害我，不知有何冤仇。罢！罢！唯命而已。"

不表仁贵在牢中受苦，再说那一班公爷都到程千岁府商议。咬金道："侄儿们且回去，一面差人先到牢中探望，倘圣上回心就好相救了。"众公爷称是，都回府中。只有秦怀玉同了尉迟宝林进牢相望。禁子见了驸马即忙叩头，开了牢门，放进二位。外面跟随之人，不容进去。秦怀玉、尉迟宝林，见里面俱是披枷带锁的囚犯。又到了一处，原是干净一个房子。狱官出来跪接。二人吩咐："你且回避，不要伺候。薛爷在哪儿？"回禀在那里面。二人走进，一看仁贵身上刑具，实是伤心，叫声："哥哥，为何受了这般苦楚？"仁贵抬头一看，见了二位，便大哭说道："兄弟，愚兄有不白之冤，要与兄弟讲明。"立起身来见礼，拜谢救命之恩。二人说："哥哥不必如此，你且讲来。"仁贵把天使钦召进京，王府相留饮酒，以后之事，并不晓得。秦怀玉道："你中了奸王之计。张士贵之女与李道宗为妃，恨你杀了他父兄，他在奸王面前做成圈套。圣上有甚小恙，哪里有天使相召，他是将女儿逼死，陷害你强奸郡主，将砚打死。圣上龙颜大怒，竟无宽赦。程叔父保救一百天，倘圣上回心，我等保救出狱。"仁贵道："二位哥哥，不消费心，君要臣死，不得不死。奸王将女儿污吾，圣上岂不大怒。吾若一死，赴到阴司，决不饶他。烦致谢程老柱国，我薛礼生不能补报，来生犬马相报。"秦怀玉说："哥哥何出此言！"

再说那张仁，打听得驸马公爷在监相望，报知千岁。道宗听了大怒，忙差人到监中禁约，一面抱本上殿奏知。天子传旨："差指挥到天牢，说薛仁贵是钦犯。若有人到监，统统与本犯一起治罪。"狱官接旨开读，秦、尉二位无奈，只得出监回府。从此监牢紧闭，牢不通风。就是罗通等到来相望，也不能够了，只得差人暗暗送饭。王爷又晓得了，对张仁说："如今怎么摆布他？"张仁说："千岁，他同党甚多，哪里绝得米粮！若要绝的，只要大王亲驾守住牢门，不容人送饭。十天之外，绝了他的食，就饿死了。况且他斗米一餐，哪里挨得三天。愿王爷明日就去。"道宗听了大喜，张妃又在旁撺掇。果然次日道宗带了家将，竟到监门守住，十分严密。禁子哪里用得情来，如此守了一天，次日又到临门把守严密，差人守住牢中，禁子不许进内送饭，候王爷查明，十分紧急。

秦怀玉闻知了，十分着急，无计相救。怀玉正在着急，报说罗千岁等到来相望。怀玉接进殿前，有罗通、尉迟宝林、宝庆、段林、程铁牛等，坐满一殿。罗通开言说："薛大哥此事，如今怎样相救？"宝林道："如今绝食要饿死的，我们无计可施，特来与大哥商议。"程铁牛道："我家老头儿也无主意。"怀玉说："圣上十分不悦，皇叔做了对头，如今绝了食，要饿死了。待进了食，然后另寻别计，就好做了。如今奸王守卫监门，哪里容得进去！这便如何是好？"大家在殿上议论纷纷，不能一决。只见殿后走出一个小厮，年八九岁，满身丽华，面如满月，鼻若悬胆，还是光着头儿。来到殿前，对着众人说："伯父叔叔，要救薛伯父，待侄儿救他，使他不能绝食。"怀玉听了大喝道："小畜生还不进去，满殿伯叔，俱不能有计，要你出来胡说！"小厮他却不走，对着怀玉说："爹爹不依，看你众人怎么救法。"笑了一声，走进去了。那罗通说："此子何人？"怀玉道："不瞒诸位兄弟说，小弟有两个孩子，一个名唤秦汉，年纪三岁时，在花园玩耍，被大风刮去，至今并无下落，公主十分苦楚。方是二小儿，名唤秦梦，才年八岁，公主爱惜如珍。小弟只有此子，方才出来无礼，兄弟们莫怪。"众人道："原来是侄儿，年少如此高见，后来必成大器。"怀玉道："不敢。"

再说秦梦出了后门，吩咐家将，请各府小将军，罗章、尉迟青山、程千忠、段仁等，都是八九岁，平日嬉游惯的，有十多个，闻得秦梦相请，都到秦府后门，见了秦梦说："二哥，今日呼唤吾等到来，向哪儿玩耍？"秦梦道："兄弟们，吾有一事，要与你们同去。"将薛伯父如此长短，要去打那皇叔之事一说。小英雄听了高兴说："快快吩咐家将，不必随从。"兴兴头头来到监门，果然道宗见了这般小厮说："此是什么所在，擅敢来探！"吩咐手下打开。这班小英雄听见来捉，倒也乖巧，忙动手，见一个打一个，打得那些王府家将，头青脸肿，没命地跑了。剩得李道宗，被秦梦当胸一把扭住，面上巴掌乱打，胡须扯去一半，小拳头将皇叔满身打坏，跌倒在地，只叫饶命。秦梦道："今日才认得秦小爷。"恐防打死了，弄出事来，说："饶了你老狗头罢。"这道宗好像落汤鸡。又见罗章等将车轮轿伞都打得粉碎，说："兄弟们去罢。"打得这模样回去各自回府。

再说那李道宗爬起身来，满身疼痛，胡须不见了一大半，黄冠蟒袍扯得粉碎，乌鞭劈断，忙唤家将。只见那些家丁一个个犹如杀败了的公鸡，强了头颈，俱喊疼痛。道宗骂道："狗才！为何都躲过了？看见孤家被人打得这个模样,回去处死了你们!"家将道:"大王不看见么,小人们被他都打坏了,性命都不保。这般人年纪虽小,力大无穷,小人才动得手,被他一拳一脚,哪里当得起。"李道宗道:"如今不必讲了。为首的是秦怀玉之子,我明日上本奏他,如今轿伞都打碎了,就扶我回府去罢。"家将忙扶了王爷回府,与张仁商议,连夜修成本章,待五更上朝,奏明圣上。不知后事如何,且看下回分解。

第四回

薛仁贵天牢受苦　王茂生义重如山

　　再说秦梦回至后门,心生一计,将鼻子一拍,又将三角石头将头磕破,满面流血,大哭进房,见了公主哭倒在地。公主看见忙问:"孩儿被何人打得这般?说与母知。"秦梦道:"孩儿被李道宗打坏。"公主听了,柳眉倒立,信以为真,便吩咐摆驾。内侍、宫娥依旨。公主上了金銮,带着宫娥、宫监出了后门。进了后宰门,来到保身殿。见了长孙娘娘,朝拜已毕,皇后传旨平身。公主谢了恩,立起身来,金墩坐下。长孙娘娘说:"公主女儿,又不宣召来到,必有缘故。"公主禀说:"那皇叔十分无礼。外孙年少,偶然走到牢门,只见皇叔在那儿把守,竟唤家将把外孙打坏。特来奏明父王。女儿况且只生一子,念他祖父、父亲,要与孩儿出气。倘若死了,要李道宗偿命的。"唤秦梦过来,拜见娘娘。秦梦见了皇后大哭。娘娘看见外孙被打得头破血流,十分爱惜,说:"孙儿不必如此悲泪,外祖母都晓得了。"正在那儿讲,忽报驾到,长孙娘娘与公主俯伏接驾。天子问道:"御妻,为何皇儿也在这儿?"公主奏道:"父王,孩儿被人打伤,特来奏知。"万岁道:"皇儿乃朕的外孙,哪个敢打?"公主说:"我儿过来,朝皇外祖。"秦梦年小伶俐,见了万岁,啼啼哭哭上前来奏说:"孙儿出外游玩，偶然在监门经过，闻得薛伯父在监，看一看，只见成清王守住监门，要绝他的食。这也罢了，竟将孙儿毒打，要将吾拿去处死。亏了孙儿逃得回来，奏明皇外祖。"圣上看了，果然有伤。公主又奏道："他祖父秦叔宝东荡西除，打成唐朝世界，就是驸马也有一番功劳，望父皇做主。"万岁道："甥儿你总会生事，所以有这番缘故。"公主又奏道："父皇，看孙儿年纪才八岁，皇叔居尊上，难道小童打了老的不成？"长孙皇后又在旁边帮忙说："果然不差。八岁的小孩，难道倒打了皇叔？"圣上说："知道了。"一声传旨："退宫与皇儿解愁。"命左右置酒在宫宴饮。

再说贞观天子五更三点，景阳钟撞，龙凤鼓敲，珠帘高卷。底下文武朝见已毕，谢恩退班。只见班中闪出一位大臣，当殿跪下，奏道："臣成清王李道宗有本奏明。"万岁道："奏来。"成清王奏道："秦怀玉纵子秦梦将老臣毒打，胡须扯去大半，蟒袍扯碎，遍身打坏。还有行凶多人，要万岁究出处治。"圣上一看，果然皇叔胡子稀稀朗朗，面上俱是伤痕，蟒袍东挂一片，西挂一片。朝廷因昨日公主先已奏明，是晓得的，开言叫声："皇叔，你在哪儿被秦梦打的？秦梦年方八岁，倒来打你，毕竟在外多事。"李道宗道："老臣不过在天牢门首经过，被他殴打，万望圣上详夺。"朝廷道："姑念你皇叔，不来罪你。你守着监门，要绝仁贵的食，而朝廷自有国法，百日之内少不得偿御妹之命。本也不必看了，拿去！"竟丢了下来，天子龙袖一卷，驾退回宫，文武散班。只有李道宗满面羞惭，被秦梦打了，还被圣上道他不是，只得闷闷回去。

再说怀玉这一班在朝看见李道宗抱本上殿，只见他唇上胡须都不见了，满脸青肿，一双眼睛合了缝，奏出许多事来。众人都捏把汗，听得圣上不准，才放下心。一齐来到秦府，差人到监门打听，果然不差。就密密与禁子商议，暗暗送饭。这仁贵如今有命了，差人回复驸马，秦怀玉等欢喜，秦梦走出外面，来到殿上，见了这诸位，叫声：

"伯父、叔父，倘没我，薛伯父真要饿死。"秦怀玉道："畜牲！几乎弄出事来，皇叔是打得的么？倘打死了，为父的性命活不成了。"秦梦道："孩儿打他不是致命处！要打死他有什么难处。"罗通道："果然侄儿主意不差。"秦梦道："罗叔父说的极是，我去也。"就往里头去了。秦梦伤是外伤，头是自己砍伤的，停了一天就好了。再说银銮殿上，这班公卿称扬秦梦，商议要救仁贵，无计可施，只得各自回府，慢慢地与程伯父计较。

且讲仁贵进京时，家将跟随，见王府邀进。家将在外闻了这个消息，耽搁了数天，有程千岁保救，下落天牢中，连夜回到山西，报知王茂生，如此长短，一一说了。王茂生大惊，忙进后堂报与二位夫人听了，二位夫人昏倒在地。樊员外忙来相劝，扶起柳氏夫人。王茂生说："二位夫人不必悲伤，如今我要赶到京中与奸王拼一拼。"换了青衣小帽，带了盘缠，吩咐妻子："好生伺候二位夫人，防奸王又生别计，来拿家小。"员外道："此刻不必费心，朝中大臣自有公论，决无有累家属。王官人放心。"茂生含泪别了二位夫人，竟上长安，端正告御状不表。

再言八位总兵，晓得这个消息，也无可奈何，只俱暗差人来京打听。王茂生一路风惨雨凄，到了长安，进了这光大门。又走了数里，只见前面喝道之声，乃是程老千岁朝罢回来，乘了八人大轿，一路下来。看见王茂生乃认得的。命左右唤他到府中来。左右领命，上前唤王茂生先到府中。咬金回府，到后堂唤王茂生进来问道："你来京做什么？"王茂生见了咬金叩头说道："老千岁，我是一个小人，明日朝中告御状，就死也罢。况且我兄弟正人君子，不做这样污行。奸王听信张妃，将女儿陷害。圣上不明，反将有功之臣处斩，此理不明。明日与奸王拼命。"咬金说："我都知道，朝中多少公侯，尚不能救他，御状切不可告。倘动了圣怒，你的性命难保，平辽王反要加罪了。且到监中望兄弟，待吾寻计相救就是了。"茂生听了，谢了千岁。如今是午饭时候,同了众将竟往天牢。禁子不肯放进茂生,茂生多将银子相送,然后进监,与仁贵相会,抱头大哭,言讲了半日。禁子催促起行,无奈回到程府。明日又到牢中送饭。天天如此,程咬金想:"这一百日能有几天,倘然到了日期,焉能保救?吾一面修书二封,差人往汉阳府报知徐大哥,真定府报知老黑,待他二人到来,就好相救了。"

　　不表差人望二处投递,却说英国公徐茂公在那儿救饥,一见来书,要去保救薛仁贵的事,他晓得阴阳,算定薛仁贵有三年牢狱之灾,早了救不得,忙回书付原人带回。差人接了回书,竟到长安。来到府中,咬金接了忙取回来打开一看,书上说:"朝中现有魏大哥同众兄弟还可相救,要我无用。"竟回绝了。咬金说:"坏了!坏了!"怀玉道:"老叔不必着忙,还有尉迟老叔到来,就可有救了。"又等了数天,尉迟恭不到,好生着急。为何尉迟恭不到?如今一百日相近,故此着急。汉阳府是旱路多,水路少,来得快。真定府是水路多,旱路少,来得慢。尉迟恭何日到来?救得成救不成,且看下回分解。

第五回

薛仁贵绑赴法场　尉迟恭鞭断归天

再讲尉迟恭奉旨在真定府铸铜佛，还未完工。看了咬金来书，十分震怒。忙将公事交与督工官，带了从人，不分星夜，竟往长安。来到府中，三位公子，同了黑白二位夫人接着。尉迟恭问起情由，宝林、宝庆就将事长事短说明。老千岁一闻此言大怒，说："哪有此事！圣上昏迷，忘了有功之臣。罢了！我明日进朝，先要扳倒奸王，必要救出仁贵。如不然有打王鞭在此。"等不到五更，三更就上朝了。二位爵主相随来到朝房，百官还未到。黄门官听报虢国公尉迟老千岁上朝来，吩咐开了午门。老千岁来到朝房坐定。不多一刻，百官都到了，上前参见。鲁国公程咬金、驸马秦怀玉并那殿下罗通一班小公爷都到了，上前参见。程千岁叫声："尉迟千岁，来得正好。仁贵受了奸王屈陷，吾保救监牢中一百天。如今限期将满，要你相救。"尉迟恭说："老千岁，某家特为此事，星夜赶回。吾今日上朝，少不得与圣上奏明，无有不赦之理。"那倒运的奸王也在朝房，听得此言，忙出来到尉迟恭面前，叫声："黑匹夫，薛贼犯了大罪，你在此胡言乱语。"尉迟恭一见李道宗，怒从心头起，恶向胆边生，喝声："奸王，唐朝哪有你这不争气的！自己亲生女儿，将奸情污他，羞也不羞？还有何颜立在朝房，还不回去。"李道宗听了这番羞辱，心中大怒，说："黑贼！你擅敢得罪亲王，罪该万死！少不得要凌剐你。"尉迟恭听了说："你剐我，我先挖你这双眼睛看看。"李道宗看见，就把袍袖一遮，把头一仰。尉迟恭两个指头要挖他眼睛，他袍袖长大，竟将他两个门牙捺落了，满口鲜血，疼痛不过，说："反了！反了！黑厮擅打亲王。打落门牙，与你一齐面君再说。"尉迟恭原是莽夫，见道宗满口流血，倒着了急。程咬金说："果然打亲王，老臣见的。大王快将牙齿给我做贼证，少不得上朝要见驾，老臣是个见证。"李道宗只道他好意，就忙将两门牙交与咬金。咬金拿来，竟往朝门外抛了去，无影无踪。皇叔见了说："你们这班都是一党；将吾门牙抛哪儿去了？拿来还我！少不得面君。"咬金哈哈大笑道："大王你进朝门，年纪高大，性急了，跌落了门牙，与老黑什么相干？"尉迟恭看见程咬金丢了门牙，他就胆大了，说："你自己性急跌落门牙，不要来欺诈。"李道宗听了一发大怒说："打脱了我门牙，倒来说反话。"咬金对文武百官道："那大王方才进朝，自己跌落了这个门牙，你们都看见了么？"百官听了也不好说跌，也不好说不跌，只把头点点。咬金道："自己跌了下来，倒来诈人！"

只听净鞭三声，驾坐早朝。文武朝见，三呼已毕，退班就位。只见鄂国公当殿见驾。圣上一见，龙颜大悦，说："朕久不见卿，想是完了工，前来缴旨么？"尉迟恭上前奏道："尚未完工。久不见龙颜，老臣前来，有表上奏朝廷。"下面成清王李道宗，见他要保救仁贵，倘圣上准了怎么处？只得也上金阶奏道："尉迟恭不奉圣旨，私进长安，在朝房擅打亲王，将老臣打落两个门牙，望万岁处置。"尉迟恭奏道："皇叔进朝房时跌下马来，撞落门牙，现有文武百官、鲁国公程咬金等都见的。"圣上听了半信半疑，宣鲁国公上殿。咬金走上金阶，跪下俯伏。圣上说："王兄，此事如何？"咬金奏道："皇叔进朝性急，年纪高大，在马上跌下来，偶然跌落门牙是真的。"万岁听了此言，低头一想，说："皇叔退班。"李道宗又吃了一番大亏，只得退在班中。朝廷细看了尉迟恭本章，说："尉迟王兄，薛仁贵因奸不从，打死御妹，朕甚可恨。曾降旨，若有保救者，与本犯同罪。王兄与朕患难相从，焉肯舍卿。"传旨："殿前指挥，速取牢中薛仁贵，午时三刻处斩，前来缴旨。"指挥奉旨，往牢中将仁贵绑缚停当，送往法场去了。王茂生一见大哭，到法场活祭。

再言尉迟恭听见本章不准，反将仁贵绑赴法场，吩咐左右抬鞭来。左右忙将鞭取过，尉迟恭接了忙上金阶说："圣上既不准老臣之言，为何又将仁贵立刻斩首？这鞭乃先皇所赐，有几行字在上，求万岁龙目亲看。"天子只做不听得，传旨退回宫。尉迟恭好不着急，难道为臣子的，拿起鞭来打君王不成？没有此理。尉迟恭没法可施，在万岁后面，一路随了，口中大叫说："万岁要赦薛仁贵的罪。"朝廷进了止禁门，将门闭上，要进里头不得了。尉迟恭没法可施，只得对着门上高叫："薛仁贵有十大功劳，征东血战十二载，海滩上又有救驾之功，万望万岁准老臣之言，放了薛仁贵，不然有功之臣心中不服。老臣冒奏天颜，伏乞圣恩宽赦。"忽内监传圣上有旨："薛仁贵犯了十恶，罪在不赦。老千岁不必苦奏，少不得明日早朝讲明此事。"尉迟恭听得此言，心中大怒，说："此鞭是先君所赐，上打昏君，下打奸臣。善求不如恶求，只得用强了。"叫道："昏君，听了奸臣，当真不赦？"内使说："圣旨已出，不能挽回。老千岁回府去罢。"尉迟恭见难以保救，"且待吾打进宫门，与昏君性命相拼，必要救仁贵性命。如不然，难在朝中见人。"拿起竹节钢鞭，对着止禁门一鞭，听得一声响，那鞭分为十八段。尉迟恭大惊说："不好了，当日师父有言说：鞭在人在，鞭亡人亡。"再看门上，写着"止禁门"，说道："宫中止禁门，任你什么大臣，不奉宣召，不准到这儿。倘无宣召到此，就要斩首。我倚仗着这条鞭。如今断了鞭，焉能得出去？也罢，性命难保了！"对着止禁门说："老臣苦苦来奏，万岁只是不准。念臣相随多年，效忠报国,如今就此拜别了。"向止禁门拜了二十四拜,立起身来,将头向着止禁门一撞,血流满地,竟死在门下。内宫圣上闻知,将止禁门开了。圣上一听说:"王兄何苦如此?"心中十分苦楚,龙目滔滔下泪。传旨鲁国公程咬金、尉迟宝林兄弟。他三人原在外面打听,闻听传旨,急忙进宫,看见尉迟恭撞死,俱大哭。圣上说:"御侄不必悲伤,就在止禁门首开丧,文武挂孝,以报王兄尉迟恭开国之功。"宝林兄弟谢恩。程咬金奏道:"尉迟恭保薛仁贵,将性命来换。念他征东救驾之功,独马单鞭救王之功,望万岁将仁贵还禁监中,至来年秋后处斩。"朝廷听了,龙首一点,传旨:"将薛仁贵仍下天牢。"圣旨一下,刽子手就放了绑。王茂生扶了薛仁贵,复进天牢。仁贵到监牢中,晓得尉迟恭身死,放声大哭,说:"尉老啊,你今为了区区,将身惨死,吾好痛心。"茂生再三劝慰。不知后来如何,且看下回分解。

第六回

徐茂公回朝救仁贵　苏宝同遣使下番书

　　再说那宫中，朝廷亲自祭奠，文武百官、皇亲国戚都来祭奠。三日之后出殡，在朝文武俱来相送，一路素车白马。安葬已毕，兄弟谢了圣旨，复谢百官。朝廷降旨：封宝林荫袭父爵虢国公，宝庆封陈国公，尉迟号怀封平阳总兵。黑白二夫人见老相公身死大哭，蒙圣恩御祭御葬，又封了三位儿子，感念圣恩，在家守孝。

　　朝中无事，太平天下，不知不觉，又是一年了。到了秋后，万岁驾坐早朝，文武朝见已毕，圣上对程咬金说："如今没的说了。"咬金无可奈何，不能保救，下边秦、罗、尉迟等，好似雷打相同，都不敢出来保救，面面相觑。圣上即降旨："将仁贵绑出法场斩首，报来缴旨。"旨意已出，竟将仁贵绑缚去了。合当有救，却好徐茂公汉阳府救饥完工，前来缴旨。正见法场处决仁贵，茂公说："刀下留人！"指挥见了英国公徐千岁，怎敢动手。徐茂公来到殿上，俯伏金阶复旨。圣上看见徐茂公，龙心不胜之喜，说："先生在湖庆救饥，想是完毕了，百姓如何？"徐茂公奏说："湖庆汉阳府前年大荒，蒙万岁洪恩，救活了数百万百姓。今年麦熟，百姓就好活了。如今来复旨。老臣来朝，见法场处决薛平辽，已请刀下留人，欲求保薛仁贵。"万岁道：

"他犯了十恶不赦之罪，朕旨意今日一定要斩，先生你不必再管他。"徐茂公奏说："老臣亦奉旨要救薛仁贵。"万岁道："徐先生痴了，只有寡人的旨意，哪个做得朕的旨意？"徐茂公说："万岁三年前已降过旨意，老臣是奉旨的。"圣上说："先生一发荒唐了。三年之前，哪儿有什么旨意？"徐茂公说："万岁前年在东辽三江越虎城外打猎，老臣奏明要遇见应梦贤臣，但这人福浅，早见不得君主，还要得三年之后。望陛下不见他，过了三年，班师到京，见他尚未为晚。就是圣上金口玉言说：'早见朕三年，难道他还要折寿？'臣说：'寿倒也不折，只怕有三年牢狱之灾。'万岁说：'卿益发糊涂了，这牢狱之苦只有寡人做主，哪个监得他在牢！如今朕发心要见，虽然应梦贤臣，将来犯了十恶大罪，寡人只将功折罪，并不把他下在天牢。'老臣又奏道：'万岁金口玉言说在此的，后来薛仁贵有什么违条犯法之罪，求陛下要赦的。'蒙吾主金口说：'自然赦他。'故此，老臣今日是奉三年前万岁的旨意。"贞观天子听了，龙首点头说："先生主意怎么样？"徐茂公说："如今仍将薛仁贵发下天牢，明年秋后处决。"天子说："依先生所奏。"传旨放绑，仍落牢中矣。万岁龙袖一卷，驾退入宫。

程咬金这一班公爷，今朝见要斩仁贵，恨不能保救。今见徐茂公上朝，欢喜不过，料是一定放的，不道又下天牢。众人不解，程咬金上前叫声："二哥久违了。方才圣上倒有心赦宥，二哥为何又发天牢？"徐茂公说："兄弟你不知，天数已定，他命中注定有三年牢狱之灾，就早出来也没路的。圣上终究疑心，另寻别事斩他。明年欢欢喜喜出来，岂不妙哉！"程咬金等大不悦，各自回府。

光阴似箭，日月如梭，不觉一年相近了。再讲西番哈迷国，有一元帅，是苏定方之孙、苏凤之子苏宝同，国王封他为扫唐灭寇大元帅，坐镇锁阳城，与陕西交界。他差使臣来到长安。此日万岁驾车早朝，有黄门官朝见。天子说："宣进来。"使臣来到金阶，俯伏奏道："番邦使臣杨魁叩见，愿天朝圣主万寿无疆。今有番表一道，献与龙目观看。"朝廷说："什么表章？取上来。"杨魁把本一呈，接本官呈上龙案开拆，龙目一看，有数行字在上面写着：

  扫唐灭寇苏元帅，三世冤冤要报仇。手下雄兵千百万，要灭唐朝尽九州。战书到日休害怕，不夺长安誓不休。若要我邦不兴兵，唐主称臣自低头。

  唐太宗一见番表，不觉龙颜大怒，说道："罢了！罢了！那些蝼蚁之禽，如此无礼。苏宝同无知小人，也来欺负寡人。过来，把使臣斩首午门，前来缴旨。"两旁一声答应，将使臣绑赴午门，一声炮响，斩了首级，上朝去缴旨。两班文武官不解其意，徐茂公出班说："陛下龙驾在上，西番国王表章上说了些什么，万岁龙颜如此大怒？为何把使臣斩首？"太宗道："徐先生，你拿表去看便知。"徐茂公上前，取过表章。一看，果然无礼。"天朝反惧番邦？今斩了来使，恐防有争战，不比扫北征东容易。"太宗说："苏宝同何等样人，这般厉害？先生讲个明白。"徐茂公说："苏宝同乃是苏定方子孙，苏凤逃入番邦，生下一男一女，男名宝同，国王招为驸马，女唤锦莲，纳为后妃。今宝同父已死，宝同有飞刀二十四把，一纵长虹三千里。手下有妖僧妖道，都是吹毛变虎之人，撒豆成兵之将。他镇守锁阳城，和陕西交界。他晓得杀了使臣，必然乘势出兵前来，怎生拒敌？不如先起兵征讨。"太宗说："朕主意已定，谁人挂印征西？"连问数声，无人答应。太宗问徐茂公道："先生，如今哪个为帅？"徐茂公说："征西还是征东将。"圣上说："先生又来了，征东是薛仁贵，难道又是他不成？"徐茂公说："还是应梦贤臣。"圣上龙首一点，"如今用兵之际，待他立功赎罪。"传旨意一道，速往天牢赦出薛仁贵，封为天下都招讨、九州四郡兵马大将军、挂印征西大元帅。天使来到天牢开读，仁贵也不谢恩，也不受旨。天使回殿复旨。天子问道："薛仁贵不肯受旨，情愿受死。怎么处？"徐茂公说："他受三年苦处，心不甘服。要万岁赐他尚方宝剑，倘若有文武不从，先斩后奏，必然肯受招的。"圣上依议，就将尚方宝剑交付与天使，到了天牢开读。仁贵说："只要成清王到牢中，同我到万岁驾前奏明冤情，三年受苦，三赴法场。如皇叔不到，臣愿受死。"天使只得又将此言奏明，圣上听了，宣皇叔成清王到。皇叔忙跪伏金阶奏道："老臣不往牢中去了，他今掌了兵权生杀之柄，倘有羞辱，老臣性命难保了。望圣上恩宥。"天子想想也是。程咬金见圣上不决，只得上前说："老臣前去宣仁贵，不怕他不受圣旨。"天子闻言说："程王兄此去，必然薛仁贵前来。"程咬金接了圣旨，竟往天牢。开读已毕，仁贵谢了恩，对咬金说："老柱国，你晓得晚生受奸王哄骗，三年受牢狱之苦，必要杀他祭旗，以泄此恨。"咬金说："平辽公只都在老夫身上，包你祭旗。"仁贵说："老柱国担当得么？"程咬金说："担当得的。"二人出了监门，有左右请换了袍甲，上马竟入朝来。不比前番三次上法场，如今大不相同，兵将跟随，文武簇拥，昂昂然来到金阶俯伏，口称："罪臣薛仁贵，蒙吾主不斩之恩，又封为元帅，愿吾主万岁，万岁，万万岁。"圣上道："赐薛王兄平身。"当殿披挂征西大元帅，钦赐御酒三杯，仁贵谢恩。如今重做元帅，心中欢悦不过。底下武职官一个个上前恭见，仁贵说："明日相见。"圣主赐宴金銮殿，众小公爷、驸马秦怀玉、罗通等陪。仁贵及各兄弟饮酒，庆贺今日相逢，欢喜不尽。饮至三更，各自回府。次日五更坐朝，天子命大元帅薛仁贵在教场之内，自团营总兵官及大小三军武职们等操演半个月，演好武艺，然后就此发兵。仁贵领陛下旨意，出了午门，来到元帅府，此话不表。未知后事究竟如何，且听下回分解。

第七回

唐天子御驾征西　薛仁贵重新拜帅

话说徐茂公在朝奏说："万岁，西番不比东辽，那些鞑囚一个个都是能人，厉害不过，必须要御驾亲征才好。"圣上说："先生，苏宝同这厮朕甚痛恨，必要活擒拿来碎剐，方称朕心，以泄此忿。不然朕不放心。"茂公说道："这个自然。"一面降旨意着户部催促各路粮米，户部领旨。圣上把龙袖一转，驾退回宫。明日清晨，薛仁贵打发哥哥王茂生往山西绛州安慰二位夫人，并告知周青等八位总兵操演三军，不日调用。此话不表。

再言仁贵打发王茂生回去，自家在教场中操演三军。圣上忙乱纷纷降许多旨意，专等薛仁贵演熟三军，就要选定吉日，兴兵前去征西。不想过了半月，仁贵上金殿奏："臣三军已操演得精熟的了，万岁几时发兵？"圣上说："徐先生已选定在明日起兵，小王兄回府筹备周密，明日就要发兵了。"仁贵领了旨意，退回帅府，另有一番忙碌。这如今各府公爷，都是当心办事。到了明日五更三点，驾登龙位，只有文官在二班了，武将都在教场内。有大元帅薛仁贵戎装上殿，当驾官堂前捧过帅印交与元帅。皇上御手亲赐三杯酒，仁贵饮了，谢恩退出午门，上了赛风驹，竟往教场来了。先有众公爷在那儿候接，都是戎装披挂，挂剑悬鞭。这一班公爷上前说："元帅在上，末将们在此候接。"薛仁贵说："诸位兄弟、将军，何劳远迎。随本帅上教场内来。"诸位国公、驸马秦怀玉等，同元帅来到教场中，只见团营总兵官，同游击、千把总、参将、百户、都司、守备等这一班武职们，都是金盔银铠，跪接元帅。仁贵吩咐站定教场两旁。教场中三军齐齐跪下，迎帅爷登了帐，点明队伍，共起兵三十万。大队人马，秦怀玉为先锋，带一万人马，须过关斩将、遇水成桥。此去西番，不比东辽，这些鞑囚甚是骁勇，一到边关，停兵候本帅大兵到了，然后开兵打仗。若然私自开兵，本帅一到，就要问罪。秦怀玉得令，好不威风，头戴白银盔，身穿白银甲，内衬皂罗袍，腰挂昆仑剑，左悬弓，右插箭，手执提罗枪，跨上呼雷豹。尉迟兄弟为左右接应；段林护送粮草；程铁牛、段滕贤为保驾。

鲁国公程咬金、英国公徐茂公同了天子在金銮殿降旨：命左丞相魏征料理国家之事；命殿下李治权掌朝纲。天子降旨已毕，然后同了鲁国公、英国公出了午门，上了日月骁骝马，一竟来到教场。有元帅薛仁贵接到御营，即刻杀牛羊祭了旗。元帅对程咬金说："老柱国，晚生前日有言，要将李道宗祭旗，老柱国一力担当。如今皇叔不来，晚生承老千岁屡屡相救，不曾报得。今日论国法，要借重老先生一替了。"咬金听了大惊说："借不得的，待我去拿来罢。"走出帅营，心中想道："王爷怎么拿得？"拿了令箭一支，传先锋秦怀玉。驸马说："老叔父有何使命？"咬金说："贤侄，如今不好了。李道宗不到，要将吾祭旗。你到王府，且不可拿他，若先拿他，定不出来，只说奉旨点了先锋，特来辞行。骗他来到银銮殿，叫人拿住。捉了他来，交与元帅，吾就没事了。"驸马依言，来到王府，叫人通报说："驸马爷做了先锋，要去西征，特来辞行。"家将报进，对王爷说了，李道宗想道："秦驸马乃朝廷爱婿，倒来辞行，难道不去见他？"命左右请驸马进来。果然秦怀玉下马，来到银銮，李道宗出来相迎。秦怀玉一见李道宗大喜，命左右："与我拿下！"王爷说："为何前来拿我？"驸马说："圣上在教场，命吾来请你去商议。"竟带了李道宗，出了王府，直往教场而来。那个倒运的张仁，看见王爷被带去，也跟到教场内来了。程咬金一见大喜说："贤侄之功不小，救了老夫性命。"天子同元帅在演武厅，仁贵一见李道宗身边的张仁，就是假传圣旨的，命左右："速拿李王爷身边长大汉子、大顶凉帽的人，给我拿来。"左右一声答应，忙将张仁拿上将台。薛元帅奏道："假传圣旨，哄进长安，骗入王府，都是这人，望圣上必须究问。"天子道："你叫什么名字，为何把元帅骗入长安？此节事情你从头讲来。说得不明，快取刀伺候。"张仁吓得魂不在身，口中说道："没有此事，小人从来不认得元帅，冤枉的。"元帅奏说："不用刑法，焉能得招？"天子传旨："取箍头带上！"张仁一上脑箍，口中大叫说："小人愿招。小人是张娘娘赠嫁，来到王府，蒙王爷另眼相待。后来太爷父子都被元帅斩首，娘娘十分怨恨，用计假传圣旨，将元帅召进，用酒灌醉，抬入郡主宫中。郡主畏羞，撞阶而死。求圣恩饶小人狗命。"天子听了，龙颜大怒，说："有这等事！倒害了元帅三年受苦，朕悔无及。"命指挥斩首报来。一声答应，将张仁绑出法场斩首。又传旨将张妃白绫绞死。圣上再对薛仁贵说："元帅如今屈事已清，张仁处斩，张妃绞死。但皇叔年纪老了，做事糊涂，倒害了御妹，如今又无世子，看朕之面，免其一死。"薛仁贵说："只要万岁心下明白，晓得臣冤屈，也就罢了。"程咬金听得说："不好，不好。仁贵做了王位，尚且被他算计，死中得活；想起来我乃是国公，也被他算计，就当不起了，必须斩草除根为妙。"忙上奏道："皇叔不死，元帅征西恐不肯尽命去拿苏宝同。"皇上听得此言，心想："朕深恨番邦，要活拿苏贼。如元帅不肯用心，如之奈何？"只得说："王兄所言不差，但天子无有杀皇叔之理。"程咬金说："这不难，如今诈将皇叔放入瓮中闷死。待今日起了兵，明日差人暗暗放他出来，岂不公私两全。"圣上说："如今哪里得有一个大瓮来？"咬金说："长安城中有一古寺叫玄明寺,大殿上有一口大钟,倒也宽大,将皇叔放在当中。"圣上就依议。程咬金谢了恩,带了李道宗,竟到玄明寺。看了那大殿上是汉铸的一口钟,倒在地下,钟架子是烂掉了。叫许多军士将钟抬起,请皇叔坐在当中。李道宗懊悔,不该听了张妃。如今是奉旨的,倘皇天有眼,等他去了,还有一条生路。只听天而已。军士看见皇叔坐定,将钟罩皇叔在内。咬金吩咐取干柴过来,放在钟边,四面烧起。军士果然拿火来烧,李道宗在内大叫:"程老头儿,这个使不得的!"凭你喊破喉咙,外面只做不听见。顿时烧死,竟来到教场复旨说:"皇叔恶贯满盈,忽天降大火,将殿宇烧坏,皇叔竟烧死在殿内。"天子听了,也无可奈何,命户部将玄明寺大殿修好。

再讲元帅祭了大旗,皇上御奠三杯。元帅祭旗已毕,吩咐放炮拔营,是弓上弦、刀出鞘。有文官同殿下李治,送父皇起程。传旨:"皇儿不必远送,文武各回衙署理事。"殿下谢了父皇,回转长安。那些人马,离了长安,竟望西凉进发,好不威声震耳。家家下闼,户户闭门。正是:

太宗在位二十年,风调雨顺太平安。迷王麾下苏元帅,差来番使到中原。辱骂贞观天子帝,今日出兵往西行。剑戟刀枪寒森森,旗幡五色鬼神钦。金盔银铠霞光见,洁白龙驹是端飞。年老功臣多杀害,此番杀尽西番兵。

若要看征西如何,且看下回分解。

第八回

一路上旗开得胜　秦怀玉枪挑连度

再讲大唐人马，旌旗烈烈，号带飘扬，正往陕西大路而行。前去征西平番，不比扫北征东，所以御驾亲征。大队兵马行过了宁夏甘肃一带地方，出了玉门关，过了瀚海，一路都是沙漠之地，来到界牌关。界牌关外五百里是西凉国地方，人烟稀少。此处划有江界，若是大唐人马到来，必须要穿过宁夏，过了玉门关，然后到西鞑靼地方。前日贞观天子将杨魁斩了，随来的使命飞奔锁阳城，报与苏宝同，早已防备的了。各关守将日夜当心，差小番儿探马远远打听。

界牌关有一位镇守总兵，此人姓黑名连度，其人身长一丈，头大如斗，膀阔腰圆，一张朱砂脸，面短腮阔，眼如铜铃，腮下一连鬈红须，两臂有千斤之力。他上阵用一柄九连环大刀，重一百二十斤，其人厉害不过。他正在私衙与偏将们讲："国舅批战书到中原，被大唐天子将使臣斩了。国舅知道大怒，要起人马取唐天下，要报父母之仇，早晚必有厮杀一番。"忽有小番见报进来了，说："不好了，启平章爷，小番打听得南朝圣主，御驾亲征，带了大兵三十万，有平辽王薛仁贵为元帅，前部先锋驸马秦怀玉，左右先行有战将数员，底下合营总兵官，前来攻打界牌关。"黑连度听了大笑说："方才在这里讲，国舅出兵欲取中原，谁知他们来送死。可打听明白了？"小番道："在玉门关打听明白的。"问："离关有多少路？"答："头站先锋出玉门关，快到了。""速去打听！""是。"诸将连忙问道："大老爷，南朝兵马到来，何以这等大笑呀？""诸位将军，国舅欲取中原花花世界，所以前日打战书与大唐君主。他反将使臣杀了。国舅大怒，奏知狼主。狼主怒甚，命国舅起兵，不料他倒出兵前来。亦算狼主洪福齐天，大唐天下该绝的了。仁贵为帅，他是火头军，有什么本事？盖苏文堕其术中，他征东容易，看来如今征西颇难。我邦元帅厉害，乾坤一定是我狼主的了。"众将道："何以见得？"连度道："今唐朝所靠仁贵本事，只道西番没有能人，所以御驾亲征，领兵前来征战。他远不晓得西番狼主驾前，都是英雄豪杰，何惧仁贵、秦怀玉？待唐兵到来，必然攻打界牌关。本镇出去活擒唐将，以献国舅，岂不是本镇之功！"诸将大喜，叫声："平章爷，这个关头全靠你。小将们回衙，操演人马，早晚必有一番厮杀。"不说这个花智、鲁逵、不花等告别回衙，各自小心去料理。那黑连度吩咐把都总："关上多加火炮、灰瓶、石子、强弓、弩箭，若唐兵一到，即来报我，紧守关头为要紧。"

再说大唐先锋秦怀玉领了一万人马，从陕西、宁夏、甘肃一带地方出了玉门关。有军士报说："启上驸马爷，前面是界牌关了。"问："还有多少路？"说："离关十里。"吩咐放炮安营，说："军士们过来，打听大兵一到，速来报我。"领命前去。如今要说大唐天子统带大队人马，过了玉门关，一路西来，早有驸马秦怀玉相接，说："小将在此接候龙驾、帅爷。前面就是界牌关，不敢抗违帅爷将命，扎营在此。"薛仁贵说："驸马辛苦了，听了本帅之命，马到成功，西辽可定。"吩咐大小三军扎了营寨，忙进御营。天子说："薛爱卿，前日宣召八位总兵曾到否？"薛仁贵奏道："前蒙圣恩，闻报离了山西，早晚必到。"话未了，外面报进说："周青等八位总兵见驾。"天子大悦，吩咐宣进来。周青等跪下，奏说："周青同兄弟七人朝见。"天子说道："八位总兵在此保驾。"即谢了恩，立在旁边。传命拔营，进兵攻关。放炮三声，安下营齐进。

又说关里小番报进："启平章爷，唐兵已到关下了。"黑连度说："方才关外放炮之声，想必唐兵到了安营。若然有唐将讨战，前来报我。"番儿得命，在关上观望。再说唐营元帅问："哪一位将军出去讨战？"闪出先锋秦怀玉说："小将出去讨战。"元帅大喜说："西番鞑子，甚是厉害。第一关开头，须要取他之胜，才算得唐将英勇。"又令："驸马出去，必定成功。命尉迟宝林、宝庆兄弟二人为左右翼。若驸马胜了番将，你二人乘势抢关。""得令。"秦怀玉骑上呼雷豹，手执提罗枪，挂铜悬鞭，顶盔贯甲。一声炮响，大开营门。尉迟弟兄也结束停当，随了秦怀玉，金鼓声响喇喇豁喇喇一直冲到关下。小番兵看见，好一个唐将，乱箭纷纷地射下来。秦怀玉扣住马说："关上的，快报与主将得知，唐朝天兵到了，天子御驾亲征，叫他早出关投降。"秦怀玉关下大叫，早有小番报进："启平章爷，南朝蛮子在关外讨战。"黑连度听报，传令："诸将大小三军，同本镇出关，杀那唐兵片甲不回。""得令！"黑连度脱了袍服，顶好盔，穿了甲，拿了刀，上马出了总府衙门，来到关上。往下一瞧，唔呀！好一个蛮子！但见他头顶闹龙银盔，身穿索子黄金甲，面如银盆，三绺长须飘扬脑后，左悬弓，右插箭。坐下呼雷豹，好不威风。远远有二员恶相的唐将在后面。黑连度盼咐把都儿，发炮开关。一个鞑子，往吊桥直冲下来。见他头顶双凤翅金盔，斗大红缨，面如红砂，狮子口，大鼻子，朱砂脸，一双怪眼，短短一面连鬓胡子；身上穿一领猩猩血染大红袍，外罩龙鳞红铜铠，左悬弓，右插箭，手执一柄九连环大刀，坐下一匹乌昏点子马，直奔阵前，把刀一起。秦怀玉提罗枪噶啷一声架定，说道："那守关将留下名来。"连度道："唔，你要问本镇之名么？俺乃西凉国驾下红袍大力子、国舅大元帅苏麃下，加封镇守界牌关总兵大将军黑连度。你可晓得本镇的刀法厉害么？"秦怀玉说："不晓得你无名之辈。今天兵已到，把你们一国蚂蚁要杀个尽尽绝绝，何在乎你这胡儿霸住界牌关，阻大兵去路。顺吾者生，挡路者死，快快献关，方免一死。若有一声不肯，那时死在秦爷枪头之上，悔之晚矣。"黑连度大怒，喝道："你这狗蛮子，有多大本事，如此夸强么！俺不斩无名之将，通下名来，俺家好斩你。"秦先锋说："你要问爷之名么？洗耳恭听！吾乃大唐驸马，大元帅薛麾下，加封护国公保驾大将军、前部先锋，姓秦名怀玉。难道不闻得秦驸马之名么？"黑连度哈哈大笑说："原来就是秦琼之子，我也晓得中原有你之名，到西凉就不足奇。唐主尚要活捉，何况你这狗蛮子。"秦怀玉说："休得多言，招秦爷枪罢。"枪一起，直往黑连度面门刺来。不知后事如何，且看下回分解。

第九回

界牌关驸马立功　金霞关尉迟逞能

　　黑连度把手中大刀噶喇叮当运转几刀，战到二十几个回合。怀玉这条提罗枪，神出鬼没，阴手接来阳手发，阳手接来阴手发，迎开些，挡开去，抬开去，返转刀来，左插花，右插花，苏秦背剑，月里穿梭，双龙入海，二凤穿花，左上右落，却砍个不住。他二人战到四十个回合并无高下，黑连度大喊一声："诸将，快与我上前擒捉秦怀玉。"众将齐声赶到，花智、鲁逵、不花数十员将官，一齐上前，围住秦怀玉。唐将尉迟兄弟，二马冲到阵前，叫声："驸马，休得着忙，兄弟来助战。"秦怀玉见二人来到，方得放心。黑连度提刀就砍宝林，宝林急架相迎，敌住黑连度。宝庆把数员番将尽皆杀散，番兵死了大半。单有黑连度一口大刀厉害，战住秦怀玉、尉迟宝林二人，见个雌雄，一场好杀，三将战到又四十冲锋。黑连度刀法渐渐松下来，回头看那自家兵将多被宝庆杀死，好不慌张，却被秦怀玉一枪兜咽喉刺来，叫声："呵呀！我命休矣！"要招架来不及了，只得把头偏一偏，肩膀上中了一枪，大叫一声带马就走。宝林纵一步，马上叫声："哪里走！"提起竹节钢鞭，夹背心儿一击。黑连度大喊一声，口吐鲜血，马上坐立不稳，被秦怀玉兜心一枪，跌下马来；复一枪结果了性命。

吩咐:"军士取了首级,快抢关哩!"喝叫得一声:"抢关!"秦怀玉一马先冲上了吊桥,宝林、宝庆兄弟二人,把枪一招说:"诸位将军,快抢吊桥!"有周青、薛贤徒、姜兴霸、李庆红、周文、周武、王心溪、王心鹤八位总兵官,上马提刀,抢过了吊桥。那些小番儿闭关不及,却被秦怀玉一枪一个,宝林兄弟同众将挥刀乱砍,斧劈的、枪挑的,杀死不计其数。杀进帅府,查盘钱粮国库。粮食丰盈,仓廒充足。遂请关外大元帅同贞观天子、大小三军陆续进关。百姓香花灯烛,挂灯结彩,迎接天子。又将银钱粮草开清在簿,送上元帅。怀玉、宝林兄弟上前奏道:"小将们杀退了番奴,已得关了,钱粮开写明白,献上元帅。奏请缴令。"薛仁贵说:"三位贤弟取了界牌关,西辽丧胆,其功不小,果称英雄!"太宗大悦:"王儿、御侄,真乃将门之子,比秦王兄、尉迟王兄更狠。"传旨:"整办御筵,庆贺功劳。"一宵过了。明日清晨在关上打起大唐旗号,养马三日。如今发炮抬营,三军如猛虎,众将似天神,离了界牌关,一路往前。人马向金霞关进发,探马打听失了界牌关,飞报进关去了。行兵三日,地广人稀,青草不生。又行三日,来到关外,将人马扎住。后队大元帅人马已到,吩咐安营。放炮三声,安下营寨。

再说金霞关守将名唤忽尔迷,身长一丈,头如笆斗,面如蓝靛,发如朱砂,颔下黄须,力大无穷,镇守金霞关。这一日升堂,有小番报进:"界牌关被大唐打破,夺取关头,黑平章阵亡。现有败将把都儿在外。"忽尔迷闻说界牌关失了,大惊说:"快宣进来。"把都儿走进跪下说:"大老爷,不好了!大唐兵将实为骁勇,界牌关打破,不日兵到金霞关了。"忽尔迷一听此言,吓得胆战心惊,说:"本镇知道,速去锁阳城报与苏元帅知道,早早救援。"吩咐:"关头上多加石子、灰瓶、炮石、弓弩、旗箭,小心保守。大唐兵将到来讨战,报与本镇。"

再说关外元帅升帐,聚齐众将两旁听令。尉迟宝林披挂上帐,说:"启元帅,界牌关驸马立了头功。如今金霞关,待小将出马取此关头,以立微功。"仁贵说："好贤弟，此言真乃英雄，但要小心。"怀玉听了，说："启知元帅，界牌多亏了二位贤弟助战，取这关头，今日还是我去，枪挑番将。"元帅说："将令已出，驸马可去押阵接应。""得令！"尉迟宝林顶盔贯甲，挂剑悬鞭，提枪上马，带领军士冲出营门，来到关前大喝一声："呔！关上的，快报与关主知道，今南朝圣驾亲征，前来破番，要杀尽你这班胡儿。界牌关已破，早早出来受死。"一声大叫，关上小番听了，进来报道："启爷，关外大唐人马已到，有将讨战。"忽尔迷闻报，忙取盔甲，上马提刀，披挂结束，打扮停当。带过马跨上雕鞍，提刀出府，来到关前，吩咐开关。轰隆一声炮响，大开关门，放下吊桥，一字摆开，豁喇喇一马冲出。宝林抬头一看，此将甚是凶恶。你看他怎生打扮？头戴红缨亮铁盔，身披龙麟铁甲，面如蓝靛，发如朱砂，眼如铜铃，两耳招风，一脸黄须；坐下一骑红鬃马，大刀一挥光闪烁，枪刀双起响叮当，喝声似霹雳。宝林大叫道："哪来的胡儿羯狗，通下名来。"忽尔迷只说："你要问魔家的名么？俺乃红毛大力子、苏元帅麾下，加封镇守金霞关大将军，忽尔迷便是。"宝林说："看你这尽是西辽羯狗，今日天兵已到，不思迎接献关，反阻抗天兵去路，分明活得不耐烦了！"忽尔迷大怒，也不问姓名，提起刀来，向宝林头上劈将下来。宝林叫声："来得好！"把枪噶啷一声，便一枭。忽尔迷即喊声"不好了"，在马上一仰。宝林把手中枪紧一紧，一枪当心刺进来。忽尔迷避闪不及，枪中前心，将身一仰，跌下马去，复一枪刺死。吩咐诸将抢关，叫得一声"抢关"，一骑马先冲上去了。秦怀玉在那儿押阵，见宝林刺了番将，急把枪一招，说声："诸将军快去抢关！"麾下尉迟宝庆、周青、王心溪、王心鹤、李庆红、姜兴霸，这六骑人马带三军将士从后赶来。宝林赶上吊桥，小番扯也来不及了，忙发狼牙箭如雨点，被宝林用枪拨开，从箭中赶近刺了几个小番，一拥赶上。诸将也过了吊桥，六骑人马杀进关中，鼓声如雷，叫杀喧天。这关内偏将、正将、牙将们顶盔贯甲，上马提刀,前来抵敌。宝林兄弟两条枪好不了得,来一个,刺一个;来一对,挑一双。这番兵都被杀伤。周青使动铁剑,说:"胡狗儿,快来受死!"番兵逃走不得,尽被杀死。秦怀玉使动提罗枪,见番将好枪法,宝林上前启奏,说:"小将缴令。"元帅说:"贤弟,取此关头,其功不小。"天子说:"御侄,少年扫北本领远与秦驸马一样。"立即传旨在帅府设宴驾功,称赏恩犒。

次日清晨,把西辽旗号去了,换了大唐旗号。养马三日,放炮起行。三军司命,浩浩荡荡,行兵三日,往接天关进发。来到关外,人马扎住。后队六元帅人马已到,吩咐离关十里安营。有尉迟宝庆上前说道:"驸马与哥哥取了二关,今接天关,元帅且慢安营,待小将走马去取关,先开一阵。倘挑了番将,就此冲进关门,马到成功,岂不为美?若不能取胜,安营未迟。"秦怀玉说:"此处番将厉害,我自去罢。"尉迟宝庆说:"驸马何轻视我。我枪法厉害,未曾与朝廷出力,此关定要让小将去破。"元帅说:"将军若果然要去,必须小心,待本帅与你押阵。靠着陛下洪福,将军胜了番将,本帅领人马冲进关中,也是你之功劳。""得令!"头盔贯甲,挂铜悬鞭,上了乌骓马。把马一催,来到关前,大喝一声:"守关的快报进去,说天兵到了,速速献关。若有半言阻抗,本将军要攻关了。"不知宝庆如何胜得番将,且看下回分解。

第十回

空城计君臣受困　宝同一困锁阳城

不讲外面宝庆攻关，且说小番报进来了："启总爷，大唐人马已到，有蛮子讨战。"总爷大惊道："中原人马几时到的？可曾安营么？""启上平章爷，才到。不曾扎营，走马端枪讨战。"总爷说道："连取二关，又要取接天关。"吩咐带马过来。结束停当，挂剑悬鞭，手执狼牙棒，带领众把都儿，一声炮响，大开关门，一马当先，冲过吊桥。宝庆抬头一看，原来是一员恶将，十分凶脸。怎生打扮？头戴一顶凤凰双龙亮铁盔，身穿锁子黄金甲，手执惯使狼牙棒，坐下一匹千里银驹马。好一位鞑子番将！直到阵前。宝庆大喝一声："呔！来的胡儿住马，可通下名来。"总爷把棒一起，噶喇架定说："你要问魔家名么？对你说：我乃镇守接天关总兵段九成便是。可晓得本将军厉害么？还不速退，休来纳命。"宝庆便把枪直刺过来；段九成把棒一架，回手就是一棒，喝声"招打"！当头向顶梁上盖打将下来，好厉害！果然泰山一般。宝庆把枪往上一挡，噶喇一声响，架开在旁，回手一枪，正中咽喉，跌下马来，死于非命。小番儿见主将已死，晓得金霞关内杀得厉害，大喊一声，各自逃生，往锁阳城去了。元帅好不快意，领人马随宝庆杀进关去了，一卒皆无，一齐到总府驻扎。宝庆进帐缴令。勇力取关,朝廷大悦,说:"其功非小,御侄英雄更胜父兄,果然是将门之子。"宝庆见朝廷赞他,好不快乐。即传令改换大唐旗号,盘查国库钱粮,养马三日。元帅与军师商议取锁阳城,此话不表。

再言锁阳城,乃西辽大地方,人烟稠密之处,周围百里,三关十门。元帅苏宝同镇守,帐下有雄兵十万,战将千员。他是苏定方之孙,苏凤之子,都是罗通扫北,将他父亲杀死,逃走了苏凤,投在西凉国招为驸马,其姊纳为皇后。苏宝同幼年投师在金凤山李道符仙长门下学法,练就九口飞刀,飞镖三柄,一纵长虹三千里,时时切齿要报祖父之仇。差官打战书到中原,不料唐主斩了差使,苏宝同闻报大怒,正欲兴兵夺取长安,不料唐主拜仁贵为帅,御驾亲征,又失了三关,告急文书飞报锁阳城。苏宝同大慌,忙请二位军师商议,你道这两个军师是哪一个?是扫北野马川李道人,名唤铁板道人。用一尺长、半寸阔铁打成的铁板,共有十二块,块块有符。要与他交战,念动真言,掌在空中,打将下来,要打为灰泥。身长一丈,头如笆斗,眼似铜铃,尖嘴大鼻,颔下红胡根如铁线,惯用孤定剑。当年被尉迟恭杀败,在西凉投在苏宝同帐下,拜为军师。另一僧乃敖来国出身,名唤飞钹禅师,用两副金钹,与人交战,掌在空中,打将下来,头儿打得粉碎。自称西天活佛,身长不满四尺,阔倒有三尺,相貌不扬,似石敢当。这二位合得投机,都在元帅帐下。闻得元帅相请,二位来到帅府,见了宝同,主客坐定。铁板道人说:"不知帅爷唤吾二人到来何干?"宝同说:"二位军师有所不知,本帅欲取中原,报祖父之仇。不料唐主拜薛蛮子为帅,兴兵前来,征伐西凉。前日小番来报,已夺了三关,不日来攻锁阳城。吾与军师商议,今唐兵到来,必要一网而擒,拿住唐王活捉薛蛮子。然后反兵杀上长安,夺了中原国位,狼主为君,将罗家满门抄灭,方称吾心。不知二位军师有何妙计与本帅雪恨?"飞钹禅师与铁板道人道:"只要我二人略施小计,管教唐兵百万一网打尽，钱粮兵马尽归我邦，唐朝君臣尽将诛戮，直上长安，狼主身登龙位，帅爷十大功劳，可以报仇雪恨。"苏宝同一听此言，欢喜大悦，开言说："二位军师有何妙计，早说与本帅知道。"铁板道人说："一些也不难。那薛仁贵遣将讨战，不必与他交战，现在元帅统领三军出城，退至寒江关，留此空城，这薛仁贵必赶进城来。只要一进城中，我们将百万雄兵把锁阳城团团围住，此时十门攻打，管教他外无救兵，内无粮草，插翅也难飞去，不出三月尽皆饥死。他若出城交战，帅爷弄起飞刀，吾二人相助，杀他片甲不留。能人亦难出营。然后慢慢攻打，岂不是拿唐皇如反掌矣。"元帅说："军师计算甚高。"众将无不欢欣。传令大小儿郎官员等，尽搬到寒江关安营，把座城池调空。宝同同了二位军师、诸将，离却锁阳城，竟往寒江关居住。点齐数十万人马，暗中埋伏，专听合围城池，不许漏泄。

再说薛仁贵在接天关，传令发炮起行，夺取锁阳城。进兵几日，乃陆续都到了锁阳城。有探马报进，禀道："启知元帅，前面就是锁阳城，但见城头上旌旗展荡，又无兵卒，大开城门，吊桥并不扯起，不知什么计策，故禀上元帅。"仁贵呵呵大笑道："诸位将军，你们莫轻视此关。料此苏宝同无能，大开关门，兵卒全无，内中有计。今日圣驾征讨，谅无大事。你们大家须要小心进关，看他使何诡计？"那徐茂公开言道："元帅，那苏宝同不出关门交战，竟带三军去了，留此空城，吾军兵马休要乱动，不可进关。不然又是征东三江越虎故事了。"程咬金叫声："军师非也，我们的秦驸马并尉迟二位将军，英雄无敌，连夺三关，不用吹灰之力，锁阳城之将难道不晓得么？决然是闻此威风，谅来不敢迎敌，所以弃城逃遁。就闻我老程之名，他亦胆战心惊，哪儿有什么计？分明怕我们，逃去了。"薛仁贵说道："老千岁之言不差，他这班都是犬羊之辈，何足惧哉？闻我大唐天兵一到，他便望风而走。此关又非建都之地，怕什么！且入锁阳城，然后进兵取西辽，吾皇洪福齐天，西辽必定该灭。"吩咐大小三军开进城去。元帅一令,都往关内而走。军师徐茂公屈指一算,圣上该有几年灾难,将官有此一劫,天机不可预泄。元帅命尉迟宝林四处查点明白,恐防暗算奸计。盘查钱粮,原是充足,竟有数年之粮,百姓安顿如故。军师传令,军士先运粮草进关,然后请圣上进城。元帅诸将远远出城迎接天子进入关中,身登银銮宝殿。众臣朝参已毕。大元帅传令,把三十万人马,扎住营头。把十门紧闭,商议取寒江关。

再言苏宝同暗点人马探听,今见唐王君臣已进城中,四面号炮一起,有百万番兵围绕十门,齐扎营盘,共有十层皮帐。旗幡五色,霞光浩荡。吓得城上唐军急忙报入帅府,奏上万岁道:"不好了,城外有百万番兵,围住十门,密不透风。"吓得天子魂不在身,众大臣冷汗淋漓,分明上了空城之计。天子道:"薛王兄,这便如何是好?中了他们诡计了。这个城池有什么坚固,若他们攻打进来,岂不是要丧命。快快拨佣人马出关,杀退辽兵,以见英雄。"仁贵说:"陛下,且往城上去看虚实。若果然厉害,再出主意。"圣上说:"有理。"同了军师、元帅、程咬金及众将上西城一看,围得重重,又杀气腾腾,枪刀威烈森森。唐主见了,心慌胆裂,诸大臣无不惊慌。忽听得三声炮响,营头一乱,都说大帅到了。这苏宝同又来围住西门,九门有能将九员,数百万雄兵,截住要路,凭你三头六臂,双翅能上腾云也难杀出辽营。如何是好,且看下回分解。

第十一回

苏宝同大战唐将　秦怀玉还锏身亡

不表城上君臣害怕，单表苏宝同全身披挂，坐马持刀，号炮一声，来到西城，两旁骁将千员，随后旗幡招展，思量就要攻打城池。忽抬头一看，见龙凤旗底下坐着唐天子。怎么打扮？头戴嵌宝九龙珍珠冠，面如银盆，两道长眉，一双龙目，两耳垂肩，颔下五绺花须长拖肚腹；身穿二龙戏水绛黄袍，腰围金镶碧玉带，下面城墙遮蔽看不明白，坐在九曲黄罗伞下，果然好福相。南有徐茂公，北有程咬金。还有一个头戴白银盔，身穿白陵显龙袍，三绺长须。苏宝同在城下高声大呼道："城上的可就是朝廷李世民么？可晓得在木阳城听信罗通，将我祖父杀死。吾祖有功于朝。吾伯苏林又被罗通斩了，吾父苏凤被打四十，奔入西辽，生我兄妹二人。正欲兴兵到长安，不料天网恢恢，疏而不漏，今日已中我邦暗计，汝等君臣休想活命。快把罗蛮子送下来，万事全休，放你君臣回去。若不放出，休想回去。"这声喝叫，吓得天子毛骨悚然。薛仁贵、秦怀玉奏道："万岁休要慌忙，待臣发兵出去，擒此苏贼。"圣上依言回帅府。

元帅来教场，聚集诸将，说："如今苏宝同在城下猖狂，本帅起兵到此，未曾亲战。他口口声声要拿罗通，此情可恨。待本帅开关与他交战，立斩番将，方消此恨。"闪过先锋秦怀玉说："元帅不可，待小将出去开兵。"元帅说："驸马出城，待尉迟兄弟与你押阵。""得令！"怀玉顶盔贯甲，准备停当，吩咐放炮开城。金鼓一声，大开城门，一马冲先，来至阵前。抬头一看，见一员番将，十分厉害。他头戴凤翼盔，斗大红缨满天栽，身穿青铜甲，内衬绿绫袍，绣金龙凤腰，左有宝雕弓，右插琅琊箭，坐下乌龙驹，四蹄蹬跑声如雷；左手提刀，右手抚三绺长须，果然是中原人物。苏宝同提刀一起，喝声："蛮子，少催坐马，通下名来。"秦怀玉说："我乃唐天子驸马，世袭护国公，大元帅薛仁贵帐下前部先锋秦怀玉便是。可知驸马爷枪法厉害么？还不速退，休来纳命。"苏宝同哈哈大笑说："原来就是秦琼之子，大唐有你的名，本帅只道三头六臂，原来是一个狗蛮子。不要走，看本帅的刀法罢！"把刀一刺。秦怀玉拈起提罗枪串一串，噶喇一声响挡住，说："且慢了，我这条枪不刺无名之将，通名下来！"苏宝同说："本帅乃西辽国王驾下之舅，加封天冠大元帅苏宝同便是。你君臣快投降吧。"秦怀玉说："原来就是你这逆子，你的祖父、伯父受唐朝厚恩，你却不忠反叛了。休要走！"一个月内穿梭，一枪刺来。苏宝同手持大砍刀，噶喇一声挡过去。一连几枪，都被苏宝同架在一旁，哪里肯让一毫。连转几刀，前后扒架，好刀法，秦怀玉亦架上手。彼此一场大战，鼓声如雷，炮声惊天，二人战了五十回合，马交十个照面，杀个平手。宝同暗想："待我诈败下去，暗放飞刀伤他。"虚晃一刀，带转马就走。秦怀玉哪肯放松，把提罗枪押住，不容他放出飞刀，大叫一声："苏宝同，你乃堂堂汉子，不要暗器伤人，与你战几百合，分个胜负。"宝同兜起缰，又把手中刀一架，喝声："秦蛮子，难道本帅怕你不成？暗器伤人，非为英雄。你是中原驸马，我是西辽国舅。你晓得我刀法，我尽知你的枪势。英雄遇好汉！你后面所背的是何兵器？且看得毫光直透，耀日争辉。"秦怀玉叫一声："胡儿，你还不晓得么？此乃露骨昆仑铜。我父双锏，打成唐朝天下。灭十八路诸侯，归北征东，都是这两口宝铜。重百二十四斤，外裹赤金六斤，共百三十斤。你闻知也要丧胆，可晓得此厉害么？还不投降，休来送死。"宝同道："原来如此，我道是邪法，原来金妆铜放光。借我一观，未知肯否？"怀玉说："苏宝同，你要看么？也罢，吾付你去看。"怀玉十分好心，忙向腰间解下，把双铜拿在手中，叫一声："苏宝同，你拿去看。"宝同接在手中，仔细一看，连声称赞说："好铜！果然名不虚传。吾父也曾说起此铜曾挡李元霸双锤。"越看越好，说声："秦蛮子，此铜送与我罢。"兜转就走。驸马看见，大叫："无信义的胡儿！不过借你去看，你倒骗了去，难道不还我不成？"把呼雷豹一拍，追上来了。那苏宝同听见"无信义"三字，呼呼冷笑说："秦怀玉，你好小器，本帅不过取笑，难道果然要你的不成，双铜在此还了你。"便把双铜抛在半空，叫声"秦怀玉收铜"！那时天数已定，怀玉合该丧命。那秦驸马抬头一看，双铜跌将下来，光光打在面门，大叫一声："嗄唷！"一跤跌下马来。苏宝同回马，正要取首级。尉迟弟兄正在那里掠阵，看见驸马落马，双马齐出，抢了尸首回来。可惜一双宝铜，失落沙场，被苏宝同得了。尉迟弟兄回城，吩咐军士紧闭城门，来见元帅。

元帅听知驸马还铜身亡，惊得魂不在身，大哭一声："我那驸马啊！"众将劝住，忙报知天子说："驸马与苏宝同大战，骗去宝铜，还铜身亡。"天子一听此言，哭倒龙床之上，叫声："王儿，你为国身亡，十大功劳，麒麟阁上画影，五凤楼前标名，必要活擒苏贼，以祭王儿。"龙目滔滔下泪。徐茂公开言说："也是驸马命该绝数，望吾皇不必悲伤，有损龙体。"天子依言，传旨："将驸马尸首御葬，文武戴孝三日，开丧祭奠。秦梦闻知父亲阵亡，也大哭来见元帅，说："吾父亲战死沙场，害在苏贼之手。侄儿愿做先锋，亲提人马，杀此苏贼。若不把冤仇相报，枉为人在世，望叔父早发兵马，让侄儿出城。若不杀此叛贼，侄儿情愿战死沙场，不回城来了。"仁贵听了说："贤侄虽然猛勇，武艺精通，但年轻力小，不是苏贼对手。待吾另点别将，与你父报仇。"元帅传令："点尉迟弟兄出城，杀那苏贼。""得令！"二将顶盔贯甲，提枪上马，一声炮响，开了城门，放下吊桥，来至阵前。宝同抬头一看，见来了二将，打扮甚奇，都是凶恶之相。面如锅底，扫帚眉，一部胡须，头戴乌金盔，双龙戏珠；身穿乌金甲，内衬玄色暗龙袍；左插弓，右插箭，腰间悬竹节钢鞭，手执乌缨枪，坐下乌龙驹。这尉迟弟兄冲将过来，宝同喝声："呔！你这两个蛮子留下名来！"宝林说："你要问某家之名么，吾乃大唐天子驾前虢国公，薛元帅麾下左右先行，尉迟宝林、宝庆弟兄便是。你前日将我邦秦驸马打死，今日奉元帅将令，特来取汝首级，与驸马报仇。好好下马受死，免爷爷动手。"苏宝同说："前日秦蛮子何等厉害，尚然被本帅打死。何在乎你这两个蛮子？你在中原有你的本事，今到西凉，没有你的名字，不要走，招刀罢！"把大砍刀往头上砍下来。宝林把手中乌龙枪一架，只听得噶啷叮当。宝庆把手中蛇矛枪来助。苏宝同这口刀挡住两条枪，全不在心上。这两条枪也是厉害，上一枪禽鸟飞奔，下一枪山犬惊走；左一枪英雄死，右一枪大将亡。宝同这口刀也厉害，逼住了两条枪，往头顶面、两肋、胸膛、心窝就砍。正是：三马冲锋各分高下，三人打仗各显输赢。大砍刀，刀光闪耀；两条枪，枪似蛟龙。他是个保西凉掌兵权第一元帅，怎惧你中原两个小蛮子？我乃扶唐室定社稷的二位大将，哪怕你番邦一个胡儿？炮响连天，惊得锦绣房中才子搁笔。响杀之声，吓得阁楼上佳人停针。宝林兄弟两条枪要挑倒灵天塔，苏宝同恨不能一刀劈破翠屏山。大砍刀如猛虎，乌龙枪似恶龙。这三将不知胜败如何，且听下回分解。

第十二回

尉迟弟兄遇飞刀　宝同大战薛仁贵

前言不表，再说苏宝同这把刀，哪里挡得住两员大将的枪？战了四十回合，实在来不得了。心想倘一时失错，被他伤了性命，不如先下手为强。他一手提刀在那里招架，一手掐定秘诀，背上有一个葫芦，他把葫芦盖揭开，口内念动真言，飞出两口柳叶飞刀，长有三寸，有蒜叶阔，伴有一丈青光耀眼。尉迟弟兄见了，还不知是什么东西，只听得一声响亮，犹如霹雳豁喇喇一响。那弟兄二人抬头一看，吓得魂不附体。只见两口飞刀，好似两条火龙一样。宝林、宝庆大叫一声："我命休矣！"忙把手中枪来挡，哪里挡得住。但听到喀哧一声，往顶门上斩将下来！二人只把头偏得一偏，左膀子斩掉了，又一刀右膀子也斩掉了，又一刀斩掉了首级。三军大战，来抢尸首，被他挠勾搭去，将头号令。

苏宝同大胜，来到关前大骂说："快快献出罗通，万事全休。若然不放出来，本帅杀进城中，踏为平地。"探子报进城中："启元帅不好！尉迟二将被他飞刀斩死，又来讨战。请元帅爷定夺。"元帅一听此言，勃然大怒，说："可惜二位将军死于飞刀之下。"吩咐："抬戟备马，待本帅亲自出去，除此番贼。"闪出尉迟号怀放声大哭说："二位哥哥死得惨啊！"轰隆一响，跌在地下，晕死去了。吓得诸将魂儿不在，连忙扶起，大家流泪。仁贵泪如雨下，说："贤弟，不必悲伤。待本帅与你二兄报仇。"号怀悠悠醒转，立起身来说："我尉迟号怀今日不与二兄报仇，不要在阳间做人了。"吩咐备马。元帅等俱挡不住他。跨上雕鞍，把鞭一抽，豁喇喇豁喇喇，一马冲出城去。元帅点起三千铁骑，一同出城。轰隆三声大炮，号怀来到阵前大骂："狗胡儿，杀我二兄，今来报仇。"不问因由，劈面就是一枪，说："你把我二兄乱刀斩死，我与你势不两立。三爷挑你前心后透，方解我胸中之恨。招枪罢！"飕的一枪，劈面门挑进来。苏宝同呼呼冷笑，说道："乳臭小儿，也来送死。可怜佛也糊涂。也罢！"把手中大刀，噶啷一声响，架在旁首，马上交锋，逞起英雄。闪背回来，宝同把刀一起，往着号怀头上砍将下来。号怀闪在一旁。二人在沙场上，战到三十回合，难胜号怀。苏宝同暗想："唐朝来的将官，多是能人。这人年轻，本事倒高。不免诈败下去，用飞刀伤了他。"算计已定，兜转马，把刀虚晃一晃，叫声："小蛮子，果然凶勇，本帅不是你对手。我去休得来追。"带转丝缰，往营前就走。号怀叫声："胡儿哪里走！"正待要追，只听得城外鸣金。号怀听得，"元帅要我回军。也罢！不与二兄报仇，要这性命何用？如今违令了。"把马一拍，随后追上来。宝同又将柳叶飞刀来伤号怀。号怀一见，魂飞魄散，大叫："二位哥哥，兄弟不能与你报仇了。"说罢，放声大哭。合当有救，韦驮天尊在云端，看见苏宝同飞刀要斩号怀，知他后来要与唐天子代主出家，佛门弟子不该死于飞刀之下。使佛力把降魔棒一指，即时飞刀不见了，依旧云开见日，苏宝同大惊说："这飞刀哪里去了？"叫声："狗蛮子，本帅的飞刀，被你一阵哭，不知哭到哪里去了，还我的宝刀来！"尉迟号怀抬头一看，果然不见了飞刀，心中暗暗称奇，连自己也不信，开言叫一声："胡儿，本将军自有神通，哪怕你飞刀，快快下马受死。"苏宝同说："休得胡言，看宝贝！"只听得一声响亮，又是一口飞刀下来了。

天尊又把降魔棒一指，飞刀又不见了。一连三起飞刀，弄得无影无踪。那苏宝同慌张，心中一想："我九口飞刀，连失三口。如若再放，依然杳去，便怎么处？没有了飞刀，怎报得杀父之仇？倘有疏忽，前功尽弃。也罢！如今且自回营，另寻妙计，杀退唐兵。"主意已定，传令鸣金收军，兜转丝缰，回马就走。尉迟号怀飞马追赶。只听得空中大叫一声说："尉迟将军，你快快收兵，莫可恋战。若追赶苏宝同，性命难保。"尉迟号怀抬头一看，见空中有金甲尊神，手中提着降魔棒，立在云端。"嘎！我晓得了，方才救我的是这尊神仙。"不免望空拜谢。只见天尊冉冉往西而去。尉迟号怀收兵进城，来见元帅缴令。贞观天子传旨："将二位将军衣冠埋葬，必要剿灭西凉，方雪朕恨。"又说："连失三员大将，叫寡人寸心不忍。"仁贵道："龙心暂安，臣明日发兵出城，擒此番将。"天子说："元帅出去，须得小心。征西凉全靠你，不要失着与他。""这个自然。"

不表君臣商议，再言次日探子报进说："帅爷，苏宝同又在城外讨战。"薛元帅闻报大怒，连忙打扮，结束停当。八位总兵官及程铁牛、秦梦、段仁、王宗一、尉迟号怀等进帐说："元帅出城破贼，小将们愿同往。"仁贵说："诸位将军兄弟们，今日本帅第一遭出阵，有八位总兵在此，不劳诸位将军去得。"众将说："说哪里话来，元帅出阵，末将随去听用。"说："这个不消，在城中保驾。""是。"元帅上了赛风驹，发炮三声，城门大开，鼓噪如雷，二十四面大红蜈蚣旗左右一分，冲出城来。你道他怎生打扮？但见头戴一顶亮银盔，二翅冲霞双龙蟠顶；身穿一件银丝铠，鸳鸯护心镜，内衬暗龙袍；背插四杆白绫旗，左边悬下宝雕弓，右首插几支狼牙箭，腰挂打将白虎鞭，坐下一匹赛风驹，手执画杆方天戟，后面白旗大字"招讨元帅本姓薛"。那薛仁贵来到阵前，抬头一看，但见苏宝同怎生模样？他头戴一顶青铜盔，高挑雉鸡尾两边分，白面颔下微须；身穿一件青铜甲，砌就龙鳞五色，甲内衬一领柳绿蟒，绣成龙凤，二龙戏珠前后护心；背挂葫芦，暗藏飞刀，插箭杆旗四面，左边挂弓，右边挂箭，足踏虎头靴，踹上一骑白龙驹，手托大砍刀，后面扯一面大旗，上写"天寇大元帅苏"，果然来得威风。仁贵把马住说："呔！你这番将可就是苏宝同么？"说："然也。既晓得本帅大名，何不早早自刎，献首级过来。"仁贵呼呼冷笑，叫："苏贼！你乃一个无名小卒，擅敢伤我邦三员大将。本帅不来罪你，你又在关前耀武扬威。今日逢着本帅，要与三将报仇，难道不闻我这画杆方天戟厉害？好在用你祭我戟，也不为奇。不如卸甲投唐，等我主将你慢慢斩首挖心，以祭驸马、二位尉迟爵主。若有半句不肯，本帅就要动手。"苏宝同大怒说："你口出大言，敢就是什么薛元帅薛仁贵么？""既晓得本帅之名，何不下马受缚。"苏宝同说："薛蛮子，你不晓得我与大唐不共戴天，杀父之仇，恨得切齿。我也晓得你的本事不丑，今日将你一刀斩为几段，快放马来。"把大砍刀双手往上一举，喝一声："薛仁贵，招我的刀罢！"把这一刀往仁贵顶梁上砍将下来。仁贵说声"来得好！"把画杆方天戟往刀上噶嘟这一枭，刀反往自己头上绷转来了，说："嗄唷，果然名不虚传，好厉害的薛蛮子。"豁喇冲锋过去，又转过战马来。苏宝同刀起，咔一声，往着仁贵又砍将下来。仁贵把戟枭在一旁，还转戟往着苏宝同前心刺将过来。这宝同说声"来得好！"把大砍刀往戟上噶嘟这一抬，仁贵两臂震一震说："嗄唷！今遇这苏贼抬得住我戟，果然有些本事。"马打交锋过去，英雄闪背回来。仁贵又捣一戟过去，宝同又架在一边，二人大战沙场，不分胜负。正是棋逢敌手，将遇良才。二人大战有四十回合。正是石将军遇了铁将军，不见输赢，又战了十合，杀得宝同呼呼喘气，马仰人慌，刀法甚乱，汗流脊背，两臂酸麻。"嗄唷！厉害的薛蛮子。"招架不住，带战马就走。仁贵不舍，随后追来。天子同了军师、程咬金在城上看见元帅得胜，天子大悦，对徐茂公说："军师，你看元帅得胜了。果然杀得苏贼大败。"吩咐三军擂鼓。听得战鼓擂动，仁贵不得不追。但不知性命如何，且听下回分解。

第十三回

苏宝同九口飞刀　薛仁贵沙场受苦

话说苏宝同回头看见薛仁贵追上来，心中大喜，把葫芦盖拿开，口中念动真言，飞出柳叶飞刀，青光万道，直往薛仁贵顶上落将下来。这仁贵抬头一看，知是飞刀，连忙把戟按在判官头上，抽起震天弓，拿起穿云箭，搭在弦上，往飞刀上"飕"的一箭，射将过去。只听得豁喇一声响，三寸飞刀化作青光，散在四面去了。吓得苏宝同魂不附体，"啊呀！你敢破我的法宝。"飕飕飕，一连发出五口飞刀，阵面上俱是紫青光。仁贵手忙脚乱。当年九天玄女娘娘曾对他说："有一口飞刀射一支箭。"前年在魔天岭失了一支，现只存得四支。如今他连发五口飞刀，就有五支箭，也难齐射上。所以暗自着急说："啊呀！我命休矣！"无法可躲，只得一把拿起三支穿云箭，往青光中一撒，只听得括拉拉连响数声，青光飞刀尽皆不见。四支箭原在半空中不落下来，仁贵把手一招，四支箭落在手中，将来藏好。那边苏宝同见破了飞刀，魂不在身，"嘎唷，罢了，罢了。本帅受李道符大仙炼就之刀，你敢弄些邪术来破，与你势不两立！"只得把腰间飞镖祭起，雷鸣电闪，日色天光，不辨东西南北。仁贵抬头一看，见影影绰绰好似那怪蟒一般，飞奔前来，张牙舞爪，要来吃人。仁贵十分慌张，忙将手中画戟招定飞镖，招架十分沉重，犹如泰山一般打将下来，招架不住，兜转丝缰往城下逃来了。那飞镖好不厉害，紧追紧赶，插翅腾云，也难躲避。追至吊桥边，打下来了。仁贵把头一偏，正打在左膀上。仁贵大叫一声，仰面一跤，跌下马来。周青等四员总兵看见元帅落马，一齐上前抢了主将，进入城中。苏宝同后面追来，这里发起狼牙，扯起吊桥。宝同看见箭发如雨，带了三军，只得回营。此话不表。

再言天子在城上看见仁贵落马，传旨鸣金收军，城上多加灰瓶、炮石、强弓、弩箭，紧守城门。军士将仁贵抬进帅府，安寝在床，连忙把衣甲卸下。哪晓仁贵昏迷不醒，只有一线气在胸中。周青、薛贤徒、周文、周武、姜兴霸、王心溪、王心鹤、李庆红等，急忙到殿前奏说此事。

天子大惊，同了徐茂公、程咬金前来看视。只见仁贵闭眼合口，面无血色，膀上伤痕，四周发紫。徐茂公说道："吾主有福，若是中了飞刀，尸首不能完全。此镖乃仙家之物，毒药炼成。凡人若遇此镖，性命不能保全。今天元帅受此毒镖，还算上天有靠，不至伤命。"天子说："先生又来了，见元帅这般疼痛，多凶少吉的了，还说什么'有靠'，岂非是荒唐之言。"龙目滔滔下泪。徐茂公说："陛下不必悲伤，臣昨夜观天象，主帅该当有血光之难，命是不绝的，少不得后来自有救星到临。目下凶星照耀，不能顷刻根除，只怕要三番死去，七次还魂，要等一年灾满，救星到了，自然病体脱险。此乃毒气追心，必须要割去皮肉，去此毒药，流出鲜血，方保无虞。"天子点头说："先生所见不差。"来对仁贵道："元帅，今日徐先生与你医治，你需要熬其痛苦，莫要高声大叫，有伤元神。"仁贵说："承万岁厚恩，虽死不辞。"又叫："先生，多谢你费心。"徐茂公说："不敢，元帅且自宽心。"吩咐军士把战衣脱落，面孔朝床里。八人扶住，一人动手，拿一把小刀，连忙将紫肉细细割去，有二寸深，不见鲜血，多是黑炭的肉。天子问道："为何不见血迹？"徐茂公说："此镖乃七般毒药炼成，一进皮肤，吃尽人血，变成紫黑。必须再割一层，叫痛而止，见血而住，方能有命。"天子道："先生，这叫元帅如何熬当得起？"军师道："万岁，不妨事，决无妨害。"天子听言，把头一点，吩咐军士用心服侍。回说："是。"细细割去三层皮肉，方才见鲜血流出来了。元帅大叫："好疼痛呀！"擂床擂席，好不伤心。八个军士扶不住了。徐茂公说："元帅且定了性儿，忍痛要紧。"那血不住放出来，仁贵悠悠晕去，又醒转来，对徐茂公说："先生，如今再熬不起了，负了万岁洪恩，杀身难报，如今要去了。"大喊一声，两足一蹬，呜呼哀哉。天子看见身死，大哭，对徐茂公说："啊呀！军师不好了，元帅气绝了呀！"徐茂公叫一声："万岁，不妨。他疼痛难熬，故尔死去，少不得醒转来的。"吩咐军校快将丹药敷好伤痕，不可惊动元帅。请万岁回宫，待他静养几日，少不得自能"还阳活命"。吩咐八位总兵小心看守。那周青等异姓骨肉，床前轮流服侍。天子无奈，同了军师回进宫中，心中忧闷。暂且不表。

另言薛仁贵阴魂渺渺出了锁阳城，身上却是轻快，跨上了赛风驹，手内执了方天戟，把马一拍，"待吾去杀此苏贼，报一镖之仇"。大叫："苏贼，快出来纳命！"高声大骂，横冲直撞。杀到前边，抬头一看，见一座高城池，上写着"阴阳界"。只见牛头马面侍立两旁；往城中仔细一看，城内阴气惨惨，怨雾腾腾，心内一想："此是阴间地府世界，我要杀苏贼，如何到这里来？心中好不着急，回转去罢！"带转丝缰忙回旧路。只听得城中鼓声大震，冲出一彪人马，为首一将大叫："薛仁贵，你要往哪里去？还我命来。你当初征东，我在海中求你，你不肯放松，至我一命身亡。我在此久等，各处寻你再遇不着，不道今日狭路相逢，你休想回去，定要报仇了。"仁贵抬头一看，见此人青皮脸，却原来是东辽国盖苏文，说："我道是谁，原来是你。不要走！本帅要取你之命。"回转马来，开言叫声："盖苏文，你本事低微，自来送死，今日如何怨我？可晓得本帅厉害么？"盖苏文听了大怒，把赤铜刀一起，说声："招刀罢！"劈面门砍来。那仁贵不慌不忙，把手中画戟噶嘟一声架在旁首，圈得马来，把手中方天戟向前心刺将进来。盖苏文把铜刀一招，招架过去。两下交锋，有二十回合。正是青龙与白虎战在一处，杀在一堆，并不见输赢。一连战到百余回合，盖苏文有些招挡不住，刀渐渐松下来。仁贵戟法原高，紧紧地刺将过来。盖苏文说声："不好！"把赤铜刀往戟上噶嘟嘟嘟一抬，这一抬险些跌下马来。仁贵抽出一条白虎鞭，喝声："招打罢！"三尺长鞭手中亮一亮，倒有三尺长白光。这青龙星见白虎鞭来得厉害，说："不好了！"连忙躲闪。只见白光在背上晃得一晃，痛入前心，口喷鲜血，把赤铜刀拖落，二膝一催，豁喇喇，豁喇喇，往城中好走哩。仁贵喝道："往哪里走！"随后追赶，盖苏文进了城门，牛头马面将城门紧闭，军士一个也不见了。仁贵十分恼怒，开言说："城上的听着，将盖苏文放出来。若不放出，本帅要攻城哩。"一声大叫，牛头马面忙下城来，开了城门说："将军，我这里并不见什么盖苏文，不要在这里撒野。"仁贵大怒，一戟刺死了牛头马面，进了阴阳界内，必要寻盖苏文。哪里又寻得着？追下去有数里，远远听得吆喝之声，只得走向前边。抬头一看，见一所巍巍大殿，上边匾额上写三个大字"森罗殿"。仁贵心中一想：森罗殿是阎君所居，不要管它，只寻盖苏文便了。来到殿上，只见阎君正坐宝殿，判断人间善恶。那崔判官立在东首，下面都是夜叉、小鬼、牛头、马面。丹墀之下，跪着许多人犯，披枷戴锁，着实惨伤。都是生前造孽、忤逆不孝、瞒天昧地、使用假银、奸盗邪淫、不公不法之徒，正在那里发落。这些人犯也有打的、夹的，只听得叫苦连天。仁贵在下面看见，暗想说："生前原要做好人，死后免受地狱之苦。"见他发落已完，正要上前去要盖苏文否，且看下回分解。

第十四回

薛仁贵魂游地府　孽镜台照出真形

诗曰：

　　梦魂追杀姓苏人，渺渺茫茫一路寻；
　　意马心猿忽见面，青龙白虎斗输赢。

　　闲话少讲，再言阎君天子发落已毕，抬头见了仁贵，说声："将军哪里人？因何到此？乞道其详。"仁贵开言说："阎君有所不知，本帅住在山西绛州龙门县，姓薛名礼，号仁贵。蒙贞观天子洪恩，跨海征东，救驾有功，封平辽王之职。今奉旨来征西凉，来到锁阳城，被逆贼苏宝同，二将飞刀伤我邦三员大将。圣上大怒，命本帅擒拿苏贼。不料又中飞镖，故此追杀苏贼。不想错走了路途，谁知遇盖苏文，方才与他大战。他力不能敌，败进阴阳界。我随后追来，无形无影无踪迹。故尔来到宝殿，相烦将仇人盖苏文还与本帅，也好复旨。"阎君听了开言说："薛大人，你还不知。盖苏文乃青龙星，上天降下来的，该有这番杀戮。本大王这里阴阳簿上，没有他的名姓，不在阴司。虽然光降，多多得罪。"仁贵大怒说："阎君，你好欺人。他亡故多年，转世投胎，你也不知么？说什么'簿上无名''不是阴司该管'这些胡言。快快放出，万事全休。若再藏头露尾，本帅就要动手了。"阎君说："将军息怒。"吩咐判官："取阴阳簿过来，付与薛大人看。"那崔判官领命，忙将簿子送与仁贵。

仁贵接了一看，从前到后，果然没有姓盖的名字。仁贵说："方才与他大战，追了阴司，难道就不在这里？此话哄谁？"阎君说："将军但知其一，不知其二。本大王这里铁面无情，判断人间善恶，岂能徇私将人藏过来骗大人？委实不是我管，不在阴司地面。大人请回。"仁贵说："他既然簿上无名，要这簿子何用？将火烧掉了罢。"阎君听了，遍身香汗直透，上前夺住道："这使不得。本大王奉玉帝敕旨，掌管阴阳簿子。一日一夜，万死万生，生前行善造恶，都在这簿子上。大人若是毁了它，人间善恶不能明白，上不能复旨天庭，下不能发放酆都地狱罪犯。此事断然使不得。逆犯天条，罪该不赦。大人还要三思。"仁贵说："既然不容我毁阴阳簿子，只要还我盖苏文，我就不毁了。"大王听了呼呼笑道："大人你既然要看，这不难，随我到孽镜台前，一看就明白了。但是还有一说，只许远观，不宜近看。大人阳寿未终，还该与朝廷建功立业。倘复还阳世，此事不可泄漏天机。本大王其罪不小了。"仁贵说："这个自然。"

大王出殿上马，同仁贵来到孽镜台前。转轮大王吩咐鬼卒："把关门开了，请大人观看。"鬼卒领法旨，忙把关开了。二位同上楼中。开了南窗一看，又是一个天朝了。分明是中原世界，桃红柳绿，锦绣江山，好看不过。大王说："大人，你看西边尊府可见么？"仁贵仔细一看，果然一些也不差。但见平辽王府里面，二位夫人愁容满面坐在那里。旁边薛金莲手内拿着一本兵书，在那里看视。仁贵看了这般情景，放声大哭："我那二位夫人啊，你终日望我得胜班师，不想受许多折磨，如今死在阴司，你如何晓得，如今再无团圆之日，也顾不得许多。也罢！"开言叫声："老大王，但不知我圣上在哪里？"轮转王叫大一声："薛大人，难得你忠心耿耿，思念朝廷，不恋家乡，实为可敬。随我到这里来。"吩咐开了西窗，便叫："大人往西一带沙漠之地，就是当今天子了。"仁贵抬头一看，果然就是锁阳城。但只见天子愁容满面，军师徐茂公、鲁国公程咬金不开口立在旁边。主帅营中寂静无声，只见牙床上睡着一人。仁贵大惊说："阎君大人，本帅营中床上睡一死尸，这是什么人？"大王说："难道你忘了本来面目，睡的死尸就是将军。""嗄！原来就是我。这般说起来，我身已脱臭皮囊，再不能回阳世了。我那圣上啊！今生休想见面了。"泪流不止。阎君说："大人且免愁烦，方才本大王说过阳寿未终，少不得送大人还归旧路。"那仁贵忽然醒悟，开言说："适才冒犯天颜，多多得罪，受我薛礼一拜。"大王连忙扶起说："何出此言？大人不见责就好了，何必言谢。"仁贵满面惭愧，开言相求："望老大王放吾还阳，还要保主征西，灭那苏贼。但不知秦驸马、尉迟二位将军，如今在哪里？待吾会他一会，可使得么？"大王说："这不能。他天数已定，寿算已绝，如今已上天庭去了。本大王开东窗你看。"仁贵抬头一看，见楼台有数丈高，中间悬一面大镜子，上写着"孽镜台"三字，望着镜子里面看去，别有一番世界。龙楼凤阁，仙鹤、仙鹿成群，内中也有牛头、马面、判官、小鬼许多在那里。看到半边好作怪，囚笼车内坐着一位将军，饿得犹如骷髅，脚掩手扭，链条锁住。仁贵问道："老大人，此人犯的何罪，受此锁禁？"大王说："大人，你今朝到本大王这里要寻仇人，这就是他。今日仇人当面，还问我是何人？"仁贵道："这般说起来，这就是盖苏文了。他为何这般光景？我明明与他交战，何等威势，如今弄得这样形容。"大王说："大人，这交战的原非盖苏文。也是大人被苏宝同飞镖所伤，疼痛难熬，其魂出壳，梦游地府，转念那人，那人就来了，并非盖苏文真来索命。这是大人的记心。"仁贵道："呀！原来如此。"又叫一声："老大人，那盖苏文死后何罪，罚在囚笼里面受苦？"大王说："大人但知其一，不知其二。当初大人未遇之时，奉奸臣张士贵命探取地穴，金龙柱上用九根火链锁住，就是他了。蒙大人恻隐之心将他释放，来投阳世，他若改过自新，其罪也无了。不想他来到东辽国，逆天行事，好杀生灵，伤害百姓，致死数十万性命。虽蒙大人除掉了他，他的罪孽更重。虽是青龙下降，合当受此磨难。只要等他罪完孽满，方可上天复位。"仁贵点头想："生前作恶阴司记得明白，断断躲不过的，如今为人必要正直无私。"开言又问说："老大人，但不知我后来结局如何，伏乞老大人指示。"大王说："你平生正直，三下天牢，不忘恩主，并无怨心。扶助紫薇圣主，打成唐朝天下，并无罪孽。你何必心慌？"仁贵说："虽是如此，究竟后来如何？"大王说："既然如此，北窗一发开给你看，就明白了。"吩咐鬼卒开了北窗。

北窗鬼卒得令，连忙开了北窗。大王对仁贵说："一生结局都在里面。"仁贵抬头一看，全然不解。只见一座关头，写着"白虎关"，只见关中冲出一彪人马，为首一将，生得凶恶，身长丈二，青脸獠牙，赤发红须，眼如铜铃；坐下一匹金狮吼，手端铁方量，冲到阵前。前边来了一员大将，白盔白甲，手执方天画戟，与他交战。那时将军杀败，只见顶上现出一只吊睛白额虎，张牙舞爪，随着那将军一路追上来。旁边又赶出一员年少将军，浑身结束，年纪只有十六七岁光景，坐下一匹腾云马，手执狼牙宝箭，搭上弦，只听得"嗖"的一声，弓弦响处，一箭正中猛虎。片刻不见猛虎，前面将军跌下马来。霎时飞沙走石，关前昏暗。少停一刻时候，天光明亮。只见仙童玉女，长幡宝盖，扶起那中箭的穿白的将军上了马，送上天庭，冉冉而去。定睛一看，只是影影绰绰，看不明白。又只见射箭的年少将军号啕大哭，前来追杀那恶将，却被这恶将杀得大败。只见一员女将，十分美貌，手舞双刀，接住恶将大战，不上十合，被双刀女将砍下马来。霎时又不见了。那仁贵看了，全然不晓得是何缘故，忙问阎君说："内中景界仓然不解，乞道其详。"大王说："大人，此将名叫杨藩，有万夫不挡之勇，乃是上界披头五鬼星临凡。大人若遇此人，须要小心。"仁贵道："老大人，关中赶出那一员青面獠牙、使铁方量的，想来就是杨藩了。"大王说："然也。"不知后面还有何景象，再将下回看。

第十五回

薛仁贵死去还魂　宝同二困锁阳城

　　闲话不提。仁贵又看到后边，忙问："这一员将官是哪一个？"大王道："后面将军，就是大人了。"仁贵道："嗄！就是本帅。为什么泥丸宫放出一只白虎来？主何吉凶？"大王道："大人，这是你自己本命真魂出现。"仁贵说："啊呀！这般说起来，本帅乃白虎星临凡了。""然也。"仁贵又问道："老大人，那旁边那一员小将，我与他前世无仇，今生无冤，为何将本命星一箭射死？但不知他姓甚名谁？为何前来伤着本帅？"阎罗天子微微冷笑说："大人，这小将就是你的令郎，名唤丁山。"仁贵道："老大人，本帅没有儿子的，他是龙门射雁的小厮。嗄！原来是我的丁山儿，他为何伤我？"大王说："你当初无故将他射死，今日他来还报。你无心害子，他有心救父。白虎现形，故而射死白虎，怪他不得，这叫一报须还一报。"仁贵道："我儿已被我射死，尸首又被猛虎衔去，本帅亲眼见的，如何又得重生？又来助战？"大王说："你令郎有神相救还阳，目下应该父子相逢，夫妻完聚。""嗄！原来如此，有这个缘故。我后死于亲人之手。"二位说毕，同下楼来。大王吩咐鬼卒："送薛爷回阳间去，不可久留在此，恐忘归路。"仁贵拜谢。鬼卒同了仁贵离了森罗殿，来到前面。只见一个年老婆婆，手捧香茶，叫声："吃了茶去。"仁贵听得，叫声："婆婆，我不要吃。"大王叫一声："大人，这个使不得。倘然复还阳世，泄漏天机，其罪不小了。请大人吃了这盏茶。"仁贵吃了，作别大王，还回旧路。看看相近锁阳城，鬼卒叫声："薛爷，小鬼送到此间，阴阳阻隔，要去了。"仁贵叫声："慢去，还有话讲。"只听得大叫："元帅苏醒转来了。"那周青等八位昼夜服侍，在此守候。听得元帅大叫，周青说："好了，元帅醒过来了，快快报与万岁知道。"薛贤徒急忙来到银銮，奏说此事。朝廷大悦，同了茂公前来看视，叫声："元帅，你七日归阴，朕七日不曾安睡。今日元帅醒转，朕不胜之喜。要耐心将养为主。"传旨煎茶汤。仁贵只得翻转身来，说："臣该万死，蒙圣主如此隆重，杀身难报，只得在席上叩首了。"朝廷说："这倒不必，保养第一。"仁贵说："军师大人，这几天苏贼来攻城否？"茂公说："他失了九口飞刀，不来十分攻打。"仁贵对周青说："你等不要在这里服侍，自有军校承值。你带领人马十门紧守，多备灰瓶、炮石、强弓、弩箭，防他攻打以惊圣驾。"那八员总兵一声："得令！"都往城上紧守去了。又对徐茂公说："待本帅好些，然后开兵，不要点将出城，再送性命。"茂公说："这个自然，元帅且宽心。"仁贵说："请万岁回銮。"朝廷再三叮嘱，同了茂公自回宫不表。

另回言苏宝同为何不十分攻打？因前日与尉迟号怀交战，失去三把飞刀，又与薛仁贵开兵，又失去六把飞刀，如今一齐失了，剩得飞镖三柄，哪里敌得唐兵过？复要上仙山炼就飞刀，再来复仇，未为迟也。忙吩咐三军："把城门围住，不许放走一人，否则本帅回来军法处治。""得令！"那苏宝同又往仙山炼飞刀去了，我且慢表。

再言锁阳城中，徐茂公善知阴阳，晓得苏宝同上山炼飞刀去了，应该点将出战。为何不发兵？明晓得他营中飞钹和尚、铁板道人两个厉害不过，出去枉送性命，故尔不发兵。也是灾难未满，所以耽搁。他日日到帅府看视。仁贵用敷药敷好，只是日夜叫疼叫痛，也无法可治。不料耽搁有三个月，君臣议论纷纷，我且慢表。

如今要讲到西凉元帅苏宝同，他上仙山求李道符大仙，又炼了九口飞刀。别师下山，到狼主那里，又起雄兵十万，猛将千员，带领大队人马来到锁阳城。量城中薛仁贵不能就好，老少将官也无能冲蹿，竟胆大心宽，传令："与我把十门周围扎下营盘。""嗄！"一声号令，发炮三声，分兵四面围住，齐齐扎下帐房。前后有十层营盘，扎得密不通风，蛇钻不过马蹄，乌鸦飞不过枪尖。按下四方五色旗号，排开八卦营盘，每一门二员猛将把守。元帅同军师困守东城，恐唐将杀出东关，到中原讨救，所以绝住此门。今番二困锁阳城，比前番不同，更是厉害。雄兵也强，猛将也勇，坚坚固固，凭你神仙手段，八臂哪吒也难迎敌。此一回要杀尽唐朝君臣，复夺三关，杀到长安，报仇泄恨。暂且不表。

城中贞观天子在银銮殿与大臣闲谈，着急仁贵病体不能全好。正在此刻，忽听城外三声炮响，朝廷大惊。一时飞报进来，上殿启奏："万岁爷，不好了。番兵元帅又带领雄兵数万，困住十门，营盘坚固，兵将甚众。请万岁爷定夺。"朝廷听得此报，吓得冷汗直淋。诸大臣目瞪口呆。徐茂公启奏道："既有番兵围绕十门，请万岁上城窥探光景如何，再图良策。""先生之言有理。"天子带了老将、各府公子，都上东城。往下一看，但见：

征云惨惨冲牛斗，杀气重重漫十门；风吹旗转分五色，日照刀枪亮似银；銮铃马上叮当响，兵卒营前番语情；东门青似三春柳，西接旗幡白似银；南首兵丁如火焰，北边盔甲暗层层；中间戊己黄金色，谁想今番又围城。

果然围得凶勇！老将搔头摸耳，小英雄吐舌摇头。天子皱眉道："徐先生，你看番兵势头厉害，如之奈何？薛元帅之病不知几时好，倘一时失利，被他攻破城池，便怎么处？"茂公说："陛下龙心且安。"

遂令秦梦、尉迟号怀、段仁、段滕贤，各带二千人马，同周青等八员总兵保守十门，"务要小心。城垛内多加强弓硬弩、灰瓶石子，日夜当心守城。若遇苏宝同讨战，不许开兵，他有飞刀厉害。若来十门攻打，只宜十城坚守。况城池坚固，决无大事。不要造次，胡乱四面开兵。一门失利，汝四人一齐斩首。""得令！"四人领命，各带人马，分十门用心紧守。朝廷同老将、军师退回银銮殿，叫声："先生，此事如何是好？"茂公道："陛下降一道旨意，到长安讨救兵来才好。"朝廷说："先生又来了。城中多少英雄，尚不能冲杀番兵。寡人殿前，哪一个有本事的独踹番营？"茂公道："有一员将官，他若肯去，番兵自退矣。"天子道："先生，哪一位王兄去得？"茂公笑道："陛下龙心明白，讨救者扫北征东里人也。臣算定阴阳，此去万无一失。他是一员福将，疾病都没有的。陛下只说没用，老臣自有办法，遣将不如激将。"天子点头，心中才晓得是程咬金。就叫："程王兄，军师保你能冲杀番营，前去讨救。未知可肯与朕效力否？"程咬金跪奏道："陛下，为臣子者正当效力，舍死以报国恩。但臣年迈八旬，不比壮年扫北征东，疾病多端。况且到长安，必从东门而出。苏宝同飞刀厉害，臣若出去，有死无生，必为肉泥矣。徐二哥借刀杀人，臣不去的。"朝廷说："先生，当真程王兄年高老迈，怎能敌得过苏宝同？不如尉迟御侄去走一遭罢，他那条枪还可去得。况程王兄风中之烛，只好伴驾朝堂，安享富贵。若叫他出去，分明送他残生性命，反被番邦耻笑。军师，此事还要商议。"不知程咬金肯去不肯去，再看下回分解。

第十六回

徐茂公激将求救　程咬金骗出番营

适才话言不表。再言徐茂公说："陛下，动也动不得他。臣算就阴阳，万岁洪福齐天，程兄弟乃一员福将。苏宝同虽有飞刀，邪法多端，只伤无福之人，有福的不能受伤。故尔保我程兄弟出去，万无一失。若说尉迟小将军，他本事虽高，怎避得番帅飞刀之患？况他二兄已丧，此去兵不能退，又折一员栋梁。程兄弟，当年扫北时也保你出去讨救，平安无事，得其功劳。向年在三江越虎城，也保你往摩天岭讨救，也太平无事，今日倒要推三阻四起来。"咬金道："这牛鼻子道人！前年扫北，左车轮本事，系用兵之法不精，营帐还扎得松，可以去得；向年征东，盖苏文认得我的，不放飞刀，还敌得过，所以去得。如今我年纪增添，苏宝同好不厉害，营盘又坚固，更兼邪法伤人，我今就去，只不过死在番营，尽其臣节。只恐误了国家大事，我之罪也。"天子说："程王兄之言不差。他若出去，被苏宝同见笑，城中没有能人大将，遣一个年老废物出城，岂不笑也笑死了。"程咬金一听此言，心中不忿，开言叫声："陛下，何视臣如草芥！当初黄忠老将年纪七十五岁，尚食斗米，能退曹兵百万。况臣未满八旬，尚有廉颇之勇，何谓无能？待臣出去。"天子道："既然王兄愿去，寡人有密旨一道，你带往长安开读。讨了救兵到来，退得番兵，皆王兄之大功也。"程咬金领旨一道，就在殿上装束起来。按按头盔，紧紧攀胸甲，辞了天子，手端大斧，开言说："徐二哥，你们上城来看。若然吾杀进番营，营头大乱，踹得出番营。营头不乱，吾就死在番营了。另点别将去讨救。"咬金说："诸位将军，今日一别，不能再会了。"众公爷说："说到哪里话来，靠陛下洪福，神明保佑，老千岁此去，决不妨事。"程铁牛上前叫道："爹爹，你是风中之烛，不该领了旨意到长安去。"咬金说："我的儿，自古道：'食君之禄，与君分忧。'国家有难，情愿舍身而报国，生死皆由天命，就死不为寿夭。况为父的受朝廷大恩，岂有不去之理？"程铁牛流泪说："待孩儿保着爹爹前去，一同杀出番营，同到长安。"咬金摇摇手道："这使不得，你伴驾要紧。倘一同出去，有甚三长两短，就不妙了。"父子二人大哭。诸臣见了，好不伤心。咬金辞王别驾，上了铁脚枣骝驹，也不带一兵一卒，出了午门，独骑同茂公来到东城。天子同公卿上马，都到城上观看。咬金又叫一声："徐二哥，你念当初结拜之盟，要照管我儿的。"茂公说："这个自然，不消吩咐。但愿你马到成功，回到长安，早讨救兵到来。愚兄在这里悬望。"咬金说："二哥，我出了城门，冲杀番营，营不乱，你们把城门紧闭，吊桥高扯；若营中大乱，你们不可闭城，吊桥不可乱扯，防我逃进城来。"茂公说："这不消兄弟吩咐。你且放胆前去，我自当心的。"铁牛看了不忍，君命所差，无可奈何，同茂公竟上城头观看。一边放炮开门，吊桥坠落。咬金一马当先，冲出城来，过了吊桥。茂公一声吩咐，城门紧闭，吊桥扯起了。

　　这程咬金回头一看，见城门已闭，吊桥扯起，心中慌张，叫声："二哥，我怎样对你讲的？"茂公叫声："程兄弟，放胆前去。我这里城门再不开的，休想进来，快回长安。我自下城去了。"咬金心中大恼，说："罢了！罢了！这牛鼻子道人，我与你前世无冤，今世无仇，何苦要害我！"在吊桥边探头探脑，却被营前小番瞧见，都架弓矢喝道："呔！城中来的将官，单人独骑，敢自来送命。看箭哩！"飕飕的乱发狼牙。程咬金好不着忙，向前又怕，退后无门，叫一声："番儿，慢动手。借你口中言语，去报与番将得知。说我兴唐鲁国公程老千岁，有话要面讲。"小番听了忙报营中说："启上帅爷得知，今有城中走出一名奸细，口称鲁国公程咬金，坐名要与元帅搭话。"苏宝同道："那人带多少人马？用何兵器？""启上帅爷，那人并无兵马，单人独骑，手内端着一柄斧子，余外并无什么。"苏宝同吩咐带马来。军士带过马，宝同上了龙驹，来到营前，大喝一声说道："老蛮子，你姓甚名谁？请本帅出来有何话说？"程咬金开言叫声："胡儿！只为飞刀厉害，主帅命我程老千岁到长安催取粮草，来杀你们。"苏宝同说："原来就是程老蛮子，本帅也悉知。我也不杀你，你回去罢。"咬金叫一声："胡儿，我中原还有上天入地英雄好汉，倘然一到西凉，你们一个个性命就难保了。我老人家还有孙子，名叫程千忠，用十六个军士扛抬一柄板爷。若一到西凉，你们就难逃生路了。"叫一声："苏宝同！你若怕杀，宜快把我程爷爷这就杀了；你若是英雄好汉不怕杀，放我过去搬兵取运粮食。"苏宝同听了此言，心中一想：哪里有什么上天入地英雄好汉？哪里有十六个人扛抬的斧子？一概胡言。他分明粮草全无，运粮是真情了。我想这老头儿杀他也无益，不如放他去罢。倘有粮草到来，我就一鼓而擒，乘机攻破城池，将仇人杀尽，拿住唐王，搜寻御玺，呈与狼主，功劳无限。主意已定，叫一声："老南蛮，本帅也不怕你钻天好汉，也不怕你入地英雄，放你过去。"程咬金道："胡儿，你果然不怕死？"苏宝同说："老匹夫，你不要骂，俺不怕。放你过去。"程咬金叫一声："胡儿，你好奸诈啊！这会儿假意放我程爷爷过去，前边关口都被你番兵占去，你差兵到关津嘱咐，教他拿住我，将程爷爷一刀两段，岂不是上了你的当了？要杀，就在这里杀。"苏宝同道："嘎！你说哪里话来？本帅乃堂堂汉子，岂肯巧言令色。我若不容你过去，一刀就砍你骡头下来。难道见钟不打，反去炼铜？决无他意。你不要介怀，放心过去罢。"程咬金道："胡儿，你程爷爷此去搬兵到来，杀你这班番兵。你也请吾一请，好叫我吩咐孙子程千忠，斧子磨快些，把你这班胡儿一刀一个，杀快些，少受些苦痛。"苏宝同说："军校们，那老蛮子噜噜哧哧讲些什么？"小番禀说："启爷，那蛮子要酒饭吃。"苏宝同道："老匹夫不知饿了几天了，本帅做个好事。"吩咐小番赏他些酒食。"得令！"军校连忙取出鱼肉好酒，送与咬金。咬金大悦，将来吃了，有些酒意，开言说："胡儿，快将令箭批文与吾，好到关前做个执照。"苏宝同听了，吩咐小番，将批文令箭与他前去。咬金接了令箭批文，出了营门，上了马，叫声"多扰"，打马加鞭往前，至一里之地放起流星，此话不表。

再讲唐王君臣在城头观看，稍停，只见远远流星放起。天子大悦，叫声："先生，你看营后流星放起，程王兄想来无害了。"茂公道："臣算定不妨碍的。"程铁牛听了不胜之喜。传皆回宫。此话也不表。

再言程咬金一路上倒也太平，到了关隘，有了执照令箭，俱皆放行。不一日，到了玉门关，是中原地方。闻知钦差多来远接。咬金不敢耽搁，救兵如救火，日夜兼行，不分昼夜，过了宁夏一带地方。一路上风惨惨、雨凄凄，行过了陕西，早来到长安。进了城门，不到自己府中，当日就到午门，驾已退殿回宫去了。有黄门官抬头一看，说："啊呀！老千岁，随侍圣上龙驾前去征西平番，可是得胜班师了么？"咬金说："非也。快些与我传驾临殿，今有陛下急旨到了。"黄门官听见有万岁急旨降来，不知什么事情，连忙传与执殿官。不知圣驾如何，且看后回，便知分解。

第十七回

薛丁山受宝下山　柳夫人母子重逢

话说执殿官急忙鸣钟击鼓，内监报进宫中。殿下李治整好龙冠龙服，出宫升殿。宣进程咬金，俯伏尘埃："启殿下千岁，老臣鲁国公程咬金见驾，愿殿下千岁，千千岁。"李治叫声："王伯平身。取龙椅过来。"程咬金谢恩坐在旁首。殿下开言叫声："王伯，我父王领兵前去平西，未知胜败如何？今差王伯到来，未知降甚旨意？"程咬金说："殿下千岁，万岁龙驾亲领人马，一路势如破竹，连夺三关，如入无人之境。不想入了他圈套，没过空城之计，进得锁阳城，被苏宝同调百万兵马将锁阳城团团围住，水泄不通，日日攻打。开兵驸马出阵，被他骗去昆仑铜，还铜身亡，死于马下。次日尉迟宝林、宝庆弟兄二人，被他飞刀所害，尸首不能完全。元帅亲领六师自出，又被飞镖所伤，众将救回，死过七日，然后还阳，至今未好。事在危急，有惊天子龙驾。所以单人独马，杀出番营，到此讨救。现有旨意一道，请千岁亲观。"李治殿下出龙位，跪接父王旨意，展开在龙案上，看了一遍说："原来我父王围困锁阳城内，命我不要点朝中大将为帅，要出榜文，是有能人到来，领兵前来破番，方能得胜。"殿下对咬金说："父王旨意上要出榜文，不知何意？"咬金说："这是牛鼻子道人善晓阴阳，所以得知。"殿下说："事不宜缓，救兵如救火。老王伯与我调齐三军，操演各将，一面张挂榜文。"咬金说："老臣得知。"就此辞驾，出了午门，回到自己府中。裴氏太太早已亡故，孙儿千忠接见，他也是青脸獠牙，使一柄大斧，倒有八百余斤，两膀有千斤之力。咬金无暇细谈，自去料理。单有秦、尉迟二家公主闻此消息，苦恨不已，悲伤哭泣。但见随驾而去，不得随驾而回。设立灵座，殿下亲临吊唁，文武百官皆来祭奠。暂且不表。

另回言云梦山水帘洞王敖老祖，当年救了薛丁山，留在洞中，拜为师父，教习兵法，却已过了七年。晓得紫微星被困锁阳城，白虎星有难，目下应该父子团圆。不免唤徒弟下山，叫他前往西凉救驾，使他父子相逢，又能建功立业，有何不美。叫声："徒弟过来，有话要对你说。"丁山听得师父呼唤，忙到蒲团前跪下，说："师父有何吩咐？"王敖老祖叫声："徒弟，你今灾难已满，应该离我仙山。今有西凉苏宝同作乱，唐天子有难锁阳城，汝父被飞镖所伤，我命你下山，前往锁阳城救驾，致使父子相会，平定西番回朝，其功不小。"丁山听言，叫声："师父，弟子蒙师父相救，情愿在山中修道，学长生之法，不愿红尘中去走走。"说罢，泪流不止。老祖说："徒弟，你命该享人间福禄，修道之中你无缘，根行浅薄。你此去巧遇良缘，有大功于国，以救汝父。你若不听我言，不忠不孝之罪人也，焉能修道得成？"丁山说："师父，弟子本事低微，才疏学浅，武艺手段平常，如何到得西凉，杀退番邦人马？倘一失手，岂非败坏师父仙名？不能救驾，父子又不能会面，这便如之奈何？"老祖点头说："是，果然不差。此去到西凉，关关有大将，寨寨有能人，焉能到得西凉？苏宝同又厉害不过。嘎，有了。"吩咐仙童："去取我十件宝贝出来，付与师兄。"仙童领法旨，取出递与丁山。老祖说："此十桩宝贝，可能破得番邦，你要好好收藏，后有用处。"哪十件？太岁盔一件；索子天王甲，刀枪不进；一双利水云鞋，穿上会腾云驾雾；一把方天画戟；一柄昆仑剑；

玄武鞭；朱雀袍；宝雕弓；三支穿云箭；牵出一匹驾雾腾云龙驹马。丁山受了十件宝贝，全身披挂。老祖说："这十桩宝物，你拿到西边，就能平复西凉。天机不可泄漏，去罢！"丁山叫声："师父，徒弟此去不知何日再见师父？"老祖说："吾赠你偈言四句，日后富贵荣枯结局都在里头，你须要牢牢记着。偈曰：'一见杨藩冤孽根，红丝系足是前生。两世投胎重出见，自家人害自家人。'"丁山说："师父，不知吉凶，乞师父指引。"老祖说："不须问我，后有应验。""是，谨依师父严训。"拜辞师父，离了仙洞，上了龙驹。老祖又叫："徒弟转来，吾还有话讲。"丁山道："不知师父还有何法旨？""汝父有难西凉，被苏宝同飞镖所伤。我赠你丹药，前去救父一命。""是，谨依师父法旨。"那时便把葫芦收好，叫一声："师父，弟子此去往于何地？"老祖说："汝往西南而行，往龙门县。汝父职受平辽王，镇守山西。你回去母子相逢，速往长安，收取榜文，西凉退贼。你功名富贵，在此一举了。"丁山一听此言，心中明白。将弓箭鞭挂在腰间，别了师父下山。

这匹龙驹好不快便，但听得风声，不消片时来到山西。看看相近龙门县，按落云头一看，早到平辽王府门首，说道："吾七个周年不在世间，但不知母亲妹子如何？"只见走出一个人名薛青，抬头一看，问起因由，丁山细说一遍。薛青叫一声："小主人，你自经龙门射雁身亡，夫人终朝痛苦。难得今日生还，使小人喜出望外，待小人进去通报夫人。"薛青来到中堂，双膝跪下说："主母，当年小主人未死，今日回来，特来禀知夫人，现在辕门外面。"夫人听得此言，心中大喜，吩咐薛青："快快出去请大爷进来。""是，晓得。"来到外面，同了世子来到中堂。见柳氏夫人坐在中堂，丁山叫一声："母亲，孩儿丁山拜见。"夫人抬头一看："果然是我丁山孩儿。"抱头大哭："七年不见，今日相逢，孩儿细细说来。"丁山道："母亲，那日孩儿射雁，误被父亲射死。王敖师父差虎将孩儿衔去，救活性命，在山学道。今日师父命孩儿下山，付十桩宝贝。说圣驾被困锁阳城，父亲被飞镖所伤，无人往救。目下长安挂榜求贤，孩儿要往长安揭榜，领兵前往西凉救父要紧。故此先来拜见母亲，就要起程。"夫人听了大喜，说："难得仙师相救，七年恩养，又叫前去救父亲，这也难得。"金莲小姐在内闻知哥哥回来大喜，忙走到中堂，见了哥哥，满心喜悦。兄妹二人也有言语。回身拜见樊氏二娘，设团圆酒，与孩儿接风。

　　酒席之间，夫人下泪，说道："儿嘎，闻得西凉兵将凶狠，但不知你父亲死活存亡，叫做娘的哪里放心得下。"丁山听了，跪下说："母亲不必愁烦，待孩儿明日到长安揭榜，前去救父。母亲放心！"夫人说："孩儿，你要往长安，西凉去救父。也罢么，生死愿同一处，做娘的同你前去，免得牵肠挂肚。"金莲小姐上前说："哥哥，做妹子的有仙母教习仙法，炼就六丁六甲，金甲神将，武艺精通。凭他番兵百万，哪里在妹子心上。与哥哥一同前去救父。"丁山说："妹子果有本事，一同前去更妙。但不知家室田园王府托与何人？"夫人想一想说："王茂生伯伯夫妻今已去世，如今怎么处？嘎，有了，不免尽行托与樊氏二夫人便了。"母子兄妹三人讲了半夜，说起王茂生身故，丁山下泪，酒筵席散，各自归房。未到天明，各自抽身，将家事托与樊氏夫人。收拾完备，兄妹结束停当，同母亲离了山西。有官员相送，吩咐不必相送。放炮三声，竟往长安大路而行。

　　不一日到了长安，进城果见教场演兵马。来到午门，看见榜文大张。圣谕："有将领兵到西凉，救回圣驾，封万户侯，妻封一品夫人。"丁山大悦，忙上前揭榜文。有守榜官看见，忙来见鲁国公程咬金。咬金听说，忙上马来到榜前，见一年少将军揭了榜文，程咬金大喜，说："昨日张挂，今就有人揭榜。待我问他姓名，不知可有怎样本事退得番兵。"不知此人是谁，且看下回分解。

第十八回

薛丁山领兵救父　窦仙童擒捉丁山

　　适才话言不表。再言程咬金带年少将军来到自家府中，说："小将军姓甚名谁？有何本事来揭此榜文？"丁山说："老千岁，我乃薛平辽王之子丁山，向年被师父救去练习兵法。师父命小将下山，往西凉救君父，同母亲妹子一同到此。望老千岁奏明殿下，领兵前去征番。"咬金听了大喜说："你原来是平辽公之子，可喜。待吾二人一同去朝见殿下。"二人上马，来至午门。当驾官奏知，李治殿下升殿。程咬金同薛丁山来到金銮，朝见已毕。殿下问道："卿家，何人揭此榜文？"程咬金说："殿下洪福齐天。这小将军乃元帅之子薛丁山，前来揭榜领兵。"殿下说："原来是薛卿，平身。卿家有何本领领此重任？"丁山奏说："千岁在上，臣父蒙圣上洪恩，拜将征西，随驾番邦，不料被困锁阳城。闻千岁招贤纳士，臣遇仙师传授仙法，哪怕番兵百万、苏宝同厉害？臣此去必要杀却苏贼，平定西凉。得胜班师，犹如反掌。"殿下抬头一看，果然相貌不凡，人才出众，必是大将之材，心中大悦。封丁山为二路元帅，就当殿挂印。殿下李治亲递三杯御酒，说："薛卿领兵前去，一路旗开得胜，马到成功，救了父王龙驾，得胜回来，其功非小。"丁山谢了恩。这一头程咬金说："殿下千岁，救兵如救火，殿下速降旨意，命各府爵主，明日教场点起大队人马，连日连夜往西凉救万岁龙驾要紧。"殿下说："老王伯，这个自然要紧的。"就降旨意。如今各府公爷，回家整备盔甲；殿下回到宫中不表。

单讲薛丁山威威武武回到程府中，咬金设酒饯行，当夜之事不表。到了五更天，有各府公爷都是营妆披挂，结束齐整，到教场中听令。丁山头上戴顶闹龙束发太岁盔；身披一领索子天王甲；外罩暗龙白花朱雀袍；背插四面描金星龙旗，足穿利水云鞋，上节装成乌缎描凤象战靴；手端画杆方天戟；腰间挂下玄武鞭；左边悬下宝雕弓；右边袋衣插下三支穿云箭；坐下一匹驾雾腾云龙驹马。后面扯一面大纛旗，书着"征西二路大元帅薛"。丁山好不威风！来到教场，诸将上前打躬已毕，点清了三十万人马，薛丁山命尉迟青山先解粮前行；点罗通为前部先锋；后队点程千忠，逢山开路，遇水成桥。后面丁山祭过了旗，放炮三声，摆开队伍，众将保住了元帅。程咬金也是戎装甲胄，竟往西番大路而行。薛夫人、小姐也结束打扮，一同征进。尽戴乌金盔，都穿亮银甲。果然马不停蹄，出了陕西，过了宁夏，人马出了玉门关。

前面有座棋盘山，山势高峻。只听得山上一声锣响，罗通在马上说："前面高山必有草寇下来，尔等须要小心。"话声未绝，山上数千喽啰下山来了。冲出一个大王，年纪还少，仪貌堂堂，身长三尺，头戴高银盔，身穿熟铁甲，手执黄金棍。他是王禅老祖的徒弟，武艺高强。他在山上望去，见唐军中一员女将，生得齐整不过。好色之徒见了金莲，不觉神魂飘荡，妄想争来成亲。便拿了黄金棍，飞奔前来，挡住去路，大叫一声说："到我山前过，十个头，留九个。若是没有买路钱，走你娘的清秋路，快快留下买路钱来。若是不肯拿出来，你军中留下这少年女子，与我做压寨夫人。"罗通听了大怒："好大胆的狗强盗！天兵到此，你出此胡言乱语。"把枪一起，"招枪！"一枪往面门上挑将进来。窦一虎是步战的，把黄金棍往枪上噶啷这一枭，来得厉害！罗通这条枪绷转来了，圈得战马来又是一枪，如今一虎棍抬不起了。纵跳如飞，枪来棍架，棍去枪迎，二将交锋三十余合。罗通本事高强，杀得窦一虎浑身是汗，险些被他刺着，把身子一伸，一扭不见了。罗通抬头一看，"啊呀！这也奇了，方才这子正要拿他，为何就不见了？"军卒看见说："强徒做戏法的，忽然不见。"罗通心中想到："未如追上山去捣其巢穴，除此草寇，好让客商往来。"算计已定，带领三千铁甲，杀上山来。

小姐正坐忠义堂，喽啰报上山来："启小姐，不好了。大王在山前打探，不远来了唐朝大队人马。大王要截住讨买路钱，那军中闪出一员先锋，十分凶勇，与大王交战有三十余合，大王大败，土遁走了。那唐兵追上山来了。"

小姐大怒："嘎，有这等事。待吾自去拿他便了。"上了白花龙驹，带领三百女兵冲下山来，刚刚正迎着罗通。罗通看见一员女将冲下来，抬头一看："嘎唷，好绝色的女子！"你看她怎生打扮？但见她头上挽就螺蛳髻，狐尾倒照，雉鸡尾高挑，眉似柳叶两弯清，面如敷粉红杏色，一口银牙，两耳金环，十指尖尖如春笋，身穿索子黄金甲，八幅护腿龙裙，足下小小金莲，果然倾城倾国，好似月里嫦娥来下降。罗通见了，不禁呼呼大笑说："你这女子，有何本领，口出狂言。快快随我到营中，送与元帅做个夫人。""喳！狗南蛮，你不知俺窦小姐的厉害么？擅敢讨我便宜。不要走，招刀罢！"把刀一起，往罗通头上砍将过来。罗通把枪逼在一旁，还转枪，一枪劈面门挑将进去。小姐把刀噶啷啷一声响架在旁首，马打交锋过去，英雄闪背回来。二人在山前战到二十回合，小姐那番虚晃一刀，带转马就走，叫一声："狗南蛮，俺不杀你了，好走哩。"罗通不知她使计，拍马也追上来了。仙童回头一看，正中机谋，忙向怀中取出捆仙绳，抛在空中。罗通抬起头，只见一道亮光一烁，他被捆住，昏迷不醒，翻身一交，跌下马来，被喽啰拿上山去了。那窦仙童收了仙绳，又到阵前讨战。

有败残兵卒报进营中，说："元帅不好了，山中有一女将，能使妖法，把先锋罗千岁用红绳生擒活捉上山去了。"丁山听报大怒，吩咐："军校备马抬戟，待本帅亲自擒泼贼。"打扮完备，结束停当，跨上龙驹，手执画戟，带领三军，冲出来。来到阵前，大叫一声："贱婢，你好好放我先锋出来，若不然，本帅要将巢穴蹋为平地了。"窦小姐见营中出来一将，甚是齐整，面如敷粉，唇如涂朱，两道秀眉，一双凤眼，好似潘安转世，犹如宋玉还魂。窦小姐心中一想："我生一十六年，从不见南朝有这等美貌郎君。我枉有这副花容，要配这样才郎不能够了。"她有心拿这丁山，喝道："喏！来的唐将少催坐骑，留下名来。"丁山道："你要问本帅之名么，我乃唐王驾下二路元帅薛丁山便是。快快放罗千岁出来，好往锁阳城救君父。"小姐说："郎君，奴家有言相告。""有话快说来。""奴家已非俗人，乃九龙山连环洞黄花圣母徒弟。蒙师传授仙法，武艺精通，虚度青春十六岁。父母双亡，只有哥哥窦一虎。他有地行之术。奴家窦仙童欲与将军成就匹配，同往西凉救圣驾。不知将军意下如何？"丁山一听此言，心中大怒，说："你这不识羞的贱人！我乃堂堂世子，岂肯与你草寇为婚！你这无廉无耻不顾羞惭的贱人！你不必多言，招本帅的戟罢。"一戟往小姐面门上刺将来。那小姐不慌不忙把双刀一起架在一边，马打交锋过去，走转来，那仙童忙举双刀砍将下来，丁山急架忙还。刀来戟架，戟去刀迎，杀在一堆，战在一处。一连二十个冲锋，战得小姐满面通红，两手酸麻，哪里是丁山敌手？只得把双刀抬定方天戟，叫声："郎君，且慢动手，看我的法宝。"往怀中取出捆仙绳，往空中一抛，照前一样，将丁山捆住，得胜回山。将丁山绑起，解进忠义堂。丁山方苏醒，见了仙童立而不跪，骂道："泼贱妖娆，你用妖法拿我天朝元帅。"仙童说："奴家怜你人才出众，饶你一死。今日依我山上成亲，我就劝我哥哥归顺大唐，同到西凉。你若执迷不悟，如今就要斩了。"丁山听说，大怒道："妖娆，你出言无礼，强逼成婚，要杀就杀，何必多言。"仙童听了，吩咐喽啰："推出斩首报来。"喽啰得令，将丁山推出斩首。不知性命如何，且听下回分解。

第十九回

薛丁山山寨成亲　窦一虎归唐平西

再言窦小姐令喽啰将丁山推出斩首，正要开刀，只听得叫一声："刀下留人！"你道是哪一个？就是程咬金。他在大营听得军士报进说："帅爷与女将交战，不上三十回合，被他红绳线索把帅爷活捉上山去了。"咬金听了，吓得魂飞魄散，开口又问道："怎么说？""他阵上女将要与帅爷成婚，帅爷不肯，被她拿去。"问道："此女生得如何？"回道："好一个绝色女将。"咬金忙对柳氏夫人说："侄媳，令郎捉去，多凶少吉。不如待老夫为媒，对了亲，成了婚姻，好去西凉救驾。"金莲听见哥哥被捉，柳叶眉边生杀气，说："老千岁，待我前去与兄报仇。"夫人说："女孩儿不可。你哥哥尚然如此，何在于你。听老柱国之言，前去就亲，救驾要紧。"咬金听了，连忙上马，来到山林，大叫："刀下留人！"喽啰抬头见一员年老将军，喝声："呔！你这老头儿何等之人，擅呼'刀下留人'？"咬金说："你去报与女将知道，说我大唐天子驾前，吾唐鲁国公程老千岁，有话要对女将军面讲的。"喽啰听了，来到堂上说："大王，有位大唐程千岁来见小姐。"仙童听了，心中暗喜，莫非此人来与我做媒，不可怠慢他。吩咐喽啰："且慢开刀，请程千岁进来相见。""得令！"喽啰来到外面说："唐将且慢开刀。请程千岁进去相见,见过之后定夺是非。"程咬金下了马来到殿上,窦仙童忙来迎接。接上银安殿,分宾主坐下,就开言道:"老将军到山寨来,有何话讲,乞道其详。"程咬金说:"小姐,老夫到此,非为别事,特来与小姐作伐。就是平辽王世子,官封二路元帅,今日被捉的人,与小姐年纪仿佛,郎才女貌,休教错过这段良缘。"那小姐听了满面通红,开不得口,倒害羞起来了。那窦仙童今日阵上私自对亲,拿到殿上强逼成婚,为何见了媒人倒怕羞起来?必有缘故。咬金看见小姐不言,开口说道:"小姐,此乃终身大事,不必害羞。老夫所说都是金玉之言,劝小姐允了罢。"那仙童听了,只得硬了头皮,叫声:"老千岁,多蒙光降到来作伐。然婚姻大事,虽然父母去世,还有兄长。自古说长兄为父,烦请老将军问我哥哥允不允就是了。"咬金想道:"这个丫头,倒会做作。方才阵上明明白白招亲,今推与哥哥做主,做得干干净净。"想了一会儿,开言说:"小姐既要令兄做主,请来相见。"那窦一虎在地中听得明白,想道:"吾有心要与他妹子成亲,不想自己妹子倒与他做亲。正是我要算计他人,不想被他人倒算计了去。也是天赐良缘。"在地中钻上来了。咬金一见稀奇,想道:"好似周朝土行孙,会地行之术,投了唐朝,也是我主洪福。"对一虎道:"将军真是天神了,世上并无有二。"上前见礼,说起因由:"与令妹作伐,对世子薛丁山。"窦一虎早知妹子心事,一口应承,将丁山放绑,请到银安殿,一同见礼。咬金说:"元帅恭喜,老夫与你作伐,成其佳偶。"丁山说:"老柱国,这个使不得。况且父亲在西凉,被伤锁阳城。更兼国难未安,如何私自对亲不忠不孝之罪,实难从命。"程咬金说:"贤侄孙,万事有我老人家在,这倒不妨。虽令尊不在,有你令堂做主,是一样的。就是老夫做主为媒,令尊决不来罪你,允了罢。"丁山心中一想,前日下山时,师父曾言,前途有良缘。况此女有法宝,前往西凉救驾有帮手。开言叫一声:"承老柱国美意,晚生从命了。"咬金听了大喜道:"今日正是黄道吉日,好与令妹完婚。"窦一虎道："领教。"吩咐喽啰下山，接取夫人到来，同观花烛；放了罗通，当夜成亲。银安殿上摆了筵席，款待唐朝众将。此话不表。

再言窦一虎分散金银，放火烧山，喽啰都归伏。放炮三声，离了棋盘山。一路下来，行了三天，到了界牌关，吩咐放炮安营。三声大炮定下营寨，我也不表。

那界牌关守将姓王名不超，官封一等侯。年九十八岁，身长一丈，面如银盆，五绺长须一根根好似银丝；斗米一餐，食肉一秤，使一根丈八蛇矛，重百二十斤，有万夫不挡之勇，四海闻名。那日正在关上操演兵马，说："前回，此关南蛮所破。如今魔家镇守，须要小心把握。"忽有小番来报："启平章爷，南朝差二路元帅薛丁山，领兵三十万，勇将千员，已到关前了。请爷定夺。"王不超一听此言，大怒道："可恶南蛮，这等无礼。都是我国元帅，放那老蛮子程咬金过去，被他勾兵取救。如今既有大队人马到来，我若放他一个过去，也不为盖世英雄了。"吩咐备马抬枪，取披挂过来。结束停当，挂剑悬鞭，上马提枪，来到关前，吩咐放炮开关。一声大炮，开了关门，放下吊桥，带领三千人马，冲出关来。来到唐营，高声大叫说："程老蛮子，俺元帅放你出关，取讨救兵来了。俺若今朝不杀你这程咬金，也不为好汉。哪你二路元帅薛蛮子，必要一网而擒。快快将程老蛮子放出会我。"营前大骂。有探子报入营中："启上元帅爷，今有番将王不超提兵讨战，大骂程老千岁，坐名要元帅出战。"丁山闻报大怒说："何物胡儿，敢如此无礼。左右取本帅披挂过来，待我亲手去拿他。"罗通上前说："待小将出去擒来。"旁首走出一将，生来青面，四个獠牙露出，膀阔三尺，腰大十围，抢步上前说："罗家叔叔，这功待小侄去取罢。"元帅抬头一看，原来是后队先锋程千忠。巴不得要在咬金面前讨好，说声："贤弟出去，须要小心。""得令！"那程千忠上马，提了大斧，带领三军，一声炮响，开了营门，冲出营来。来到阵前，王不超一看说："来将少催坐骑，通下名来，本将军好挑你下马。"程千忠一听此言，气得三尸神直冒，七孔内生烟，大喝道："休得夸口，只怕你闻我之名，就要惊死你。我乃吾唐鲁国公长孙，小将军官拜猛虎大将军，二路元帅帐下后队先锋程千忠便是。"王不超道："嗄，原来你就是老蛮子程咬金的毛孙子，你来得正好。汝祖骗出关去，勾兵到此，将你万剐千刀，方消我恨。看枪罢！"推开马，兜面一枪。程千忠把大斧当头劈下，王不超把手中银枪这一枭，千忠在马上一晃，斧子倒绷转来了，叫声"不好！"斧子又起，王不超又架在一边。战到六七个回合，程千忠哪是番将对手，把斧虚晃一晃，带转马，豁喇喇，豁喇喇，往营前走了。进入营中说："元帅，西凉番将甚是厉害，小将不能胜他，望元帅恕罪。"丁山说："胜败兵家常事。谁将出去会他？"罗通上前说："小将愿往。""须要小心。"带马抬枪，挂剑悬鞭上马，开了营门，冲出阵前。王不超抬头一看，来将不善，把手中枪架住，说："方才那一员蛮子，不够老将几个回合，杀得他大败。你今来送死，快通名来。"罗通呼呼笑道："你要问我么，我乃太宗天子御驾前越国公罗千岁的爵主干殿下、前部先锋罗通是也。"王不超听了道："嗄，原来你就是什么扫北的罗通。本将军向闻你名，原有些手段，但是今日要与俺西凉老将王不超老子比武，只怕不是俺对手。劝你免来讨死罢。"罗通大怒道："休得夸口，在我马前战二十回合之上，不斩你头下来，不为稀罕。"王不超呵呵笑道："我的儿，口说无凭，看本事分高低。"不知胜败如何，且看下回分解。

第二十回

勇罗通盘肠大战　锁阳城天子惊慌

　　适才话言不表。再讲罗通听得此言，开言说："不必多言，招枪罢！"劈面一枪。王不超哪里肯惧你，把手中枪一架，二人交锋，各显本事，一来一往，一冲一撞，你拿我麒麟阁上标名胜，我拿你逍遥楼上显威名。两边战鼓如雷，马叫惊天。二人战到三十个回合，并不分胜败，杀得罗通汗流浃背，王不超的马呼呼喘气，把手中枪抬住说："厉害的罗蛮子。"罗通说："老狗，你敢是怯战了么？""呔！谁怯战？今日本将军不取你命，誓不进关。"罗通说："本爵主不挑你下马，也不回营。"吩咐两边擂鼓，鼓发如雷，两骑马又战起来。正是：八个马蹄分上下，四条膀子定输赢；枪来枪架叮当响，枪去枪迎迸火星。二马相交，又战到五十回合，未定输赢。那王不超越老越有精神，这一条丈八蛇矛真个好枪，阴诈阳诈，虚诈实诈，点点梅花枪，纷纷乱刺。罗通这条枪也厉害，使动八八六十四枪抵住。又战了二十回合，看看枪法要乱了。薛元帅在营前观见，"啊呀！不好了。罗将军枪法都乱了。"传令鸣金。只听到锣声一响，罗通抬起头听，被王不超一枪直刺过来，罗通大惊，"啊呀不好了！"把那身子一闪，可怜那枪尖往左肋一刺，好不厉害，登时透进铁甲，直入皮肤五寸深，肋骨伤断三根，五脏肝肠都带出来了，血流不止。主帅营前看见，吩咐大小三军快上前去相救。只见罗通飞马来到营前，叫一声："主帅，不必惊慌，吩咐众将助鼓。罗通若不擒此老狗，死也不能瞑目。"说罢拔出腰刀，将旗角一幅割下，就将流出五脏肝肠包好，将来盘在腰间。扎来停当，带战马冲出阵前，开言大叫："老狗，俺罗将军再来与你决一死战。"那王不超睁睛一看，吓得魂不附体，说道："啊呀，好蛮子，你看肋中金枪把肚肠都带了出来，盘在腰间，还敢前来厮杀，真乃非凡人也。"倒看得浑呆。不想罗通来得恶，把手中长枪向前心一刺。那王不超大叫一声"不好了！"仰面一跤，跌下马来。罗通跳下马来，割了首级，上马加鞭来到营中，献其首级。一跤跌下马来，众将扶起。罗通大叫一声："好痛呀！"一命归阴去了。元帅大哭，备棺成殓。其子罗章大哭拜谢。元帅差官护送长安去了。一面整兵抢关。罗章愿为前部先锋，当先杀入界牌关。众小番见主将已死，闭门不及，被这秦梦、罗章带领众将杀进关内，如入无人之境，得了界牌关。盘查钱粮，养马三日，放炮起程。

　　一路上来到金霞关，吩咐安营。三声大炮，扎下营寨。次日清晨，元帅升帐，聚齐众将，两旁听令。罗章披挂上前，叫声："元帅，小将新在元帅麾下，不曾立功。今日这座金霞关，将小将走马取关，以立微功，方可久得帐下听令。"丁山说："有其父必有其子。贤弟乃年少英雄，但要小心在意。""得令！"罗章接了令箭，上了马，提梅花枪，带领大小三军，杀到关前，大叫一声："呔！关上的，报与你主将知道，小爵主乃大唐越国公罗先锋是也。今界牌关已破，奉元帅将令来此打关。你若晓事，快快献关，饶汝一死。"小番报进来："启爷，关外大唐二路人马已到，有将讨战。"巴兜赤闻报大怒，说："呵呀呀！可恼，可恼。都是苏元帅不是，放程咬金出关，今勾兵到了。想这乳臭小儿，敢出大言，欺我太甚。不斩此夫，不算为西凉大将。小番取我披挂过来。"传令放炮开关。轰隆一声炮响，大开关门。罗章抬头一看，见此将甚是凶恶。你看他怎生打扮？他头戴红缨亮铁盔，一匹黑鬃马，手执大刀，冲出关来。来到阵前，罗章大叫："出来的胡儿通下名来。"巴兜赤说："你要问魔家之名么，魔乃红袍大力子苏大元帅加为镇守金霞关大将军，巴兜赤便是。"罗章说："什么巴兜赤！今日二路元帅已到，要往锁阳城杀那苏宝同。不思让路献关，反阻我去路，分明活得不耐烦了。"巴兜赤大怒，也不问名姓，提起刀来，"招魔家的刀！"往罗章领梁上劈下来。罗章叫声"来得好！"把枪噶豁这一枭。巴兜赤喊声："不好！"在马上乱摇，这把刀倒绷转来了。豁喇一声冲锋过去，兜转马来。罗章把手中枪紧一紧，喝声"去罢！"一枪当心挑进来。巴兜赤叫得一声"我命休矣！"躲闪不及，正中前心，仰面一跤，翻身滚下马来。罗章下马，取了首级，复上马吩咐诸将抢关，叫得一声"抢关"。一骑马先冲在吊桥上了。营前程千忠见罗章挑了番将，把大斧一起说："诸位将军，快抢吊桥。"有窦一虎等二十余将，上马提枪，端刀执戟，豁喇喇，豁喇喇，正抢过吊桥来了。那些番兵把都儿望关中一走，闭关也来不及了，却被罗章一枪一个好挑哩。众将也有把刀斩的，斧砍的，有时运逃了性命，没时运杀得精光，关中落得干干净净。查盘钱粮，关外请太夫人、元帅夫妻、小姐都到帅府。罗章上前缴令。丁山道："贤弟走马取关，其功不小。将西凉旗号去了，立起大唐旗号。"养马一日，放炮拔营，前往接天关进发。行兵三日，来到关外，放炮安营。一声炮响，扎下营盘。我且不表。

另回言接天关总兵黑成星闻报失了界牌关、金霞关，王不超、巴兜赤二员总兵阵亡，大兵已到接天关，忙与胡猎花、智不花等商议说："今两关已失，兵到接天关。想此关兵微将寡，不能抵敌。倘被他打破，兵民遭害，不如投降，免一城生灵之难。诸将以为何如？"两旁众将说："平章之言有理。况前年薛蛮子到来，番兵遭其大害。不如献关为上。"黑成星大喜，吩咐小番扯起投降旗，开了关门，百姓香花灯烛接二路元帅。探子报进营中，丁山大喜，传令不许惊动百姓，秋毫无犯，摆队伍进关。重赏黑成星，扯起大唐旗号。养马三日，招安番兵。次日发炮起行，竟往锁阳城进发。此话不表。

再讲大元帅苏宝同想："程老蛮子骗出番营，必定勾兵到来，粮草尽有。不如先打破城池，拿住唐王，然后杀那后面人马，岂非一举二得。"主意已定，传下令来，十座城门一共架起二十座火炮，各带兵五千，围绕护城河边，连珠火炮打得四处城楼摇动，震得天崩地裂。齐声喊杀，惊得荒山虎豹忙奔；锣鸣鼓响，半空中鸟鹊乱飞。城外杀气冲天，神仙鬼怪心惊。这个攻城不打紧，城中百姓，男女老少挈妻扶母，觅子寻爷，呼兄唤弟，哭声大振。街坊上纷纷大乱，众将慌张不过。朝廷在殿听得四处轰乱，毫无主张，诸大臣也心惊。茂公奏说："龙心暂安，虽然十座城门，六座俱在山上，量不妨事，只有四处要紧。纵然厉害，有八员总兵，秦、尉迟、程、段等四将，在城上抵敌，料不能破，决无大事，请陛下宽心。望降旨差官。"唐天子依言，遂差使臣往四处招安百姓，使臣领旨，各处招安，略略哭声少些。天子说："先生，程王兄回国许久，应该救兵到了。"茂公说："依臣阴阳算起来，救兵不日将到，臣原说过的。"天子半信半疑，心惊肉跳。不知如何，下回分解。

第二十一回

薛丁山大破番营　苏宝同化虹逃走

前言不表。再讲薛丁山行兵相近锁阳城,远远望去,不见城池,都是旗号,炮声不绝,周围都是番兵番将,剑戟如林,营头扎得坚固,想是被困死在里面。此一番大战不比往常!元帅全身披挂,扎住帅营。丁山升帐,点窦一虎、副将王奎:"领人马二万,挂白旗为号,前往锁阳城城西,离营一箭之地扎住营盘,听号炮一起,杀进番营。不得有违!""得令!"窦、王二将接了令箭,带领白旗兵马二万,竟往西城去了。又点程千忠、副将陆成:"往南城冲杀,也听号炮,领兵踹入番营。""得令!"二人接了令箭,带领红旗兵马二万,离了帅营,往南城不表。又点尉迟青山、副将王云:"你二人领兵二万,往城北停扎,听号炮冲杀番营。""得令!"二人接了令箭,带领黑旗人马二万,往北前进,不必表他。

再讲薛丁山点将,接了三处城门,传令拔寨起程。三声炮响,元帅上了马。程咬金、薛金莲、窦仙童执了兵器同了元帅,带领大队绣绿旗人马,往东城而来。丁山坐在马上往营前一看,但见一派绣绿旗飘荡。营前小番扣定弓箭,摆开阵势,长枪手密层层钳住。里面宝同闻小番报知,大唐救兵已到,复夺三关。心中大惊,点将出来。三声大炮，冲出营前，正迎着薛丁山人马。大喝道："程咬金，老匹夫！你果然勾兵到此，救应唐主。本帅恨不能把你万剐千刀，也还嫌轻。快快出来，吃我一刀。"程咬金大怒，一马冲出，叫道："苏宝同，你这胡儿，我程爷爷又不哄你，原说道勾兵取救前来杀你这班胡儿。你自装好汉，放我过去，与程爷爷什么相干？你如今反怨着我。今日天兵到来，你该下马受死，还要胡言乱语。"苏宝同听了大怒，把手中大砍刀劈面砍来。薛丁山把方天戟迎住说："苏贼，休得无礼，招本帅的戟罢！""飕"的一戟，分心就刺。苏宝同大刀扑面交还。二人战到十合，不分胜败。左右飞龙将军赵良生，猛虎将军金宇臣二骑马冲将出来，相助苏宝同，丁山左右薛金莲、窦仙童上前敌住交战。

按下东城交锋，另言南门。程千忠、陆成听得东城炮响，也起号炮，带领人马，杀入番营。程千忠舞动大斧，乱斩乱砍，杀了几名番将，踹进营盘，砍倒帐房。陆成手中枪胜比蛟龙，杀进营盘，手起枪落，小番逃散不计其数。冲到第二座营盘，忽一声炮响，来了两员将官，大叫道："唐将有多大本事，敢冲我南门，前来送死。"二人抬头一看，见二员番将，生得凶恶，开口说："本爵主不斩无名之将，通下名来。"说："我乃苏大元帅麾下，大将军孙德、徐仁便是。不必多言，放马过来。"孙德晃动乌银枪，往程千忠劈面便刺。程千忠把大斧噶嘟一声，枭在旁首。陆成挺枪上前。那边徐仁持棍，坐下马一步纵上迎住。枪棍并举，大战番营，不分胜负。

按下南门之事，再言西门。窦一虎、王奎听得南门发了号炮，也起一声炮，带领二万人马冲进番营。里面炮响一声，闪出两员大将，乃是雄虎大将军葛天定，威武大将军杨方，喝声："有何本事，擅敢破我西营。放马过来，待本将军一刀砍两个。"把大刀直取窦一虎。一虎把手中黄金棍敌住葛天定，来往交锋。一虎本来厉害，忽在马前，忽在马后，将黄金棍乱打。葛天定将大刀砍下来，一扭不见了；又在马后钻将出来，打马屁股一棍，那马乱跑乱跳，几乎把葛天定跌下马来。杨方前来要救，只见王奎使动金背刀，手起刀落。

再言北门尉迟青山抡动竹节钢鞭，听得号炮一响，同了王云带领人马鞭枪，直杀进番营，挑倒帐房，番兵四路逃走。见二员番将冲出来，大叫："唐将少来冲我北营。"尉迟青山说："胡儿，本将军这条鞭不打无名之将，留下名来。"说："要问我之名，洗耳恭听。我乃苏大元帅标下加封为雄虎大将军，姓赵名之。""我乃猛虎大将军李先便是。放马过来！"把坐下黑毛马一纵，大砍刀一举，直往尉迟青山劈面砍来。尉迟青山把手中钢鞭一迎，架在一边。冲锋过去，勒转马来，尉迟青山提起鞭来，照头打去。赵之大刀护身架住。二人大战，并无高下。王云摇枪来战，那边李先使动斧子迎住，尽力厮杀。一往一来，四手相争，雌雄未分。

不表四门混战，喊杀震耳，锣鸣鼓响，炮震连天，四散兵逃。又要说城中将官在城上见番营大乱，鼓炮不绝，杀声大震。茂公晓得救兵已到，奏知天子。天子龙颜大悦，众将放下惊慌。茂公当殿传令："汝等快结束，整备马匹，带领队伍，好出城救应。两路夹攻，使番邦片甲不留。""得令！"点尉迟号怀、秦梦："你二人领一万人马，开东门冲杀救应，共擒苏宝同。""得令！"二员将出了银銮殿，上马到教场，领兵一万往东门不表。

又点周青、薛贤徒："你二人带兵一万，往南门冲出，须要小心。""得令！"二员将出外上马，到教场领人马往南城进发不表。又点姜兴霸、李庆红："你二人带兵一万，往西门冲出，不得有违。""是！"二人上马提兵，领人马往西城进发不表。又点周文、周武："你二人带领人马一万，开北门接应。""得令！"领兵往北城而行。放炮一声，城门大开，吊桥放落，二马当先，冲到番营。手起一枪，番兵尽皆杀散。踹进第二座营盘，一万军混杀，番兵势孤，不能抵敌，弃营逃走。二人直入，无人拦阻。见尉迟青山、王云大战二员番将，有二十回合，不分胜负。恼了周文、周武，纵马上前，喝声：

"去罢!"手起一枪,把赵之挑在地下,李先见唐将多了,心内一慌,兵器一松,被尉迟青山一鞭打下马来。四人大踹番营,喊杀连天,番兵逃亡不计其数。北门已退,营盘多倒。

又要讲到西门开处,放下吊桥,冲出一标人马,踹踏番营。那姜兴霸、李庆红各执一条枪,杀散小番,冲进营盘。只见窦一虎、王奎与敌大战数十合,不定输赢。姜兴霸把枪刺个落空所在,一枪将葛天定挑下马来。杨方被窦一虎一棍打死。四将杀得小番尸骸堆积,旗幡满地,皮帐践踏如泥。西城又得破了。又表周青、薛贤徒带兵冲出南门,杀进番营。见程千忠、陆成与番将战有三十个冲锋,未分胜负。恼了周青,纵马上前,手起一铜,把徐仁打死。孙德措手不及,被程千忠一斧砍死。这回乱杀番兵,大踹番营,都抛盔弃甲四散而逃。各处尸首,马踏为泥。四下里哭声大震,寻路逃奔。唐朝人马,紧追厮杀。

又再讲到东门薛丁山与苏宝同大战。薛金莲将六个纸团一抛,都变做二丈四尺长的金甲神人。苏宝同兵将多被金甲神人乱砍。窦仙童祭起捆仙绳乱来拿人。苏宝同见势头不好,将葫芦盖揭开,放出柳叶飞刀,直奔丁山头上落将下来。那薛丁山头上戴的太岁盔,毫光一冲,飞刀散在四方不见了。苏宝同一连放了八把飞刀,只听噼里啪啦,又作为灰飞。又放起飞镖,丁山放下戟,左手取弓,右手拿穿云箭,搭在弦上,一箭往飞镖上射去,无影无形;将手一招,其箭落下,用手接住,放在袋内。苏宝同大惊,回马要走。丁山抽出玄武鞭,长有三尺,青光也有三尺,将鞭一起,苏宝同回头一看,见一道青光在背上一晃,叫声:"啊呀,不好了!"后心着鞭,口吐鲜血,大败而走。窦仙童叫声"哪里走!"祭起捆仙绳,将苏宝同捆住。苏宝同见仙绳来得厉害,化道长虹而去。丁山见了,倒却心惊。程咬金说:"此乃非凡人也,焉能擒得他着。"只见后面秦梦、尉迟号怀带了人马,杀上前来帮助。吩咐追杀番兵,追下去有三十里,杀得尸横遍野，血流成河，遗下刀枪、戟剑、旗幡、粮草不计其数。程咬金传令鸣金收军。丁山说："老千岁为何就收兵？"咬金说："陛下久困在城，望之已久。待见过圣上，然后发兵竟取西凉，擒拿苏宝同，未为晚矣。"丁山说："老千岁之言有理。"聚齐三处人马，一同到锁阳城见驾。不知见了圣上有甚言语，下回分解。

第二十二回

唐天子君臣朝贺　薛仁贵父子重逢

前话不表。再言天子同徐茂公、程铁牛在城上观看，只见程咬金带了人马，飞奔来到城边。天子看见，知已杀退番兵，下落城头，回到银銮殿上，命程铁牛接进父亲。领旨上马，来到城外。后面大队人马，在城外扎营。城门大开，咬金同了二路元帅诸将来到殿上，朝见万岁。山呼已毕，天子开言说："王兄到长安勾兵，二路元帅是谁？"咬金奏道："殿下出榜招贤，不想挂榜一日，来了薛元帅之子名唤丁山，王敖老祖的徒弟，有十桩宝贝，武艺精通。殿下拜为二路元帅，领兵三十万，来救圣驾。"朝廷大悦，开言叫声："王兄，阵上有二员女将，朕远观看，只见遣出一长大金甲神将，将番兵乱砍。又见一女将抛起红绳，有万道金光，将番兵捆住。又只见一子，在地中钻进钻出，手提黄金棍子，打死番将无数。此四人哪里降下来的，扶助寡人破番，克期平服，不知是谁，奏与朕知道。"程咬金奏道："使戟的乃薛世子；遣金甲神将的乃仁贵之女；用捆仙绳者，臣有罪不敢奏明。""卿有何罪？但奏无妨。"咬金奏道："薛丁山同护国夫人、妹子金莲一同来征西，路过棋盘山。山上有兄妹二人拦路。世子出战，被捆仙绳拿去要处斩。老臣看他兄妹手段高强，又有仙术，可救圣驾。

又且女将才貌双全，与护国夫人商议，老臣为媒，成就婚姻。臣该万死，使双刀用仙绳者，二路元帅之妻窦仙童也。用黄金棍地行者，窦一虎也。"天子闻奏，龙心大悦，开言说："王兄无罪有功，成其美事，又来扶助寡人，乃天赐良缘。不知还有何将一同前来？"咬金奏道："有罗通为先锋，程千忠、尉迟青山某人等，一同征剿。但是越国公来到界牌关，遇守将王不超。他年九十八岁，勇猛难当。与他战了百合，误被刺其肋也，肝肠都带出来。罗通盘肠腰间，一枪刺死老将，他忍痛而回，死于营中，已送柩归乡。其子罗章愿代其父，领挂先锋，连破二关，来到这里。"天子闻听罗通已死，龙目滔滔下泪。茂公道："龙心万安。罗通乃是大数。""罗通有何大数？"茂公奏说："万岁不记得那年扫北，罗通曾与屠炉公主立终身之誓，若忘了，死在八九十岁老番之手。今果应其言。"天子点头，传旨命程王兄速带丁山，往帅府父子团圆。诸将谢恩，领旨出朝。

　　咬金同了丁山母子来到帅府。有军士报进。仁贵卧病在床，一载有余，不能全好。军士说："启元帅爷，程千岁要见。"仁贵听言，咕噜翻身，朝向外面，说："程千岁取救兵到了么？""到了。""你说帅爷有病，不能远接，多多有罪。请千岁进来面谢。"军士听了，到外面说："小将奉元帅之命，禀上老千岁，因元帅伤病疼痛，卧床不起，不能远接，多多有罪。请老千岁面会相谢。"咬金听了，同着丁山，进到里面，见了仁贵说："我去了一载有余，你背上伤病如何还不能好，起身不得？幸好我骗出番营，逃回长安，请得救兵，破了界牌关、金霞关、接天关，复夺三关，来到锁阳城，杀退番兵番将及苏宝同，方解此围，才得会你。"仁贵听了说："多谢老千岁。不知朝中点谁为帅，本事高强，胜过于我，杀退苏宝同，进城救驾？"咬金呼呼大笑说："平辽公，幸皇上洪福齐天，二路元帅不是别人，就是平辽公之子名唤丁山，领兵前来救驾。"仁贵听了说："老千岁不要骗我。我儿丁山，被我神箭误伤性命，亡过多年了，哪里有什么儿子？"咬金道:"元帅你是不晓得的。幸亏王敖老祖救去,收为徒弟,在山学法,现奉旨宣来会你。你看此位是何人?"丁山走到床前,跪在地下说:"爹爹,孩儿未死,师父救活的。"仁贵却见稀罕,人死哪有复生之理?不免问他说:"你果是我丁山儿子?王敖老祖救活的么?"丁山纷纷下泪说:"爹爹,孩儿命中不该死,幸遇师父救活还魂,在山中学习七年。师父吩咐,速往西凉救君父。殿下封孩儿为二路元帅,杀退番邦人马,前来见父亲。"仁贵欢喜道:"这也难得。父子相逢,真真谢天谢地。儿啊,为父的膀中飞镖,伤痕深透,一载有余,疼痛异常。你既是王敖老祖徒弟,可有什么灵丹救为父的一命么?"丁山道:"我师曾言父有灾难,付我丹药一丸,敷在伤处,立刻就好。"仁贵听了说道:"儿啊,快将丹药来敷。"丁山连忙立起身子。身边取出小葫芦,倒出一粒仙丹,含在口中嚼碎,敷在伤病之处。倏然膀上发痒,流出毒水,方消一刻,伤病痊愈,绝无疼痛。仁贵好不欢喜,咕噜翻身立起,走下床来,说:"果然仙丹妙药。难得!难得!"身子伸一伸,腰背俱全好。丁山又说:"爹爹,母亲妹子都在辕门外,同孩儿起兵来的。望父亲接见,骨肉团圆,相逢见面。"仁贵听了,叫声:"孩儿,你母亲同来了?你可出去致意母亲,待为父大开辕门谢恩之后,然后进见便了。"丁山依言,忙到外面见了母亲说:"爹爹伤病已好,开门谢了圣恩,然后接见。"夫人听了欢喜不已。程咬金也就辞别回去。仁贵相谢送出,此话不表。

再讲元帅传令,吩咐开门。"得令!"忙到外面说:"元帅爷有令,大开辕门。"只听得三吹三打,三声炮响,元帅升帐,供好香案,二十四拜,叩谢圣恩。诸将打躬立在两旁。夫人、小姐、媳妇三乘大轿,抬进辕门,来到帐下出轿。仁贵出迎接夫人,吩咐掩门。来到后厅,夫妻见礼,金莲上前见父。叩拜已毕,仁贵不悦说:"夫人,下官奉旨征西,沙漠重地,乃承王命,不敢违逆,所以大战沙场,身中飞镖,几乎一命难逃。若非圣上洪福,焉能得活?你与女儿深闺弱质,不该同孩儿一齐到此,有伤千金之体,出乖露丑,甚为不便。"夫人道:"相公不知,妾与孩儿深知闺门女训,岂肯轻举妄动?只因在家闻报,说相公困在锁阳城,身中飞镖,伤人绝命。那时吓杀我母女二人。幸得孩儿仙师相救,学成仙法,先回到家中,说有灵丹妙药,能救父亲。奏明殿下,点兵起行。妾不舍孩儿远行,愿欲相随,况闻相公凶变,不知死活,故此来的。女儿也放心不下,随我一同起程。女儿虽是千金之体,兵书战策无所不晓,乃桃花圣母传授兵法,武艺精通,也来助战。杀散番兵,女儿也有功劳在内。"仁贵道:"夫人如今既来,也不必说了。但不知此位何人?"夫人说:"媳妇过来,拜见公公。"仙童听见忙来见礼。仁贵道:"何等之人,称为媳妇?请道其详。"夫人道:"相公,此女乃棋盘山夏明王窦建德之孙女也。当初七十二路烟尘反乱,未经归伏。与兄窦一虎屯兵数载,抢棋盘山招兵买马,十分骁勇。我孩儿奉命征西,到山下经过。那窦家兄妹下山讨战。我孩儿大怒,与他大战。谁知两下都有仙法,竟把我儿拿去,强逼成亲。我儿大骂,登时绑赴山前斩首。有军士报知,吓坏了我母女二人。程咬金千岁慌张,情愿为媒,两边说合成亲。他兄妹二人改邪归正,拔寨烧山,同归唐朝,扶助圣主。杀退番兵,也有一番大功。今日帐前听令,理当拜见。"仁贵听了大怒,说:"罢了!罢了!生这样逆子。我治家不整,焉能治国?做主将,管领三军就难了。"夫人看见仁贵大怒,说:"相公,今日骨肉团圆,为何发怒?"仁贵说:"夫人有所不知,我恨丁山这小畜生,既为二路元帅,领兵救应,虽被不服王化的草寇窦家兄妹捉去,理当杀身报国,如何逼令成亲?身为主帅非同小可,三军司命全在于你,应该请旨定夺。擅敢私自成亲,那畜生十恶不赦之罪难免。"吩咐军校:"绑这畜生辕门斩首。"那军校们一声答应,将丁山绑起。不知性命如何,且听下回分解。

第二十三回

唐太宗驾回长安府　苏宝同三困锁阳城

　　前言不表。再讲柳氏夫人大哭说:"啊呀!相公啊!身为大将,不晓得父子至亲。前年征东回来,把孩儿射死。若非王敖老祖相救转,定做绝嗣之鬼。今日得见亲人,犹如枯木逢春。我不舍得孩儿,万里相随;况且救君救父之功劳极大。不料小过即要斩孩儿。劝相公不必如此,放了绑罢。"仁贵道:"夫人,那畜生日下年少,尚不把君父看在眼内,自行做主成婚。倘外夷知道他好色之徒,将美人计诱之,岂非我君父性命尽要被他断送了。军令已出,决不轻饶。夫人,不必啰唆,请退后厅将息。刀斧手过来,推出斩首报来!"夫人大哭,叫声:"住手,相公啊,妾身做主的,央程老千岁为媒,三军皆知。非是孩儿贪其美色,自行做主,背逆君父。伏望相公看妾之面,饶了孩儿一死。"仁贵听了,全然不睬,喝令:"快斩讫报来!"军校正要将丁山推出,只见程咬金大怒,抢步上前,连叫:"刀下留人!"赶上帐来,开口叫道:"元帅,自古道虎狼尚且不食儿,为人反不如禽兽。小将军英雄无敌,勇冠三军。令媳窦小姐仙传兵法,才貌不凡。目下朝廷用武之际,虽小将军不遵教令成亲,此乃是老程之罪,不该请尊夫人做主,早成花烛。想将起来,与令郎毫无干涉。你若固执一己之见,必欲处斩，老程愿代一死。"将头颈伸出，叫道："快斩老程！"仁贵听言说："老柱国说哪里话来？只因我家小畜生，既蒙东宫之命，拜为二路元帅，如何不知厉害？倘遇敌人对阵，知他好色，便将美色诱而斩之，岂非我百万三军多被其害啊。老柱国，别样事情领教，此事断然不遵。明日到府负荆请罪。"咬金听说，真正急煞。忽报圣驾到了。仁贵出帐，俯伏奏道："陛下何事降临？"天子开言说："元帅军令甚严，闻得小将军犯过，幸有破贼救驾之功，可偿其前罪。况用武之时，请元帅宽罪。""谢恩。愿我皇上万岁，万万岁。""赐卿平身。"驾退回宫。仁贵吩咐："带畜生过来。方才恩旨赦其一死，死罪赦了，活罪难免。军校们把这畜生捆打四十铜锟。"两旁一声答应，正要将丁山捆打，只见咬金走过，将身扑上，大叫："平辽公，休要打小将军，望乞饶恕。老程要叩头了。"仁贵连忙扶起说："既是老千岁再三用情，免打。追还帅印，监禁三月，以赎前罪。窦仙童野合之女，焉能算得我家媳妇？打发兄妹自行归山。"窦家兄妹无奈何，只得收拾要行。仙童小姐纷纷下泪，上前拜别婆婆柳氏、姑娘金莲，婆媳姑嫂难舍难分。看见仁贵认真得紧，面铁青青，不好上前相劝，只得放手。兄妹二人正要到营门上马，咬金上前留住，再见元帅说："啊呀！那窦小姐与令郎成亲，怎么说不是你家媳妇？叫她回去于理不通。况且她兄妹英雄无敌，令郎尚且被擒，如今打发她回去，难道她心中不恨，逼其反也。她霸踞棋盘山，兴兵杀入长安，其祸不小。纵然灭得西凉，岂不是反失中原。不该放虎归山，还该留她随阵调用。"仁贵一听，便醒悟说："老千岁苦劝，只好权且相留，叫她兄妹二人军前效用便了。"咬金听了，来到营门说："窦将军、窦小姐，我再三劝留，元帅如今依允了，快进营相见。"窦氏兄妹一听此言，来到帐前参见元帅。仁贵认了媳妇，一虎称为大舅。窦仙童随了婆婆进入后厅。一虎退出外边，安心效力，此话不表。

再讲贞观天子对茂公说："寡人自离长安出兵以来，历有六载，幸喜杀退番将。寡人意欲起驾回朝,命元帅督令进兵,早灭叛贼,以雪朕恨。"茂公领旨,同文武退出朝门。传旨起驾,圣主还朝。众大臣多有思归之念,闻君要回,都喜之不胜,收拾行囊,候驾起行。又有旨下:一应文官同军师徐茂公保驾还朝,武将随元帅进兵伐叛。文武官领旨。唐王起驾,出了宫门,武臣送出锁阳城。天子又传旨:将阵亡诸将骸骨收殓,带回长安安葬。"谢恩。"不表天子回京,再表仁贵送出圣驾,回到帅府,传令诸将:"本帅奉旨重任,即日征西,尔等各要尽忠。灭得西凉,得胜班师,论功升赏,不得有违。""是,得令!"此言不表。

再讲苏宝同杀得大败,回转头来,不见追兵,忙鸣金收军。百万人马,点一点不见七十万,所剩者多是伤胸折臂之人,好兵不满二十万。大将二百员,只剩二十员。九口飞刀,三口飞镖,尽化灰飞。不如且回西凉,再整兵复仇。主意已走,往前而行。只见前面一支人马下来。苏宝同吓得魂不在身,说:"前有兵马,后有追兵,我命休矣。"相近不远,睁眼一看,原来是飞钹和尚与铁板道人领兵前来。一见苏宝同忙问道:"元帅,俺闻南蛮大破锁阳城,特来与元帅共议报仇之计。请问元帅为何带了兵马回转西凉,莫非惧怯大唐,让他了么?"宝同双目流泪说:"军师不知,只恨自家不是,放出程咬金这老蛮子,欺他老迈没用。谁知他回朝勾兵前来,就是薛仁贵之子薛丁山为二路元帅。兵多将广,手下又有二员女将,十分凶勇。把我飞刀、飞镖尽行灭去,被他里应外合,杀得我大败,夺去锁阳城。我欲回转西凉,奏过狼主,再整兵马,前来雪恨。"飞钹和尚、铁板道人两个听了呼呼大笑道:"元帅,你枉为主将管领三军。自古说得好,兵来将挡,水来土掩。长他人之志气,灭自己的威风。胜败兵家常事,如何今日就要收兵?若还回往西凉,却不是笑煞唐朝兵将,道我西凉没有人物?幸我等二人提兵到来,正好遇着元帅。如今再把军威重整,兴兵复打锁阳城,拿住薛蛮子父子碎尸万段,方出元帅之气。"苏宝同听了大喜，传令大小三军，共有精兵三十万，连夜星飞赶到锁阳城。三声号炮，又将锁阳城团团围住，水泄不通。营盘扎得坚固，鸟雀飞不过枪尖，蛇虫钻不过马蹄。好厉害！此番三围锁阳城，果然凶勇。

有蓝旗报进营中，忙到辕门上击鼓。元帅升帐，叫中军官："半夜三更，谁人击鼓？"中军道："启帅爷，辕门外有探子飞报军情紧急，故此击鼓。""既如此，唤他进来。"中军领命，到外面说："探子，帅爷唤你。""是。"探子随到帐下，禀道："帅爷在上，探子叩头。"元帅说："你有何紧急军情，半夜三更前来击鼓？快快讲来。"探子道："启帅爷，探子打听西凉苏宝同，前被二路元帅小将军杀得大败而逃，如今合了飞钹和尚、铁板道人两个军师，复领了三十万人马，方才二更时分，又把锁阳城团团围住。喝号摇铃，锣鸣鼓响，马嘶炮震，好不惊人。故此前来击鼓。"元帅听了大怒道："杀不尽的番儿。我原想苏贼败去，必然再来猖獗。如今幸喜圣驾前日出城，已回朝去了。番儿啊，你如今休说三十万雄兵再围锁阳城，你就是三百万围住，俺薛元帅何足惧哉！左右！赏探子银牌，一面再去打听。""是。"探子谢赏，出府而去。

再讲元帅侧耳而听，果然炮响连天，鼓声震耳，人喊马嘶，有攻城之势。忙传令军士，紧守城门，城上多加灰瓶炮石、弓弩簇箭，小心保守，候明日开兵。军中得令。不表城中之事。

再言苏宝同二位军师次日抵关讨战。那飞钹和尚全身披挂，结束停当，带了三千罗汉兵，一声炮响，冲出营门，来到西城，大叫："城上的，快报与薛蛮子知道，今有苏元帅标下，左军师飞钹和尚在此讨战。有本事的早早来会俺，不然攻打进城，你这一班蝼蚁，都要丧命哩。"一声大叫，惊动了守城军士，飞风报入帅府去了。不知交战胜败如何，且听下回分解。

第二十四回

飞钹僧连伤二将　窦一虎揭榜求婚

不表番营讨战,再言军士报入帅府:"启元帅爷,城外番将讨战。"元帅说:"哪位将军出去会他?""小将愿往。"元帅抬头一看,原来是龙镶将军王奎。元帅说:"将军出去,须要小心。"王奎得令,出了帅府,上马来到教场,点了三千铁骑人马,来到城边,吩咐放炮开城。三声炮响,开了城门,放下吊桥,冲到阵前。抬头一看,见一员凶恶和尚,头戴一顶毗卢帽,身披一件烈火袈裟,内穿熟铜甲,骑一匹金狮吼,手执混铁禅杖,纸灰脸。两边摆齐三千罗汉兵。王奎大叫一声:"狗秃驴,休来纳命。快叫苏贼出来会我。"飞钹和尚听了大怒说:"狗蛮子,休得多言,放马过来!"王奎说:"少催坐骑。你敢是飞钹和尚么?"应道:"然也。既知我名,焉敢与俺对敌?俺不斩无名之将,通下名来。"王奎说:"你要问本将军之名,洗耳恭听。我乃大唐天子驾前龙镶将军,薛大元帅麾下王奎便是。"飞钹和尚听了,把马一拍,抡起铁禅杖,"招打罢!"劈头打将下来。王奎把手中大刀往上只一枭,架在旁首;冲锋过去,回转马来,把手中大刀还转一刀。和尚也架在一边。一来一往鹰转翅,一冲一撞凤翻身。刀来杖去叮当响,杖去刀来迸火星。二人战了有三十回合,和尚料不能胜,兜转马来就走。王奎哪里肯舍，把马一拍，追上来了。和尚回头一看，正中机谋。忙将禅杖放在判官头上，怀中取出飞钹祭起。王奎抬头一看，见一道光亮劈面打来，嗄，叫一声"不好，我命休矣！"躲闪不及，打得脑浆迸出，死于马下。三千铁骑上前来救，被罗汉兵杀得大败，回进城中，折了一千五百人马。紧闭城门，忙报进帅府："启元帅爷，不好了。王将军出阵被和尚打死了。"仁贵听了大怒，说："这妖僧伤我一员大将。"传令点陆成、王云过来。"你们带领三千人马出城，与我将妖僧斩首。"点马标带领人马去掠阵，"若二将得胜，即前去砍杀番妖人马；倘有差错，鸣金收军。"马标得令。那二将出了帅府，全身披挂，结束停当，上马端兵器来到教场，点了人马。来到城旁，吩咐放炮开城。三声炮响，大开城门，放下吊桥，二将冲出。听得战鼓如雷，和尚抬头看见来了二员大将，金盔金甲，各使长枪，向和尚便刺。那飞钹和尚也不问姓名，把铁禅杖挡住。二下大战，竟挡得两条长枪如长蛇一般，嗖嗖不住，不在前心，就在两旁，和尚哪里挡得住，又将飞钹打将过来，可怜两员英雄，都丧在两扇飞钹之下。马标看见魂飞魄散，鸣金收军，紧闭城门，前来报与元帅知道。仁贵听报大怒道："这妖僧如此骁勇，一刻之间连伤我三员大将，不知用何兵器，这等厉害？"马标禀道："启元帅，他用飞钹祭起空中，有万道毫光，蔽人眼目。故此三将不曾提防，被他打死。"元帅又怒道："马标你既为掠阵官，见有飞钹妖术，何不早说？报事不明，何为掠阵？左右将马标绑出枭首。""得令。"将马标推出辕门，一刀斩首，进营回禀："元帅，献上首级。""将头号令。"元帅看看两旁诸将，都惧怕飞钹，不敢出头。单有窦一虎上前说："小将愿往。"元帅说："窦将军，闻你仙传地行之法，定能破得妖僧。与你令旗一面，步兵三千，作速出阵。"一虎得令，出了帅府。他不戴盔，不穿甲，头上扎就太保红巾，身穿绣云黑战袍，脚踏粉底乌靴，大红裤子，拿了黄金棍，带了三千步兵，开了城门，行至阵前。飞钹和尚抬头一看，见城中走出一队步兵，不见主将，心中倒也稀罕，就被窦一虎腿上打了两下，好不疼痛。往下一看，见一个矮子跳来跳去。和尚便将禅杖打下，他用棍子相迎。杀了几合，和尚在马上终是不便，倒被一虎往马屁股上一棍，打得那马乱跳，几乎将和尚跌下马来，忙打下飞钹。一虎看见，想来厉害，身子一扭不见了。和尚四下一看不见一虎，一虎在地下叫道："妖僧不必看，我在地中了。"和尚想道："唐朝有此异人，怪不得元帅大败，怎能夺转锁阳城。"忙将两手拿了两扇飞钹，对地下说："你这个矮子怕我，躲在地下，岂不要闷死了？少不得气闷不过，还要钻将出来。我把你活活打死，方雪此恨。"那一虎在地中听了和尚这般言语，他在地中呼呼大笑说："呵呵呵，你要将飞钹打我，只怕还早哩。我会地中行走，不怕闷死。我今回营去也。"说罢，呼呼大笑，只听得笑声渐远。和尚气得满面通红。一虎行到城门首，钻将出来，鸣金收军，紧闭城门。

一虎回进帅府。元帅一见说道："窦将军你回来了。方才出兵胜败如何？"一虎禀道："元帅，那和尚用的是两扇飞钹，果然厉害。苦无仙传地行之术，也要被他打死，做为肉酱了。"元帅听了，心中暗想："那妖僧用飞钹如此厉害，挡住在此，怎好进兵？"便开口说道："窦将军且退，待本帅思一妙计，必要擒他。"传令城外高悬免战牌。"得令。"

不表窦一虎退出，再言和尚看见城上挂了免战牌，呼呼大笑回营。明日又来讨战，又见免战牌还挂了。那和尚百般大骂，至晚而回。一连三日，俱是如此。那薛元帅聚齐诸将说："和尚如此厉害，诸将有何计可退番兵？"尉迟青山上前说："要破妖僧，必须释放世子丁山。他有仙传十件宝贝，王敖老祖弟子出阵可擒妖僧。"众将齐声说："尉迟将军之言不差，必须小将军方可退得。"元帅说："军令已出，不可挽回，诸位将军不必言他。"众将无可奈何，各自回营。看看又过了三日，元帅无计可施，传令挂榜营门，有人退得和尚，破得飞钹，奏闻圣上，官封万户侯，锦袍一领，玉带一围，黄金千两，决不食言。榜文一挂，那窦一虎晓得挂榜，心中得意："此番小姐稳稳到手了。"来到帐前说："元帅，小将有计能破飞钹，要求元帅恩赏。"元帅大喜说："窦将军你果有妙计，破得飞钹，本帅赏你锦袍一领、玉带一围，还要请旨封官。"一虎笑道："小将也不要请旨封官，也不想锦袍玉带，只是有句话不好说。若元帅见允，小将便能破得飞钹。"元帅道："将军，你俱不要，要本帅赏赐什么？快快说来。"一虎带笑说："小将也是明王之孙，当今天子之表侄。曾见令爱小姐尚未许婚，元帅将小姐许配我，我有妙计能破飞钹，然后进兵西征。未知元帅肯允否？"仁贵未听此言犹可，一听此言，心中大怒，想道："夫人好没见识，不该带金莲女儿一同到此。被矮子看见，倒来求亲。"开言说："嗟！你这蠢物。本帅虎女，焉肯配你犬子？也罢，你若破得飞钹，本帅另眼相看。若说起亲事，断断不能。"一虎道："元帅既不肯将小姐许我，我焉能肯与元帅破飞钹？"元帅大怒说："蠢物如此无礼，军校们绑出去，斩讫报来。"一虎道："元帅不必发怒，小将自回棋盘山去了。"军校正要来拿，见一虎身子一扭不见了。元帅见了，无可奈何，心中暗想："目下正在用人之际，他若回去了，飞钹又不能破，兵又不好进。也罢，不如骗他破了飞钹，允不允由我。"元帅开言对地下说道："窦将军，我不杀你，你且出来。只要你破得飞钹，回朝之日，将小女与你成亲便了。"一虎在地中听得元帅相许，从地下钻了出来说："既蒙允诺，如今便称岳父了。"仁贵心中敢怒不敢言，只得说："但不知你有何妙计能破妖僧飞钹？"一虎说："元帅，待小将今晚三更时分，往番营盗收飞钹，杀了妖僧，明日元帅就好进兵了。""既是如此，命你今晚前去，依计而行便了。""是，得令！"不知一虎如何盗得飞钹，且听下回分解。

第二十五回

窦一虎盗钹受苦　秦汉奉命救师兄

前言不表。单讲窦一虎回归自己营中，结束停当，等至三更，钻入地中，竟往番营，此言不表。再讲苏宝同见飞钹和尚连日得胜，斩了唐朝三员大将，杀得他闭城不出，高悬免战牌。便安排筵宴，请飞钹和尚、铁板道人。大开营门，用长竿挂起飞钹庆贺，名为祭宝会。那窦一虎来到营门，将头探出，往上一望，却被和尚看见，对苏宝同说："元帅，方才说唐朝有一地行之将，今番来也。"宝同说："在哪里？"和尚说："在地中钻出来了。""怎么拿他？倘被他又去了，反为不美。"和尚说："不难。"忙用指地金刚法，使那地皮坚硬。一虎钻出头来了，和尚忙将飞钹抛去。一虎一见大惊，欲要钻下地，地皮坚硬不能去了，被钹一合，放在飞钹内面了，好不气闷。在钹内心中一想说："师父有言，日后有难，付我一粒丹药吃了，可免灾难。"如今在衣缝内面，忙取出来，吃在肚内，果然不气闷，又不饥渴，安心住在钹内，不表。再言苏宝同说："军师拿住矮子，何不将他斩首，放在钹内做甚？"和尚说："他是王禅老祖弟子，有仙法道术，斩他不得。放在钹内，凭他神仙道术，不消七日，化为浓血，不久自死。"苏宝同听了大喜，称赞军师之功，此话不表。

再讲仁贵见一虎往番营盗钹，候到天明不见回报，心中狐疑不定，"若盗不动也该回来了。他满口应承，欣然而去，想是被妖僧拿住也未可知。嗄，有了，不免点程千忠出去，到城上观看，若被斩首，决有号令。"主意已定，命程千忠："前往城上，看番营可有首级号令，速来回报。""是，得令！"那千忠出了帅府，上马来到城上，往番营观看，静悄悄不见什么首级号令出来。等了一回，不见动静，只得下城回到帅府缴令。元帅听了，心中好不烦闷。欲要差探子出城打听，忽城上军士报进："启元帅爷，城外有铁板道人讨战。"元帅对诸将说："前日有个和尚，今日又有个道士，想是多有左道旁门之人，今日不可与他交战。待等三日之后，商议开兵。"众将说："元帅之言有理。"传令城上高悬免战牌。那铁板道人看见了免战牌，大笑回营。此话不表。

再言双龙山莲花洞王禅老祖驾坐蒲团，忽心血来潮，屈指一算，说："不好了！大徒弟窦一虎有飞钹之难，幸有灵丹相救，七日灾难已满。不免唤二徒弟出来去救师兄。童儿唤秦汉出来。"那童儿领法旨，来到里面说："师兄，师父唤你。"那秦汉正在里面学习，听得师父呼唤，忙来到蒲团前，倒身下拜说："师父，唤弟子出来有何事干？"老祖说："徒弟，你师兄有飞钹之难，命你前去相救。况你业缘已满，我今与你两件宝贝，名曰钻天帽、入地鞋。你快往锁阳城，用灵符一道救取师兄窦一虎，就在薛元帅麾下，助他征伐西凉，夫妇团圆便了。"秦汉听了，叫声："师父，弟子本来面目，望乞师父训示。"老祖说："你原是大唐秦怀玉之子，金枝玉叶。你三岁时，在后园玩耍。我从云端经过，被你冲开足下红云，收留到此二十余载。今已缘满，下山去罢。"那秦汉也是矮子，头上挽起个空心丫髻，大红绒须两边披下，身穿绣绿袄子，手上带个黄金镯，赤了一双脚，好似红孩儿一样。听到师父如此言语，心中大悦，便叫声："师父，请问两般宝物有何用处？"老祖呼呼笑道："秦汉，你要问这两宝物有何用处？我对你讲，那钻天帽乃王母娘娘瑶池中真宝贝，戴在头上，便会腾云随风，可入天门，朝拜诸天日月星宿。那入地鞋，乃是南极仙翁宝贝，穿在足下能入地中，可到森罗宝殿，十殿阎君前来迎你。这两般宝物付与你去，可助大唐。还有一对狼牙棒，随身器械，灵符一道，一齐拿去。"秦汉欢喜不过，拿了狼牙棒，拜辞了师父，即便下山。心中起了凡心，戴了钻天帽，那宝物说也作怪，刚刚戴在头上，忽听得耳边豁喇喇一阵风，便将秦汉提在空中。秦汉哈哈大笑，按下云头，抬头一看，别有一番世界。见一座仙庄极其华丽，内面走出一个女子，生得十分美貌，天姿国色，见了秦汉，叫声："郎君，因何到此？"秦汉见了遍体酥麻，说："小娘子下问，我乃王禅老祖徒弟秦汉，奉师命往锁阳城去救大师兄窦一虎，在此经过，得遇小娘子，莫非我三生有幸了。愿求片刻之欢。"那女子半推半就，满面通红。秦汉欲火难禁，便问："小娘子尊姓？"女子说："我姓松，爹爹出外去了，并无人在家。"问道："小娘子青春多少？"回言："虚度一十八载，尚未曾适人。"秦汉又说："我乃秦驸马之子，公主所生。娘子不弃，愿为秦晋。不知娘子意下若何？"女子道："既有美意，恐辱尊躯。"秦汉色胆如天，将女子抱进房，解带宽衣。那秦汉赤了身子，抱着女子，正要求欢，只见一阵狂风，抬头一看，房子不见了，连那女子也不知去向，两手抱着一棵大松树。忽见师父来到，置身无地，两手又拿不开，口叫："师父救我。"老祖说："业障！业障！你做的好事。还要怎么？"秦汉说："师父，弟子以后再不敢了。望乞饶恕。"老祖说："看天子之面，以后再不可起凡心。""是，再不敢了。"老祖将拂尘一拂，秦汉两手松了，"拜谢师父救弟子之恩。"老祖说："去罢。"原来老祖试他之心，点化他的。

那秦汉辞了师父，戴上钻天帽，不消一个时辰，倏然落下锁阳城。薛元帅正与众将商议，忽见一个矮子从天而降。大家都认作窦一虎，非但地行，如今七日不见，竟在天上也会走的？元帅也觉骇然。

只见那矮子上帐，见了元帅，长揖不跪。众将仔细一看，方知不是窦一虎，另有一个矮子，身材一样，身子阔些。元帅问道："你是何处来的怪物？却从天上下来。快将情由细细说来。"那个矮子嘻嘻笑道："我乃秦叔宝嫡孙，秦怀玉之子，秦汉是也。三岁时被风刮去，王禅祖师收为徒弟，学道二十余年。今奉师父之命下山，一则救师兄窦一虎飞钹之难，二则相助元帅一臂之力，共征哈迷国。"元帅听了大笑说："原来他也是王禅老祖徒弟，秦驸马之子，好笑祖师收的徒弟都是矮子。这倒稀罕。"说道："秦将军，既蒙来助本帅，你师兄窦一虎去盗飞钹，今已七日，不见回营。既能相救，快去走一遭吧。"秦汉应道："小将就去。"正要走出去，只见左班中走出秦梦，闻知哥哥到此，忙出来，"待我认认长兄。"兄弟两下一见，彼此相拜，各诉衷情。秦汉说："兄弟，我往番营救出师兄，再来会你。"还戴上钻天帽，轻轻飞出锁阳城，下落番营，有黄昏时分。只见旌旗不动，枪刀如林，杀气腾腾，好不惊人。正在营前观看，只见前面一个巡军走来，被秦汉上前，将手中狼牙棒照头上一下，把巡军打死。脱了衣服，除了帽子，解了腰牌，看看上面有名字，那巡军名唤哈得强。"我就冒了他的名字，打听师兄消息。"正行之间，只见又来了一个小番，手里拿了一支令箭。秦汉问道："哥儿，你往哪里去？"番儿说："我奉活佛军师之命，因南蛮地行子前来偷盗飞钹，被元帅捉住，封合飞钹之内，今已七日，必成浓血。故此佛爷特将令箭一支，叫我到元帅营中，取飞钹内中矮子浓血，烧干祭钹。"秦汉听了，唬吓得大惊，"师兄性命休矣！如今有此机会，打死番儿，将他令箭到苏宝同处，骗了飞钹，救出师兄，再作理会。"走上前去，狼牙棒一起，把番儿打死，盗了令箭，来到营中，见了苏宝同，叫声元帅："小番奉佛爷之命，要取飞钹前去祭钹。"宝同看了令箭，不知真假，将飞钹付与秦汉。秦汉背上飞钹，戴上钻天帽，片刻飞到锁阳城。他在云中一想，不知师兄死活如何，待我叫他一声看："窦师兄。"一虎在钹中听得声音似秦汉师弟，一虎应到："师弟，你为何也在此，做什么？"秦汉说："不瞒师兄，师父在山上说你有飞钹之难，命我前来相救。我今连飞钹骗到城中，见元帅请功。"一虎听说，好不着急。前日在元帅面前夸口，要与他小姐金莲成亲，倒被妖僧将我合在钹内，七日已到，众将面前开看，有甚意思，反被元帅见笑，叫声："师弟，就在此地开了钹，我好出来。"秦汉说："你七日也过了，如今一刻也等不得。我奉师父之命必须要到元帅面前开的。"说罢，依然飞上。早到营前，按下云头，连忙传报。元帅闻报升帐，问道："秦将军可曾救得师弟么？"秦汉放下飞钹说："师兄现在钹内，请元帅开看。"元帅大喜，唤军校快快开钹。"得令！"忙将铁索解下，重有千斤，用尽力气，哪里开得。众将一看，这钹合笼犹如生成，没有缝的，果然难开。凭你刀砍斧劈，只是不动。元帅说："秦将军，这样如之奈何？"秦汉道："不难。师父说，金丹久炼，炼成至宝。有灵符一道贴上，其钹即开。"秦汉取符贴上，钹分两扇。一虎一个跟头跳出地下，双手遮脸，自觉羞杀。元帅同众将一见，大笑道："果然仙家妙用，窦将军暂且将息。"吩咐收免战牌，众将回府。

再讲番营和尚差小番取钹，不见回报。早有小番报说："启佛爷，不好了！方才差去的番儿被南蛮打死，骗了令箭。元帅不知真假，竟将飞钹与他。一霎时人都不见了。"和尚听了，吓得魂不附体，说："完了，我一生功夫，如今休矣！救去矮子，倒也罢了。我的飞钹，我全靠它，如今失去，怎么与唐兵交战？"铁板道人说："道兄失去飞钹，还有我铁板十二面，厉害不过，师兄放心。"不知后事如何，且看下回分解。

第二十六回

监中放出小英雄　丁山大破铁板道

却说次日道人出阵，见去了免战牌。有兵士报进："启上元帅，城外道人讨战。"元帅道："今有道人讨战，谁去出阵？"秦汉走将出来说道："小将愿往。"元帅道："既然如此，与他步兵三千，出城破敌。"

秦汉接令出了帅府，来到校场，点起步兵三千，手持两条狼牙棒，来到城边放炮开城，炮声一响，开了城门，冲出城外，来到阵前。那道人抬头一看，原来又是一个矮子，哈哈大笑道："唐朝不用大将，俱用矮子……"

话言未了，只见秦汉走至面前，将双棒照道人腿上便打。道人在马上不便架迎，忙下了马，手执古定剑劈面砍来。一来一往，战了二十回合，道人不能取胜，忙抽出铁板来。秦汉抬头一看，见铁板打下，把入地鞋一登，不见了。道人看见心中大惊：原来唐营中多是异人，前日矮子有地行之术，今这矮子也会地行。必定仙传妙法，不如收兵再处。再言秦汉到了城边，也收兵进城，回到帅府交令。

次日，道人又来讨战。元帅问道："今日谁去？"秦汉应到："今日必要活捉妖道回营。"元帅道："既然如此，将军须小心的。"

秦汉得令，原带了三千步兵，出城来到阵前。道人见了笑道："小矮奴昨日被你逃去，今日又来，必要活捉，方见俺的手段。"秦汉道："休要夸口，吃我一棒！"举起狼牙棒，当头就是一下。道人持剑向上一迎"噶啷"一声响，架在一边。回转马来一剑，往面上砍来。秦汉将棒一晃，亦跳在一边，杀得道人浑身是汗。念动真言，忽然天昏地暗，无数青面獠牙鬼怪杀来。秦汉见了，幸有钻天帽戴在头上，如飞纵上云端。只听得霹雳一声，霎时鬼怪化作无影无形，依然云开见日。道人看了心内慌张：昨日钻到地下，今日又会上天，定是异人。正在心内想，秦汉亦料道人邪法多端，不能降服，向道人哈哈笑道："你不要想，我收兵去了。"一声鸣金，收兵进城。

道人亦收兵而回，千思万想，一夜未睡。次日又领兵讨战，探子入报。

元帅说："今道人又来讨战，谁去出阵？"两边走出八员总兵：周青、周文、周武、姜兴霸、王心溪、王心鹤、李庆红、李庆先，进营启禀元帅："末将愿去阵前，杀此妖道。"元帅说："众人出去，须要小心。"就令窦一虎、秦汉为左右军押阵。"接令。"众人各领命出了帅府，持了兵器，出了城门，来至阵前。道人抬头一看，只见城中走出许多将官来，这八员将官，把道人团团围住，将他刀砍棍打。

道人把古定剑执在手中，竭力接架，这八员将，忽在马前，忽在马后，杀得道人招架不定，哪能还剑过去，心中一想，说："不好！寡不敌众，不可一时失错，有丧性命，不如先下手为强。"忙祭起铁板，众将见了魂飞魄散，叫声："不好了！"俱打中后心，跌下马来。冲出窦一虎、秦汉上前抵敌，底下步兵救了八将。

窦、秦二将无心恋战，鸣金收兵。回进城中，报入帐内，元帅听了大惊，说："铁板如此厉害，伤我八个兄弟，如何是好？"程咬金说："前年元帅中了飞镖一年之灾，幸而小将军到来救活。如今这八员总兵，命在旦夕。乞元帅监中放出小将军，要用他仙丹，救了这八员总兵方好。"

元帅听了此言有理，传令即到监中放出小将军，来到帅府，拜见父王。薛仁贵道："我儿前日灵丹有么？"丁山道："现还有。"薛仁贵道："既有，你将仙丹到后营去救八位将军。"丁山领命，到后营取出葫芦，倒出仙丹，口中嚼碎，敷在八将背上。只听一声"唔呀"，俱立起身，道谢丁山。元帅闻知心中大悦，果然仙丹妙用。即唤丁山进后堂叩见母亲。再见妻、妹。吩咐后堂设宴，合家团圆。

再言铁板道人杀败了二将得胜，连伤八员大将。苏宝同说："军师今日阵上全胜，那南蛮必定惧怕。明日须要打破他城池，杀他个片甲不留，方称俺心。"道人说："这个自然。"当夜营中庆贺。

再言次日苏宝同领了大队人马，分作三路攻打：铁板道人领了二万人马，攻打东门；飞钹和尚领了人马，攻打南门；苏元帅领了大队人马，攻打北门，单留西门不攻。摇旗呐喊，鼓炮连天，架上云梯，三门攻打。

探子忙报元帅。元帅升帐，点窦一虎、秦汉二将，领了三千人马，出南门，听号炮一响，各自进兵。忙接令出了帅府，往教场点兵，出南门；又点丁山、窦仙童夫妇，领了人马三千，出东门，忙接令，往教场领兵；元帅自领兵三千，同了女儿金莲出北门，其余众将守城。

飞钹和尚正攻打南门，只见一声炮响，三千步兵冲出阵来，一对矮将冲到城外。和尚一见大怒，把手中铁禅杖打来，窦一虎将黄金棍架住，喝道："妖僧！你的本事平常，如今飞钹没了，如何杀得我过！不如快快受死，免得出丑。"和尚大怒道："杀不了的小南蛮，前日被你诡计，骗去宝贝，今次决不饶你！招杖罢！"一禅杖当头打来，窦、秦二将，奋勇争先，忙起棍棒相迎。杀了几个回合，和尚哪里战得过二将，带转马大败而走。二将在后追赶。

再言薛丁山夫妇，领兵至东门。只听号炮一声，东门大开，冲出阵来,正迎着铁板道人。道人一见窦仙童,好一个美貌佳人,不免先打死了少年将军,抢这女子过来,还俗成亲。算计已定,回马过来就走,薛丁山拍马追上去。铁板道人回头一见了追来,满心欢喜,忙将铁板祭起,当头打下,只见丁山头上一道红光射出,铁板见了红光,化为飞灰。道人一看,见打他不中,又祭一块起来,照前一样。连祭了十块铁板,一齐烧了无影无形。吓得道人魂不附体,无心恋战,带回马就走。薛丁山夫妻在后追赶。

再言元帅同了金莲小姐,杀出北门,正迎着苏宝同,两下大战,杀得大败。倒拖大砍刀回马,金莲小姐在后追赶。苏宝同忙取腰中飞剑打来,谁想薛金莲有六丁六甲护身神,见宝剑飞来,被六甲神收去。此时苏宝同急得汗流浃背,心中慌张,又见女将追上来了,只得回来又战。不到三十个回合,后面元帅杀上来了,苏宝同哪里杀得出重围。只听元帅高声传令:"休要放走了!"金甲人上前来拿,苏宝同一看大惊,只得化道长虹而逃。三军追至三十里,杀得血流盈河,尸横遍野,喊叫之声连天。遗下刀枪剑戟旌旗,不计其数。元帅传令收兵。

妖僧妖道,大败而走,三路同归一处,点一点人马,三十万只剩了不足一万,都是折手坏脚之人,三人抱头大哭。一同商议,只得再往仙山去炼宝贝,若是此仇不报,枉做西邦元帅。和尚说:"元帅之言有理。"

三人领了败兵,一路下来,相近寒江关,只见冲出一彪人马,回头一看,只见龙凤旗升起,上写着"征东皇后"。苏宝同一见大喜,原来是我姐姐苏锦莲,即行下马,进营中朝见千岁娘娘。朝见已毕。赐平身,说:"贤弟你奉旨出师,因何还在这里?"苏宝同大哭道:"前日兄弟即欲报祖父大仇,奏知狼主,起兵伐唐朝。不想第一阵被我设计,将唐朝君臣困住锁阳城,要把他粮绝饿死。谁想他雄兵似虎,猛将如龙,与他大战几阵,用飞刀杀他大将几十余员。那大唐元帅,幸得被我飞刀飞镖打伤他左臂，败回城中，闭城不出。怎晓得他粮草带得充足，困住城池一年有余，不想被程咬金骗出营中，竟回中原，取了救兵。这第二路元帅，就是薛蛮子之子，名唤丁山。他法术高强，本事厉害，我的九口飞刀、三只飞镖，俱被他破化了。内应外合，杀得大败，我即化道长虹而走。撞着两位军师，飞钹和尚、铁板道人提兵到来，说起此事一同兴兵，三困锁阳城，交锋三个月，阵阵俱胜，城中出了两个矮子，法术精通，又被薛丁山出阵交兵，将飞钹、铁板化作飞灰，又是大败而散。如今各人再往仙山去炼就法宝，再来复仇，不想会着姐姐千岁。"

苏锦莲听说前情，大怒说："贤弟，你既要再上仙山，去炼宝贝，以复大仇。我奉狼主之命，领精兵四十万，战将数千员，前来助你。不想你杀得大败，损兵折将，有何面目回见国王。你将帅印交付与我，我要杀尽南蛮，与祖父报仇便了。"

苏宝同听了，心中大悦，知道姐姐仙传妙法，英雄无敌，有打将神鞭，厉害不过。忙把帅印兵符上前交割，付给皇后，同那和尚道人拜别娘娘，各自上山炼宝去了。此话不表，未知苏锦莲可有本事破唐否，且看下回分解。

第二十七回

番后火鹊烧八将　薛元帅子媳团圆

却说苏锦莲皇后,传令放炮起行。炮响三声,大队人马,竟向锁阳城进发。不一日早到锁阳城,吩咐按下营盘,将锁阳城四面困得水泄不通,鸟飞不过枪尖,蛇钻不进人马,好不厉害。

再言薛元帅大获全胜,三支人马,一同进城,所得粮草器械旌旗,不计其数。与众将商议起兵西征。这一日升帐,只听得炮声连天,探子报入营中,启上元帅:"西凉国苏皇后,领兵四十万,要来报仇,又将城池围住了。请元帅定夺。"元帅听了大怒道:"可恨苏宝同,将帅印交他姐姐番后,复领兵到来,又将城池困住,你这小小番后,有何本领,前来与本帅对敌?也罢,趁他安营未定,点兵出城,杀他片甲不回。"点周青等八员总兵出城,必要活捉番后。

周青等忙接令出帅府上马,各人结束停当,手执兵器往教场点了一万人马,来到城边,放炮开城。三声炮响,城门大开,那八家兄弟,都出城来到阵前。两边射住阵脚,营中鼓响如雷,抬头一看,只见苏锦莲带领了三千番婆,一声炮响,冲出营来,但见她头戴开龙金冠,狐狸尾倒挂,雉尾高挑,面如满月敷粉,妆成两道秀眉,一双凤目,小口樱桃,红唇内细细银牙。身穿一件黄金砌就鱼鳞甲,腰系八幅护腿绣龙白绫裙。小小金莲，踹定葵花镫，腾云马，手持打将神鞭。胜比昭君再世，犹如西子还魂。

那周青纵马上前喝道："胡妃狗后，本总兵看你无缚鸡之力，敢领兵到此与我祭剑么？"苏锦莲喝道："你这般狗蛮子，将我兄弟杀得大败，因此娘娘来取你这蛮子性命。"周青冷笑道："你的狗弟，尚且不胜，何况你一女流，贱婢放过马来！"

两边战鼓摇动，苏锦莲把鞭一指，喝道："照打罢。"这里八员将官一齐上前，将番后围住。苏锦莲看见将多，虚晃一鞭，勒回马败阵而走。八家兄弟，随后追来。苏锦莲把鞭一指，即忙取出身边葫芦，念动真言，放出无数火鹊，往八员总兵烧将来了，十分厉害。

周青等一见，魂飞魄散。都烧得焦头烂额，败进城中。一万兵被番后杀得大败，折了八千人马，上前哭诉。元帅看见，心内慌张，不想兄弟们遭番后火鹊烧伤，谁去出阵？丁山上前说道："孩儿出阵，擒此番后。"元帅道："我儿出去，须要小心。"传命秦、窦二将同去掠阵。"得令！"三人同出了帅府，领了人马，来至阵前。那苏锦莲抬头一看，只见薛丁山面如白玉，唇若涂朱；胜比宋玉，貌若潘安。不觉欲火难禁，浑身发痒。丁山喝声："番婆！不要呆呆看我，照戟罢。"一戟直往面门上刺将过来，那番后吃了一惊，忙一催坐马上来，放出火鹊。薛丁山说："来得好！"左手挽弓，右手拔出穿云箭，照火鹊一射，只听得一声响，那些火鹊，无影无踪。

番后看见破了她的火鹊，十分大怒。忙祭起神鞭，薛丁山叫声不好，正中后心，口吐鲜血，大败而走。幸得身上穿天王甲，不致伤命，若是别将，便成肉饼矣。那番后叫声"哪里走！"把二膝一夹，紧紧追来，追过荒山有百里，看看追上。

薛丁山正然着急，只听山头上有虎啸之声，抬头一看，见一个打柴女子，生得奇形怪状，手持铁锤，在那里打虎。薛丁山叫一声："姐姐，救我一救！"那女子往下一看，说道："小将军你是哪一个，为何一人一骑，奔到此间，求救于我？"薛丁山说："女将军，我是平辽王薛元帅之子。因奉圣旨征西，方才阵上被番后打中后心，我负痛而逃，她在后面追上来了。我中伤甚痛，不能抵敌，万望姐姐救我一救，没齿不忘大恩。"那女子嘻嘻笑道："这个容易。请世子暂避树林之下，待她追来，我当敌住，杀她个有死无生。"

说罢，只见苏锦莲追上山来。薛丁山心慌，躲在林内。后面番后见了女子，问道："方才有一少年将军，可曾到此？"女子说："他在林内。"番后听了，连忙追入林中，不提防女子将死虎照番后头上打将下来，那番后措手不及，叫声"哎呀"！跌下马来。被薛丁山上前，取了首级，忙来叩谢救命之恩："请问姐姐，姓甚名谁？回营告知父亲，前来相谢。"

那女子道："奴家姓陈，名金定，祖贯中原人氏。父亲陈云，昔为隋朝总兵，奉旨借兵，流落西番乌龙山居住，樵柴为生，母亲毛氏，乃番邦之女。上无兄，下无弟，我今年一十七岁，只为生长西番，而又黑丑，混号母天蓬。舍下不远，还有言语相问。"

薛丁山道："多蒙姐姐盛情，但我有军令在身，不及细谈，我交令之后，再来叩谢。"陈金定见他执意要去，忙将丹药与他装好说："我明日望你到来，不可失信。"薛丁山说："晓得。"上马出了山林，走了半路，撞见秦、窦二将，三人大喜。同到城中，入帐交令。元帅问道："方才秦、窦二将说，你被番后金鞭打伤，吐血而走。番后拍马追赶，如何反得她首级，前来交令？"

薛丁山道："爹爹啊，孩儿被她打伤，落荒而走。被她追到山林，正在危急，幸有那打柴女子，暗起死虎将番后打死，救了孩儿。她父隋朝总兵，名唤陈云，流落西番。望父王送金帛，谢她救命之恩。"元帅道："既是我儿的大恩人，理当相谢。"问程咬金道："老千岁，他父前朝总兵，必然认得，就烦一行。"咬金应允。

次日同丁山带了金银缎匹，往乌龙山而来。陈云闻知，远远相迎，接入草堂，分宾主坐下，各通姓名。咬金说："昨蒙令爱相救世子，今日元帅备礼，差老夫同世子前来叩谢救命之恩。"陈云说："老千岁，下官流落西番，数十余年，久闻中原已归大唐。每欲思归，恨无机遇。我家小女，乃武当圣母徒儿，前日有言，与世子有姻缘之分，不嫌小女丑陋，我就明日送到营中，与世子成亲。我老夫妇，情愿执鞭随镫，报效微劳，相助征西。承蒙礼物，作为聘仪，望乞周旋。"程咬金说："极是，老夫作伐。"就此告别，回到营中，说明因由，元帅依允。薛丁山说："爹爹，这使不得的。"元帅说："陈云既要将女儿送你成亲，理当应允，方不负救命之恩。况陈金定小姐，虽然貌丑，她乃武当圣母门下，法力无边，将她带在军中，定助一臂之力。我儿你明日须备下礼物车马，前往迎接她父母，来到帅府。为父的做主，与你成亲。"薛丁山不敢有违，即忙端正。

再说后营夫人、小姐知道，心中喜悦。窦仙童闻知陈金定本事高强，亦是心中愿意，催促丁山："早些端正，想陈家父女，即要送来了。"话言未了，只听炮声连响，陈云夫妇亲领女儿到了。

薛元帅连忙接入帅府，安排筵宴，当夜成亲。陈金定敬重大娘，窦小姐感她救夫之恩，不分大小，姐妹相称。一夫二妻团圆，合营庆贺。

再言那番兵四十万人马，见主将已丧，又都被他杀得七零八落，四散而逃。不知后事如何，且看下回分解。

第二十八回

寒江关樊洪水战　樊梨花仙丹救兄

　　却说薛元帅杀死苏锦莲，薛丁山与陈金定成亲，此话不表。再说苏宝同逃去锁阳城，太平无事。左近依附州县，俱皆纳款投降，一面打本进朝，差薛贤徒镇守界牌关，点兵一万，文武数员，一同保守。周文镇守金霞关，周武镇守接天关，俱有兵马、文官同守。一路直到玉门关，俱归中原所管，百姓安堵如故。

　　这一日元帅升帐，商议西进。有陈云老将上帐说："此去四百里，有寒江隔阻。对江有一座寒江关，关上老将姓樊，名洪。足智多谋，官封定国王，有两个儿子，长子樊龙，次子樊虎，皆有万夫不挡之勇，一同保守。他知我兵西进，必然防备。此去非船不能征进，必须造下大船，方好过江。"

　　元帅听了，叫声陈亲翁之言有理，就令程铁牛、尉迟号怀、王宗一、姜兴霸四将，带领军士四千，上山伐木督造战船。耽搁一月，船已造完。停留江口，候元帅起兵。薛仁贵在教场点起大兵三十万，命罗章为前部先锋，秦梦押后队，尉迟青山解运粮草，程千忠二运解粮官，周青催赶各路粮草，命王心溪、王心鹤二将留兵五万，镇守锁阳城，老将陈云为向导官。点齐众将，放炮三声，往教场祭旗。然后起行,一路三军司命浩浩荡荡,离了锁阳城。往西而进,不一日来到寒江渡口,放炮停行,驻扎营盘,候下船过江。

元帅到江口一看,果然白浪滔滔,又见大小战船无数。程铁牛等四将上前交令。薛元帅传令,向罗章、秦梦、窦一虎三将说:"本帅昔年跨海征东,进狮子口,箭射戴笠篷,鞭打独角兽,飞走金沙滩,也曾过河,何在这个小小江面!你们三位将军,须要并力同心,过了寒江,取了关头,就好西进,本帅自在后督阵。"三将听了,说声:"得令!"各执器械,下船去了。大小俱皆下船,一声炮响,开了战船,俱望江中而行。你看那船头上,旗旌布满,炮声连天,此话不表。

再言寒江关主将樊洪,正与二子及左右偏将在衙中言及关内苏宝同,要报祖父之仇,兴师东征,反失数座关头。苏娘娘阵亡,元帅不知去向,寒江以东,均属中原。今又造大小战船,要来取寒江关。别处还可,料想寒江难过。

有番儿报进:"启爷,不好了!中原薛蛮子领兵过江来了!"樊洪一听此言,吓得魂不附体,说:"有这等事,再去打听。"令二子,"带领水军十万下江,等待唐兵半渡之时,听号炮一发,当腰冲出,使他首尾不能相救,杀他片甲不回,我大兵在后接应。"二人得令,领兵下江。随后樊老将军,带领大小众将,纷纷下江。

再言唐朝大兵,行至半江中,忽听炮声连珠响,只见各港中驶出无数番船,船上番将俱是红扎巾,身上穿水纳袄,手持长枪,摇旗呐喊,冲了出来,勇不可挡。竟把大小战船,冲做两处。后面元帅看见,即忙下令:"水战不比岸战,须要向前,不可退后。"众将得令。秦梦迎着樊龙,罗章接着樊虎,两下大战。后面老将樊洪,看见二子大战,划动兵船,冲上前来,被窦一虎接住厮杀。

秦梦与樊龙,战到三十余合,秦梦放下提罗枪,抽出银装锏,照樊龙肩膊上一下。樊龙负痛,拿不起大刀。番兵见主将受伤,急忙划转番船,大败而行。樊虎被罗章腿上一枪,那番船樊老将军看见二子大败,弃了窦一虎,也把战船划回。这里元帅见胜了番将大喜,传令擂鼓追赶。樊家父子连忙弃船登陆,竟望关中去了。剩下番船,逃走得快的,俱逃走了,逃不走的俱被杀死。传令收兵,一齐登岸,杀到关前,两边高山,中间一条关路。此关在半山之中,山上檑木炮石,打将下来,众将只得退回。元帅见此山难破,就令按下营盘,商议攻打。

再言樊洪老将,同二子败进关中,吩咐番儿,关头上多加灰瓶石子、强弓硬弩、檑木炮石。夫人接说道:"妾身久闻跨海征东薛仁贵,十分厉害。水战被他取胜,二子又被他打伤,幸喜女儿前日回家,或有仙丹妙药,可以医治。"樊洪道:"我却忘了,昔年黎山老母,收去八年,传授法术,有移山倒海之法、撒豆成兵之术。又赠她诛仙剑、打神鞭、混天棋盘、分身灵符、乾坤圈,五遁俱全,谅来必有妙药的。"吩咐丫环:"请小姐出来。"丫环领命,到房内道:"小姐,老爷相请。"

那樊梨花听了,来到中堂,见了父母,说道:"呼唤孩儿,有何吩咐?"夫人道:"女儿啊,唐朝差薛仁贵领兵西征,直杀到寒江,倘此关有失,西番不能保全。故此你父同二位哥哥截住寒江,俱被他打伤,败阵而回。今你父闷闷不乐,特地唤你出来商议,不知你可有仙丹,相救了二位哥哥,然后杀退唐兵,解得你父烦闷?"

小姐听了,心中暗想:"记得师父吩咐说,我与大唐小将薛丁山有姻缘之分,故此命我下山完聚姻缘,一同征西。如今果然他兵来到寒江关,伤我兄长,也罢。"只得开言说:"父亲,既是二位哥哥受伤,女儿自有妙药医治,父亲不必多虑。"樊洪听了大喜,连忙唤进二子说:"你妹有仙丹救你。"小姐把丹药敷在他伤处,不消一刻,其伤即愈。弟兄二人大喜:"难得妹子来救我,其中必有奇谋,杀退唐兵。复回番邦,狼主必加封赠,我一门功劳不小。"小姐说:"这个何难!不是妹子夸口,且待妹子明日出阵,必要活捉唐将,以泄二兄之忿。"二兄听了,说:"既是妹子出阵,做哥哥的与你掠阵。"老将哈哈大笑道:"难得女儿志量高大,虽然你多仙法,出阵之时,须要小心。"樊梨花道:"这个自然,女儿有主意的,不用父亲叮嘱。"当晚不表,各归房内。

小姐回到房中,想姻缘该配薛世子,但不知他相貌才能如何。又闻得父母有言,将我许配白虎关总兵杨藩。打听得他生得丑陋不堪,面如青靛,目似铜铃,岂可配我!想我师父黎山老母,能知过去未来,许我薛丁山是夫主,谅来杨藩决不是我夫君。待我明日出阵,看看薛丁山,就晓得了。主意已定。

再言次日樊老将军升帐,樊梨花披挂上前领兵,樊龙、樊虎结束停当,各执兵器,同妹子出阵,点齐本部人马,来到关前。放炮三声关门大开,冲下山来,来到平阳之地,排齐队伍。樊梨花一马冲出,高声大叫,坐名要薛丁山出阵。探子报进营中说:"启上元帅,今有樊老将军之女樊梨花,带领了女兵,出关讨战。"元帅说:"昨日他父子兄弟这般骁勇,尚且大败,何况他的女儿,值得什么!"探子说:"元帅不要看轻樊梨花,她英雄无敌,仙法多端。她指名要小千岁出阵,不然要杀进营中来。"元帅听了,大怒说:"这番女好夸口!我偏不点孩儿出阵去,另点别将出阵。谁将出去,擒此番女?"

那窦一虎好色之徒,听说樊梨花美貌超群:"待我出阵活捉进营,元帅自然将来配我。"想罢,上帐说:"小将窦一虎愿出去会她。"一边又走出先锋罗章上前喊道:"元帅!待小将出阵,必要活捉番女。"

元帅道:"既然你二人愿去,一同出阵便了。"二人接令出阵,不知后事如何,且看下回分解。

第二十九回

神鞭打走陈金定　梨花用法捉丁山

却说罗、窦二将领兵到阵前，樊梨花一看，不是薛丁山。小姐骂道："南蛮果来与我对敌，免污我刀。快唤薛丁山出来，与我决一胜负！"

二将听了，说："好一个娇滴滴声音。"二人各执兵器，笑吟吟指定樊梨花说道："难道我们不是男子，你指名要小千岁出来？你若胜我二人手中兵器，便请小千岁会你；你若被捉，伴我二位一宿，方得称心快意。"小姐听了大怒骂道："匹夫，少要胡言！放马过来，斩为肉泥，方泄我恨。"遂举起双刀，往罗章面上砍来。罗章把枪架住，窦一虎将黄金棍向马头上打来。樊梨花不慌不忙，将刀一指，只见四面喊声大起。

二人抬头一看，俱是青面獠牙、长大汉子，金盔金甲，大刀阔斧砍来，吓得唐兵都逃散了。二将看来抵敌不住，鸣金收兵，报知元帅说："末将被番女用撒豆成兵之法，杀得大败而回。如今又在营前讨战，指名要小千岁出阵。"

元帅听了大怒道："这小贱人如此无礼，她有妖术，况且男不可与女敌。"便点窦仙童出阵迎敌，窦仙童全身披挂，手执双刀，跨上了马，带领了兵将，出营来到阵前。看见樊梨花果然美貌，"我不及她。"

樊小姐见一员女将出阵，身边藏许多宝贝，又生得俊俏，暗想道："善者不来，莫要失手。"便开口喝道："来的女将少催坐骑，通下名来。"仙童说："我乃薛元帅之媳、小千岁之妻，窦仙童是也。你这无耻贱人，坐名要我夫君，可不羞死人么！"

樊梨花大怒，便把双刀砍来，窦仙童把双刀迎住。两下大战，正是棋逢敌手，将遇良才。战到四十回合，樊小姐料难取胜，忙祭起打神鞭，窦仙童一见，说："不好了！"闪避不及，一鞭正打中肩膊，负痛伏鞍逃入营中。

金定见了大怒，便上前讨令："待小将出去会她。"元帅说："须要小心。"陈金定领令，结束停当。上马提锤，冲出营门，来到阵前。樊梨花抬头一看，倒也稀奇：方才女将甚为齐整，今来此女，好似灶君夫人，面如黑漆，丑陋不堪。好笑唐朝元帅帐下，都用怪异之人。便喝道："黑蛮休来送死了，快唤薛丁山出来，方是我的对手。"陈金定大怒道："你这贱人，又非娼妇，如何指定要我丈夫出战？"樊梨花听了倒也好笑：难道这般丑陋，亦收为妻，正是瞎猫偷鸡死不放。便说："你这黑脸，只好配挑柴运水火头军，怎可配小千岁？"金定听了大怒，便把五百斤的铁锤，当头打来。梨花将双刀迎住，一来一往，战了三十回合，不分胜负。樊梨花忙祭起斩仙剑，金定躲闪不及，正中左肩，大喊一声，败回营中。

元帅一见大怒道："可恶番女，连伤我二将！"又令女儿金莲出阵，须要与二位嫂嫂出气。金莲接令，上马来到阵前。只见樊梨花千娇百媚，耀武扬威，不若说她投唐以便西进。主意已定，便道："樊梨花，你既有如此本领，何不投降我国，择配才郎，夫荣妻贵，岂不美哉！"梨花看见薛金莲貌美，听她婉言，便问："女将何名？方才所说，奴岂不知。但奉师命下山，要会薛丁山。若然胜我兵法，与他成为夫妇，故此指名要会他一面。谁知连战数将，俱不合我之意。"薛金莲微微笑道："女将听了：我乃唐朝大元帅之女、薛丁山之妹，名唤金莲，随父西征到此。既然要会我哥哥，待我告知父亲。今天色已晚，明日出营会你。"说罢二人各自收兵。那薛金莲回营上帐，对父亲细说番女之事。

却说薛丁山回见二妻，说及此事。窦、陈同说："今日这无耻番女，阵上将我二人打坏，幸有仙丹治好。口口声声要会你，定要和你成亲，明日阵上切不可从她，若然与她成了亲事，我二人决不肯干休。"薛丁山暗想到："未分黑白，先要吃醋。"便说道："二位夫人请自放心，卑人不是这样人。"

再说次日，薛金莲说："樊梨花又来讨战。"元帅传令："丁山出兵！""得令！"结束停当，挂剑悬鞭，跨上腾云马，手执方天戟，带领了兵将，放炮三声，出了营门，冲到阵前，樊梨花抬头一看：一位少年将军出阵，但见他头戴太岁盔，身穿天王甲，坐下腾云马，手执方天戟，背插四枝小角旗，写了"二路元帅薛"。果然美如宋玉，貌若潘安，心中十分之喜，师父之言不谬。

再说薛丁山，看见樊梨花姿容，赞道："我夫人窦仙童虽然美貌，不及她一二。妹子金莲亦不能比她，虽然心中得意，家有二妻，此心休生。"叫声："番婆看戟！"刺将过来。梨花把手中刀架住说道："你就是薛丁山么？奴奉师父之命下山，说与你有夙世良缘，应当配合。我父兄虽番将，你若肯从议婚姻，我当告知父母，一同归降西征，你意下如何？"

薛丁山听了骂道："无耻贱人，只有男子求婚，何曾见女子自己说亲者，你羞也不羞？我薛丁山正大光明，唐朝大将，岂肯配你番邦淫乱之人，不必妄想。放马过来，与你决一死战。"

樊梨花被他羞辱，心中大怒，手持双刀，劈面砍来。薛丁山把方天戟架住，两下大战三十回合。樊梨花念动真言，顷刻之间，将高山遮住。薛丁山见前面昏暗，被樊小姐活捉过去，吩咐捆起，问道："薛丁山，你今被擒，若肯联姻，饶你一死。"

薛丁山睁眼一看，身上被绑，料难脱身，待我骗他一骗，遂道："既蒙见爱，回去告知父母，然后央媒说合。"樊梨花微微笑道："世子这句话，果然真心许我？当赌个誓来，我才相信。"

薛丁山心中一想："那个女子倒也老成，不若权且赌一个无着落的咒，有何不可。"便说："若放我回营，背负了你，我就半天吊挂，没有存身之处。"樊梨花见他赌了咒，便解其缚，吩咐带过马来，放了薛丁山。薛丁山回马不及一箭之地，重又勒回马头，回过头来大骂樊梨花道："你这不知羞耻的贱人，我方才中你诡计，被你擒住，岂肯与你联姻，不要想错了念头。快快放马过来，与你决一胜负。"梨花大骂薛丁山："无信义之人，看我刀罢！"又战不数合，樊梨花念动真言，便见前面一座山。樊梨花诈败上山，薛丁山在后追赶。赶到半山，忽听霹雳一声，回头不见了樊梨花。周围并无去路，见四面都是高山遮住，心中好不着急。只听山顶松林之中，有一樵夫在那里砍柴。薛丁山大叫："樵哥，救我一救！出得此山，重重相谢。"那樵夫听得山坑内有人叫唤，忙向下一望。见了薛丁山，笑嘻嘻说道："小将军何故在此山凹内？"薛丁山道："不瞒你说，我因追赶番邦之女，迷路到此。"樵夫听说便道："小将军既要我救，待我丢下担绳，你系在腰间，扯你上来，就有路了。"薛丁山道："樵哥既如此，快些丢下绳来，扯我上去。"那樵夫回身，便把担绳丢将下去，薛丁山将绳系在腰间，说道："樵哥，我系好了，快快扯我上去。"那樵夫答应道："晓得。"

不知可能救得上来，且看下回分解。

第三十回

樊梨花移山倒海　三擒三放薛丁山

却说樵夫用力将绳扯动，扯到半山之间，将绳扣在松枝上，把薛丁山倒挂在虚空。薛丁山叫道："樵哥快扯我上去，因何将我吊在空中？"樵夫大笑道："小将军，你发了无着落之咒，善于骗人，我也骗你一骗。只就是半天倒挂，没有存身之处了，我去了。"丁山想道："方才赌的咒如今应了，叫我怎处？"

正慌急间，只见两个松鼠，走在松枝，将绳乱咬，咬断两股，将要落下来，吓得丁山魂不附体，叫道："松鼠你也欺我，此绳断了，跌了下来，碎骨粉身，万无生理。"竟大哭起来。

只见山上有一女子，打扮犹如仙子一般，八个丫环跟随，说说笑笑；说道："底下有一个人，吊在那里，将来要饿死了。"薛丁山在下听见，大声喊道："山头上姐姐们救我一救。"小姐便叫丫环："你去问他姓甚名谁，家住何处？"丫环奉命望下问道："我家小姐问你名姓住居，说明因何吊此，好好救你上山来！"薛丁山说："几位姐姐，我姓薛名丁山，乃唐朝二路元帅，征西到此，因被女将樊梨花诱我上山，迷失归路。樵夫作弄，把我绳系腰间，扯至半空，吊在松枝，如今绳将断了，万望姐姐们向小姐帮衬一声，开恩救我上山，万代鸿恩了！"

丫环问明，回报小姐。小姐说："你们再去问他，他要相救，须要依我言语，方肯救他。他若不允，便不相救了。"薛丁山只得满口答应。小姐说："既是他肯依我言，扯他上来相见。"小姐回进园中百花厅上坐下。

再言丫环向下说道："小将军好了，如今你有命了，待我们扯你上来。"便把担绳扯上，丁山来到山上，说"好了"，忙向腰中解下担绳，说："姐姐们，方才你家姐姐哪里去了？待我谢一声，不知有何言语吩咐？好待本帅回营去。"丫环说："前面这座花园，就是我家住宅。"薛丁山道："请问姐姐们，你家小姐姓甚名谁，何等人家之女？"丫环道："我家主人姓樊，官拜兵部尚书，单生这位小姐。"薛丁山道："原来如此，望姐姐们领我进去。"

果然园中景致非常。过了石桥，来到百花厅上，只见小姐坐在湘妃椅上，薛丁山上前叩谢，小姐连忙还礼，宾主坐下，丫环进了香茗。薛丁山道："承蒙小姐救我上来，不知有何见教？乞道其详。"小姐笑道："樊梨花是奴中表，她是黎山老母徒弟，与将军有夙世姻缘，若不见弃，奴家为媒，结成秦晋，归顺唐朝。若还不从，休想回去。"薛丁山叫道："恩人，本帅已娶过拙荆二人，此事断难从命的了。"那小姐听了大怒道："你这忘恩负义之人，我好意救你上来，这事又不肯依我吩咐。丫环把他绑了，关锁在此。"不由分说，竟上前来拿。忽听得一声霹雳，抬头一看，花园不见，花厅变作囚车，原在战场上。

樊梨花仗剑立在面前说："今次肯依允否？再不依允，我便斩你了。"薛丁山说："今放我回去说合。"小姐说："方才赌了咒，如今也立个誓来！"薛丁山道："若再为反悔，身投大海而死。"樊梨花见他赌咒，又不着落的，便卖弄手段，叫兵士打开囚车，放他回去。

薛丁山出了囚车上了马，便骂道："我被你这贱人两次羞辱，岂肯与你成亲，放马过来！"樊梨花原晓得他反悔，复又相战。不到十个回合，樊梨花念动真言，薛丁山面前昏暗，被那些军士将丁山活捉下马来绑住。薛丁山抬头一看，茫茫大海，口叫"救命"！只见海中来了一只大船，船上坐着一位太子，听见岸上喊救，叫船家救上船来。船家将薛丁山救上船来，太子说："你是何人？丢在大海滩上？"薛丁山就说同樊梨花如何交战，将自己姓名细说一番。

太子说："今便怎么处？"薛丁山说："难得太子相救，伏望送我回国。"太子劝道："你原是唐朝大将，樊梨花既然招你成婚，应许了才是。不然将你一门杀尽，西辽又不能平，前功尽弃，不如从了她。"薛丁山说："太子你不晓得么，我乃王禅老祖徒弟，说有大难，必来相救，岂怕她神通广大，定然不从。"太子听了大怒道："你既不从，寡人亦不救了。"吩咐："取大石过来，把这个无义畜生，绑与石上，置之海中，自然必死。看师父救你不救。"后梢走出四个金刚大气力的人，就把薛丁山捆倒，放在大石之上，望海中噗咚一声。薛丁山自道必死，忽见太子没有了，大海全无，船亦没了，原在山旁边。坐马依然立着，单单身上捆住大石，不能够起来。

正在没法，只见樊梨花飞马过来，大叫一声："薛丁山！你今次被擒，有何理说？"薛丁山道："如今再不敢了，望乞小姐放我回去，立刻央媒说合便了。"樊梨花道："你这薄情人，奴家一心待你，你反来背我，你两番的立誓，俱已报应，若要放你再赌咒来。"薛丁山道："我此去负心，该死于刀剑之下！"樊梨花见他赌了重咒，谅来没有更变，亲解其缚，千言叮嘱说："你回去即速央媒到来，我先去告知父母，劝令归唐，方能并力同心，平定西番。"

薛丁山应诺，拜别上马，回到营中。元帅说："我儿，那樊梨花十分厉害，你今日见阵，如何对付她？直到日落西山，方才回来见我。"薛丁山道："爹爹呀，那樊梨花是黎山老母弟子，法术精通。要与孩儿结婚，孩儿已有二妻，抵死不从，她百般大骂，将孩儿三擒三放，作弄之言细说一遍，只得又许了亲事，立了千金重誓，才放孩儿回见爹爹之面。"复对元帅道："若要与此女成婚，孩儿情愿与她决一死战，定必不从。"

　　再言窦仙童遂向陈金定道："可喜冤家还有情义。"说罢，只见程咬金哈哈大笑道："吾主洪福齐天，西番可平矣。"薛元帅道："老柱国为何说此二句？"程咬金说："元帅你不听见么，此女有移山倒海之术、撒豆成兵之能。而唐营诸将，非她敌手，她既然要与世子成亲，父子一齐投降，杀到西番，擒了番王。功劳岂不是元帅所得，吾皇洪福齐天么？"元帅听了大喜道："就烦老柱国前往做媒。"程咬金道："这个都在老夫身上。别样做不来，媒人做过两回，如今老在行了。"元帅道："既然如此，烦驾明日就行。"程咬金说："这个自然。"不知后事如何，且看下回分解。

第三十一回

樊梨花无心弑父　小妹子有意诛兄

话说樊梨花见薛丁山收兵进关，却自鸣金收兵进到关中，来到内衙，樊洪说："女儿今日出兵，胜败如何？"樊梨花说："爹爹，孩儿今日开兵，会着薛丁山，被女儿连败他数阵，得胜而回。"老将听了大喜，说："幸得女儿法术精通，以泄吾忿，明日必要把薛丁山擒了。"小姐道："爹爹呀，孩儿奉师父之命，说我与薛丁山有夙世姻缘。女儿犹恐薛丁山亦如杨藩之丑，今阵上见薛丁山才貌出众，武艺超群，是以孩儿不忍加害。恐负师父所嘱，故此把终身相许，放他回营，明日必来说合。万望爹爹垂允，归顺唐朝，不知爹爹意下如何？"

樊洪不听此言犹可，一听此言，圆睁怪眼，怒发冲冠，骂声："无耻贱人，哪有此理！婚姻自有父母做主，岂有女儿阵上招亲，不顾廉耻。你这贱人留你何用？"遂拔出腰间宝剑，往女儿头上砍来。樊梨花见父亲发怒，连忙躲避，不敢走近身前。小姐看来，势头不好，没法遮护，只得也拔出剑来招架。那老将一发大怒，连声大骂："小贱人，你敢来弑父么？吃我一剑！"正要砍将过去，谁想脚上穿的皮靴一滑，将身一闪，一交跌去，刚撞着小姐剑尖上，正中咽喉，"扑通"一声，跌倒在地，呜呼身亡。小姐见了，吓得魂不附体，忙抱住大哭道："非是女儿有心弑父，事出无心，不想弄假成真。"早有人报知樊龙、樊虎。兄弟闻知俱大怒，一同提了宝剑，赶进内衙，大骂道："你这小贱人，为何弑了父亲，忤逆不孝？饶你不得，吃我一刀！"小姐看见来得凶猛，也把宝剑架住，哭诉道："二位哥哥，且休动手，容我一言。天理昭彰，岂敢乱伦弑逆。因父亲要杀小妹，妹子把剑架住逃走，刚是父亲一跤跌倒，撞着小妹剑尖而亡。两旁有家人共见，望乞哥哥饶恕错误之罪。"樊龙、樊虎道："父亲虽则错误，死在你手，饶你不得。"于是举刀乱砍。小姐无奈，把剑相迎。兄妹三人，在内衙混战。战到三十回合，樊龙措手不及，被樊梨花斩了。樊虎大嚷道："反了！反了！"叫声未绝，也被一剑砍死，这叫作有意诛兄，无心弑父。樊梨花暗想："杀死二兄，出于家门不幸；骨肉相残，迫于势不两立，如何是好？"放声大哭。老夫人闻知，吓得魂飞天外，连忙走到，见了三个尸骸，好不痛心，遂大哭道："樊门不幸，生出这个不孝女儿，弑父杀兄，叫我如何了得？今日子死夫亡，靠着谁来！"叫一声："老将军与两个孩儿，枉是官高爵显，今日死在无名之地。"大哭一番，晕倒在地。小姐见了，上前来救，半晌方醒，遂劝慰道："母亲，父亲与哥哥既死，不能复生。有女儿在此，决不教母亲受苦。须要收殓父兄，免得薛丁山知道。不然，姻事就不成了。"吩咐家人备办三副棺木，顷刻收殓，停在西厅，吩咐男女家人不许声扬。夫人无可奈何，只得依允不表。

再言次日，小姐披挂，升坐帐中，传令三军说："只为父兄遭其不测，我今立意降唐，关头扯起降唐旗号，扯起降旗。"却好程咬金来到城外，见了投降旗号，心中大喜，吩咐报进。樊梨花母女闻知，出关迎接，接入府中，分宾主坐下。程咬金道："本藩奉元帅之令，特来与小姐作伐，配对世子丁山。为何令尊、令兄……不见出来相会，却令老夫人、小姐来会我，甚不可解。"樊梨花犹恐母亲说出前情，遂接口道："不瞒老将军说，只为家父与二兄有病，不及接待，多多得罪，况且投唐一言既出，决无更改。只消元帅择一吉日完了姻，一同西进。"程咬金听了，叫声："夫人，既然投顺了，我回去相请元帅兵马进关。"夫人说："领教。"

程咬金辞别而出，来到营中，对元帅说了，元帅大喜。只有薛丁山不乐，因父亲做主，万不得已。传令大小三军进兵寒江关。"得令！"三军炮响，进了关门。夫人、小姐接入，元帅、柳氏夫人看见樊梨花十分美貌，夫妻二人大喜。程咬金说："今日黄道吉日，正好与世子成亲。"元帅说："老千岁之言有理。"当晚就与世子成亲，乐人送入洞房。

洞房花烛前，夫妻坐下，薛丁山问道："请问娘子，今日花烛之期，诸人俱在，为何你父兄不出来相见？"小姐回说："有病。"薛丁山道："我不信，必要讲个明白，方好做夫妻。不说得明白，就要去了。"小姐见他盘问，满面通红，心中想道："此事终是要明，况今既成花烛，不怕他再变更，何不明言？"遂将劝降反杀，误跌剑锋，二哥已骨肉相残，简单说了一遍。丁山听了此言大怒，骂声："贱人！你不忠不孝，岂有父兄杀得的么？留你必为后患，少不得我的性命也遭汝手。"遂拔出腰间宝剑说："要与你父兄报仇。"小姐道："我与你既成花烛，须并胆同心。奴家纵有差池之处，伏望君子宽恕。"丁山叱曰："要我饶恕，不能够了。"便一剑砍来。小姐也把宝剑迎住，说："官人啊，奴家因念夫妻之情，不忍动手，为何这般气恼？我劝你须忍耐些吧。"丁山不听，又复一剑砍来。小姐说："冤家啊，我让你砍了两剑，千求万求，你必要杀我么？"丁山道："这样不忠不孝的贱人，不杀你，留来何用？吃我一剑。"小姐大怒，连忙举起宝剑敌住。丫环见了，飞来报知元帅。元帅大惊，传令两位媳妇快去劝解。

仙童同金定奉命一齐来到房中，金定一把扯住丁山，往外就走。仙童拦住梨花，说道："妹妹，你与官人第一夜夫妻，为何就着起恼来？将来日后怎好过日子？做丈夫的也要忍耐，做妻子的也该小心。

岂可磨刀相杀？我劝妹子忍耐，饶恕了他。"梨花道："姐姐呀，我正在此让他，谁想他越舞越真了。他道我弑父杀兄，必要杀我，把我连砍三剑。姐姐你气也不气？"仙童道："冤家原为这件事情发怒起来，真真可笑。与妹妹什么相干，怪不得你动气，待我去埋怨他，怕他不来赔罪？"梨花说："多谢姐姐。"仙童出了房去。

再言金定扯了丁山来见元帅，元帅骂道："畜生！你世务不知。樊小姐神通广大，营中谁是她对手？她奉师命与你联姻，归顺我邦，算我主洪福齐天。第一夜与她大恼，倘若急变，叫我如何是好？快快进房赔罪。若不依父言，军法处治。"丁山道："爹爹，不是孩儿不见机，只为这贱人弑父杀兄，有逆天大罪，容她不得。若恕了她，将来杀夫杀公，无所不为，都会做出来的。宁可急变，孩儿断然难容这贱人。"元帅听了，喝声："小畜生！你果然不进房去么？"丁山说："孩儿今番就逆了父命，断然不要这贱人。"元帅吩咐军士，将他捆打三十荆条，将他监禁南牢中不表。

再言元帅对程咬金说："烦老柱国相劝梨花，开导畜生。他若回心，自然完了百年大事。"咬金奉了元帅之命，来见梨花，说："小姐，你公公命我来劝你，万事看公婆之面。方才已将丁山打了三十，监禁牢中，少不得磨难不起，自然回心。劝小姐忍耐片时罢。"梨花听见，满眼流泪道："多谢老千岁劝我，焉敢不从？拜上公婆，我已立志守着薛门，再不三心两意，另抱琵琶。我也晓三从四德，岂学俗女，请放心。"咬金听了说："难得，难得。"别了梨花，回复了元帅，此话不表。再言小姐哭见母亲，说起此事，今日暂别，要往黎山去问明师父："为甚姻缘如此阻隔？问个明白，方好回家。"夫人两泪不止，叫声："女孩儿，你当初八岁时节去了，有二位长兄在此；如今去了，叫做娘的举目无亲，如何是好？"小姐说："母亲放心，女儿此去不过几天，就回来的。"不知后日来与不来，且看下回分解。

第三十二回

薛仁贵兵打青龙关　烈焰阵火烧薛丁山

　　话说樊梨花道姑打扮，骑了匹骡，来到黎山，见了师父，说："蒙师父吩咐，与薛丁山有夙世姻缘。谁想他薄幸，屡屡休婚，不知有甚因由，望乞指明。"黎山老母道："徒弟，我一向不曾对你说，你夫妻二人原来有个缘故。当日蟠桃会上，有九天诸宿群仙来赴会，玉帝驾前则有金童，因与玉女戏耍，打碎琼瑶，玉女也失手打碎了菱花镜。玉帝大怒，欲将金童玉女问罪。有南极老人出班启奏说：'他二人戏耍，有思凡之心，望吾皇赦罪。降他二人下凡，结为夫妇，了此夙缘。'玉帝准奏，立刻降下凡尘。玉女走出灵霄宝殿，撞着披头五鬼星，见他生得貌丑，不免一笑。五鬼星只道玉女有意，妄起痴心，也走下凡来了，目下就是白虎关总兵杨藩，央媒错对了你。那金童看见玉女逢人便笑，那时大怒，说你下贱，开言便骂：'贱人！'玉女回头向金童一连三啐，一同下凡。金童乃是薛丁山，玉女就是你。故此有几番休弃，少不得日后夫妻自有完聚，不必忧心。将来仁贵兵到青龙关，有妖仙摆下烈焰阵，若还难破，赠你金钱，好请仙人。快快回去，倘有急难，前来见我。"梨花问明，拜别师父，就上马而回。母女相见，此话不表。

再言薛仁贵已得寒江关，养马五日，命李庆红镇守。起大兵离了寒江关，一路下来，兵到青龙关，传令十里安营。"得令！"放炮一声，扎下营盘，明日发兵不表。

再言青龙关总兵赵大鹏，一日升堂，小番报进："启爷，不好了！大唐薛蛮子起兵前来，一路势如破竹，夺了许多关寨，寒江关以东尽属唐朝。我邦苏元帅大败，不知逃去哪里。今寒江关樊老将军，被女儿梨花弑了父兄，投降中国。不日兵到青龙关了。"赵大鹏听报，说："有这等事，再去打听来！""得令！"大鹏想："有我镇守此关，看薛蛮子过得否？"传令众将："趁他未到关门，今夜领兵劫寨，杀他措手不及，灭他锐气。"吩咐饱战饭，三更时分，杀到唐营。果然唐营不及防备，听得炮响连天，番兵拔开鹿角，杀进营中。元帅营中惊醒，连忙披挂上马，传令众将："整备交战。"幸有众将尚未卸甲，各执兵器。你看满营火亮通红，各人上马厮杀，赵大鹏杀进营中，早有数员唐将迎了。大鹏看来难胜，祭起化血金钟，可怜数员偏将，遭其大难。那番恼了窦一虎，提起黄金棍，照马上打去。大鹏不能招架，又祭起金钟，罩将下来。一虎见金钟厉害，将身一扭，往地下去了。秦汉见罩了一虎，则来相救，又被金钟罩来。秦汉看见不妙，借土遁而逃。一场大战，黑夜交兵，十分厉害。杀到天明，大鹏得胜收兵。元帅点齐众将，折了兵马数千，偏将十员，幸得众将无事。秦汉、窦一虎逃回，共说金钟厉害，元帅好不烦恼。

正言未了，探子报说："赵大鹏又来讨战，望元帅定夺。"仁贵心中大怒，传令窦仙童、陈金定二将出阵。"得令！"两员女将结束停当，手执兵器，上马出营，冲出阵前。大鹏抬头一看，见来了两员女将，想是唐营男子被我昨夜杀尽，故点女将出来交战。不要管她，待我再把宝贝祭起，见一个，罩一个；见一双，杀一双，将她杀得尽绝便了，便说："你两个女子，也来送死么？"窦、陈二女将看见大鹏面貌生得凶恶，亦非良善之辈，说道："不必多言，看刀吧！"四柄刀如雪片砍来。那大鹏哪里招架得住，忙祭起化血金钟，当头罩来。二人看见，说："不好了！"幸宝驹一纵如飞，败回营中。元帅见了，心中气闷。

大鹏又在营外讨战。众将都怕金钟厉害，俱不敢出战。程咬金说："元帅，世子丁山神通广大，老夫可保他破灭金钟。"元帅说："老柱国力保，本帅从命。"传令箭一支，差旗军四人，速往寒江关牢中，放出小将军来。旗军得令，到寒江关去不表。再言元帅吩咐高挑免战牌。大鹏见了，呼呼大笑回关。次日丁山到了，大鹏又在营前讨战，就传令丁山出阵。丁山领命，全身披挂，带了宝贝，跨了宝驹，放炮出营，冲出阵前。大鹏抬头一看，见来了一员年少将军，喝声："少催坐马，通下名来。"丁山道："你问我爵主之名么？洗耳恭听：我乃薛元帅世子，薛丁山便是。你可是赵大鹏么？快快投降，免汝一死。"大鹏大怒："这乳臭小子，休得夸口，吃我一刀。"一刀向丁山面上砍来。丁山把方天戟望刀一架，大鹏叫声："小蛮子，好气力！"在马上乱晃，把这大刀直往自己头上反打转来，看来不是敌手，忙祭起金钟，谁想薛丁山身上穿着天王甲，头上带着太岁盔。有万丈毫光罩住，那金钟跌在地下，打得粉碎。赵大鹏见了，魂飞魄散。被薛丁山把画戟紧一紧，喝声"去吧"！一戟当心刺来。赵大鹏躲闪不及，正中了前心，仰面一跤，跌下马来。薛丁山下马，取了首级，吩咐诸将抢关。

元帅大队人马正要抢关，忽关上有一道人降下，乃蓬莱山朱顶仙。看见徒弟赵大鹏，被薛丁山所杀，欲来报仇，传令把灰瓶石子滚木火炮打下。元帅见有防备，鸣金收军，关外按下营盘，明日开兵取关，此话不表。

且说那朱顶仙连夜出关，摆下阵图，名曰"烈焰阵"，极其厉害，四面杀气腾空。次日出阵，手中仗剑，指名"要薛丁山来会我，我要与徒弟报仇"。探子报入营中，薛丁山听了大怒，说："孩儿情愿出去，除此妖道。"元帅道："我儿出去，须要小心。"薛丁山领令，来到阵前，看见道人，红头绿眼，阔脸尖嘴，长颈短脚，看其人定是左道旁门之士，不如先下手为强。叫声："看戟！"道人把剑架住说："你不过王敖门下，焉敢伤我徒弟？你不要走，看剑！"薛丁山把戟架开，交战了三十回合，道人哪里敌得住，回马跑入阵中。薛丁山不舍，随后追来，元帅见了，即点窦一虎、秦汉并十员副将，兵马三千，一齐冲入阵中。那道士将背上一个红葫芦打开了盖，放出无数烈火，顷刻之间，满阵大火。兵马三千，偏将十员，俱皆烧死。窦一虎看来不好，把身子一扭，地行去了。秦汉满面烧坏，也借土遁而回。只有薛丁山陷在阵中，幸得身上穿着朱雀袍，纵有烈火，不能上身。这是丁山灾星到了，此话不表。

再说秦、窦二将逃回，说明此事，元帅大惊。柳夫人、金莲小姐听了，俱皆大哭。窦、陈二人，听得丈夫陷在烈焰阵中，皆上前讨令往救。元帅道："这使不得，你们此去，性命难保。不如请程千岁，往寒江关请三媳妇到来，她有移山倒海之术，可能破灭烈火，方救得孩儿；那时不怕他不肯成亲。"夫人道："相公之言有理，待妾身修书去请便了。"书中极写情切，元帅接来一看，说："夫人真好才学。"连忙封好，送与程千岁。程咬金奉命上马，飞奔到寒江关，将书付与樊小姐。樊小姐一看，知薛丁山陷在阵中。婆婆书中致意许多不安，若不去救，便违公婆之命了，只得出来相见。程咬金见小姐道妆打扮，手拿拂尘，俨然修仙学道的人，便上前施礼，宾主坐下。程咬金道："书中之意，想已尽知，相请去破烈焰阵要紧，快请上马。"小姐说："老千岁你还不知，只恨奴家听从师命，立心要嫁此人，谁想花烛之夜，便即弃我。我自怨薄命，情愿出家学道，俗家之事，再不管了。烦老千岁回去，多多拜访上元帅夫人，说我如今不染红尘，是方外的人了，方外之事可也不知。"不知樊梨花肯去否，且听下回分解。

第三十三回

樊梨花登坛点将　谢应登破烈焰阵

　　前言不表。再言程咬金说道："小姐，虽是薛丁山无情无义，须念公婆面上，休得记恨，要做宽宏大量之人。破了阵图，好待元帅进兵。小姐十大功劳，我都晓得，快些去吧。"那小姐十分做作。程咬金在旁苦苦相劝。

　　小姐只得允往。遂别了母亲，上了马，夜宿晓行，相近青龙关。程咬金报进，柳氏夫人同两位夫人，并金莲小姐，迎接樊梨花入营中。樊梨花对元帅、夫人禀道："元帅、夫人，自从被令郎休弃之后，我已出家修道。今蒙夫人书召，并劳老千岁远行，我只得勉强前来面辞，伏望元帅、夫人不见怪，我出家人不管俗事了。"元帅夫人流泪道："媳妇呀，这畜生虽则薄幸，当以国家为重。但是这畜生，今陷在妖道阵中不知死活，若能救得出来，自然夫妻团圆。"程咬金道："长话不如短说，请小姐出兵打阵要紧。"小姐道："既然如此，待奴同二位姐姐去救世子，看一看，然后开兵打阵。"元帅说："小姐见识甚高，赛过张良，胜如诸葛。"命女儿金莲，同了三位姐姐一同去看。

　　四人领命，全身披挂。樊梨花仍是道妆打扮。各跨上马，带了数千精兵，向番营东西南一看，对窦仙童、陈金定道："那个妖道，果然仙机奥妙。今观此阵，非同小可，不识仙机，难破此阵。"金莲小姐问道："此阵何名？怎生破得，如何救得哥哥？"樊梨花道："此乃周朝十绝阵中第九阵，名'烈焰阵'。凡人若到阵中，立刻化为灰尘。幸得世子乃王敖老祖门下，身上有许多宝贝，不为大害。若要破此阵图，贫道权掌帅印，好号令众将，召请仙人，破此恶阵。"薛金莲道："既能破此阵，待我禀知父亲，权交兵符将印，嫂嫂掌管，救出哥哥，自然赔罪，重谐花烛。"樊梨花见说，好不欢然，说道："姑娘安慰我心极好，但不知你兄心中如何。我们且回营中，打点破阵便了。"于是姑嫂带马回营。

且说番儿报知道人，说："有四员女将到来看阵。"朱顶仙听了，仗剑上马，赶出关来，大叫道："好大胆的蛮婆，偷看我阵。不要走，看剑！"飞马赶来。四人住了马，樊梨花喝声："妖道！慢来，看我法宝。"背上拔出诛仙剑，祭在空中。道人抬头一看，说声："不好！"逃回阵中。樊梨花笑道："你也晓得宝贝厉害，逃回去了。明日破阵，取你狗命未迟。"遂收了宝剑，四人回到营中，见到元帅夫人，问起阵中如何，金莲禀道："爹娘，樊梨花深识仙机，熟谙阵图。她说是十绝阵中之第九阵，名曰'烈焰阵'。凡人必死，幸兄有法宝护身，烈火不能侵害。要破此阵，必须全付帅印，嫂嫂代管，发兵请仙破阵，救兄出阵。爹爹意下如何？"元帅喜道："请媳来破阵，自然悉听主张。"于是传令大小三军，明日三媳点将开兵便了。樊梨花说："多谢元帅。"同了姑嫂三人，一齐回营去了。

次日，众将披挂完备，都在帐前候令。樊梨花顶盔贯甲，升坐帐中。只见元帅手捧兵符将印，在帐前等候。樊梨花连忙下阶赔罪，说："元帅在上，我贫道今日代为发兵破阵，妄僭威仪，先容告罪。"说罢，即便下礼。夫人连忙扶起，说："今日全仗你出兵破阵，何消多礼。"樊梨花只得升帐，元帅送上兵符将印，樊梨花接下，放在案前。诸将上前打拱，说："甲胄在身，不能全礼，望乞恕罪。"樊梨花道:"不敢。列位将军,请立两旁。贫道权掌帅印,各宜肃静,听候发令,不遵者立行枭首。"众将齐声答应:"是。"樊梨花道:"秦将军,听令。"秦汉听了,连忙上帐,说:"有何将令?"樊梨花说:"你有钻天帽,把手过来,待贫道书五雷符一道,飞上当空,上管天门,不得有违。""得令!"秦汉戴了钻天帽,飞在云端等候。又说:"窦将军过来,听令。"窦一虎听了,走上帐前,说:"帅爷有何将令?"樊梨花道:"窦将军伸手过来,待贫道书符一道,你有地行之术,下管地府,倘朱顶仙到来,不可放走。""得令!"窦一虎走下帐来,把身子一扭,往地下去了。又点窦仙童说:"与你青龙旗一面,守住东方,不得有违。""得令!"窦仙童即镇守东方去了。又点:"薛金莲过来,听令。"薛金莲走上帐中说:"有何将令?"樊梨花说:"姑娘,与你红旗一面,守住南方。""得令!"薛金莲上马提兵往南方不表。又点:"陈金定听令。"陈金定连忙走上说:"主帅有何将令?"樊梨花说:"姐姐,与你白虎旗一面,镇守西方,不得有违。""得令!"陈金定上马提兵,往西方不表。又点:"先锋罗章过来听令。"罗章连忙走上前,说:"元帅有何将令?"樊梨花说:"罗将军,与你黑旗一面,带领本部人马,守住北方,不得有违。""得令!"罗章带兵上马,往北方去守,这也不表。

且说樊梨花自己即叫麾下人马小校,拿了黄龙旗,向中道而进。只见阵中烈火腾空,四面通红。樊梨花难进阵中,想起师父赠的金钱,何不祝告?请了上仙,好进此阵。口中念道:"金钱一个,祖仙传下,特请仙人,消灭烈火,焚香报告,虔诚感求。"念毕,摆下金钱,忽见一朵红云,落下来一位仙人,手执宝剑,头戴一顶逍遥巾,白面,五绺长须,布衣道服。樊梨花见了,连忙稽首道:"大仙留名。"答道:"小仙乃蓬莱山散仙谢应登,前来助你,破此阵图。"樊梨花道:"既蒙大仙下降,快请入阵,消灭烈火,速擒妖道。"大仙听了,解下背上葫芦,揭开水晶盖,放出雪白一道亮光,变成四条白龙,张牙舞爪。顿见满天乌云，落了倾盆大雨，立刻将烈火泼灭。朱顶仙见破他法，大怒冲天。出来抬头一看，见谢应登在云端里，吓得魂不附体。大仙喝道："孽畜，哪里走？吃我一剑！"朱顶仙臂生两翼，往东方逃遁。只见东方撞着青龙旗罩住，上有灵符，不能逃出。又见窦仙童手舞双刀，忙来敌住。朱顶仙无心恋战，向西方走，又被白虎旗守住，陈金定提起铁锤来打。只得逃往北方，又见黑星旗下，罗先锋飞马杀来。又往南方而逃，却撞着红云旗守住，薛金莲小姐手舞双刀杀出。朱顶仙无法可逃，难以脱身，说："不好了，我乃逍遥自在神仙，为了徒弟，走入是非门。你看四面八方守住，叫我往哪里走？也罢，不如借土遁而去罢。"那窦一虎却在地下看见，开手放出一声霹雳，把黄金棍打来。朱顶仙见了大惊，只得飞身往天上而去。秦汉见了，把手一放，虚空一个霹雳，打将下来。朱顶仙半空跌下，秦汉也落下尘埃，手提琅琊棒，正要打去，只见一个道人喝道："秦汉小侄孙，且慢动手。他是南极老人坐骑，逃身下凡，不可伤他性命。"秦汉大怒道："我与你素不相识，讨人便宜，叫我侄孙。"举起琅琊棒打来。这个大仙把剑架住，只见樊梨花，带同三员女将，一齐到来，说道："秦将军，休得无礼。此乃上界大仙谢应登便是。"秦汉回说道："他讨我便宜，叫我侄孙，故此气恼。"大仙笑道："你祖父秦琼，与我是八拜之交，故叫你侄孙。"秦汉道："原来如此，多多有罪。"便倒身下拜。"请问叔祖，此道何物变成？现了真形看看。"大仙便念动真言，喝声："孽畜，还不快现原形。"朱顶仙无奈，就地一滚，变成仙鹤，大仙道："樊梨花，你夫身陷阵中，我收回四海龙神，你进去救出丈夫。我将这坐骑送还南极老人。"只见道人跨上鹤背，腾空而去。众将骇然，只得望空拜谢。然后一同入阵，只见火光尽灭。又见薛丁山如醉如痴，醒将转来，一见妻子、妹子，放声大哭道："莫不是梦中相会么？"不知后事如何，且看下回分解。

第三十四回

穿云箭射伤灵塔　薛丁山休弃梨花

话说薛金莲，见兄长如梦初醒，便道："吾兄性命，幸亏樊氏嫂嫂救了，胜如重生再造。今且回营，再备花烛，夫妻和谐，休得异心了。"薛丁山见了樊梨花，拍马出阵，并无言语。樊梨花见他仍如此，不觉眼中泪落。遂收兵回营，缴回元帅印。乘便进了青龙关，杀得番兵无影无踪，遂扯起大唐旗号，查点仓库钱粮，一面差人回朝报捷。

再说薛丁山回见父亲，元帅道："今亏樊小姐破阵相救，趁此良辰吉日，整备花烛，与你成亲。以后夫妻和合，不得再逆父命。"薛丁山连说："不可，樊梨花既为唐将，应与朝廷出力，何恩于我？况她是不忠不孝之人，孩儿断不与那人为婚，望爹爹恕罪。"元帅大怒道："畜生！樊小姐真心为你，你偏偏不从。若不依从，重责不饶。"薛丁山道："孩儿情愿受责，亲事断不敢从。"元帅见他执意不肯，大怒。吩咐："将畜生吊起，捆打三十。"军士只得将薛丁山吊起。众将上前讨饶，遂劝世子道："小将军不须执意。一则是违逆父命，难逃不孝之名，枉受痛楚；二则樊小姐有救命之恩，遵了元帅之命，岂不是恩孝两全，小将军如何不三思？"薛丁山只是不依。元帅见众将劝他不听，吩咐重打三十皮鞭，上了刑具，下落监牢。樊梨花忍不住泪落，上帐禀道："元帅、夫人，不必着恼，贫道就此告别了。万望元帅、夫人保重。"夫人流泪道："这畜生无情无义，还看我公婆之面，耐心等候。就是破阵夺关的功劳，待奏过圣上，自然封赠。且慢慢降服畜生回心，定然团圆有日，决不使你独守。须听我言，随着公公西进为是。"窦仙童、陈金定也流泪劝道："妹妹你是有志气的人，心上明白的。虽是冤家情义太薄，还有我公婆爱惜之心。但得早灭西番，奏凯回朝，圣上做主，他敢不从么！"薛金莲劝道："嫂嫂且自宽心，虽今未成花烛，亦是薛门媳妇，况我们三人，还求嫂嫂教习兵法，一路谈心西进，不可回去。"樊梨花说："婆婆、姊姊、姑娘留我，我岂不知，也不怨冤家薄幸，只怨自己命苦。母亲年老，无人侍奉，故要辞别，日后自有会期。"元帅看来留她不住，只得准备香车送行。于是姑嫂三人送出关前，挥泪而别。

且说元帅养马三日，留姜兴霸领兵镇守青龙关，放炮起行，罗先锋开路。过了多少风沙之地，方到朱雀关。吩咐放炮安营，大兵一到，然后开兵。不数日，后队大兵到了，罗章接进营中。

次日元帅升帐，众将站立，元帅问陈云道："老将军久住西番，此关主将厉害如何？"陈云答道："那朱雀关守将姓邹，名来泰，生得红面青须，蛾眉凤眼，犹如我邦镇守铜旗关东方王一般，用宣花月斧，有万夫不挡之勇。更有异人传授一件宝贝，名曰伤灵塔，每层内有火龙两条，七层共有火龙十四条。张牙舞爪，口吐烈火，上阵时十分厉害，须要防备。"罗章听了笑道："老将军休长他人志气，灭自己的威风。前日烈焰阵尚且破了，何况这个宝塔？待小将先取此关。"元帅说："先锋出去，须要小心。""得令！"带了本部人马出了营门。来到关前，一声大叫，只见关门大开，冲出一队人马，一字排开。罗章看见一个红面番将，头扎红巾，身穿龙鳞甲，手执宣花月斧，骑下一匹骕马，把蜈蚣旗分开，来到阵前。看见罗章年少英雄，全不在意，喝道："看爷爷的斧！"把斧往面上砍过来，罗章把枪一枭，宣花斧几乎拿不住，在马上乱摇，叫声："小蛮子，好气力！"回转马来，又把斧一起，罗章又架在一旁。不几合，邹来泰实受不得了，带转马便走。罗章喝声："红脸贼，哪里走？"把马一拍，随后赶来。邹来泰回头一看，见他追来，忙祭起宝贝，喝声："唐将慢逞威风，看我宝贝下来了。"罗章看见宝贝来得厉害，十四条火龙喷出火来，唐兵尽皆烧破了。罗章烧得心慌，被番兵团团围住，不能脱身。元帅在帐中正与诸将商议，忽探子报道："罗先锋出阵，被番将祭起宝塔围住，十分危急。望元帅快发兵往救。"元帅大惊，即令："窦一虎、秦汉，领兵马前去救应！""得令！"一声炮声，杀到关前。只见番兵围住罗章，二人奋勇，提起棒棍，杀散番兵，冲入阵中。邹来泰忙来抵敌，罗章见救兵已到，拍马杀来，邹来泰看见不对，又祭起火龙塔。二将见势头不好，各借地行而走。罗章吓怕过的，预先逃走。元帅在旗门下看见大惊道："前日遇了烈焰阵，如今又有火龙伤兵，传命鸣金收军，再议破火龙塔。"邹来泰打得胜鼓回关，此话不表。

  再言元帅传命，营中多加强弓弩箭，提防番人劫寨。对程咬金说："征西多难，关关多有异人。怎能破得火龙宝塔？"程咬金道："待我再保世子出来，好破此塔。"元帅依言。程咬金上了马，不日来到青龙关，监中放出世子。咬金说出此事，"故此召你前去破火龙塔"。薛丁山听了道："救兵如救火。"遂同了老将军，马不停蹄，来到朱雀关，忙入帐中，拜见父亲。元帅道："有劳老千岁鞍马奔驰。"程咬金道："皆为朝廷出力，何言多劳。"元帅见了世子说："你这逆子，三番二次逆父之命，一见了你，心中不喜。但是番将宝塔厉害，若能破得，将功折罪，好进关门。"薛丁山说："爹爹放心，都在孩儿身上。"带了人马，冲出关前，大叫道："杀不尽的狗鞑靼！今世子在此，快出关受死。"关外大骂，关内小番报进。邹来泰一闻此言，心中大怒。结束停当，上马提斧，一声炮响，大开关门，冲出阵前，正迎着薛丁山。不上数合，又祭起伤灵室塔。薛丁山抬头一看，说："这此小技，何足为害。"向袋中取箭，壶中取弓，搭上穿云箭，望塔上一箭，火龙塔被箭射中了，跌在地下，打得粉碎。邹来泰见了，吓得魂不附体。被薛丁山一戟刺于马上，枭了首级。正要抢关，忽听得云端里面高声大叫说："薛丁山！你这畜生，休要进关，吃我一鞭！"即腾空降下。薛丁山一看，见是一个凶恶道人，生得奇形怪状，像老龙精一般。头上挽起空心髻，面如噀血，两道板刷眉毛，眼如铜铃，两个獠牙，一部胡须；穿着仙鹤道服，手执双鞭，背上系着两个葫芦，来到面前，叫道："薛蛮子，我扭头祖师，与你同道教之门，如何伤我徒弟？特来与他报仇，吃我一鞭！"举起双鞭，照薛丁山打来。薛丁山忙将画戟迎住，大战三十回合。道人祭起双鞭，好似一对蛟龙舞下来了。薛丁山看见不好，带转马大败回营。见了元帅，说知此事。元帅说："到了一关，就有妖人阻兵，皆是左道旁门之士，神通广大。"遂传令三军，暂且安营，扎好营寨，明日交战不表。

且说扭头祖师，见薛丁山败阵逃去，也不追赶，连夜摆成阵图，四面布列旗幡，摆得停当，回进关中。番兵送上酒肴，道人吃不合意，就道："小番，向日我祖师在龙渊山，吃惯活猪活羊。你们快去取来我吃。"番儿连忙抬过猪羊来摆好，道人大喜，把刀向猪羊心中割开，将口吸了热血，然后割肉来吃，不多一回，吃得干干净净，说道："饱了。取一大缸水来我用。"小番听了想道："不知要水何用？只得依他。"登时取了一缸清水，放在面前。只见道人和衣睡在缸内，呼呼睡熟。番儿见了好笑起来，从来不见有这么睡法，且自由他，只要退得唐兵，就好了。不知明日事体如何，且看下回分解。

第三十五回

薛丁山身陷洪水阵　程咬金三请樊梨花

适才话言不表。再言次日天明,大唐元帅同了诸将,走出营门上马,来到阵前。只见旗幡插满,杀气冲天,不知此阵何名。正在观看,阵中一个道人,手舞双鞭杀出,高声叫道:"薛仁贵!我闻你起初跨海征东,名闻天下。若能破得此阵,我教国王归顺唐朝。若是不能破我此阵,杀你片甲不回。"薛仁贵听了此言,气得三尸神直冒,七窍内生烟,心中大怒,问道:"谁将出去,杀此妖道?"闪过世子说道:"孩儿愿去见阵。"元帅道:"须要小心。"薛丁山应声:"得令!"冲出旗门,迎住道人厮杀。不上十个回合,道人便走入阵,薛丁山也追入阵。元帅看见,恐防薛丁山有失,命秦、窦二将出去助战。二将得令,连忙也杀入阵中。三人围住道人厮杀,杀得道人手忙脚乱,即忙解出葫芦,倒出洪水。顷刻平地水深几丈,大小三军,一齐淹在水中。

秦、窦二将看来不好,借土遁而回,报知元帅。夫人、小姐、窦仙童、陈金定大哭说:"此番性命休矣。"薛金莲道:"皆因哥哥不合,若得樊氏嫂嫂在此,决无今日之祸。"元帅听了,踌躇一番,遂向咬金道:"今日敌人如此猖獗,纵淹死这畜生,不足为惜,但三军不能西进，莫若烦老柱国再到寒江关一走。"程咬金道："昔者破烈焰阵时，老夫去请她，她已不肯来。我许了她夫妻和合，今却依旧不从，看她恨恨之声而去，此番恐决不来。"元帅道："事在危急，全在老柱国鼎力善言，前去请她到来方好。"程咬金说："非是老夫惮劳，特恐劳而无功耳。今元帅吩咐，只得老了面皮，再走一遭。"

遂别了元帅，跨上了马，加鞭上马而行，过了青龙关，不一日到了寒江关。心中想道："今番去请樊小姐，谅不肯来。只便怎么处？不免哄她一哄，说今薛世子回心转意，特请小姐，前去做亲。她听得此言，或者肯来，也未可知。"算计停当，进了关门，来到辕门，说道："门军，你去通报一声，说程老千岁要见。"那管门的认得程咬金，不敢怠慢，便笑嘻嘻问道："老千岁，薛元帅进兵到哪里了？"程咬金道："大军已到朱雀关，今世子回心，情愿与你家小姐完婚。我特来相请，烦你快快通报。"门军听了欢喜，连忙报知夫人、小姐。夫人说："女儿昨夜灯光报喜，今朝喜鹊临门，果然你丈夫回心转意了，故遣千岁前来相请。"小姐道："无情无义的人，岂肯回心。今日老将军复来，决然大兵阻住，不能进兵，又遣老将军到来，必然请我去破阵。"夫人道："不要管他做亲不做亲，承他远来，岂有不见之理。且请他进来相会，听他说话，就知明白了。"小姐道："谨依母命。"出来接进程咬金，分宾主坐定。夫人道："承蒙老千岁到舍，有何见教？"

程咬金听了，叫声："夫人，老夫前来道喜。如今薛世子愿与令爱再成花烛，奉元帅之命，央我媒人到此，速请小姐前去完姻。"夫人听了，回头看看小姐，说道："做娘的说得不错了，如今难得贤婿回心转意，快快准备，同了老千岁前往。愿你夫妻和顺，做娘的有靠了。"小姐叫声："母亲，你不知这薛丁山冤家，要他回心，万不能够。今老千岁到来，决为番兵阻住关门，前来求救。"程咬金听来，心内钦服，赞道："见识胜于男子，我哪里及得她来。"只得开言大笑道："小姐你不信么？难道老夫是个骗子？请收拾前去，自然夫妻百年和谐，方信我老夫是个好人。我从来不会说谎，若然此番不成花烛，我也再不上你门了。"程交金再三用情，小姐只是不依。程咬金道："若小姐不肯前往，叫我如何回复，见你公公？"夫人看见老程这般言语，叫声："女儿，须看老千岁之面才好，今番走一遭，若然依旧无情无义，以后再请你不动了。快些端正，万事吉利为主。"小姐见母亲这般说，顺水推舟，说道："老千岁，奴家本不欲去的，因是再三央求，只得前去。若还依旧，后来休想见我。老千岁请先回去，我领兵随后就来。"程咬金想道："今番被骗肯了，应许我提兵前来。"便道："既蒙小姐见允，老夫奉命先行，望乞速领人马，快些来罢。"小姐道："这个自然。"程咬金拜别，母女送出厅堂。程咬金上马回去不表。

却说樊梨花脱去了道服，戎装打扮，结束停当，带了女兵，拜别母亲，硬着头皮，跨上金鞍，出了关门。一路行来，忽见天边一群鸿雁飞来，小姐对天暗祝道："此去果然夫妻完聚，便射中第一只雁。"左手扳弓，右手搭箭，搭上弦，刚好射中第一只鸿雁。两边女将看见，连声喝彩，拾了鸿雁送上。小姐心中暗喜，遂道："苍天，苍天，既是天从人愿，巴不得早到军前，好与良人配合，不负当初一片痴心。若从大路去，要行二十天。闻得人说，另有一条小路，只消十余日，就到朱雀关。拣近些走的好。"吩咐军士，由小路进去。

军士说："若从小路，必从玉翠山八角殿经过。但是那座山中有一彪人马，不服王化的占住。若在他山前经过，必然要来寻事，反要耽搁，不如还从大路上去了。"小姐说："不必多言，竟从小路走罢。"军士不敢违令，打从小路而行。正行之间，只见山上一声炮响，冲出一队强人，为首一个少年将军，喝声："留下买路钱。"樊梨花一见大怒，出马大喝一声："我的乖儿子，你若杀我不过，须要认我为母。"小将应声道："娇娇，你果有手段，我拜你为母。若输了我，你要做我的妻子。"

小姐也不回话，将手中刀乱砍。小将将手中枪相迎，怎当得她有仙传，杀得大败而走。小姐伸手活擒过马来，吩咐绑了。传令上山，八角殿上坐定，登时推过，小姐说道："我的儿子，方才有言。如今被擒，应该拜我为母。"小将说："既蒙不杀之恩，愿拜为母亲。"命放了绑，小将忙跪下，拜了四拜，叫声："母亲，孩儿有言，请问母亲，家住何方？姓甚名谁？爹爹还是何人，因何独自行兵到此？要往何方？请道其详。"樊梨花说道："孩儿你要问我姓名么？我父亲樊洪封王，镇守寒江关。我两个哥哥俱封做总兵。只为唐朝薛仁贵，奉旨征西，从寒江关经过，世子求亲，我父兄不允，在厅前要杀，你娘故此无心弑父，有意诛兄，相召世子成亲，归顺唐朝。你父薄幸，将姻退了，大闹销金帐。因此夫妻反目，回转寒江。前番请我去破烈焰阵，今者请我去成亲，故此打从小路而来，得你拜认为母。但不知你姓甚名谁？因何流落到此，说与为娘知道。"

小将说："母亲，孩儿乃大唐薛举四代玄孙，名唤应龙。当初祖父领兵伐西戎，与番将刘必大之女雨花娘子成亲，后来归宁母亲，就在玉翠山居住，地名刘家庄。传流到我，我因父母双亡，自恃骁勇，占住八角殿，打劫为生，今年一十四岁。积草屯粮，招兵买马，处处闻名。久慕娘亲武艺高强，孩儿要习学，今日相逢，正是三生之幸也。今娘亲既要往军中，与父完婚，孩儿情愿同行。"

樊梨花道："原来我儿姓薛，又是大唐人氏，既肯同去，甚妙。着你做个先锋，就此起程先往。"应龙道："母亲在此半日，后殿已备酒筵，请用三杯，然后起程。"樊梨花听了，说声："有理。"应龙接进到后殿，樊梨花坐下，应龙下面相陪。传令三军，多加犒赏。酒至数巡，吩咐拔寨起程。离了玉翠山，一路前往，非止一日，来到唐营。探子报知，元帅夫妻喜之不胜，说："程千岁尚未回来，三媳因何先到？"忙令金莲姑嫂三人，出营迎接。樊梨花一见，下马就叫："姑娘、姐姐，何劳远迎？"金莲说："嫂嫂说哪里话来。"四人挽手同进，命："应龙小将同我进去，拜见祖父、婆婆。"应龙领命，一齐进去。不知进来，说出甚话。且看下回分解。

第三十六回

薛金莲劝兄认嫂　闹花烛丁山大怒

适才话言不表。再言元帅、夫人见了梨花大喜，开口叫声："三媳，你一向都好？"梨花上前拜见。元帅说："不消多礼。"梨花道："我儿过来，拜见了祖父、祖母。"应龙听了，上前拜见，回身又拜见了仙童、金定、金莲，金莲满心疑惑，叫声："嫂嫂，哪里寻来这位侄儿？"梨花说："姑娘，你不知，程老千岁到来请你，说冤家回心，到营中完姻。母亲听了，叫我还俗，不要出家。换了盔甲，奉母之命，领兵前来。大路又远，小路近些，故此先从小路行来。到玉翠山，遇着了他，两个交战，被我擒了，拜认为母。他是唐朝薛举玄孙，名叫应龙，今年一十四岁，随我到此，一同征西，要拜见父亲，但不知冤家今在何处？准于何日成亲？我待见他一面，问他是真回心，还是假回心，还要问个明白。"金莲道："嫂嫂，我哥哥陷在阵中，程老千岁请你来破阵的。"就将此事细细说明。梨花听了，痴呆，不言不语。元帅夫人看见梨花不开口，就叫："媳妇，你是宽宏大量之人，看我夫妻面上，救了畜生，公婆做主，不怕他不依。"

正在里面说话，只见探子报进："启元帅爷，妖道又在阵前叫骂。"元帅听了大怒，说："可恶，这妖道欺人不过。"又对梨花道："媳妇，你不听见探子报说，妖道十分无礼，明日仍望媳妇，救了畜生，破了番阵。自然成姻，做公婆的决不哄你。"梨花见了，开口说道："公公大人，媳妇既与令郎订为终身，我不负他，宁可他负我。况且公婆待我如此，令郎既然有难，自然媳妇相救。且待看了阵图，再行计较。"即忙同了三位女将，探看番阵。来到阵前，往里一看，只见白水滔天。梨花叫声："姑娘、姐姐，此阵名曰'洪水阵'，并无兵马在内，借来北海之水，凡人进去，性命莫保。幸亏冤家身上穿了天王甲，不妨事的，容易可破，请自放心。"姑嫂三人听了，称赞梨花法力高强。看完番阵，回转营中。妖道有勇无谋，不出阵追赶。金莲对父亲说明。

次日众将披挂，候梨花发令，元帅亲自捧帅印交与梨花。梨花升帐，先点窦仙童、陈金定、薛金莲："你三个人各带铁骑三千，分为三路打阵，休要放走妖道，如违军法处治。"三人得令各人上马出营。又点窦一虎、秦汉二将听令，二将走上帐前说："主帅有何将令？"梨花说："与你各人五雷符一道，打东西二门，不许放走妖道，不得有违将令。"二将带了精兵出营而去。又点小将薛应龙："与你水晶图一轴，冲入阵中，若洪水冲到，就把此图张挂，自然立刻消灭，须要小心。"应龙得令收拾上马，提枪出营，直往番阵。梨花点将已完，走下将台，骑上宝驹，手执双刀，带领女兵，竟上番营。

再言仙童、金定、金莲三员女将，分兵三路，杀进阵中。只见一道寒光冲出，白浪滔天，滚到面前。三人先用避水诀，立住旗下，不能进阵。又见道人从空中飞下，见了三员女将，心中欢喜："待我擒她回去作乐，有何不可？"忙提起双鞭来战，哪里抵得过三员女将？就把葫芦盖揭开，飞出一队火鸦，竟奔前来。三员女将见了，带转马头就走。妖道随后追赶，应龙小将提枪迎来，大喝道："妖道！休得追赶，我来也。"挺枪接住。道人回身走入阵中，应龙赶进，只见白水滔天，就把水晶画儿挂起。忽见万丈水势，顷刻俱平。道人见了，说：

"敢来破我洪水么？"又把火鸦放出，迎面飞来。应龙吓得魂不附体，带转马正要走，却值梨花手舞双刀杀进来。看见火鸦厉害，祭起乾坤圈，火鸦立刻跌在地下。那扭头祖师，这两个葫芦，一个藏北海之水，一个藏南山之火，名为水火葫芦，不想今日俱为梨花所破。道人大怒，来战梨花，应龙接住。又被窦一虎、秦汉东西杀来。道人杀得有路无门，正要土遁，被樊梨花举起打仙鞭，打中肩骨，叫一声："啊呀！"跌倒在地，现出原形，乃是一条孽龙，摆尾摇头，钻入地中。一虎见了，一扭也入地中，提起黄金棍打来，孽龙即疼痛难当，俯伏于地，被樊梨花斩为两段。

那些番兵见道人已死，逃入关中。梨花把五雷符焚化，霹雳一声，丁山阵中惊醒。抬头一看，不见了大水，只见妻、妹俱在面前。元帅大兵已到，闻得妖道乃孽龙变化，亏了三媳斩死，除却一害。传令三军抢关，那番兵百姓，开了关门，香花灯烛，接入关中。

元帅来到总兵府，梨花交还帅印。诸将都说樊小姐英雄，法力高强。元帅谢了樊花，丁山上前见父。元帅说："你被妖人水困阵中，若非贤媳救你，只怕你性命不保。这样大恩，杀身难报，快过去跪下请罪恩人。"丁山听了不开口，走过三位女将，金莲小姐为头，仙童、金定在后。那时不由丁山做主，竟扯到梨花面前，说道："三嫂嫂，如今哥哥来赔罪，要你宽恕他，不要记他薄幸。快些下礼！"仙童、金定一齐说道："冤家，快快跪下去请罪。"那丁山被姑嫂三人捉住，又见爹娘有不悦之色，勉强跪下，梨花见了，不记前恨，也慌忙跪下，一同拜见。然后丁山又拜了诸位。元帅见了大喜，只等大媒一到，完其花烛，此话不表。再言丁山此夜先到仙童房内安歇，喜见仙童已有重身。仙童说："若非樊妹二次破阵，谁人救你，你须完其花烛，顺礼方好。"丁山领命，次日又到金定房内，说起身怀六甲，丁山大喜道："难得二妻有孕，须要保重。"也有一番盼咐，此话不表。第三日，程老千岁到了，见了元帅。元帅细说梨花之事，已经破阵进关："虽然三媳法力高强，还是老柱国智量高超，骗她到此，不然谁人破阵斩妖。小姐不记前恨，畜生也心愿情服。只等老千岁到，择日成亲。"程咬金听了，满心大悦说："非老夫之力也，此乃万岁洪福。今樊小姐夫妻和合，哪怕番兵百万，西番指日可平。趁今日乃黄道吉日，就此完姻。"元帅听了老将之言，吩咐准备，今夜完姻。丁山不敢违父之命，换了吉服，金花双插紫金冠，穿大红袍。小姐带了凤冠霞帔，大红吉服。鼓乐喧天，待诏谒礼，请出新人一对，同完花烛。参拜天地，夫妻交拜，然后拜见了公婆，又与姑嫂见礼，谢了大媒。欢天喜地，自不必说。

再言应龙上前叫声："爹爹，孩儿拜见。"丁山一看，只见应龙面如满月，眉清目秀，相貌堂堂，身材雄壮，心中疑惑，说："住了！我薛丁山与你年纪相仿，哪有这样大儿子，你是哪里来的野种，擅敢冒认我为父？快快说来，若有支吾，立刻斩首。"应龙说："爹爹息怒，容孩儿说明。前日母亲在玉翠山经过，我要讨她买路钱，不料被她擒住，拜认为母，学习兵法。今宵父母团圆，孩儿应该见礼。"丁山听了一想，他前番见我俊秀，就把父、兄杀死，招我为夫，是一个爱风流的贱婢。目下见我几次将她休弃，她又另结私情，与应龙假称母子，前来骗我。今宵虽成花烛，且幸尚未同床，不如休了这贱人，杀了应龙搭识私情。想罢，开言说："你这小畜生，我薛丁山官居极品，拜将封侯，焉可认你无名野种，坏我名目？左右，绑这小畜生，辕门斩首！"两边军校一齐答应，竟将应龙捆绑。梨花见了，说道："官人，今日吉期，如何好端端把孩儿斩起来？他无过犯，杀之无名，还要三思。"丁山道："贱人！还说没过犯，我问你，他年纪与你差不多，假称母子，我这样臭名，哪里当得起？还要在我面前讨饶，这样无耻贱人，快快回去罢了，休被人谈论。"梨花听他抢白一场，怨气冲天，晕倒在地。姑嫂三人，连忙扶起，丁山吩咐将应龙斩讫回报。不知后事如何，且看下回分解。

第三十七回

樊梨花怨命修行　玄武关刁爷出战

再说丁山将薛应龙令军校正要推出，元帅喝道："畜生，今日才与樊小姐和好，怎么又起了风波？真正禽兽不如，要你何用？"吩咐："放了应龙，快把这畜生绑出枭首。"众将得令，放了小将，将丁山绑出帐前。许多官将，面面相觑，不敢相劝；姑嫂急得无法；老夫人看见仁贵大怒之下，暗暗垂泪；程咬金看见，说："刀下留人！待我去见元帅。"气吼吼走上，见了元帅，说道："世子与樊小姐，前世有甚冤仇，今生夫妇不得团圆？还望元帅念父子之情，天伦为重，再饶一死。"元帅道："老柱国，这小畜生几次三番休妻，本帅心尚不安。如今又把她休弃，反羞辱她，教我也无颜见三媳。还不斩此畜生，更待何时？左右与我速斩报来。"吓得咬金无法，只得跪下道："令郎乃皇家柱石，望乞刀下留人。看老夫之面，饶恕了他。若是元帅不依，我撞死在阶下。"元帅看见，忙扶起道："老千岁，这样畜生，待他死了罢，何苦救他。看老千岁面上，死罪饶了，活罪难免。"吩咐放了捆绑，重打四十，下落监牢。

再言应龙连夜带了本部人马，仍上玉翠山去了。再言梨花小姐，气得昏沉，亏了姑嫂三人，扶进内营，悠悠复醒，放声大哭说："姑娘啊，薄情无义犹可，反把污秽之言陷害于我，哪里当得起，怎好做人？不如撞死朱雀关下，表我清白之心。"仙童、金定劝说："公公将冤家捆打四十棍子，仍发下监，也为贤妹出气了。况且令堂老夫人，独守寒江，后来单靠贤妹，你若有差池，令堂所靠何人？须自做主要紧。"梨花只是痛哭，金莲小姐叫声："嫂嫂，哥哥虽是无情无义，还要看我们面上。我哥哥乱道之言，只当放屁，不要睬他。"老夫人过来，叫了声："媳妇，你是大贤大德之人，有志气的，宽心为主。"梨花见众人苦苦劝住，哭说道："婆婆、姐姐、姑娘啊！多承你们再三劝我，我想前生孽大，今生夫星不透，命中所招。三番花烛，三次休弃；反被众将谈论，留为话柄。从今以后，再不愿与冤家成亲。如今回家，剃了青丝，身入空门，无挂无碍，了却终身。落得个僧衣僧帽，修来身之事。"说罢大哭，拜别就要登程。柳夫人听了，咽住喉咙，不能出声，姑嫂三人哭个不了。金莲带哭说道："嫂嫂，谅你不肯同住。既决意要去，唯万不可落发。"梨花大哭道："姑娘，我恩怨俱绝，必要落发，独守孤灯，以了终身。凭你们怎样劝我，我心如铁石，决难从命。"姑嫂三人，见他执意，一齐跪下道："求贤嫂再发慈悲，留了青丝。丁山虽有不是，还要看我姑嫂三人情面，定然要奏过君王，封赠忠义有功之人，少不得奉旨成亲。"梨花见三人义重，也大哭跪下，说："姐姐、姑娘请起，不要折杀奴家。"仙童、金定说："要求妹妹应许，回去不落发，我们才起来。"金莲说："嫂嫂要答应一声，头发万落不得。只要应允，我们才放心起来；若是不从，即跪倒在此，不放你登程，愿听嫂嫂发放了我三人。"梨花说："姐姐、姑娘，我今立意落发为尼，既蒙你们情义，怜我苦命之人，只得权且忍耐，带发修行，从你三位之情便了，快快请起。"金莲说："嫂嫂只是口头之言，不过宽我们的意思，不是真心实意依从的。"又叫一声，"嫂嫂，非是不信，只是难舍你有恩有义，必要爹爹奏明圣上，表你功劳第一。倘你回去落了发，后来皇封诰赠，怎能当得？岂不是欺君之罪难当？必要立下誓来,方好信你。不然,不起来了。"梨花无可奈何。又见老夫人悲伤,叫声:"我的媳妇儿,你若不立下誓,做婆婆的也要跪下来了。"梨花听了,带泪说道:"婆婆,这个媳妇受当不起,待我对天立誓,安了婆婆之心。"说道:"我樊梨花回家带发修行,若负了诸亲,世守孤灯。"姑嫂见她立誓,一同拜毕。梨花又拜别公公,元帅说:"畜生无礼,望贤媳回家,休记恨于他,宽心忍耐。"梨花说:"多谢公公。"即忙传小将军。女兵说:"小将军昨夜就去了。"梨花听了大怒:"这小畜生,不服王化。虽然继父不仁,被祖父放还,理当静候,怎么就去了?倒也安静。"领了女兵,打从大路上回去。此话不表。

再言元帅传令,命周青带领兵马镇守朱雀关,起兵上路,往西而进。山路崎岖,难以行兵,亏了先锋罗章,逢山开路,遇水搭桥。在路行了十余日,早到了玄武关,传令放炮停行。一声炮响,扎下营盘,候大兵一到,即便开兵。不一日,元帅大兵人马到了,罗章接进营中,商议打关,此话不表。

再讲玄武关总兵,姓刁名应祥,妻亡过,只生一女,名唤月娥,年方十八,尚未成亲,文武双全。幼时拜金刀圣母为师,传授兵法。用双刀一对,又有摄魂铃一个。上阵之时,将此铃一摇,其人魂魄摄落,不杀自死。后来金刀圣母去了,金铃付与女徒,镇守关门。这日刁爷与女儿说:"大唐起兵前来,一路势如破竹,夺了多少关塞,如何是好?"正谈论间,忽有小番报道:"启爷,不好了,唐兵破了朱雀关,已到关前了。请爷早为定夺。"刁爷听了大怒,说:"有这等事,再去打听。"小番得令出去。刁爷立刻传令,吩咐大小三军:"明日与唐兵交战,须要三更造饭,五更披甲,天明出战,违令者立刻斩首。"众将得令当夜不表。

再言次日天明,总兵升帐,点齐队伍,一声炮响,开了关门,冲出阵前。抬头一看,唐营扎得坚固,旗分五色,号带飘扬。传令:"先锋番将红里逵,出马讨战!"红将军得令手执大刀,飞奔营前,一声大叫:"快叫唐将有本事的出营会吾。"有探子报入营中,那元帅正要打关,忽尉迟青山解粮来到,参见元帅。听探子报说:"启帅爷,玄武关总兵令先锋红里逵来讨战。"元帅说:"谁将出去会他?"闪出尉迟青山说:"小将初到,未曾立功,愿去见阵。"元帅见他骁勇,又是将门之子,心中得意,说:"将军出去,须要小心。""得令!"出营上马,提鞭冲到阵前。红里逵抬头一看:营中出来一位将军,但见他头戴乌金盔,身穿黑铁甲,骑下乌龙马,黑脸无须,手执钢鞭,冲到面前。红里逵喝声:"来将少催坐马,通下名来。"尉迟青山一见番将红里逵,红面青须,身穿红铜甲,坐下红昏马,手执大钢刀。说道:"你要问我之名么?我乃镇国公尉迟宝林长子爵主,大元帅薛解粮官,尉迟青山便是。我不斩无名之将,快通名来。"红里逵说:"我乃玄武关总兵官刁帐下前部先锋红里逵是也。你原来是尉迟蛮子之孙,中原有你之名,今到西番,轮你不着。"放马过来,拍马一催,提起大刀,劈面砍来。那青山把手中鞭往刀上只一挥,刀往自己头上打将来了。里逵叫声:"不好!"回马就走,却被青山喝声:"哪里走!"抡起竹节钢鞭,往红里逵背后上一鞭,里逵叫声:"我命休矣!"躲闪不及,正中后背,口吐鲜血,伏鞍而走。刁应祥在旗门下看见,大怒,抡动手中降魔棍,拍马飞奔,来到阵前,喝道:"休得无礼,我今来也。"只一声大叫,犹如半天中起个巨雷。不知交战胜负如何,且看下回分解。

第三十八回

刁月娥铃拿唐将　师兄弟偷入香房

再言尉迟青山看见刁总兵出阵,抬头一看,但见他头戴凤翅金盔,上有大红缨,穿着龙鳞金甲,手执降魔棍,骑下一匹花骢马,面如银盆,三绺长须,威风凛凛。一马冲到,护过了红里逵,尉迟青山把棍一起,照面打来。青山把钢鞭按住,两下大战,战到五十回合。

元帅在旗门下同众将官见总兵本事高强,添起精神,尉迟青山鞭法散乱,只有招架之功,没有还兵之力,命罗章出去助战。先锋听了,把马一拍,冲将出来,叫声:"兄弟,为兄的来取番将之首。"尉迟青山见了罗章,才得放心。刁应祥提棍就打罗章,罗章急架相迎,双战应祥。应祥原来得厉害,抵住两家爵主见个雌雄,好杀。但见那阵面上杀气腾腾,不分南北;沙场上征云滚滚,莫辨东西。他是玄武关总兵一员大将,怎惧你中原两个小南蛮;我邦乃扶唐定鼎爵主两个英雄,哪怕你番邦一个狗才子。番邦人马纷纷乱,顷刻沙场变血湖。虽见三将杀到四十回合后,刁应祥不能取胜,被罗章一枪刺过来,正中左臂,带转马就走。月娥见父被伤,忙出阵接住。

罗、尉二将,看见月娥好齐整:但见她头戴金凤冠,双翅尾高挑,分为左右,穿一件龙鳞软甲,胸前挂一个金铃,足下穿着小蛮靴,坐下一匹玉狮驹,手舞双刀。果然生得倾城倾国、闭月羞花之貌,看得呆了。刁月娥叫道:"蛮子,不得无礼。看刀!"罗章听了,道:"好一个娇滴滴声音,待我活擒她过营。"把手中枪向前抵住,战不到十合,月娥胸前解下金铃,对罗章一摇。罗章马上就坐不住了,倒撞下马。刁月娥正要上前取首级,被窦一虎抢上抵住,罗章得尉迟青山救回。一虎看见月娥花容,遍体酥麻,虚将棍子来打。月娥定睛往地下一看,原来是个矮子,心中倒也好笑。这样人儿也来交战?忙将金铃摇动。只见一虎滚倒在地,被番兵捆住,拿进关中。小姐也不来讨战,打得胜鼓回关。总兵见了一虎,说:"此贼拿来做甚?斩讫报来。"此铃有一时三刻动,一虎醒转来,见满身捆着了,倒也好笑。见军士解绑,要斩他。他说:"不劳用心,我去也。"身子一扭,不见了。报知总兵,总兵父女听报,大惊说:"唐朝有此样异人,所以夺了许多地方。如今怎么了得?且待明日开兵,拿了矮将,不要放下地斩他,他有地行之术,提在空中斩他,怕他又去了不成?"

不表关内之事,再言元帅见青山救回罗章,众将一看,见他面如死灰,四肢不动。元帅大惊说:"尉迟将军,方才怎么战法?罗先锋昏迷不醒人事,窦将军又被拿去,不知死活存亡,如此奈何?"青山说:"小将方才见西番女将与先锋交战,胸前取下了金铃,连摇几摇,罗哥哥就跌下马,窦将军接住,小将即回。"秦汉听了,说:"小将昔日在山中学法之时,听得师父说,金刀圣母有个金铃,名曰'摄魂铃',对人几摇,魂灵摄去,要一时三刻方还魂,莫非女将这个金铃就是摄魂铃,也未可知。"元帅听了,心中不悦,传令收军。罗章才得醒转,一虎也得回营,细言其事,此话不表。

再言次日,女将又在阵前讨战。秦汉好色之徒,听了一虎之言,上帐请令,愿去会他。元帅依言。秦汉提了狼牙棒出营,赶到阵前,见了女将,笑嘻嘻说道:"小姐,你生得齐整,我秦将军爱你不过,随了我去做个夫人罢。"月娥听了大怒,仔细一看,不是昨日矮子,今日又有一个,不要与他开口。就把铃儿对他几摇,秦汉翻身栽倒,被番兵捉住。小姐得胜进关,刁总兵左臂未好,见小姐捉了矮将,抬头一看,不是昨日的,说:"拿去砍了!"秦汉才得还魂,只见刀来斩他,他有钻天帽,腾空而去。刁家父女一见,吓得胆战心惊:"如何唐营二个矮子,一个钻天,一个入地,大唐有此异人辅助,所以势如破竹,来到这里。我主误听苏宝同,起兵惹出祸来。幸亏我家有金铃宝贝,若无此宝,玄武关焉能保守?"一面打发番兵往朝中求救,一面准备迎敌,此话不表。

再言元帅在营,对众将说道:"连日出阵不利,秦将军又被拿去,此关如何得进?"秦汉回营,说起铃儿厉害:"我若没有钻天帽,性命休矣。"程咬金说:"这个不难了,只消你二人今夜盗了金铃,就不怕她了。"元帅听了有理。命秦、窦二将:"你们二人三更时分,盗金铃来,其功不小。"二将听了,满心欢喜。候到三更,一个上天、一个入地潜进关中。秦汉飞在云端之内,心中想到:"这番女,花容月貌,师父前日说道,姻缘该配此女。今宵不如先到房中,做个偷香窃玉,眠她一夜,就死也甘心。"算计已定,轻轻落下地来,躲在黑暗之中,专等夜深,闯进卧房。不表秦汉呆心妄想,再言刁家父女,连日得胜,商议军情。只见庭前一阵大风,吹落残灯,月娥屈指一算,对父说:"今夜不要安睡,恐有刺客进营盗铃。"总兵说:"女儿之言有理,交战全赖此铃,倘被盗去,有些不妙。"小姐说:"父亲放心,女儿自有奇谋。吾父防他行刺,须要甲兵护身才好。"刁总兵传令,点了五百番兵,弓上弦,刀出鞘,明盔亮甲,灯球火把,照得如同白日,齐齐排列内堂之下,此话不表。

再言一虎到黄昏时候,在地下听得父女之言,说金铃挂在床上,竟往房中探出头来一看,见香房清雅,桌上红烛光明,果见天花板下挂着金铃,连忙取下,挂着衣内。小姐恐怕行刺,同在内营,卧房无人。一虎想,这样好床,不如睡在床上,天明回去。

不表一虎睡在床上，再言秦汉，挨到三更时分，摸到小姐房中，为何孤灯一盏，静悄悄并无使女？走到床前，只听得鼻息之声，说："妙啊，原来小姐日间交战辛苦，早已睡了。且与她快活一番。"揭开绣帐，叫声："小姐，我来倍伴你。"一虎梦中惊醒，见说小姐，连忙抢住道："小姐你来了么？"秦汉见不是小姐，原来是师兄；一虎一见是秦汉，二人满面羞惭。一虎道："金铃我盗在此了，回去罢。"秦汉说："师弟不要哄我。"一虎说："谁来哄你？"取金铃一看，秦汉欢喜。一个钻天，一个入地，出了关门，来至营中，天色明了。二将上前交令，此话不表。

再言刁家父女，一夜未睡，守到天明。忽侍女来报，床上不见金铃。总兵听了大惊，连忙问道："女儿，金铃失去，如何是好？"小姐笑道："父亲，昨夜大风一起，孩儿就晓得这两个矮子要盗金铃，将真的藏过，假的就放在床上。父亲昨夜问我真铃，不敢说出，恐怕他听见，却把假铃盗去。"刁爷听了，说："女儿，你的志气胜过男儿，为父的不及你了。"

再言秦、窦二将，缴令已毕，细说其事。元帅大喜道："今你二人功劳第一，昨夜辛苦了，回营安歇。"二将正要回身，有探子报说："女将又来讨战，指明要盗金铃之人。"元帅即传令，命秦汉、窦一虎二人忙出营会她。二将得令，一同出营，来到阵前，笑嘻嘻把住棍棒。月娥大骂道："昨夜偷盗金铃，就是你二人？看你贼头贼脑，不是好人。今日捉你回去，碎尸万段，以泄我恨。"秦汉、一虎笑道："我的活宝，你如今没有出手货，只怕难捉我，倒不如随了我罢。"月娥听了大怒，舞动双刀，杀将过来，二将连忙接住，一场大战。战了数合，月娥又把金铃一摇，二将见了金铃，钻天入地去了，月娥又来讨战，众将惧怕金铃，不敢出战，元帅传令，高挂免战牌。月娥见了，大笑回关。不知后来如何，且看下回分解。

第三十九回

仙翁查看姻缘簿　迷魂沙乱刁月娥

适才话言不表，再言二将地中逃回，来到营前见了元帅，说："小将弟兄二人，昨夜用尽心机，盗得铃儿，原来是假的，倒被她算计了。今日见阵交兵，几乎落了圈套，亏得地行，不致伤命。被她阻住兵马，焉得征西。"元帅道："这便如何处置？"秦汉道："小将下山之时，师父说我该与番女有姻缘之分。今见刁月娥容貌如花，不觉动了眷恋之心。她金铃厉害，小将若回山中，去见师父，问个明白，再来军前效用。"元帅道："秦将军既要前去，限你三日就回。"秦汉大喜退去，戴上钻天帽，腾空而去。一虎在旁听见，想道："我在棋盘山，遇见薛小姐也有了心，后来要盗钹，元帅曾把小姐许我，反被飞钹合住。亏师父救了，我自觉无颜，不好说起，我想师弟此去不远，待我向前，叫他替我问问师父，不知姻缘到底如何。"算计已定，出营地行而去，却被一山挡路。将头伸了出来一看，原来是一座大山，你看松柏成径，翠竹成林，飞崖峭壁，瀑布泉声，好一派山景。一虎心中一想："我方才性急，往地下行来，不知到了什么地方，竟有这样去处，不是神仙所居，就是得道洞府。"一虎正在自言自语，只听得空中叫一声："师兄，你为何也在这里？"一虎见了大喜，说："师弟，我对你说。"秦汉落地,一虎叫声:"师弟,你为婚姻要往山中问明师父。愚兄也为婚姻,特地追寻你,幸得此间相遇。要拜烦你,千祈代问师父,不知我与薛小姐姻缘若何?代我问一声看。"秦汉说:"晓得了。"

正要回身,只见一个白发老翁,打从山曲内走出,手抱竹杖上前,问道:"你二人在此做什么?"二人一看老翁,童颜鹤发,仙风道骨,知他不是凡人,即忙叉手向前,深深一礼,说道:"我二人乃王禅老祖门下弟子,因奉师父之命,相助大唐薛元帅麾下征西,只为姻缘大事,要去求见师父问明,所以走此经过。还要请问老翁尊姓大名?"老翁笑道:"我乃月下老人,在此乾坤山修炼长生,已得神仙不老之丹。蒙上帝命我掌管人间男女婚姻。你二人既为姻事访师,今日有缘,待我与你取姻缘簿子查查看。"二人听了大喜,便道:"仙翁,既有姻缘簿在此处,快快与我二人查一查看。"仙翁道:"你们随我进洞,到三生石上查看便了。"

二人听了,同了仙翁来到洞前,上面写着"乾坤洞"三字。进了洞中,面前有一石板,写着"三生石"三字。仙翁说:"你们在此等候,我取簿子来看。"二人应诺,仙翁取出簿子,放在三生石上,揭开一看,上写着:"窦一虎该配薛金莲,秦汉该配刁月娥,乃夙世姻缘。"看完,仙翁向二人说道:"你二个矮子,倒有这等大造化。如今不必耽搁,快去求师父做主为妙。"二人听了,拜谢老人,出了洞门分手。

一虎大悦回营。秦汉即向前行,不觉来到山中,进洞见师父。王禅老祖心早明白,说道:"徒弟,你此来莫非为玄武关刁月娥摄魂铃之事么?"秦汉说:"正为如此,故来见师父。"又将遇着老人之言说明,"弟子念念不忘,请师父与弟子做主,成就婚姻。"老祖说:"那刁月娥虽是与你有缘,应该配合。她是竹隐山金刀圣母徒弟,我与你同到竹隐山,求她做主,完就夫妻,好请元帅西下。"秦汉听了大喜,同了师父出门,驾起祥云,片时来到。仙童报进,圣母闻知,出洞接入,问说："承蒙光降，有何见教？望道友说个明白。"老祖说道："贫道无事不敢亲造。只为令徒刁月娥，她把金铃挡住玄武关，元帅不能征西，要道友将金铃收回，并来作伐。"就叫秦汉过来，拜见师父。秦汉拜完，圣母说："此位何人？"老祖说："就是顽徒秦汉，他与月娥有姻缘之分，过来相求。"圣母听了，抬头一看，见他身短体小，面貌不扬，怎好配我徒弟？开言说道："收取金铃容易，若说亲事难成。"王禅老祖言道："道友，贫道也只为小徒容貌丑陋，难配月娥，故来相恳，周全成人之美，我小徒感恩不尽。"圣母暗想："若不允，道友面上不好意思；若允了，刁家父女不肯。"

　　正在踌躇，有仙女报道说："外面有一个三只眼、金面孔道人求见。"圣母听了，连忙出来，迎接进洞，认得是氤氲使者。老母见了大喜，上前相见，分宾主坐下，圣母说："使者此来为何？"使者说："蒙月下老人指引，说唐将窦一虎与薛金莲有夙世姻缘，秦汉与刁月娥为夫妻。恐她二位美人不嫁丑汉，违逆天命，故此特往乾元山，借了迷魂沙、变俏符两件宝贝，特来见道友，撮合成亲，完一宗公案。"王禅老祖听了暗喜。圣母听了暗想，他奉了玉帝旨意，配合人间夫妇，逆不得天命。开言叫声："道友，既蒙借得迷魂沙，此时可付与秦汉拿去。待他迷了她，自然允从亲事，贫道再来撮合便了。"秦汉接了迷魂沙，依计而行。又与变俏符一道，道："先对师兄说明，唐营成亲。"氤氲使者见他允从，辞别回复老人，王禅老祖也作别回山。

　　再说秦汉先到唐营，一虎在那里等。见了秦汉，问事体若何，秦汉细细说明，交付变俏符。飞到月娥营中，其时正打初更，将身钻在纱窗之外，只见月娥卸下妆来，内衬桃红紧身，外罩淡黑背心，下着湘江水浪裙。看她格外齐整，坐定身躯，手托香腮，昏沉睡着，秦汉就胆大了。喜得房中侍女尽皆安睡。就将迷魂沙身边取出，轻轻弹在月娥身上，只见月娥着了迷魂沙，乱了心，似梦非梦，说道："好笑，我家爹爹误我青春，我一向过了，今夜好不耐烦，欲火禁不住。"只见来了一位郎君,面如傅粉,唇若涂朱,却好十六七岁,走近前来,含情带笑,说:"小姐,我乃王禅老祖徒弟秦汉,与你有夙世姻缘。今夜前来会你,望小姐不要推却,成就好事。"小姐被迷魂沙乱了心,并无主意,半推半就,被秦汉抱入床中,解带宽衣,落了许多好处。那迷魂沙一时三刻要醒的,睡到天明,吓得月娥魂不在身。身边一摸,睡着一个男子,被他双手搂住,说:"不好了,被他放肆了!"只得起身,立刻穿好衣服,大呼小叫,又羞又愧。惊动了刁爷,赶进房中,说:"女儿,奸细在哪里?"小姐含羞带泪,并不开口。

秦汉在床上大笑道:"老丈人,你家女婿在床上。昨夜已经成亲,伏望岳父不要发怒,待我穿了衣服,好来拜见。"那刁总兵大怒,揭开纱帐一看,说:"不好了!你是唐营矮将,赤条条睡在床上,分明女儿被你污了,教我怎好为人?"气冲牛斗,七窍生烟,将他一拧,传令:"捉得奸细在此,绑起来,推出辕门,碎剐凌迟示众。"诸将得令,如狼似虎,将秦汉绑着,正要开刀,只见云端内来一仙女,身骑仙鹤,飞下月台说:"刀下留人!"总兵认得是金刀圣母,忙出位迎接,见过了礼,立刻命小姐出来。小姐闻知,出外拜见师父。圣母说:"刁将军,令爱与唐将秦汉,乃夙世姻缘,应当配合。恐月娥嫌其貌丑,有违天命,连师父也不便,故烦氤氲使者,借取乾元山迷魂沙一撮,前来迷乱月娥,实非秦汉之罪,伏乞将军放他。他是王禅弟子,祖父秦琼,封护国公;父亲秦怀玉,当今驸马,三世公侯,不为辱了令爱。看我面上,何不投唐,不失封侯之位。"小姐听了,身子已被所污,钝口无言。刁总兵见女儿从顺,又有金刀圣母来劝,无可奈何,只得允了,命放下秦汉。穿了衣裳上帐,拜见圣母,又拜见刁家父女。众将暗笑,好块天鹅肉,倒被这矮子先占食了。不知后事如何,且看下回分解。

第四十回

刁月娥失身秦汉　窦一虎变俏完姻

　　再言刁总兵对秦汉说道："你这小畜生，如此无礼，不看金刀圣母之面，立斩汝首。如今归唐，你去说与薛元帅知道，快整备花烛，今晚亲送小女过来完姻。"

　　秦汉领命出关，回营见了元帅，说明此事，仁贵大悦。吩咐备花烛，等他投降唐营。正在忙碌，忽报桃花圣母来到。金莲小姐连忙出来，迎进圣母。父女营中相见，分宾主坐下，细说前来作伐："令爱该配窦一虎，元帅当初应允，谁人不知，谁人不晓，今日是团圆之夜，与令爱完姻。"元帅听了，心中不悦；金莲小姐闷闷不乐。圣母见他父女不开口，明知嫌一虎身矮，便说："这一虎回去，吃了仙丹，能会变化。如不信，唤他出来一看，就明白了。"元帅爷只得传令，唤一虎上前参见。一虎明知圣母说亲，把变俏符贴在胸前，将身一摇，变了七尺以上身材的美貌郎君。元帅父女看见说："果然仙家妙术，真能变化。"况是建德之后，又有地行仙术，年前已经许过，只得允了。小姐见父亲允了，含笑应从。元帅说："既蒙仙母作伐，下官就备花烛成亲便了。"一虎遂上前拜谢。桃花圣母辞别。是夜刁总兵送女来到营门归顺，元帅十分优待。两员矮将，当晚成亲，一虎仍变小了。金莲自知前生之事，况且月蛾十分美貌，相配了秦汉，与我命一般的。月娥心内也这般想：金莲也肯配着矮子，同病相怜。此夜洞房花烛，万种风光，真说不尽。

再言元帅次日升帐，传命拔寨进关，养马三日，商议征西。刁总兵说："元帅西进，左近下官手下有一十七路营寨。不消一月，先平了十七营寨，然后西进。不然，唯恐他在后面，挡住粮道，为害不小。"元帅道："刁将军之言有理。"命一虎、秦汉、尉迟号怀、尉迟青山、程铁牛、程千忠、罗章等分兵十七路，同了刁总兵一路招安，不从者打破营寨。不消一月，杀得西番营寨，番将番兵逃的逃，降的降，杀的杀。秦汉、刁总兵等得胜回营，此话不表。

再言西番败残兵将，逃入西番，朝见哈迷赤国王，奏明此事，说："西番被大唐人马杀进，夺去了万里地方、许多关寨。今刁应祥献了玄武关，将女许配敌国，又夺了十七寨。大兵已进西番来了，请旨定夺。"番王听奏，大惊失色，跌倒龙床之下，班中闪出一员大将，头戴金貂，身穿貂裘服，足下乌靴，出班奏道："臣西云王黑里达，启奏狼主：自古道，兵来将挡，水来土掩。大唐薛仁贵虽然英雄，只怕难敌我邦杨藩。他十分骁勇，镇守白虎关，决能恢复。请狼主再发雄兵，前往白虎关相助。"哈迷王回嗔作喜，说："王叔之言有理！孤家传旨，即日发兵，往白虎关助战。"众臣朝散。

不表番王之事，再言大唐元帅，平了十七寨，命新降总兵刁应祥："领兵谨守十七寨，莫被番兵侵夺。"应祥得令，督令精兵，各守关寨，自仍镇守玄武关。元帅领大队人马，离了关头，滔滔一路前行。到了琅笪寨，传令扎营。次日正要打寨，只见寨门大开，番兵献册投降。元帅兵马进琅笪寨，停留寨中。是夜窦仙童生下一子，元帅、夫人大悦，取名薛勇。过三朝出寨，又往前行。行了三月，来到豹尾寨，寨中番兵早已逃去。大兵进了豹尾寨，安下营盘。军中陈金定也产下一子，元帅喜之不胜，对夫人说："前日孙儿，下官留下名字，今日夫人取名。"夫人笑道："大孙取名薛勇，二孙取名薛猛。"元帅大喜。传令三朝之后，拔寨前行。命秦汉、窦一虎带领本部精兵，攻打白虎关。二将领令出寨，在关前叫骂，说："快报与关主知道，早出来会我！若不献关，我爷打进关中，叫你一关蝼蚁一个不留。"早有番儿报进关中去了。那守关主将姓杨名藩，生得眉浓眼大，面如铁锅，有万夫不挡之勇。这日正在私衙，与左右偏将议论薛仁贵之事，忽有小番报进，说："平章爷不好了！大唐兵将实为凶勇，一路势如破竹，兵马已到关前了。有将来讨战，请平章爷定夺。"杨藩听了大怒，吩咐备马，取甲抬刀。左右听了，取过盔甲。那杨藩头戴虎头盔，身穿锁子黄金甲，坐下一匹乌驹马，手执金背大砍刀，领了兵将，来到关门。传令放炮一声，关门大开，落下吊桥，冲出阵来。秦、窦二将敌住交锋五十余合，你看：二将是步战的，跳来跳去。杨藩在马上愈觉用力，愈不能胜他，忙向袋中取出棋子，喝了一声："照打！"二将抬头一看，正中面旁，负痛而逃，败进营中。元帅见了大怒，点偏将十二员出阵，又被金棋子打破，头青鼻肿，大败而回。

　　元帅说："不知何物，那杨藩敢败我十四将。"带领秦汉、罗章，亲自出阵。三人冲到阵前，敌住杨藩。杨藩大怒说："来者何人？通下名来，好取汝之首级。"元帅听了大怒道："杀不尽的番奴，敢出大言，只怕闻我之名，吓破你的胆，我乃征西大元帅薛仁贵便是。"杨藩说："这老匹夫就是仁贵么？"元帅说："既知我名，何不早早献城！"杨藩说："你家儿子夺我妻，杀我岳父、二舅，今日相见，正好报仇。放马过来！"元帅大怒，把手中画戟迎面刺来，秦汉、罗章见主将动手，两条枪蛟龙一般挑来。这里杨藩焉能抵得住，倒拖大刀，败下阵来。元帅后面追赶，杨藩取出金棋子打来。元帅大惊，泥丸宫现出原形，是一只吊睛白额虎，抓住棋子，落下尘埃，才放下胆，举手中戟，喝声："哪里走！"拍马追赶。杨藩带转马，把手中刀迎住方天戟，说道："薛蛮子，你头上白虎哪里来的？"元帅答道："大唐名将，故有神虎相助。你金棋子都打完了，不能伤我。快快下马投降，免汝一死。"杨藩看来战他不过，把身子一摇，现出三头六臂，青面獠牙，举手中大刀，劈面砍来。元帅看见说："原来是一个怪物，不要与他战。"即忙左手拈弓，右手拔出穿云箭，搭上弦，"嗖"的一声，一箭射去。只听杨藩叫声："不好了！"射中左边头上，几乎落马，负痛而逃。元帅也不追赶，鸣金收军。

杨藩败进关门，扯起吊桥，进了帅府，心中想道："果然薛仁贵骁勇，又有神虎来助。不如今晚往观星台一看，就明白了。"候到天晚，走上星台，四面观看星象，只见唐营白虎星高照。原来薛仁贵白虎星临凡，故此今日阵上现出白虎，把我金棋子抓落。此处有一座白虎山，正犯他性命。不免明日出兵诈败，诱上山中。把撒豆成兵之术，伤他性命便了。算计已定，下观星台。

再言次日杨藩全身披挂，出关讨战，探子报知元帅。元帅大怒，立刻传令，分兵四路出营，排下一个阵图，名为"一字长蛇阵"。元帅喝道："昨日逃去，今日决个雌雄。"说罢，把手中方天画戟一紧，刺将过来。杨藩把大刀往戟上架住，冲锋过去，回转马头，把大刀往面上砍来，仁贵把戟架住旁首。两下交锋，战有三十余合。元帅把戟梢一指，四支兵马围将过来，把杨藩困在垓心。传令："不许放走，必要活擒。"杨藩看来没法，望西而逃。正逢着罗章，喝声："哪里走？"把枪劈面刺来，杨藩叫声"不好！"将金棋子打来，正中罗章面旁，手中枪一松，被杨藩杀出重围，落荒而走。元帅传令众将，快追番将。追上二十里，程咬金说："元帅，穷寇莫追，放他去吧。"元帅道："老千岁，那番奴被本帅用长蛇阵围住，要活捉他。他仗金棋子厉害，打中先锋，冲阵而逃。不进关中，决无逃处。此时不擒，更待何时。大小三军，与我追上前去。"众将得令，一齐追杀上去。不知如何，且看下回分解。

第四十一回

白虎关杨藩妖法　薛仁贵中箭归天

方才话言不表，且说仁贵看看追到山林地面，探子报道："杨藩逃上高山去了。"元帅道："既然如此，一同追上山去。"元帅当先追上山。程咬金心中疑惑，喊道："啊呀，不好了！众将且慢进去，不要中了番奴之计。"命秦梦快追，请元帅回兵。秦梦答应，飞马追赶。再言元帅追上高山，抬头不见了杨藩，前有山石挡路，传令回兵。元帅正要退兵，忽听得四野鬼叫之声。抬头一看，只见杨藩立于高阜之上，手执葫芦，放出红豆无数，往空中一撒，变成千百万的鬼兵，都生得青面獠牙，其形可怕，手执钢刀，把山头围住，只听得鬼哭神号之声。元帅大怒，喝道："番奴！你把妖术惑我军心，你不要走，吃我一戟。"追到山阜上面。这杨藩一见，哈哈笑道："薛蛮子，今番中俺之计，性命难保。"元帅听了，一戟刺去，只见杨藩身子一摇，就不见了，原来杨藩借土遁而回。元帅不觉心惊胆怯，吩咐亲随军兵，且退回去。哪知四下阴兵布满，并无出路，只得再往前山。远看一座庙堂，走到庙前，元帅下马，抬头一看，上写着"白虎山神之庙"。不免进去，来到神前，撮土焚香，祝告一番，立起身来，上马前去。只见鬼卒比前番更多，元帅毫无主意，仰天长叹曰："老天，老天！

我薛仁贵英雄无敌，再不想今日中了番奴之计，被困在此，且待天明再处。"

再言窦一虎，天晚不见元帅回营，只得领兵前来，到山下程老将军扎营之处。程老将军看见窦一虎来到，说："你家岳父不听我言，追赶杨藩，被他诱上高山，用阴兵围住。我军欲要相救，杀不上去。秦梦杀上几次空回，如何是好？"一虎听了大怒，说："老千岁，独有我窦一虎不怕阴兵，待我上山相救岳父。"说罢领兵杀上。鬼兵挡住，只见磨盘大的石头打下来，吓得三军不敢前进，只好回来。见了程咬金说："老千岁，阴兵果然厉害。待小将去见岳母，再来相救。"就领三军回转，禀知岳母。夫人听了，吓得魂飞魄散。金莲小姐胆战心惊，叫声："母亲，爹爹兵困白虎山，此祸不小，女儿夜梦不祥。不如差秦汉释放哥哥前来，必能相救，不然爹爹性命难保。"

夫人听了，传令秦汉，往朱雀关放出丁山救父。秦汉领命，即戴上钻天帽，不消片时，来到关中监牢，放出薛丁山，细说一番。丁山听了大怒，说："番奴如此无礼，困住爹爹，我不去救，谁人去救？"即同秦汉登程。秦汉钻天而回，丁山借了土遁，来到营中，拜见母亲，相见妻房、妹子，方知生下两个孩儿。夫人说："你父被困山林，快去相救。"丁山说："谨依母命。"连夜造饭，天明披甲，出营上马，一支兵马飞出，杀到白虎山。见秦梦双战一员番将，丁山大喝一声："我来也！"把马一拍，冲入阵中。秦梦一看，原来是世子，满心欢喜。番将一见来将大怒，提刀挡住，大喝道："来将通下名来。"丁山道："我乃征西二路元帅薛世子是也。番奴，本帅不斩无名之将，快通名来，我好记账。"杨藩听说丁山二字，心中大怒："我白虎关杨藩便是。你这畜生，强夺人妻，罪不容诛。把你碎尸万段，才泄我恨。"举起大刀砍来了。丁山忙把画戟接住，山前大战。战鼓齐鸣，喊杀连天。战到三十余合，杨藩不能取胜，又把金棋子打将过来。丁山身上穿的乃是天王甲，金棋子不能近身，一道金光冲出，杨藩双眼散乱，被丁山提起神鞭，亮一亮正中后背。杨藩叫声："不好了！"口吐鲜血，伏鞍而逃，飞奔进帐。

丁山一心救父，不来追赶。同了程老将军、窦一虎、秦梦、秦汉领兵杀上。五将只见飞沙走石，鬼兵来挡住去路，磨盘大石打将下来，众将魂不附体。丁山心中一想，我闻妖法有撒豆成兵之术，用猪羊狗血，将喷筒冲去，必然消灭。立刻传令三军："速取羊狗血来，军前听用。"军士得令。军士取到狗血、喷筒等物，将狗血灌满，往山上喷去，鬼兵鬼将，影踪全无。乱了一日，天色晚了。再言元帅困在山头一日一夜，腹中饥饿，不能行走。立望救兵，心中昏闷，看见天色已晚，坐在拜台上，蒙眬睡去。泥丸宫透出原形，是一只白虎，往山林奔出，正逢丁山领兵前来。五将杀上山来，只见林中奔出一只吊睛白虎，众人一惊。丁山一见，忙左手取弓，右手搭箭，一声响，正中虎头。那白虎大吼一声，回进庙中。众人赶到庙前，下马一看，说："啊呀！不好了！白虎不见，倒射死元帅了。"

丁山抱住父尸大哭。咬金说："你父是白虎星转世，现了原形，被你射死。朝廷知道，其罪不小。"一虎流泪，连忙回报进营，禀岳母细述此事。夫人与小姐一听此言，魂飞魄散，哭倒在地。仙童、金定闻之，吓得魂不附体，连忙走到，叫醒婆婆、姑娘说："此事如何是好？"婆媳四人，骑马哭上高山。来到庙中，见丁山抱着父尸，在拜台上大哭。夫人、小姐也来抱住，放声大哭，叫声："老将军，你盖世英雄，死在西番地面，我和你今日分别，叫我好不伤心。被畜生箭射误伤，真不孝之子，弑父之罪难免。"老夫人哭丈夫，骂丁山。小姐叫一声："父亲，望你早平西番，回家享荣华。再不料番国未平，父亲先丧。恨哥哥不孝，救父反来杀父。"仙童、金定，也是痛哭道："冤家你不孝，误射死公公，难免凌迟之罪。"丁山哭道："母亲、妹子、二位妻房，不是我薛丁山忤逆不孝，有心杀父，只为父亲梦现真形，变成白虎。我哪里知道，以致一箭射去，误伤其命，罪不容诛。且请母亲备棺，收回父亲尸首，然后奏明圣上，把孩儿以正国法便了。"夫人哭住，传命衣衾棺椁，取到山头，收殓元帅。停在白虎庙中，设其灵位，供在正殿。众将齐来祭奠，人人挂白，个个举哀，按下不表。

再说王敖老祖，晓得是前世冤孽。借了土遁，来到山林，丁山接见，拜见师父。老祖说："当初薛元帅射死丁山，亏贫道救活。今日元帅也被其射死，无人可救，一报还一报。元帅是白虎星下降，故现白虎。此关名白虎关，又有白虎山，活该命绝。今日丁山弑父，罪犯逆天，宝贝合当取来还我。你自将功赎罪，命或有救。"丁山听了师父之言，不敢不遵，只得将宝贝拿出，交还师父。王敖老祖收了宝贝，驾云而去。咬金看见元帅收殓完毕，于是辞别夫人、众将，备马径往长安，此话不表。

再言杨藩败入关中，紧守一月，想道："为何不来打关？"有番儿报进，说："平章爷，唐营不知为何皆穿白，莫非主将身亡，不来攻打。"杨藩听了大喜。晚上星台一观，果然白虎将星移位，想道莫非被鬼杀了，也未可知，待我唤鬼兵来问便了。口中念动真言，不料鬼兵被狗血冲杀，其法不应。欲要出兵交战，又怕神鞭厉害，前日鞭伤，还未曾好，只得回到衙中。次日，忽报有青脸道人要见。杨藩接了进来，原来是师父，上前拜见。道人说："葫芦内鬼兵，被薛丁山狗血喷坏，无用的了。我如今有一件宝贝在此，但是未曾炼好。教你方法：闭关一年，可用仙丹活火神炉烧炼，名曰'飞龙镖'，上阵能伤大将。汝当依法修炼，丹成之后，用之不穷。我因国舅苏宝同相求，众道友演说金光阵，不得工夫，即要回去。"将飞龙镖丹药付与杨藩，立刻驾云而去。杨藩往北拜谢，传令紧守关门，多加灰瓶、炮石、弩箭，以防攻打，却自修炼飞龙镖。不知后事如何，且看下回分解。

第四十二回

唐太宗世民归天　唐高宗御驾征西

方才话言不表，再言长安城中，贞观天子在宫中，想起元帅薛仁贵父子征西，屡有捷报，夺了许多关寨，唯处处有异人挡住，不能一旦平复，望他得胜班师，君臣相会，朕才放心。天子思想，身倚龙床，蒙眬睡去。

梦中出了王宫，只见文武上前接驾，天子一看，原来是秦叔宝、尉迟恭、罗成、马三保等，都说道："陛下乃紫微星君降世，今将复位。臣等文武两班，合当随侍。况左相星、右相星、白虎星，俱已复归原位。请陛下登殿设朝。"天子听了文武之言，随了秦叔宝等，来到云霞之内，只见一座宝殿。秦叔宝、尉迟恭奏道："此乃陛下北极紫微殿。"言之未了，只见左相星、右相星、白虎星俯伏朝门接驾。太宗天子传旨："平身。"三人谢恩。天子龙目一看，原来是左相魏征，右相军师徐茂公，白虎星是征西元帅薛仁贵接驾。太宗进了宝殿，诸臣朝贺，分立两班，天子叫声："薛王兄，朕命你征伐西番，未曾班师，为何也在这里？"仁贵上前俯伏奏道："求主恕罪，臣兵到白虎关前，乃大数难逃。另差别将领兵，去平哈迷国。谢恩万岁万万岁！"太宗听说"大数难逃"四字，不觉大惊。忽听景阳钟声，惊醒了天子。睁开龙目一看,不见了两班文武,原来睡在龙床之上。想起梦中之言,难道寡人天命要绝了?梦中之事,不可深信。只听得五更三点,驾临早朝。

文武朝见已毕,天子说:"众卿有事启奏,无事退班。"降旨未了,班中闪出一位大臣,红袍金带,足蹬乌靴,头戴乌纱帽,执笏当中奏道:"臣钦天监监正李云开,有事启奏陛下:臣昨夜司天台夜观星象,见西方一星,其大如斗,坠于番地,应在白虎位下。随后见北极垣中,二小一大,三颗明星落地,主朝中大臣归位。"太宗听奏,一发心惊。又有黄门官捧本进朝,俯伏金阶呈上。天官接了,放在龙案之上。天子龙目观看,原来是左相魏征、军师徐茂公,均已亡故,其子上本。天子见了两本,龙目中滔滔泪下,说道:"他二臣有许多功劳,正好享福,为何一齐归天?朕心好不伤感。"传旨内监,钦赐御祭御葬,王太监领旨前去。黄门官奏道:"臣启陛下,今有鲁国公程咬金,由西番回国,入朝见驾。现在午门,未蒙宣召,不敢擅入。"天子想起三更之梦,魏征、徐勣已应了,老将回朝,薛元帅肯定性命难保。传旨上殿。

咬金俯伏金阶二十四拜,天子说:"程王兄平身。""谢万岁!"宣上金殿,赐坐问道:"程王兄,西番归国,可知薛元帅何日班师?"咬金听了,眼中泪下,奏道:"征西薛仁贵,兵打白虎关,被番将杨藩使妖法,用阴兵围住白虎山。其子丁山兴兵救父,同老臣一齐上山,谁想山前见一白虎,丁山放箭射死。啊呀!万岁,原来白虎就是元帅真形。箭伤白虎,庙中元帅身亡。望主速定丁山之罪;虽是无心,其罪不小。"

天子听说仁贵被射死,哭倒在龙床之上,道:"寡人亏你征东十大功劳,西番未平,良将先丧,叫寡人好不痛心也。如何是好?"哭得心伤,口吐鲜血。吓得两班文武内侍,飞报太子李治。李治惊得魂不在身,来到龙庭,扶住父王。传旨退班回宫,交三更之后,太宗驾崩。

传旨先将哀诏颁行。各官穿白开丧三日，二十七日行孝，然后新君登位，是为高宗皇帝。文武尽穿大红吉服，分立两旁。只听得东边打起龙凤鼓，西边打起景阳钟，奏乐之声。前面三十二位太监，一声吆喝，新君临殿；后拥二十四名宫娥彩女，随侍龙驾。两把龙凤宫扇分开，来到龙案，身登宝位，珠帘放下。只见底下文武朝见，山呼已毕。李治大喜，说："诸卿平身。"众臣谢恩起身，分立两班。传旨改元年号，唐高宗皇帝，国号永徽。天子先颁喜诏，通行天下，立王氏娘娘为正宫，立李显太子为东宫。这忙非只一日，天子就把龙袍一转，驾退回宫，珠帘高卷，群臣各散。

次日天子临朝，传旨百官，俱加一级；天下罪犯人等，已结与未结的，尽皆恩赦，内有十恶不赦；钦赐功臣，筵宴已毕。就召魏旭见驾，山呼万岁。天子开言道："魏征乃先王辅弼，朕不负功臣之子，封卿大夫左丞相之职，恩赐蟒袍纱帽。"魏旭封了左丞相，驾前谢恩。宣徐梁见驾，徐梁上殿朝见。天子道："卿之父与国运筹，以致一统江山，其功不小。封卿袭父军师之职，恩赐锦袍玉带。""谢恩。"徐梁领旨谢恩。文武恩封已毕，对咬金说："老王伯，元帅身丧西番，进退两难。朕今同王伯御驾征西，征讨叛逆。"传旨命东宫同魏旭监国，咬金为前队，兵马出了长安。一路滔滔，晓行夜宿，非止一日，出了玉门关，来到金霞关。一路上俱有文武迎送，百姓香花灯烛，好不热闹。不觉来到寒江关，不表。

再言樊梨花母女，孤孤凄凄，苦度衙中。梨花早已晓得仁贵身死，程老将军出关经过，想明日御驾亲来征讨，丁山难逃弑父之罪。待我做成御状告他，我善晓阴阳，丁山不该命绝，惩治他一番，叫他情愿心服。将弑父休妻两大罪写明，扮做村庄妇人，告他一状便了。

次日辰牌时候，只见旌旗曜日，前队藤牌兵，后队短刀兵，步兵都带弓箭，马兵手执长枪。四队雄兵过去，全副銮驾。两班文武，都骑高马。队队分开：文官紫袍金带，武官金甲金盔。羽林军拥护着天子，朝廷身骑龙驹，马前许多太监。程千岁随了天子，看看相近关前，樊夫人同梨花抢出叫屈。天子听得，便问两边军士："关前何人叫屈，即速捉来。"军士领旨，将二人捉住，来到驾前。手执御状，俯伏在地，口称冤屈。天子想："此是西番外国之女，有甚冤枉，前来叫屈？如今要把西番化服，理当准状。"传旨："取状纸过来。"太监领旨，就把状纸送上。天子龙目一看，说："西番有村女告状。"阅过一遍，便将状纸交咬金说道："老王伯必知其情。"咬金接来一看，奏道："樊梨花不但有才，而且有智，真是国家柱石。她献关招亲，果然丁山不是。老臣为媒，他三次休弃，目睹其情，望吾主准状究明。"天子听了，龙颜大怒，传旨："宣樊家母女见驾。"夫人、小姐领旨，驾前朝见。天子说："赐卿平身。"龙目一看，果然樊梨花容貌超群，忙开金口道："你母女情节，程王伯一一奏明，朕已深悉其情，准你状纸，泄恨便了。"樊梨花同母谢恩已毕。朝廷进关，一直西行。

樊家母女回转衙门，夫人说："儿啊，难得大唐天子，准了状纸，又亏程老千岁在旁，代我母女说明冤屈。此番圣驾到了白虎关，定把丁山问罪，令他请罪。你可放心，夫妻得以完聚。"小姐听了，叫声："母亲，冤家把我三次休弃，要报他三次仇，磨难他一番，方泄昔日仇恨。"老夫人说："女儿，你们后生家，偏有许多委屈。据我做娘的看起来，还要三思。"小姐说："母亲，若不将他磨难一番，焉肯服我？"夫人说："女儿之言有理。"此话不表。

再言天子行到白虎关前，薛夫人率领众将来接驾，自陈一本，本上不过说射死因由，求主判断。天子看了，吩咐将丁山绑了来见驾。军士领旨，将丁山绑住，俯伏阶前，天子见丁山，心中大怒，传旨："午时三刻，碎剐凌迟。"军士领旨，专等午时三刻开刀，此时把丁山魂灵吓散。不知生死如何，且看下回分解。

第四十三回

樊梨花诰封极品　薛丁山拜上寒江

适才所言，将薛丁山绑上法场，专等午时三刻开刀。这边有仙童、金定各抱一子，营前活祭，抱头大哭，各诉前情。丁山哭道："二位妻啊，我薛丁山前世做了昧心事，罚我今生颠颠倒倒。事出无心弑父，凌迟之罪难逃。我死之后，你们须要孝顺婆婆，抚养孩儿，长大成人，与祖父争气。"二妻哭道："樊家妹妹二次救你，你倒三次休弃，所以有这样大祸。"丁山说："二位妻啊！我今悔之已晚，不要埋怨我了。"二妻将一杯酒送上，说："你吃一杯，以尽夫妻之情。"丁山含泪饮了。金莲也来祭兄，同了窦一虎营前活祭，也有一番言语。众将文武，见龙颜大怒，不敢驾前保奏，呆呆相视。内中闪出程咬金，俯伏驾前奏道："老臣想西番未平，逆谋未除，倘斩丁山，苏宝同复起兵来，谁能敌之？丁山虽是不孝，罪不容诛。目下用人之际，臣保他将功折罪。若破番兵，非寒江关樊梨花不可，此人足智多谋，更有仙术。伏望吾王权赦丁山死罪，贬为庶人。令他步行，青衣小帽，到寒江关请樊梨花出兵到来，万事皆休。若不能请到，再行治罪。望乞圣裁。"天子听奏，说："老王伯所见不差。""是，领旨。"正当午时，合家老幼啼哭活祭，只见老将走出来，恐是催斩，吓得众人魂消胆震。

刀斧手正要动手，老将连叫："刀下留人。奉朝廷旨意，权赦丁山，贬为庶人。青衣小帽，不许骑马，步到寒江关，请到樊小姐出兵，赦汝的死罪。刀斧手放绑。"丁山山呼万岁，谢了皇恩，合家老小欢喜，都来拜谢，说："若无老千岁保奏，丁山则性命不保。"

丁山死中得活，更换了青衣小帽，别了众人，一路步行，直往寒江关。

再言程咬金复旨，将情细奏："梨花二次功绩，愿王封赠她，重起威风。"天子准奏，御笔封赠，旨下：樊梨花有功于国，封威宁侯大将军之职，钦赐凤冠一顶、蟒袍一领、玉带一条。打发天使飞马前去，天使领旨而去。

再言寒江关樊梨花，善知阴阳，早已知道，等候诏至。这日有探子报进，说："圣旨到，快设香案。"天使开读已毕，樊梨花在香案前谢恩。方知官封侯爵，满心大悦。送出天使回转，众将俱来恭贺。重起威风，日日教场操演，以备西征。

不表樊梨花之事，再言丁山在路，渴饮饥餐，凄风冷雨，艰苦异常，走得脚酸腿疼，叫声："天啊！我薛丁山命好苦。樊梨花这贱人，犯了许多恶迹，誓不与她成亲，把她三次休弃。她怀恨在心，此去请她，谅必不从。虽然怪我，已经奉旨请她，不敢违旨。"算计已定，不一日早到关前。身上穿了青衣小帽，无颜问人，伸伸缩缩。看天色要晚，说不得丑媳妇，总要见公婆之面。只得含着羞耻，把头上罗帕一整，身上布衫一理："我官职虽然削去，官体犹存。"摇摇摆摆，进了关门，大模大样，叫道："门官，与我通报夫人、小姐，说薛世子要见。"那门官听得，走过去一看，说："你是什么人，在此大呼小叫。"丁山说："我是薛世子，要见夫人、小姐。"门官说："你云薛世子，如今在哪里？吾好去报。"丁山说："在下便是。"门官说："啐！放你娘的屁！薛世子同元帅前来征西，好不威风。看你这人狗头狗脑，假冒来的。禀了中军，打你半死才好，与我走你娘的路。"丁山听了，满面羞惭。也怪不得门官,世情看冷暖,人面逐高低,只得忙赔笑脸上前说道:"门官,我真是薛世子,假不来的。因犯罪,朝廷削去官职,除了兵权,贬为庶人,前来求见。"门官说:"你原就是薛世子,犯法削职,令人快活。你可为忘恩负义之人,小姐救你两次性命,你三次休她。今来求见,有何话说?"丁山叫声:"大哥,不瞒你说,只为我犯了剐罪,亏得程千岁保奏,奉旨前来,请樊小姐破番邦,将功折罪。相烦与我通报一声。"

门官听了"奉旨"二字,不敢耽搁,禀知外中军。中军连忙传令,里面走出女中军,问道:"何人传声?"外中军说:"薛世子奉旨前来,请千岁爷出兵。故此传报。"女中军道:"且站着,待我通报。"进内衙禀知樊梨花。梨花听了,恨声不绝道:"你传话对他说,千岁亲奉圣旨,官封侯爵,永镇寒江,要操演人马,不得工夫接见。既然圣旨要我出兵,拿凭据来看。"女中军领命,出了私衙,叫一声:"外中军过来,千岁说:'既然如此,可有凭据?'"外中军、门官说了,丁山听见呆了,前日性急,不曾奏过。凭据全无,如何请得动她?今番空回,性命难保。只得硬了头皮,又要开言。只听三声炮响,就封了门。门军说:"薛世子,封门了,外面去,有话明日再禀。"丁山听了,只得回饭店安宿一宵,夜中想起樊梨花,"当日十分爱我,故此弑父杀兄,献关招亲。待我明日细告前情,他必然怜念,决是去的。"思想一夜不表。

次日天未明,丁山早早抽身,梳洗已毕,穿好衣服,来到辕门。只见大小三军,明盔亮甲,排齐队伍,伺候辕门。只听得三吹三打,三声炮响,大开辕门。内中传令:大小三军起马,往教场操演。那外面答应如雷,人人上马,一队一队,向前而行。后面许多执事,半朝銮驾,前呼后拥,樊梨花坐了花鬃马,头戴御赐凤冠,身穿蟒袍,腰束玉带,足登小乌靴,威风凛凛。

丁山不敢上前去禀,掩掩缩缩,满面无颜。却被小姐看见,说:

"中军官过来,问那青衣小帽是什么人,闯我道子,莫非奸细?与我绑入教场究问。"八人牌官,一齐答应,将丁山捆绑,带往教场。

梨花来到教场,三声炮响,大小三军分立两旁,一齐跪下。小姐下了马,升了演武厅,坐在金交骑。众将打躬,分立两旁。樊梨花传令带奸细过来。牌官答应,即将丁山放在案前。丁山吓得魂不附体,爬起身来,立而不跪。梨花大怒,喝道:"你这奸细,见本侯倔强不跪!"丁山说:"男儿膝下有黄金,怎肯低头拜妇人?我奉旨前来,你反面无情,不认得我么?"梨花说:"原来你就是忘恩负义的畜生!既说奉旨前来,圣旨在哪里?好设香案开读。"丁山无言可答。梨花说:"一派胡言。女兵们把这畜生打皮鞭一百。"两旁女兵一齐动手,将丁山吊在旗杆之上,皮鞭抽打,打得丁山叫苦连天,说道:"小姐饶命,虽是我忘恩负义,须看我父母之面,饶了我薄情之人。从今以后,再不敢了。"小姐铁面不睬。丁山打了五十,死去魂还,吩咐住手,旗杆放落丁山。小姐说:"旗牌官来,你将薛世子背负回家,调养好了着他回去见圣上,说千岁爷不奉诏书,断不出兵。"旗牌领命,背世子回到家中。丁山疼痛难当,恨恨之声不绝:"今日把我毒打,全没夫妻之情。嘎!我不仁,她不义,冤冤相报。我寻死罢了,又丢不下我母亲。"哭个不了。旗牌说:"世子,我劝你且免愁烦,不要悲痛。方才千岁爷叫我打发你回去,讨了圣旨,方许起兵。看你遍身打破,如何行走?且在舍下,调养好了再回去。"每日吃了些红花酒,大鱼大肉将养。

丁山身子好了,拜谢旗牌,作别起程。一路思想,心中好不苦楚。怎生见得圣上说?也罢,少不得一死,硬了头皮,一路回来,晓行夜宿,不日到了白虎关,营前俯伏。值殿军官启奏,天子宣召进营。丁山俯伏驾前奏道:"臣薛丁山,前往寒江关相请樊梨花出兵。她道我假称圣旨,并无凭据,将臣痛打五十皮鞭,不肯出兵。前来复旨,望王赦罪。"天子听奏,龙颜大怒,道:"朕前吩咐,若请不到樊氏，以正国法。"传旨："推出营前斩首。"御林侍卫遂将丁山绑了，推出营前。吓坏两旁文武，闪出军师徐梁，奏道："世子薛丁山，英雄无敌。国法该斩，臣保他七步一拜，拜到寒江，求得樊梨花回心，前来见驾出兵，以赎前罪。伏乞圣裁。"天子准奏，传旨放了丁山，丁山遂进营谢恩，出营又谢了徐梁。徐梁道："贤弟，我和你同是功臣之后，为国求贤，何谢之有？我在驾前保奏你七步一拜，拜上寒江关，恳求樊小姐出兵，圣上方赦你死罪。若请不到，其罪难免。"丁山流泪道："徐恩兄啊，可恨樊梨花，必要圣旨为凭。若无诏书，只怕求恳不动。"徐梁说："贤弟这件情由，怪你自己不是，不该三次休弃，怪不得她作难。圣上旨意，无非要你拜樊小姐回心，岂有圣旨与你？依我的主见，照七步一拜拜去，樊梨花起了怜念之心，前来见驾，也未可知。"徐梁说罢，别了回去。丁山好不沉闷，不敢回去见母，备了一只香几案，七步一拜。一路想起，好不伤心，拜得腰酸足痛，饥餐渴饮，吃了多少辛苦。

不表薛丁山路上之事，再言梨花打了丁山，旗牌调养好了，放了他，心中早已算定，差人打听。这一日，探子禀了小姐。小姐说："你到白虎关打听世子消息如何？"探子立起身，将此事细说明白。小姐说："如此，再去打听。"探子领命，小姐打发探子出去，心中不胜欢喜："想你前次休弃我，我今日三次难你。"遂即来到后堂。夫人说："我问你，丁山打了皮鞭回去，差人回来，说唐王把他什么样了？"梨花将差人之言说了一遍。夫人大喜："难得唐王与你出气。他七步一拜，前来请你，你须念公婆之情，依他恳求出兵便了。"小姐听了，把手一摇，叫声："母亲，冤家做得薄情，使我怀恨在心，还要弄他颠颠倒倒，才好心服。"不知弄出什么事来，且看下回分解。

第四十四回

难丁山梨花伴死　薛丁山拜活梨花

适才话言不表，再言梨花叫声："母亲，孩儿有起死回生之术，戏弄他一番。"夫人说："人死焉有回生之理？"梨花道："母亲，孩儿学庄子仙术，待孩儿诈死，传令三军，俱穿白衣，备俱棺木，将儿成殓。正堂可设具灵座，人人大哭，个个悲伤，候冤家到来，母亲还要假哭，痛骂他一番，埋怨他忘恩负义，好叫他心服情愿。"夫人听了，深信女儿变化，满口允承。小姐登时诈病，三日之后死了。三军闻知，均皆痛哭，挂白开丧，件件端正。此话不表。

再言薛丁山吃尽千辛万苦，登山涉水，七步一拜，拜得脚跟肿痛。若还不拜，其罪非轻。打起精神，一路拜来。看看将到辕门，只见辕门挂白，心中大惊："不知死了谁人？不免闯进去，问个明白。"手执香凳，那军士认得的，开言叫声："大哥，那千岁衙门死了哪一个？挂白在此？"门军听了，双眼流泪，叫声："世子，不幸千岁得了急病，三朝亡故了。"丁山听了，吃惊非小，跌倒在地，半晌方醒，叫声："天啊，我薛丁山何等命苦。吃辛受苦，拜到这里，只求小姐回心出兵，不料小姐急病而亡，怎好回复圣上？也罢，小姐虽然身死了，待我拜到灵前，诉明心迹，回去死也甘心。"门军听说，报知夫人，夫人吩咐开门。丁山哭拜进堂，见了小姐灵座，放声大哭，叫声："妻啊，我原自己不是，二次救我，三番休你，所以有此大祸。虽然小姐身死，怎好回旨，不知可有遗言么？"夫人在内听见，走出厅来，带泪骂道："无义畜生！害她身亡，还要在此假哭。与我打出去罢！"一班女将手执皮鞭，打将来了。丁山一见他们打来，转身就走，女将闭上内堂门了。丁山即啼啼哭哭，又被夫人数落一番，不敢讨遗表，只得再回白虎关。一路上许多苦楚，不表。

再言小姐重又开棺，对夫人道："孩儿诈死，难这冤家。只恐朝廷知道，有欺君之罪。不如先上表章，陈情说明，差人先去奏闻，朝廷决不加罪。"夫人道："我儿之言有理，赛过男子，神机妙算。快修表章。"小姐将表章写得情词恳切，甚是分明。内衙拜本，差人连夜起程，不分日夜，赶到白虎关下马，走入内衙，接本天官奏上。皇上见了樊氏奏表，龙心大悦，想西番有这等才女，要三难丁山。朕今用人之际，焉有不准，对程咬金称赞梨花能干。此话不表。

再言丁山一路辛苦，回到御营，哭诉天子。天子假意大怒："朕差你去请樊梨花，说没有凭据，不肯出兵。今次又着你拜上寒江关，为何说梨花身死？明明一派胡言。既然病死，没有遗表？只是怪你三番休她，难你忘恩负义。前日徐军师保奏，若请不到梨花，立行斩首，你还有何说？"传旨："将欺君杀父之罪，乱箭射死。"御林军一声领旨，将丁山绑在旗杆之上，专等行刑旨下。丁山吓得魂飞天外，魄散九霄。惊动了薛老夫人，同了两个媳妇、金莲小姐，看见丁山吊在旗杆之上，四十名弓箭手，扣弓搭箭，等候时辰到。夫人叫声："亲儿，你犯上逆天大罪。两次有人保奏，今番性命难保，叫为娘好不痛心也。你不该三弃梨花，冤仇不解。她今权在手，自然要报仇。指望养儿防老，谁知反送你终。"说罢大哭，姑嫂三人见了，犹如乱箭穿心，营前大哭。程咬金在旁暗笑，连忙御前保奏道："愿吾王准老臣之奏，再赦丁山，三步一拜，拜到寒江关，拜活樊小姐，方免其罪。此番若再请不到，老臣与他同罪。"天子闻言说："老王伯保奏当准。"程咬金谢王万岁，传旨立刻放绑。军士领旨，放了丁山。丁山又死中得活，进营面谢君恩，奏道："臣谢不斩之罪，望王付恩诏，使臣好拜上寒江，拜得她还魂，好领兵西进。"天子准奏，传旨：程老将军赍诏前行。丁山谢恩退出，辞别众将，如今三步一拜，一发难过。程咬金道："世子，老夫马上行得快。你步行，况且又要拜，是慢的了。你先动身，待老夫稍停一二日赶来正好。"丁山道："多谢老千岁。"依然营前拜起。

再言樊梨花正在府中，差官回来说明此事。梨花大悦道："三难冤家也不怕他不死心塌地，自然惧怕我，要他叩头拜回灵魂。"不表私衙之事。再言丁山三步一拜，正是六月炎天，拜得汗流如雨，看看又到寒江。只见后面来了一支人马，相近前来，抬头一看，原来恰是程老千岁奉诏到此。薛丁山上前拜见，咬金道："亏你后生家有此精神，三步一拜，拜得到此。若是我老人家，一拜也不能的。待老夫开读诏书，你慢慢前来，哭活樊小姐便好。"说了这二句，飞马即去。丁山听了，满腹疑心，想道："方才老千岁之言有因，难道小姐不曾死？我丁山仍有性命。"一路疑疑惑惑拜去。再言咬金到了关前，探子报进，说圣旨到了。老夫人冠带出来迎接，说明此事。且待负义丁山拜活，然后开读，咬金听说，言之有理，就在公馆住下。

再言丁山三步一拜，来到辕门，开言叫声："门军，快与我通报夫人。"夫人吩咐开门。丁山拜进内衙，对了灵座，双膝跪下，哀哀啼哭，诉说情由，皆认自己不是："望小姐前仇莫记，与你夫妻和好，以后再不敢得罪你。你阴魂必然晓得，早早还魂，同去朝见天子，救我一命。倘若再有差池，灵前立刻丧命。"说罢大哭，叩头不止。小姐棺中听得，只是不睬，丫环使女，见世子这般悲伤，尽皆下泪，看小姐怎样还魂。听得鼓打一更，丁山依然哭拜，但见灵幡肃静，并无人声。俄而二更，丁山哭叫不止。鼓打三更，已交半夜，丫环侍女，俱皆睡去，独留世子在此，起来拜倒，哭得疲倦，就在拜垫之上，蒙眬睡去。只见一阵阴风，鬼哭神号，丁山惊醒，立起身来道："小姐，你阴魂出现了么？待我到灵帏里面相会。"只见众侍女沉沉睡去，见了棺木，将身抱住，叫声："小姐，你阴魂来会我，我在此等你还魂。"忽见棺材盖悠悠揪起来了。丁山本来胆大，把棺盖揭开，只见樊梨花坐起来了，大叫一声："我好恨！"开眼一看，见了丁山，恨恨之声不绝。丁山大哭，忙扶起小姐，跨出棺材。那侍女丫环惊醒，看见了小姐，大家欢喜。忙请夫人，夫人假作啼哭，叫声："女儿，难得你还魂，叫娘好不欢喜。"丁山大悦，轻轻跪落，说："恭喜小姐还魂了。"小姐全然不理。夫人说："女儿，丁山虽然忘恩负义，幸亏朝廷伸你仇恨。如今消却前仇了吧！"小姐听了夫人之言，说道："既是母亲吩咐，孩儿从命便了。"只见丁山跪在地下，小姐大喝道："负心人！若不念圣上求贤之心，把你这个冤家，万剐千刀，方泄我恨。快起来，通报公馆，明日宣读圣旨，就此起兵。"丁山大悦，叩谢立起身来，却好天明。

夫人吩咐，去了灵位，以便迎接圣旨。丁山走出，报与老将军知道："那樊小姐被我拜活了，请前去开诏。"咬金听了哈哈大笑，说道："贤侄，你信服我么？你要真心诚意，自然拜活。"丁山道："多谢老千岁。"同老将军来到官厅，梨花接旨，开读诏书谢恩，然后与咬金相见，说："老千岁，前日玉翠山薛应龙，不服王化的草寇，被我用计擒他，认为世子，后因急变，又返上山中去了。今起兵西征，正在用人之计，我同老将起兵复旨，着丁山领兵一千，前去收服薛应龙，同来见驾。"程咬金说："小姐之言有理。"丁山不敢违令，领兵往玉翠山而行。不知后事如何，且看下回分解。

第四十五回

樊梨花登台拜帅　薛丁山奉旨完姻

闲话不表,再说梨花来别夫人。夫人流泪道:"儿呀,你要记着白虎关守将杨藩,他父杨虎,与你父亲相好,将你自幼来配他。后闻他貌丑,虽央求媒妁,而为娘做主,终不允承。今日匹配薛世子,杨藩必不甘休,他若有左道旁门之术,此去大要小心。"梨花道:"谨依母命。"遂叩别了夫人,同老将军点齐大兵,出了寒江关,往白虎关进发。

再言丁山到了玉翠山,放炮鸣金,惊动了山中巡哨,报进寨中,启道:"大王,不好了!有官兵杀进来了。"应龙听了大怒,结束披挂上马,带领喽啰,杀下山来,大喝道:"哪里来的官军,敢来送死么?"丁山听了,把马一拍,提枪喝道:"应龙!为父在此,招你入军,同往征西。"应龙猛听此言,满心猜疑,遂道:"休讨便宜,我家继父薛世子,官封二路元帅,正是堂堂将帅,领百万雄兵,好不威风凛凛。你是何等人,敢来假冒,讨我便宜,吃我一枪,放马过来。"将长矛挺起来了。丁山把戟架住,喝道:"休得无礼!为父便是薛丁山。因在白虎关射虎,误伤你祖,朝廷遂将为父官职削去,重用你樊氏母亲,封侯挂帅,统兵征西,罚我在帐前效用,今令我前来招你,一同征西，快随为父回营交令。"应龙听了，即忙倒戈下马，跪在地下，叫声："父亲，孩儿见父打扮不同，望爹爹恕罪。"丁山喜道："快随为父前去。"应龙禀说："孩儿前被爹爹绑出了辕门，惧怕而回。今后不敢去了。"丁山说："前事休提，今日不必惧怕。快随我去交令。"应龙听了大悦。立刻传令，带了喽啰，同了丁山，离了玉翠山，一路下来。

再言程咬金同樊梨花，入营朝见天子。谢了恩，山呼已毕，加封梨花，谢恩退出。进营拜见了夫人，夫人遂将前情细述，梨花也诉明因由。仙童等姑嫂三人，前来礼拜，叙了阔别之情。薛勇、薛猛兄弟也来拜见，梨花大喜，各赠黄金手镯，二人拜领。遂备酒筵欢叙。

再言丁山同了应龙，不一日来到营中，朝见天子，复旨谢恩。然后回到营内，见过母亲，一门尽皆欢喜。次日程咬金奉旨到营，合家见旨，皆跪下恭听宣读。诏曰："梨花英雄无敌，智勇兼全，恩封征西大元帅、威宁侯。薛丁山暂赦前罪，封帅府参将，帐前听用，就此完姻。"圣旨读罢，"谢恩。"请过圣旨，排香案供奉。咬金说："今奉旨完姻，大媒为主，趁今黄道吉日，当晚成亲。"梨花欢容满面。丁山暗想："薛应龙与他年纪仿佛，又且相貌齐整。想这贱人隔了二年，不要与她苟合。待我今晚成亲之后，看她完全不完全，就明白了。"此夜成了亲，归到营房，解衣宽带上了床上，将梨花两腿扳开，举起王英枪直闯辕门而入。梨花说："冤家，你惯战沙场的好汉，奴家未经破身的英雄，要缓缓而战。"丁山不应答，一枪直入。梨花大叫一声："痛杀我也！"丁山拔出枪来，将白绫绢拭好，拿来一看，多见元红，始悔前番错怪了她。丁山回嗔作喜道："小姐怕痛，免了罢。"梨花说："冤家今来试我，我岂不知。但得无疑我是败柳残花的，就罢了，快些睡罢！"丁山仍然上床，骑在身上大弄起来。梨花咬定牙根，痛死也不作声。此事已毕，丁山转言奉承梨花，稍释前恨，一夜欢娱不表。

次日，咬金对丁山道："此后小心，听候元帅呼喊，切勿倔强。"丁山道："这个自然。"再言梨花戎装上殿，当驾前挂了帅印，御手亲赐三杯御酒。梨花谢了恩，退出御营，来到将台，只见总兵官、游击、千把总、参将、参谋、都司、守备，济济一堂。这般武职，都是顶盔贯甲，一齐跪下，请帅爷登帐，梨花吩咐站立两旁。秦梦、罗章、尉迟号怀一班公爷俱到帐前，说："元帅在上，末将甲胄在身，不能全礼，就此打躬。"梨花说："列位王侯请了。本帅蒙圣恩拜为征西元帅，请众将各宜凛遵，听我号令。一不许奸淫放火，二不许纵兵掳掠，三不许畏刀避箭，违令者军法治罪。"当即点罗章为前部先锋，领兵一万去到白虎关；命秦汉、窦一虎领兵为左右翼，一同前去；后军点了丁山，又点小将应龙，为军前护卫；点尉迟号怀为头运解粮，二运点秦梦，三运点尉迟青山。诸将一声得令，出营上马，都是金盔金甲，领兵而行。梨花下了将台，令月娥、金莲、仙童、金定四员女将，领了大队人马，放炮起程。朝廷旨下，遂命程铁牛、程千忠父子二人，将薛元帅灵柩，同夫人护送至界牌关安顿，候平定西番，班师回朝归葬。二将领旨，到营中告知薛老夫人。夫人流泪谢恩。一同到白虎山山神庙内，将仁贵棺柩，移往界牌关。

　　再言罗章先锋，同秦、窦二将来到关前，一声大叫，说："快报与关主知道，早早出来会我。"小番报进，那关主杨藩，炼宝已成，伤痕平复，正要出关破敌。番儿报道："启上平章爷，不好了！唐王拜樊梨花为帅，有将在关外讨战。"杨藩听了大怒道："可恨这贱人，弑父弑兄，献关降敌，弃旧迎新，另嫁敌国，倒来攻关。"传命抬刀备马，杨藩披甲停当，上马提刀，带领三军，来到关前，吩咐放炮开关。一声炮响，关门大开，放下吊桥，冲到阵前。看见罗章头戴紫金冠，身穿白银甲，外罩白罗袍，坐下小白龙驹，手执梅花枪，面如冠玉，双尾高挑。见了杨藩，喝声："丑鬼！快下马受死，免得小爷爷动手。"杨藩听了大怒道："你乃无名小卒，快叫梨花贱人前来会我。"罗章听了，说："休要多言，看枪！"一枪直刺过来。杨藩把手中刀往枪上一架，冲锋过去，回转一刀，望罗章头上砍来。罗章把枪往刀上一抬，二人战了二十余合。杨藩见不能取胜，忙祭起飞镖，罗章抬头一看，见红光一道，直往面门上冲来，躲避不及，一镖正中肩膀上，坐不住马，仰面一跤，跌下马来。杨藩正待来取首级，被秦、窦二将抵住，有军士救回。梨花看见，忙取灵丹敷好，不一日痊愈。那杨藩见了二将，喝声："杀不尽的矮子，你今又来交战。"秦汉道："今番来取你性命。"棍棒交加，杀得杨藩招架不住，又祭起飞镖，二将看来不好，一个钻天，一个入地，逃走了。

杨藩收了飞镖，匹马杀到营前，大叫道："背夫另嫁的樊梨花，快快出来，与原配丈夫答话。"探子报进，恼了丁山、应龙父子，二人上帐，禀说："元帅，末将愿出去活擒杨藩。"梨花说："番将杨藩，指名要我出去，你父子二人与我掠阵，我当亲自出去会他。"随急披甲上马，手执双刀，冲出营来。杨藩抬头一看，见冲出一员女将。但见头戴金凤冠，雉尾高挑，面如西子，貌若昭君，有闭月羞花之貌，胜如月殿嫦娥，身穿锁子黄金甲，外罩绣龙袍，足穿小缎靴，坐下腾云马，手执双刀。两旁四员女将，后面大旗上，写着"大元帅樊"。杨藩见了大怒，恨不得一刀两段。及见了梨花容貌，倒觉满口流涎，说："好一块羊肉，却被薛蛮子夺去，今日必要活擒她回关，成就姻缘，方雪我恨。"

不知擒得来擒不来，且看下回分解。

第四十六回

梨花大破白虎关　应龙飞马斩杨藩

　　杨藩看见樊梨花，便道："我乃白虎关总兵杨藩。吾父杨虎，与你父同朝之臣，将你许配与我，十有余载，因两地远隔，未曾花烛。你我今已长成，正要央媒完娶，因国舅苏宝同，惹得唐兵西进，两下相争，蹉跎至今。你怎么弃了前夫，另嫁敌国？西番虽是夷虏之地，你也晓得读孔孟之书，会达周公之礼，一女何能匹二夫？纲常廉耻，休得乖乱，莫若随我回关，狼主决不治你弑父杀兄之罪，你去想一想。"樊梨花满面通红，喝道："丑鬼，对亲有何凭据？休得胡言！放马过来。"杨藩耐了性子道："梨花你与我交战，旁观不雅。我是男子汉，倒惧内不成？见你花容月貌，不忍加害，劝你复还原配，免得懊悔。"梨花说："不要多言，放马过来，吃我一刀。"举起双刀，劈面砍来，杨藩将大刀架住，骂道："贱人，不识抬举！我好意劝你，你反生恶心，既不罪你弑父杀兄，又来背夫乱性，真是红颜薄幸，妇人最毒。今日不斩你这贱人，誓不收兵。"忙隔开双刀，将大刀当头就砍来。梨花架在旁首，回转马来，将双刀如雪片舞来。杨藩急架相迎，两人大战，一来一往，战到三十余合，杨藩抵敌不住，带转马就走。梨花拍马追来，杨藩回头一看，见梨花追赶，忙祭起飞龙镖。梨花一看，见一道红光，直射下来，忙取出乾坤帕，往上一迎，只见万道毫光，把飞镖收去，大喝："丑鬼，还有尽数放来。"杨藩又祭起十二支飞镖，在空中飞舞，烈火腾腾，直奔梨花。梨花又将乾坤帕抛起，顷刻万道毫光，把十二支金飞镖，化为乌有。杨藩叫声："不好！"可惜炼就一年功夫，一日尽灭了。忙将身子一摇，现出三头六臂，身高数丈，手端六件兵器，复使阴兵杀上，只见鬼哭神号，都是蓬头赤脚，青面獠牙怪鬼，杀奔前来。梨花笑道："这些小技，可骗别人，我不惧你。"把手一指，数万鬼兵，反杀回本阵。杨藩一惊不小，番兵如飞而逃。杨藩见破了他法，带转马头就走，梨花祭起斩妖剑，将杨藩左手指头，斩了下来。杨藩大叫一声，负痛而走，收了法术，退入关中，将关门紧闭，敷好伤痕，打点明日出战，此话不表。再言梨花手下，月娥、金莲、仙童、金定四员女将，杀得番兵七零八落，得胜回营。众将上帐称贺不表。

次日天明，探子报进："杨藩又在营前讨战，大骂元帅。"元帅闻报大怒，率领众将出营，来到阵前，喝道："昨日饶你一死，今日又来讨战，只怕性命难逃。放马过来。"杨藩也不答话，抢动大刀砍来。梨花拍马相迎。战至三十合，又不能取胜，回马大败，梨花在后追赶。杨藩祭起金棋子，亮光万道打来。梨花向身边取出金棋盘祭起，也有万道金光，棋子落在盘内，犹如铸就一般。杨藩哪里晓得，又把金棋子打来，仍然收去。一连发了三十六个金棋子，都在盘上贴定，拿移不动。梨花收完了棋子，重又杀出，说道："你的棋子都被收了，还有什么宝贝？再放出来。"杨藩听了，魂飞天外，叹道："把我两件宝贝，俱皆收去，今如何是好？"又把身子一摇，现出三头六臂，阴兵依旧杀来。梨花将一个葫芦揭开盖子，放出无数火鸦，把阴兵杀得无影无形。杨藩叫苦连天，正要逃走，梨花祭起飞刀，将杨藩右手指头砍下来，一连几刀，连臂膀也砍下来。杨藩跌下马来，痛倒在地，梨花双刀正要斩他，忽听后面鼓声如雷，回头看见丁山督阵，擂鼓助战，暗思："杨藩虽未成亲，幼时却被爹爹误许姻事。"见了丁山，心中倒觉不忍，意欲释放。早被薛应龙赶上，手起刀落，将杨藩杀死。头上一道黑气冲出，直奔梨花，梨花一阵头晕，跌下马来。四员女将，直冲出去，救回营中。只见元帅面上失色，众将上前问安。你道为何？这是杨藩阴魂在樊梨花腹中投胎，后来生下薛刚，薛刚闯祸，害薛世满门三百余口在武则天手内。此是后话不表。梨花传令抢关，众将得令，一齐向前，杀奔关来。番兵见无主将，闭关不出，俱往沙江关去了。番民香花灯烛，出迎元帅，元帅人马进了关，接了圣驾，在帅府驻扎，百官朝贺，出榜安民。遂传令招抚，所管地方官，尽皆投降。停留半月，辞王别驾，起了大队兵马，离了白虎关，望西进发。

有一个多月，尽是黄沙扑面，好不辛苦，不觉来到沙江渡口。有探子报说："沙江有百里之遥，并无船只，请元帅定夺。"梨花闻报，遂传令扎下营盘，不许乱动，便令秦汉："飞过沙江，劝番民放船过来，渡我兵过江，好打头关。"秦汉领令，戴了钻天帽，片刻飞过沙江，落下地来。只见那番民凑集，买卖生意，与中国一样。那些船上插了红旗，十只一队，共有四百余号，停泊江口。秦汉一想："我奉将令前来诱骗，用怎样办法，如何说得他们过去？"正在踌躇，忽见一队番官，手拿令箭，说与众船道："大老爷吩咐，大唐兵马已到江边，船只不许私开，违令者斩。"众船得令。秦汉心生一计：扮做番军。见番兵皆喂马料，三个成群，四个一队，或斗牌，或闹酒，营房内不见一人。遂将一副衣帽穿好，到一酒店门首，问道："店家，将爷可在这里吃酒么？"店家说："拿令箭的官儿，在楼上吃酒，寻他请进去。"

秦汉听了，来到里面。走上楼中，只见番官吃得半醉，衣帽脱在旁边，那番官见了秦汉说："你是哪个帐下来的？"秦汉哄说："我是大老爷手下的长随，奉将令扮做小军，探听军情。爷是哪一处的？"巴都儿官番官说："我是大老爷的亲随，不认得你呀？"秦汉说："小可是新充的，不曾拜会。我和你同饮三杯，叙个相识，小可做东。"番官道："说哪里话，自然俺家做东。"二人畅饮。秦汉说："巴都哥，这支令箭，做何公干的？"番官道："你还不知？"秦汉道："小可新到，所以不知。"番官说："我关主将是白虎关杨藩的父亲。因樊梨花降唐，打破了白虎关，将小将杨藩杀死，主将要与儿子报仇，差人往白狼山请红毛道人，并黑脸仙长。因二位仙友，神通广大，早晚必到。犹恐唐兵渡江，差我往各船去吩咐，不许开渡。"秦汉说："原来如此。巴都爷请用酒。"番官竟吃得大醉，伏在桌上睡了。

秦汉即换了他的衣服，拿了令箭，走下楼来，对店家说："有一锭银子在此，你收着。我有伙伴醉在楼上，我有公干去了。"酒家见了银子，说："请便。"秦汉出了店门，来到江边，对众船军说："大老爷有意降唐，吩咐四百号江船，连夜渡载唐兵过江，违令者斩。"众船军都说："稀奇！一日之间，两样吩咐。早上说不许开船，如今又要连夜过江。"秦汉说："你们休管闲事，快些开船。"众船军依令，立刻开船，扯起风帆，滔滔去了。秦汉大喜，脱了衣帽，撇下令箭，飞过江来。此话不表。

再言番官醒来，立起身来，不见了衣帽、令箭，忙下楼问了酒家。酒家说："方才那一位爷，留下一锭银子在此。穿了衣服，到江边去了。"番官听说，魂不附体，说："不好了，中了唐人奸计了！"说罢急忙赶到江边一看，大惊失色，说道："该死了，船一只都没有了。为何衣帽、令箭在江滩上？幸喜无人拿去。"忙穿好衣帽，手执令箭进关，蒙混交令。不知后事如何，且看下回分解。

第四十七回

梨花破关除二怪　秦汉借旗收双徒

却说沙江关主将杨虎，深恨樊梨花不忠不孝，杀子之仇尤深，又闻兵临江边，恨不得活擒梨花，取出心肝，以祭吾儿，方消此恨。忽报红毛道人、黑脸仙长请到了。杨虎大悦，出关迎接，接进官厅见礼，分宾主坐下。二位仙师说："今蒙见召，有何话讲？"杨虎长叹道："奈因小弟单生一子，被恶媳梨花所杀。特请道友来此，共擒此贼人，与儿报仇，方泄我恨。"二人听了，恨道："不消道友烦心，要报此仇，有何难处，都在我二人身上。"杨虎大喜，设筵相待。

秦汉见各船俱已渡江，飞向营中缴令，细说此事。梨花大喜，即令三军连夜准备，候江船一到，即要开船。众将得令，各预备停当。将及半夜，船只已到江边，一字排开。元帅传令，趁此明月，即速下船。众将得令，一齐下船，来到西岸。令先锋罗章打关，金鼓连天，炮声不绝。番儿报进，杨虎大惊，说："这事奇怪，我已传令江船，不许过江，唐兵从何而来？"传令番官处斩，即出关迎敌。二位道人说："且免出兵，待贫道先上关去，略施小计，杀他片甲不回。"杨虎说："既然道友有计，相烦立刻开兵。"那道人来到关前，披发仗剑，扬尘舞蹈不表。

且说罗章杀到关下，只见一阵狂风，飞沙走石，天昏地暗。吓得罗章胆丧魂消，三军自相践踏。见两个道人，骑了白鹤，落将下来，大喝道："唐将休走，吃我一剑！"罗章招架不住，拍马而逃。两个道人在后追赶。后军飞报元帅，元帅大怒，率领四员女将，向前放过罗章。上前迎住，念动真言，喝散飞沙走石。道人大怒，喝道："你是何人，敢破我术？吃我一剑。"梨花看见两道人：一个面如茄子，红须红发；一个面如黑漆，青发青须，眼睛也是青的，仗剑杀来。月娥飞马过来迎住，仙童忙来助战，杀得二道汗流浃背。金莲、金定也上前围住，两个道人哪里招架得住，大败而走。四人在后追赶。那红毛道人，现出一条火龙，用烈火烧来，烧得四人败阵逃回。梨花看见，把手一指，有万丈水冲出，将烈火浇灭，火龙大败要逃。梨花喝道："往哪里走！"拍马追来，黑脸仙长抢出，说："休伤我道友。"仗剑拦住。梨花手舞双刀来战，杀得他尿屎直流，摇身一变，现出四手八脚，一只螃蟹，口中喷出涎沫，顷刻大雾连天。梨花倒吃一惊，拍马如飞，回转营中。

黑脸道人收了法术，与红毛道人一同进关。杨虎迎住，说："有劳二位道友，今日出阵，胜负如何？"红毛道人说："樊梨花果然神通广大，我将烈火烧她，她将倒海之术浇灭。幸道友用雾迷她，不然，怎得收兵。"老将听了，叹口气道："久闻樊氏厉害，不能报仇，势不两立。"即令家中护送夫人回国。家将领命，遂与夫人流泪而别。杨虎全身披挂，同了二位道人，放炮出关，赶到唐营大骂，梨花倒觉羞惭。应龙上前说："母亲，老匹夫如此无礼！辱骂母亲，孩儿出去，斩此匹夫。"梨花说："我儿出去，须要小心。"

应龙得令，上马提枪，冲出阵前，喝道："老匹夫，你骂哪一个？吃我一枪。"杨虎把大刀迎住，一场大战。秦汉、窦一虎二将，见应龙枪法散乱，拍马来迎。两个道人敌住，祭起火球，打中秦汉面门，仰身跌倒。道人仗剑要砍，被一虎救回。复出阵来，道人又祭起火球，一虎地行走了。梨花出阵，对杨虎说道："老将军，天命归唐。征西一路，各处关头，降者降，死者死，劝你归顺天朝，免得生灵涂炭。"杨虎骂道："小贱人，恨不得把你千刀万剐！反来说我投降，吃我一刀。"把大刀往面门砍来。梨花双刀来迎，战了三十余合。旁边恼了金定，提起五百斤大锤，照杨虎头上一锤，打得脑浆迸出，死于马下。两个道人赶出，怒道："伤我道友。"仗剑砍来。二员女将迎住，红毛道人祭起火球，被梨花乾坤帕收去。道人现出原形，乃是一条火龙，大火球烧来，那金定回身逃走。梨花念动真言，顷刻大水冲到，四海龙王将火龙围住，不能脱逃，被梨花飞刀斩为两段。半段飞入中原，半段飞入西番，后为混世魔王。那黑脸道人见了，骂道："贱人，连伤我两道友，与你势不两立！"仗剑砍来。梨花又放飞刀，道人慌了，口吐雾沫，将天遮瞒，伸手不见五指。梨花无法，退兵十里，渐见天日。众将逃回缴令。梨花道："大雾迷天，怎得抢关？"月娥道："我师父有五灵旗，能破雾沫，差将前去借得旗来，可除妖道。"梨花大喜，即令秦汉往金刀圣母，求取五灵旗。

秦汉得令，戴上钻天帽，如飞而去。经过一高山，见有两员小将，各带兵马，旗分红白，在山上大战。秦汉飞下说："二位将军不必相斗，有话问你。这样年少英雄，不去干功立业，野战何益？"二将住手问道："你从空飞下，是神，还是鬼怪？说个明白。"秦汉道："我不是神仙，不是鬼怪，乃是王禅老祖弟子，姓秦名汉。随驾征西，路阻沙江关，有妖道喷雾迷人。奉大唐元帅将令，往金刀圣母借旗，从此经过。今见二位英雄，何不随我同去征西，建功立业。岂不为美！"二人听了，下马便拜，说："我姓刘名仁，他姓刘名瑞，均是大汉之后，伐匈奴到此。此间有东西二山，各人把守。他要占我东山，故此相斗。天幸相遇，愿拜为师。"秦汉大喜，收为徒弟，说："待我借了旗回来，同你去见唐王便了。"二将依言，各自回山，收拾人马等候。秦汉仍飞上云头，片时来到竹隐山仙人洞，只见洞中走出两位仙姑，手提花篮。秦汉上前说："烦二位仙姑通报圣母，说王禅老祖弟子秦汉，要见圣母。"仙姑听了，说："原来是刁家妹子之夫秦汉，请说明来意，方可通报。"秦汉说："因奉樊元帅将令，为蟹雾迷阻沙江关，不能进关。我家月娥，说圣母有五灵旗，能灭雾沫，特来求取。除了妖道，即当奉还。"仙姑听了，说道："稍等，待我前去禀知师父。"入洞中来蒲团前说："师父，外面有王禅老祖徒弟，奉樊元帅令，来借五灵旗，去破雾沫。现在洞外伺候。"圣母道："命他进来。"仙姑出来，遂引秦汉来到蒲团之下，见了圣母，跪下说："弟子秦汉拜见。愿师父圣寿无疆。"圣母道："你之来意，我已深知。"取出五灵旗付与秦汉，说："要破雾沫，将旗一展，他性命难逃。"

秦汉拜谢出洞，飞上云端，望着高山飞下。刘仁、刘瑞接着，秦汉说："我先去缴令，你们随后就来。"秦汉飞向营中，说知前事。元帅大喜，传令打关。黑脸道人仍喷出雾来，元帅将旗一展，只听得霹雳一声，雾散云开。众将一看，忽有簸箕大一只死蟹。元帅大喜，吩咐抢关，那番兵倒戈投降。元帅进了关，一面上本报捷，一面出榜安民，又望空拜谢圣母，招降安抚番兵，停留半月。

有探子报道："关外有二员小将，领部卒一千，说是秦将军新收的徒弟，要来投见。未奉军令，不敢放入。"元帅道："命他进来。"刘仁、刘瑞进了帅府，参见元帅。元帅见二人一表人物，心中大喜，遂对秦汉说："他二人是你新收的徒弟，带领本部人马，到你营中学习，立功之日，奏王加封。"秦汉得令，同二人一起拜谢。众将称贺不表。

次日二人拜见了刁月娥，于是二人尽心学习兵法，刘仁后来与天竺国公主银杏成亲；刘瑞与真童国公主金桃完婚，此是后话。这一本是秦汉收徒弟团圆，欲知樊梨花征西后事如何，且看下回分解。

第四十八回

凤凰山番将挡路　薛应龙神女成亲

话说樊元帅得了沙江关，秦汉收了刘仁、刘瑞为徒，养马三日，查明国库钱粮，起兵西进。仍点罗章为先锋，秦、窦二将为左右翼，大兵五十万，放炮三声，离了沙江关，望西进发。一路上旌旗浩荡，兵将威风，行来尽是沙漠之地。走了半个多月，来到凤凰山。山上有一关寨挡住，传令扎下营盘。一声炮响，营盘扎得坚固。令罗章明日到关讨战，众将得令，放炮停当。此话不表。

且说凤凰山守将，乃是国王御弟，姓乌名利黑。身高一丈，红脸黄发，眼如铜铃，两臂有千斤之力，用两支竹节钢鞭。得异人传授，随身有一件宝贝，名曰"追魂伞"。闻知西番失了许多地方，番儿报说："唐朝人马已到山下。"忙同众将至山下，将唐营一看，果然扎得坚固，号令严明。对众将说："果然樊梨花名不虚传，深通兵法。趁她兵马初到，兵将劳顿，攻其无备，今夜劫她营寨，挫其锐气。"诸将说："千岁神机妙算，我等候令。"乌利黑大喜，回身升帐，点左右先锋蛮子海、蛮子牙："你二人带领兵马一万，下山埋伏山林，听号炮一响，率兵杀入唐营。我有兵接应。"二人得令，领兵下山去了。自己全身披挂，骑上红鬃马，率领铁骑，下了凤凰山，偃旗息鼓而来。

再言梨花在营中，同众将赏月，忽听一阵风来，将灯吹灭，元帅大惊。丁山道："这阵大风，须防今夜番兵劫寨。"元帅点头说是，传令众将，休得卸甲离鞍，调遣众将，营外埋伏，留下空营。众将得令，各自去了。且说乌利黑率领众兵，三更时候，炮声一响，杀入唐营，不见一人，只有空营，大叫："中计！"传令将前军作后军急退，唐兵听得炮响，各路杀来。应龙正迎着蛮子牙，罗章正迎着蛮子海。二人心急慌忙，枪法散乱，被应龙、罗章刺死，一万人马杀死大半。丁山冲入中营，正遇着乌利黑，枪鞭并举，两人大战。又来了应龙、罗章二人敌住，乌利黑全然不惧，又见四面八方齐杀来，看来难敌，虚晃双鞭，杀开血路而走。应龙喝道："番奴往哪里走？"随后追来，追到凤凰山谷中，却不见了乌利黑。回头又见乱石塞断路口，心中大惊，东奔西走，无路可通。守到天明，再回营去。

再言乌利黑入丁山谷之内，却自收拾残兵回凤凰山去。唐兵杀上山来，矢石如雨打下，梨花鸣金收军，计点军士，不见了应龙，即令明早去寻。次日探子报进："乌利黑在营前讨战！"元帅问道："哪位将军出去，擒此番奴。"早有罗章应道："小将愿往。"元帅道："先锋出去，须要小心。"罗章上马提枪，冲出阵前，见了乌利黑，大喝道："番狗昨日败去，今日又来送死，快快下马受缚，免吾动手。"乌利黑大怒说："唐蛮子休得夸口，放马过来。"一鞭直向罗章打来。罗章把枪架住，两下大战一场，战到一百余合，不分胜负。

元帅令秦、窦二将出阵助战，要活捉番将。出战，喊道："罗先锋，我二人来活捉这厮，回营请令。"乌利黑听说大怒，奋舞双鞭，敌住三般兵器，又战了数合，不能取胜，虚晃一鞭，冲开阵脚，大败而走。秦、窦二人不舍，飞赶说道："红脸番贼慢逃，吃我一棍。"那乌利黑回头一看，见二将追来，心中大喜，背上取出一柄宝伞，撑将起来，一摇，二将都跌倒在地，番将抢出绑好，乌利黑打得胜鼓回山。罗章欲要来救，见宝伞厉害，不敢向前，只得收兵回营，禀知元帅。元帅惊道："吾知此伞厉害，不敢向前，但他怎样拿人？"罗章说："小将三人大战，番将诈败而走。窦、秦二将追去，他将一柄宝伞，撑开一摇，只见花花绿绿，二将顷刻跌倒，被他捉去。小将想来，必是'追魂伞'，不敢去救，特来报知。"元帅道："尚未夺得此山，反失二员大将。想秦、窦二将，俱有法术，必致无害。但本元帅不知应龙下落，如之奈何？"吩咐紧闭营门，众将得令，坚闭营门。

且说秦、窦二将，被追魂伞摄去魂魄，一时三刻，才醒转来。见番将高坐将台，小番报道："启上大王，昨夜唐营小将，困于东山，他骁勇无比，几次扳藤上树，幸是山高岭峻，不得上来。请千岁爷定夺，如何处置？"乌利黑道："不妨，待过了五七日，他自然饿死，何消处置。但将捉来二将，推来见我。"小番将二将推来台前，立而不跪。乌利黑喝道："你两个矮子，既被擒来，为何不跪？还是愿降，还是愿死？快快说来。"二将厉声道："我二人乃唐朝大将，岂肯降你这番奴？要杀就杀，不必多言。"乌利黑大怒，喝令："推出砍了！"小番将二人推出，正要下刀。只见窦一虎往地中去，秦汉往上一纵，上天去了。小番看见，尽皆呆了，忙来报知大王，大王大惊道："怪不得唐兵厉害，军中有此异将，所以西番失了许多地方。今日逃去，明日又来，立即斩了，方除此害。"

再言二将一个钻天，一个入地，逃回营中交令。元帅正在纳闷，忽听二将回营，心中大喜，说："已知二位将军神术，不知怎样逃回。"秦、窦二将，遂一一说明。"小将军也有消息，昨日已饿了一天，快定计救他性命。"元帅说："既有消息，烦窦将军准备干粮，前去救他。烦秦将军去盗'追魂伞'，好破他的兵。进了凤凰山，其功不小。"秦汉道："这个何难，也曾盗过飞钹，盗过摄魂铃，料这柄伞又有何难？管叫手到拿来。"元帅说："须要小心。"二将领命，分头而去。

再言凤凰山谷中，有一仙女，与薛应龙有七宿姻缘之分，见应龙被困凤凰山谷中,想他前生乃芦花河水神,在王母面前调戏于我,贬下凡尘。遂化成园林一所,等候应龙。应龙在山谷中,困饿一日,听得山头笑话之声。抬头一看,见一班仙女,在山上玩耍,叫道:"姐姐们,救我一救。"梅香道:"你是何人?何故在此?"应龙道:"我乃大唐小将薛应龙,被乌利黑困住在此。如今乞救一命。"使女回禀与仙女。仙女道:"你去对他说,我家公主乃乌利黑之妹,立愿要嫁唐将,你若肯从,救你上来。若不允从,饿死在谷内。"梅香领命转达,应龙即满口应承。遂即放下红绫索,救起应龙。来到亭前,见小姐有倾城之色,又许他招亲,称心满意了,忙上前见礼,说:"小将薛应龙征西到此,困入谷中,承小姐相救。又蒙许以婚姻,小将不才,敢不从命。"小姐微笑道:"我自愿要招中国人物,今日天喜相逢,三生之幸,伏祈勿却。"应龙道:"即蒙美意,何敢不从,趁此良辰,共应花烛。"于是二人就此成亲。真是郎才女貌,春宵一刻,千金难买,此话不表。

　　再言一虎,奉了将令,地行到谷中,伸头一望,并无音信。找到晚来,一轮明月当空,四处呼唤,不见人声,心中想道:"莫非不在此间,抑或有变?睡他一觉,等待明日再寻便了。"

　　再言秦汉飞到番营,听得乌利黑吩咐众将,严守关寨,遂把宝伞系在背上,不脱衣甲,和衣睡了,鼻息如雷。秦汉见帐中灯烛辉煌,幸无人声,遂飞身下来,悄悄潜入帐中,见防护军皆在地下打息,乌利黑隐几而卧,心中大悦。见伞在背上,要动手,谁想伞上铃响起来,乌利黑惊醒了,叫声:"不好了,有贼盗伞了!"喊声未绝,防护众军围上。秦汉措手不及,被乌利黑擒住。要知秦汉性命如何,且看下回分解。

第四十九回

月娥摇动摄魂铃　梨花灵符破宝伞

却说秦汉盗伞，摇动铃响，被乌利黑捉住，众将将他绑了。乌利黑道："这矮子有钻天之术，将他锁在旗杆上，不怕他连旗杆一齐拔出。"众将得令，将秦汉吊在旗杆上，等到天明。次日到营前骂道："不中用的蛮子，怎么使矮子来盗我宝伞，被我拿住，吊在旗杆上，待拿齐众蛮，然后开刀。若有能人会我，快些出来。"刁月娥听见丈夫被捉，忙上帐讨令，愿出营会他。元帅说："须要小心。"月娥得令，全身披挂，手舞双刀，骑上青鬃马，冲出阵前。抬头一看，见乌利黑面貌凶恶，遂大喝道："番奴休得无礼，快快还我丈夫，万事全休。若有半字不肯，将你凤凰山踏为平地。"乌利黑见刁月娥十分美貌，笑道："好一位佳人，为何配了矮子？"叫声："娇娇！你丈夫吊在旗杆之上，不若嫁了我罢。"月娥大怒，手舞双刀，劈面砍来，乌利黑说："好一个不中抬举的妇人。夫人不要做，倒要跟这丑汉。"将双鞭迎住双刀，一场大战。元帅放心不下，令仙童、金莲二人掠阵。那秦汉在旗杆上，口中念动真言，铁锁即开，遂拍手哈哈大笑道："番奴我去也。"看守番卒，吓得魂不附体。乌利黑看见，鞭法大乱，虚晃一鞭，败下阵来。月娥心中想道："先下手为强。"遂取金铃在手。乌利黑也撑开宝伞在手，说："休得追来，宝贝来也。"月娥说："我也有宝贝在此。"两人各自摇动，各人俱跌下马来。仙童飞马直冲，救了月娥，那边番将也救了乌利黑，各自回营。元帅听了十分烦恼，说："这伞如此厉害，摄去月娥灵魂，怎生是好？"

正在此言，一虎回营，说："昨宵备带干粮，到谷中寻觅小将军，遍处不见，特来回令。"元帅不悦道："窦将军，此事如何是好？"秦汉回营上帐："元帅不必忧愁，月娥娘子不久就醒转来的。待末将再去盗他宝伞，破之甚易。小将军自有下落。"元帅听了喜道："秦将军若盗得伞来，破了凤凰山，寻到孩儿，其功不小。"说毕，月娥醒将过来，遂摆筵压惊。

当夜三更时分，秦汉仍到番营，乌利黑伏几而卧，伞依旧背在身上。心中想道："若要解伞，铃又要响起来，怎能盗得到手？不如将衣襟扯下一幅撕碎，塞了铃口。"轻轻解下伞来，取在手中，喜之不胜，心中想道："若盗了就去，非为好汉。来的明，去的白，叫醒他好去。"把手向桌一拍，喊道："番奴，有刺客来了。"说罢腾空去了。乌利黑忽惊醒，叫道："有贼！"众将俱来防护。乌利黑把双眼拭开，说道："你们可曾见有刺客么？"众将道："小将等环立在此，未见有刺客。"乌利黑道："方才梦中听桌子一响，叫道'刺客来了！'如何你们不见？"众将听说，忙往帐外一看，听得云端里笑道："我是秦将军，要刺番奴，今晚且取此伞，明日来取你首级。"说完去了。吓得众将魂不在身，将言回复乌利黑，说："不是刺客，就是昨夜那盗伞的矮子。他说明日来取大王首级，岂不是祸事么？"乌利黑听了，果不见了背上宝伞，笑道："幸我有先见之明，将真伞调换。若盗了真伞去，凤凰山就难保了，须要防他明日再来行刺。"众将乱到天明。次日饱餐战饭，率领众三军下山，杀至唐营，指名道："矮将出来会我。"秦汉忙上帐讨令道："他伞已没了，今还来送死，待小将擒来。"元帅应允，秦汉来至阵前，喝道："番奴，你宝伞已失，敢来送死么？"乌利黑道：

"盗伞贼不必多言，吃我一鞭。"秦汉将狼牙棒迎住，两下大战。月娥见丈夫出阵，讨令助战，秦汉夫妻与乌利黑大战三十回合。月娥知他宝伞已失，放开胆量忙取金铃在手，正欲摇动，只见乌利黑又有宝伞撑开，各人摇动，三人俱跌下马来。众将抢上，救回月娥夫妻。番兵救了主帅回山。梨花听了大惊道："原来昨夜盗来的伞，乃是假的。他有此妖术，大兵焉能西进。"说毕，秦汉夫妻醒转，上帐禀说："要破此伞，待小将去见师父。"元帅依允。

秦汉戴上钻天帽，飞上云端，不一时，早到了仙山洞。王禅老祖驾坐蒲团，早知此事，命童子出洞，"唤师兄进来见我"。道童奉命出来，果见秦汉，说道："师兄，师父昨已晓得，唤你进去。"秦汉听了大喜，同进洞府，来至蒲团前，倒身下拜。拜毕，王禅老祖说："徒弟，你此来何为？"秦汉将"追魂伞"厉害，乌利黑兵阻凤凰山，不能西进之事说了，"弟子奉元帅将令，特来叩求师父破伞之计"。老祖道："此伞易破。我有灵符十二道，你拿去，上阵之时，放在盔内，此伞立破矣。"秦汉大喜，接了灵符，别了师父，出了洞口，飞上云端。不多一会儿，来到唐营帐下，禀知元帅，说明此事，元帅大悦，传令三军："准备叫战，秦汉、一虎二人速去讨战，我自有兵接应。"二将得令带领兵马出营去了。又点先锋罗章、秦梦、丁山、刘仁、刘瑞，点女将金莲、月娥、仙童、金定，头上皆带灵符，梨花亲率大兵直杀至山下。乌利黑正与秦、窦二人交战，看见四面八方，团团围住。元帅传令，休放他走了。乌利黑杀得走投无路，又将宝伞摇动，见唐将全然不觉，越添精神，乌利黑大惊，杀开血路而逃，被梨花祭起飞刀，红光一闪，斩为两段。番兵见主将已死，皆下马投降。元帅遂上山，出榜安民，盘查各库，又令秦、窦二将："再往谷中去，寻觅小将军。"二人得令。

再言薛应龙与小姐在花园成亲，不觉七日，已了夙愿。遂备饯行酒席，叫道："郎君，奴非番邦之女，我乃此山仙女。只因与你有七宿仙缘，但天机不可泄露。愿郎君莫负奴心，你母亲已将乌利黑杀了，占了凤凰山，命秦、窦二将前来寻你，须保重向前西进。"应龙听了，双眼流泪，叫声："贤妻，我和你恩爱夫妻，不想今日就要离别。望妻渡我成仙，一同去吧。"小姐道："郎君，天命难违。"不能同去，二人执手依依，叫声："郎君，非是奴心肠硬，你不必留恋，快快去罢。"应龙只得带泪拜别，那小姐送出园门，忽然一阵狂风，飞沙走石，少停风息，不见了花园并神女，却在荒山之中。应龙想道："这也稀奇，难道我学了刘晨、阮肇，误入天台，得遇仙姑，结了姻缘？他说我母亲已斩了乌利黑，差人寻找我。待我拭干眼泪，好去会她。"恰好秦汉来了，叫声："小将军，你一向躲在哪里？再寻不着。"应龙说明此事，二人大喜。秦汉笑道："师兄，想为人在世，相貌要生得齐整。我和你前世未修，做了矮子，要对亲，就吃了许多辛苦，央亲眷，托朋友，方能成亲。你看这小将军，生得一表非凡，神女也动起火来。不费半点功夫，就做了亲。"一虎叫声："师弟，闲话不必说了。快去同小将军去见元帅，好起兵西进。"应龙道："此言不差。"三人一路上飞步而行，来到山上，进营拜见母亲。梨花大喜，叫声："我儿，你在谷中，为娘差人寻你，因何今日才回？"应龙就将前事细说一遍，梨花说："仙缘巧遇，甚为奇事，不必挂怀。待征西平定之日，另觅一个美貌媳妇配你。"应龙说："多谢母亲。"元帅差官修捷书申报天子，一面传令拔营西进。放炮起程，离了凤凰山，一路上望西前进。不知后事如何，且看下回分解。

第五十回

捆仙绳阵前收服　救龟蛇二将腾空

却说樊元帅离了凤凰山，率领大兵往西而来，来到麒麟山，遂传令扎下营盘，明日开兵。放炮一声，齐齐扎下。且说麒麟山守将苏文通，乃苏宝同族弟。闻小番报道，凤凰山已失，唐兵到此，忙令："山上多加灰瓶、石子，小心保守。若有人来讨战，速即报我。"众将得令不表。

次日樊元帅升帐，点齐兵将，说："今日哪一位将军去讨战？"早有一虎应道："小将愿去取关。"元帅说："将军此去，须要小心。"一虎得令。遂率同部兵出营，上山讨战，喊道："山上番狗，快报与主将知道，说大唐兵马来至，快快献关。若言不肯，打进关来，鸡犬不留。"骂声不绝，早有番奴报入帅府禀道："国舅爷，不好了！关外唐将讨战，骂不绝口。"文通听了大怒，吩咐备马抬斧，立刻披甲上马，放炮开关，带领兵卒，亲下山来，冲到阵前。一虎见来的番将，生得尖嘴鬼脸，青面黑须，眼如铜铃，声如破锣，头带虎头盔，身穿黑金甲，手执宣花斧，坐下花斑豹。拍马前来，竟不答话，将斧往一虎面上砍来，一虎将棍抵住，战有三十余合，忙取出一柄扇子，名曰"羽翎扇"，照一虎头上一扇，一虎叫声"热杀我也！"往下一钻去了。一连几扇，连地皮都扇热红起来了。一虎地中走了数十步，始无热气。回到营中，上帐禀知元帅，说："此扇厉害，幸亏小将去探阵，被他一扇，我就逃回地中，尚且几乎热死。若别人去，恐化为飞灰，元帅能除此扇才好。"梨花听说："谅众将不能除此火扇，待我亲出以水破之。"传令众将，一同出阵。文通看见，连声喝彩："好一个美貌佳人！"叫一声："女将军，留下名来。"梨花喝道："本帅乃大唐征西大元帅威宁侯樊。"文通喝道："反贼！你果然名不虚传。你枉有这般美貌，何不送进国王做个妃子，岂不富贵。反降敌人，今日须听我言，早早改邪归正。"梨花听了大怒，喝声："匹夫，休得胡言，放马过来。"将双刀砍去，文通气力不加，架不住了，忙向身边取出羽翎扇扇起，顷刻烈火焚来。梨花念动真言，忽然北海水护了唐营，文通看见面前都是大水，吓得魂不在身，拍马便走，被梨花祭起飞刀，斩为两段。

梨花收了羽翎扇，退了北海水，点齐人马，正要上山破寨，只见山头上飞下一个道人，身穿八卦衣，绿豆眼，尖嘴青脸，手执一把宝剑，大怒道："梨花小贱人，我和你皆是道家弟子，怎敢连伤我两个徒弟，今日替他报仇。"梨花笑道："我何曾认得你两个徒弟？你是何方妖物？敢出此言。"道人道："我乃八卦道人，当初在武当山，你师父黎山老母也曾见过。我家徒弟，就是凤凰山乌利黑及苏文通，俱被你斩了，全不念道中情面。快偿他们命来。"梨花道："他二人自取灭亡，与本帅无干。况天命归唐，仍执迷不悟，连你狗命难逃。"道人大怒。仗剑砍来，梨花用刀架住，两下交锋，剑去刀迎，刀来剑架。战到数十合，道人虚晃一剑，把口一张，飞出无数火鸦，迎面飞来，梨花将北海水浇灭。道人见破火鸦，就在水里杀来，滔滔大水，全然不惧，仍仗剑奔来。梨花道："这妖物却有本事。"忙祭起飞刀，道人慌了，借水遁而走。

梨花收了法术，鸣金收军。众将接进，俱皆赞服。梨花道："正要上山破寨，被妖道阻住。他虽借水遁逃去，决然要来。明日姐姐用捆仙绳捉他。""仙童得令。"次日道人又来讨战。仙童匹马出迎，并不答话，一场交战，到数合，道人口喷出火鸦。仙童取出金瓶，倒出金龙无数，破了火鸦，诈败而走。道人不知是计，在后追来。仙童祭起捆仙绳，将道人捆了。军士不敢怠慢，上前拿住，解回营中。元帅大喜道："不要被他遁去。"遂把仙符镇压，吊在旗杆之上，道人现了原形，却是武当山龟将，逃在此间，阻住西进。元帅说："待破了关寨，送还武当山，候教主发落。"正言间，探子报进说："又有一道人，口称长寿大仙，与八卦仙好友。闻知吊在旗杆上，特来报仇，在营前大骂。"元帅说："既如此，应龙孩儿出去擒他。"应龙得令，上马提戟，冲出阵前，大叫："妖道，快来会我。"那道人仗剑来迎，二人战有十个回合，道人把口一张，吐出数条火龙，直奔应龙。应龙吓得魂不附体，大败而走。小军报知元帅，元帅令仙童去救应龙。仙童得令，上马出营，正遇应龙，应龙叫："母亲救我！"仙童说："不妨事。"放过了应龙，仙童笑道："些许小技，在我面前弄巧。"随把小金瓶倒出数条水龙，浇灭火龙；祭起捆仙绳，又将道人捆住，解回营中。元帅吩咐："也吊在旗杆上。"长寿大仙现了原形，乃系一条大蛇，盘在龟背之上。梨花见了好笑，说："西番多用这般人。"捷书飞报唐王，一面传令抢关。

军士忽报进说，外面有一黑脸道人，要见元帅。梨花吩咐请进，道人走进营中，梨花起身相迎，问道："仙友何处洞府？哪座名山？乞道其详。"道人道："贫道乃北极真君座下张大帝便是。"梨花听了，倒身下拜，迎入帐中上坐，说："大帝此来为何？"道人说："因龟蛇二将私逃下山，今被元帅擒住，特来讨个人情，放了他们。"元帅听了，顷刻令军士放下，解去捆仙绳，二物复变人形，上前拜见大帝。大帝说："你两个孽障，私逃下山，吊在这里吃苦。吾不来救你，不知吊到几时，快过来拜谢元帅。"梨花也来赔礼毕，便向大帝说："本帅到西番，不知还有险处吗？乞明指示。"大帝说："有两句诗赠你，你谨记着，后有应验。"

诗曰：

　　此去芦花有险惊，金光阵上产麒麟。

梨花听了，拜谢大帝。大帝出了营门，带了龟蛇二将，驾云而去，竟往北方不表。却说元帅吩咐三军抢关，番军投顺。得了麒麟山，养马三日，查明府库钱粮，传令起兵西进。出了关门，往西进发。行了数月，来到芦花河，有关挡路，传令扎营不表。

再言苏宝同，向日被二路元帅薛丁山杀得大败，同了铁板道人、飞钹禅师，一起逃走。飞钹禅师炼了十六面金飞钹，铁板道人炼了二十四面铁板。三人怀恨，想要报仇，到各处名山，请了许多道友，禀知国王：差人往靻靶国，借兵十万；金萱王叔领兵，波斯国差大将宝树起兵十万；乌孙国差驸马洛阳起兵十万；鬼空国差山桃起兵十万；彭虚国差红榴起兵十万；天竺国公主银杏起兵十万；真童国公主金桃起兵十万；苏碌国太子名扶桑，起兵十万，前来助战。八国共来兵八十万，连本国兵五十万，共一百三十万，皆在关外驻扎。宝同迎八将进关，设筵接风。次日升帐，传齐八位将军听令道："深恨唐将夺了我国许多地方，十去其八。今欲摆下一个金光阵，复回西番，杀他片甲不回，方消此恨。闻唐兵已到芦花河，烦将军等各带本部兵马，按乾、坎、艮、震、巽、离、坤、兑八方镇守。闻鼓者进，闻金者退，不得有违。"八将齐声："得令！"各带本部兵，按八门镇守去了。有诗为证。诗曰：

　　一百卅万雄兵到，哪怕唐朝会用兵。
　　未知破阵如何，且看下回自有分解。

第五十一回

苏宝同布金光阵　樊元帅连抢关寨

却说苏宝同,又请得五位大仙到帐,说:"烦李大仙师领青旗一面,镇守东方甲乙木,必要活擒唐将,不可放走。"李若虚仙师接了令,向东方镇守去了。宝同又请仙师赵通明,付红旗一面,镇守南方丙丁火,摆阵活捉唐将,休得放走。赵仙师领命,接旗往南方去了。又请周去命仙师,付白旗一面,镇守西方庚辛金,挡住唐兵,周仙师领兵向西方去了。又请钱龙宾仙师,付黑旗一面,镇守北方壬癸水。休要放走唐将。钱仙师接了黑旗,往北方而去。又请仙师文光斗,付黄旗一面,往镇中央戊己土。唐将到此,一鼓而擒。文仙师接令去了。

苏宝同分派毕,对二位军师说:"想梨花虽英雄无敌,只怕难破此金光阵也。"铁板道人、飞钹仙师二人笑道:"国舅演此八门金光阵,更有我们一十六面飞钹、二十四面铁板,安挂在阵门上,梨花纵有本事,若进我阵,顷刻将她打为肉泥,定叫唐兵片甲不回。西番一带,仍归原主。趁势杀到中原,夺他花花世界,何难之有?"宝同听了此言大喜,差人打战书到唐营,明日开兵。关内设筵款待二位军师,此言不表。

再言梨花扎营在芦花关外二十里，商议打关。正与诸将计议，忽见番儿打进战书，说："金光阵摆完，明日交兵。"元帅见了批允，打发小番回去，与仙童说："我昔日在师父门下时，听得诸仙讲论阵法，说金光阵灵妙莫测，任凭天仙也解破不来。今宝同请了诸仙，摆了此阵。又借各国雄兵，若要破阵交战，须要计议为主。"仙童笑道："主帅放心，我主洪福齐天。征西以来，势如破竹，何况什么金光阵。先打破关头，然后破阵，更兼许多法术之将，何惧番兵百万？况苏宝同败兵之将，何足道哉！"

次日点秦、窦二将打关，二将领命，带了人马出营，来到关前大骂。早有小番报进："启上元帅，有矮子前来攻关，口中大骂。"宝同听了大怒。对二位军师说："昨已约来破金光阵，今反先来攻关。"铁板道人说："他既先来攻关，我们出去对一阵如何？"宝同大喜，遂同二位军师，一齐上马。放炮开关，到了阵前，见秦、窦二人耀武扬威，铁板道人遂对飞钹禅师道："我们曾受他气，如今须要着实防备。"飞钹禅师说："师兄所见甚是，我们先下手为强，不要上他们的当。"

说罢冲将过来，秦、窦二将看见，叫道："师兄，这和尚道士，不正是在锁阳城用飞钹铁板败阵逃去的吗？"一虎道："一些也不差。今日仇人相见，分外眼明，我和你先下手为强。"秦汉道："是极。"将棍棒抵住僧、道，喝道："屡败之将，今日又来送死！"僧、道听了大怒，将刀砍来。四人关前大战，战有数十合，道人祭起铁板打下，一虎身子一扭，往地中去了。和尚祭起飞钹，秦汉往天上去了。僧、道各收回宝贝，杀至唐营。早有探子报知元帅，梨花忙点了金定、仙童、金莲、月娥四员女将，说："你们出战，须防铁板、飞钹，小心为主。"四员女将领令出营，正撞着僧、道，两边接住，六人大战。杀得僧、道满身冷汗，抵敌不住，兜转丝缰，大败而走。金莲、金定不敢追赶，勒马督阵。仙童、月娥二人拍马追来，叫声："妖僧、妖道，往哪里走！快快下马受缚。"僧道闻言大怒，回头见她二人追来，放下胆量，转马接住交战，战有数合。仙童想："他飞钹厉害，我哥哥尚被他擒住，不如先下手捉住此僧。"遂虚晃双刀，回马诈败而走，和尚叫声："往哪里走？"随后追来，仙童祭起捆仙绳，和尚见了，叫声："不好！"化道红光去了，仙童吃了一惊，收了捆仙绳。

再言月娥与道人大战，道人看见和尚逃去，无心恋战。正欲逃走，被月娥摇摄魂铃，那道人跌下马来，被唐兵捆住。鸣金收军，进营禀见。元帅大喜，吩咐："将妖道推过来。"喝道："你为何出家之人，又不守清规，修炼妖法，前来助战？今日被擒，有何话说？"道人被摄去魂魄，似死一般。元帅大怒，令刀斧手："推出辕门，斩讫报来。"左右将道人推出，正要开刀，谁知妖道还魂，定睛一看，始知被人拿住，又见刀斧手将刀砍下，他就借了土遁逃走。刀斧手正要砍下，不见了道人，大惊，禀知元帅。元帅听了惊道："他也知遁法。有此左道旁门之术，焉能夺得此关，破得金光阵？"秦、窦二将回营禀道："元帅不必心焦。我二人今夜进关，里应外合，得了此关，就好破金光阵了。"元帅回嗔作喜，说："二位将军仙术高强，今夜前去，须要小心，见机行事。事成回来报我，我起兵接应。"

二将得令出营，守到晚来，饱餐夜饭，全身结束，一个上天，一个入地，不到片刻，进了关门。一虎地中钻将出来，秦汉云端走下，说道："师兄，我们探听军情，怎得两件番衣、腰牌，方可出入。"一虎道："不难，待我黑夜时分，只可钻入营中，先盗了衣服、腰牌，然后行事。"一虎地行进营，只见四个番军，提了灯火，敲锣击柝，走近前来。一虎地中听见四人说道："哥哥，我想国舅爷今夜往芦花河演阵去了。只有两位军师在内，今日战败回来，已安息了。叫我们小心巡察关门，莫使唐人窥探。中军等皆不敢睡，须要把锣敲得响亮，闹他一夜便了。"一虎听得明白，心中暗想："等巡军去远了，钻出来。"寻秦汉不见，又入地中去了。那秦汉飞到关前，想要盗取番衣，奈他防备甚严,遂提脚缓步,见有二个军士睡倒,心中甚喜,"待我剥他衣服,解下腰牌;寻着师兄行事。"遂轻轻动手剥下番衣,解下腰牌,上写道"金龙""金虎"两个名字。心中大喜。拿了衣服、腰牌,营前不见一虎。又往营后来寻,遇见一虎。也将四个巡军之言,对秦汉说明了。秦汉道:"说的是,虽然妖僧、妖道睡熟,守关军士甚严,我们焉能成事。"秦汉道:"待我回去报知元帅,连夜起兵打关。那时我穿了番衣,开了关门,接她进来,反手而得。"一虎说:"好计,快些去报。我在此打听候你。"

秦汉飞回营中,报知前项之事。"元帅可作速起兵打关。"梨花一听大喜,遂令秦汉仍到番营,会了一虎。此时正打三更,看守番军,多已睡熟。秦、窦二将欢喜,遂杂在守关兵队内安睡,番军无数,哪里来查究?

再言梨花点了丁山、应龙,带领人马,偃旗息鼓,悄地而进,前去打关。二人得令,领兵前行。元帅同了四员女将及刘仁、刘瑞,随后而来。却到四更时分,前军已到关前。一虎遂对秦汉说,关外大兵谅皆已到,可趁番人睡熟,先烧他粮草,然后开关,便能成功。于是将引火之物,置诸粮草里面,烧将起来。关外唐兵见了,喊杀连天。攻打关门,番将梦中惊醒,昏头搭脑,不辨东南西北,喊声:"不好了!"但见火光四起,多去救火。却被秦、窦二将,斩关落锁,放进丁山父子,一拥而进。二将乱砍乱杀,番军弃了芦花关,僧道梦中惊醒,但见四下火光冲天,好不慌张,带了宝贝,前后皆火,只得土遁而走。烧死番军无数。

元帅兵马进关,救灭了火。只道僧、道烧死,满心欢喜。次日安民。再言宝同在金光阵中,听报关内火起,大惊,走到阵外一看,叫声:"不好!"即刻领兵来救,正值二位军师逃来。不知去救火否,且看下回分解。

第五十二回

薛应龙劫阵丧命　二刘将公主招亲

却说苏宝同见二位军师,狼狈而至,惊问:"何故如此?"僧、道说:"因昨日我们出战,被唐营女将杀败逃回,多吃了几杯酒,正在睡熟,不想被她放火烧营,打进关中,望乞恕罪。"宝同道:"何干二位军师之事,多是本帅不曾预先算定,故有此变。反累二位军师受惊,今关寨已失,谅难破此金光阵及过得芦花河哩!仍烦二位军师,严守阵门,务必杀尽唐兵,方消此恨。"那些败残番兵逃走,分拨添守。

再言樊元帅在关中,打捷书报与唐王。一面同众将出城,往番阵一看,见他摆得十分厉害。旌旗招展,剑戟重重,焰焰红光冲天,必有宝贝在内。主帅说:"日间不好去看,待晚上去看便了。"仙童说:"言之有理。"进入城内,直到帅府。等到黄昏,带了四员女将,悄悄出了城门,来到番阵前。其夜月暗星稀,五人偷看,只见灯球照耀,四面八方,杀气腾腾。八个阵门,俱有红光万道,令人可畏。正在此看阵,只听得阵内喊声道:"阵外有马铃声,莫非有奸细?快出去捉来。"五员女将听得分明,遂道:"我五人在此,倘他阵内杀出,如何抵敌?不如回关去吧。"遂勒转马头,回关去了。阵内番将杀出,五人早已回关，元帅回到关中，众将俱来问看阵如何，元帅说："不知宝同何处学来，摆得这金光阵，十分厉害。内分八门，按乾、坎、艮、震、巽、离、坤、兑，五方分青、黄、黑、白、红，分为五营。各有番兵把守。阵中红光现出，必有宝贝在内，若探此阵，须要前去请我师父，方可破得。但我掌帅印，不能亲去，谁去走一遭？"丁山上帐说："这金光阵，我师父王敖老祖也晓得。夫人身为元帅，不必擅离军伍。差别将去，黎山老母决不肯来。不如小将前往师父处，问个明白。"梨花道："相公能去更好，须要取十件宝贝来，哪怕苏宝同三十二把飞刀、和尚飞钹、道士铁板。"丁山得令，带了梨花手书，星夜前往云梦山不表。

再言应龙见母亲这般说，心中不服。管他什么金光阵，不如瞒了母亲，私去打阵，乘其无备，杀入阵内，破了他阵，是我大功。待至黄昏时候，与刘仁、刘瑞说知同去。二刘将说："这个使不得，想元帅神机莫测，尚未敢去破。况我等凡胎肉质，且未奉将令，倘有不测，如何是好？"应龙变色道："你二人果是小子之见，有我在此怕甚将令？你们胆小，我为前驱，你们为后应。"二人不敢违拗，只得答应。是夜天色昏暗，悄悄来到阵前。应龙抬头一看，见阵内扯起三十二盏红灯，照得旌旗闪烁，剑煌戟辉，毫光万道，直透天门。心中欲待退兵，又恐刘家兄弟耻笑，只得硬了头皮，传令手下军士发喊，打入"离"门，哪辨东西南北。只听得一声炮响，一员番将杀出来，生得红脸獠牙，手执狼牙棒，大喝道："乳臭小儿，敢来打阵。"应龙竟不答话，将手中画戟刺来，战未数合，四面番将围来。喊杀连天，应龙手下兵士，杀得七零八落。四面番将，似铁桶一般。后面刘家兄弟，杀入"坎"门，冲出二员女将：金桃、银杏二位公主。四马交兵，杀无数合。后面杀出五位大仙，身穿绯衣，坐骑白鹤，飞扑前来，好不厉害。刘家兄弟心慌，回马要逃。被绊马索绊住，跌下马来。二员女将抢将过来，活捉回营。五位仙人乘胜杀来，应龙无心恋战，要走无路。被道人铁板打下马来,可怜身为肉酱。那应龙阴魂不散,飘飘荡荡,到凤凰山与神女成亲,复归神位。此是后话不表。

再言刘仁、刘瑞被两个公主活捉回营。银杏私谓金桃曰:"我们生长番邦,未曾婚配才郎。今擒来二员小将,这般才貌,且兼有勇,何不劝他归降,许以婚姻如何?"金桃笑应曰:"妹也有此意,难得姊妹同心。"吩咐将捉来二将,解至中营发落。小番得令,将二人推来,二人立而不跪。两公主假意喝道:"你两个蛮子,死在我手,还有何言?还不下跪吗!"二将怒道:"我堂堂男子,焉肯跪你,要杀就杀,何必多言。"两公主又道:"你两个孩子,倒有烈性胆量,我有话对你说,我二人意欲归附唐朝,奈无人引入,今幸二位将军到此,愿订终身之好。如若不肯,难逃性命,请二位将军三思而行。"二人听了,抬头一看,见两位公主都是绝色,开口说道:"若肯归唐,有话说来,无有不允。"两位公主说:"二位将军,我姐妹二人因生在番邦,难逢佳遇。见你大唐人物,今不顾羞耻,亲自将言对你说,欲要今宵完其花烛,一起降唐,拜见圣上。郎君意下如何?"刘氏兄弟听了,满心欢喜,说道:"既承二位公主不杀之恩,焉得不从?但成了亲,就要归唐。"二人说:"这个自然。"于是银杏向刘仁,金桃向刘瑞,亲释其缚。刘仁见番女声姣貌美,遂对刘瑞说道:"她们既肯降唐,亦不妨许配。"刘瑞曰:"今正用人之际,从之以图后举。"遂对两公主曰:"你等真心降唐,万事俱允,若图赚婚,万死不从。"两公主皆满口应承道:"决不荒唐,以图配合。郎君且请放心。"于是四人玉手相携,一同坐下,吩咐小番:"准备花烛成亲。"刘仁配了银杏,刘瑞配了金桃。四人拜过天地,当夜各自成亲。

再说樊元帅心中烦闷,一夜未睡,忽听番营喊杀连天,金鼓齐鸣,连忙披挂上帐,众将齐立。独不见应龙并刘仁、刘瑞,梨花心内大惊,料此三人私自出兵,凶多吉少,正要起兵去救,忽见探子来营报道:"方才三更时分,小将军同刘家二位将军分为前后,打进番阵。

小将军被铁板打为肉酱，全军皆没。刘家二位将军，被二员女将用绊马索活捉回营，未知生死。特来告知元帅。"梨花听了流泪道："孩儿未受皇恩，身丧黄泉，反累刘家兄弟，叫娘能不痛心？"大哭起来，众将劝道："小将军既死，不能复生。但刘家兄弟死活未定，元帅不必伤怀。况敌军当前，保重为主。"一虎又对秦汉说："你两个徒弟，虽被擒住，决不丧命，少不得打听个着落。何必烦躁？"元帅听了说："承众将相劝，秦将军也不必忧愁，但候世子取宝贝回来破阵，刘家兄弟就有消息了。"众将俱言说得是。

再言丁山离了关门，上了腾云马，不多日到了云梦山水帘洞，正值王敖老祖驾坐蒲团，有童子报进说："师父，丁山师兄在外，有事来求见。"老祖已知其意，说："令他进来。"童子领命，唤进丁山。丁山叩见师尊。老祖说："你与樊梨花夫妇和谐，领兵西进。来此何为？"丁山跪下说："师父，弟子同梨花西进，得了多少关头。来到芦花关，苏宝同摆下金光阵，十分厉害。我妻难破，有求救书呈上。"老祖看了，大笑道："那飞刀、铁板、飞钹，虽然厉害，但天意归唐。何用假宝，金光阵内，按五方三才八门，要遇青龙黄道吉日，东南从生门杀入，你妻怀中自有宝贝，此阵自破。又有贤人来助，大事不妨。你去罢，少不得后会有期。"

丁山不敢再言，拜谢而去。仍回旧路，来到关前。进营上帐参见，将师父之言，说了一遍。梨花听了道："我的宝贝虽有，难破阵门。但老祖指点，焉能不从，来朝既是青龙黄道吉日。"即点众将，命秦汉、一虎为前队，去打东方第一门。点金莲、月娥、金定、仙童，同本帅前去打南门。丁山为后队，两边接应。来了解粮官尉迟兄弟上帐参见。元帅大悦，就点他兄弟二人，领人马为游骑，各路接应。分拨已定，明日五更，众将饱餐战饭，披挂上阵。各将领兵分头而进，不知用何宝破阵，且看下回分解。

第五十三回

梨花大破金光阵　产麒麟冲散飞刀

　　前言不表，再讲秦、窦二将来到东门，摇旗呐喊，早惊动了宝同，便对两位军师说："樊梨花无谋之人，焉能为帅？前日差小将打阵，全军陷没，数日无人来探。今日呐喊而来，须要绝计把她一网打尽，方算我们手段。"两位军师说："我想她连日不敢出战，必定请得救兵来了。我们三件宝贝厉害，就是黎山老母来也无益，难破我阵。"宝同听了，连忙传令，点齐众将，必要杀尽唐兵，不得有违。众将得令，提枪上马，等唐兵来到。只有金桃、银杏与刘家弟兄成亲之后，心中各有投唐之意，对夫君说："明日全身披挂，等唐兵杀来，并胆同心，破他阵门。"刘仁、刘瑞大喜，准备交战不表。

　　再言秦、窦二将打入东方阵内，惊动大将宝树，提起双锤杀出迎住。又有仙师李若虚跨鹤而来，将双剑抵住。四人大战，杀得天昏地暗，金鼓齐鸣，喊杀连天。来了铁板道人，祭起铁板打来。秦、窦二将一钻天，一入地。宝树、若虚二人见了大惊，满口称赞说："唐将果然有法术，名不虚传。"道人收了铁板，地中矮将又钻将出来，喝道："你铁板只好打别人，我秦、窦二爷不怕的。"接住又战。铁板道人大怒，又祭起铁板，双双又钻去了。东方阵中大乱。

再讲南方仙师赵通明，同了王叔金萱守住阵图。只见杀到二员女将，乃月娥、金莲各舞双刀杀入阵来。道人、王叔接住大战。又来了苏宝同，祭起飞刀来斩二员女将。樊梨花即来将手接住飞刀。宝同见了大怒，抢动钢刀，迎住梨花。这场大战，好不惊人。金莲祭起锦索，月娥摇动摄魂铃，梨花祭起诛妖剑。宝同看见，喊声："不好了！"先已逃阵。赵通明仙师中了摄魂铃，翻身跌下。仙鹤借其土遁而走。只有金萱王叔没有法术，被红绵索提住，唐兵捆绑而去。三员女将破了南方阵，奋力杀入中阵。只见一道红光冲出，四员番将杀到。扶桑太子手执画戟抵住月娥，洛阳挥马舞刀迎住金莲。番将红韬冲到，又有山桃丑将，手执开山斧，二将迎住樊元帅。七骑大战。又有一仙师文光斗跨鹤来到，直奔助战。

梨花大怒，祭起打仙鞭，将红韬打死。左道人看来不好了，借土遁而逃。山桃吓得魂不附体，倒拖大斧而逃。飞钹和尚大怒，说道："休要逞能。"喝声漫漫，祭起飞钹打来。梨花说声"不好"，就将混元棋盘祭起，架住飞钹不能下来。复又交锋，一场大战。宝同、铁板道人、五鹤仙人一起杀到。山桃看见复又杀转。九人围住梨花。梨花杀得浑身香汗，冲动胎气，叫声："不好了！腹中疼痛不止，想是要生产了。"左撞右冲，杀不出来，腹又痛，力又软，量身必死。

再表仙童、金定同了丁山三人冲到，闻知元帅被围，杀开血路冲进。梨花见了，心中乃安。外面番兵围得铁桶一般，四人再杀不出。不觉黄昏。梨花腹中疼痛，两泪交流，说："窦、陈二姐，我今打阵，与番将大战一日，冲动胎气。若非你们杀到，性命难保。"说罢捧定肚皮，大叫："痛煞我也。"吓得丁山三人没法，说声："贤妻，天近黄昏，救兵未至，倘或元帅生产，如何是好？你二人两旁拥护元帅上马，待吾冲杀出去，回到营中生产，方可无害了。"仙童说："元帅生产在此刻了，怎得上马回营？趁此时番将未来交战，且守住阵中。待分娩之后，再计较出阵。"

正在此言，只听得四下炮声大振，金鼓连天，苏宝同南边杀来，铁板道人东方杀来，飞钹和尚西边杀来，五个仙师骑鹤北方杀来，还有各国番将四面八方杀到。吓得四人魂不附体，只得上马执器械招架，保护梨花。丁山敌住各国番将；仙童迎住铁板道人。金定迎住和尚。梨花一手捧腹，一手提刀，正逢苏宝同，熬其腹痛迎战。哪里敌得住？一个筋斗跌下马来，宝同祭起飞刀来斩梨花。只见一道红光冲上，将飞刀化作灰尘。宝同大怒，一连祭起二十四把飞刀，照前一样尽作灰飞，心中倒吃一惊。难道梨花跌下马来，暗使神通坏我飞刀？正要将飞镖打下，只见阵中一声喊，冲出四员将来，是金桃、银杏同刘仁、刘瑞带领人马杀到。因见梨花下马，四人拼命杀来，敌住宝同交战。

宝同大怒，对金桃、银杏说："你两个贱婢反助大唐，此是何说？"两公主说："我因招了大唐两个小将，做了夫妻，如今一起归唐，正要捉你去献功。"宝同一听此言，急得暴跳如雷，大喝道："贱婢，好不识羞，吃我一刀！"刘仁、刘瑞敌住。

梨花跌下马来，产下一子，故有血光冲出，将铁板、飞钹冲做为灰。三人大惊，有法难行。窦仙童祭起捆仙绳，将道人捉住，转身来助陈金定。又祭起捆仙绳，将和尚捉住。同来助公主。苏宝同看见人多都来围住，也被捆仙绳拿住。五鹤仙人看见捉去了三人，思量驾鹤飞腾，谁知五只仙鹤被血光冲坏，有翅难逃，跌倒尘埃。月娥、金莲、秦、窦四将都来拿住。五仙看来不好，各借土遁而逃。此番大破金光阵，杀得各国番将番兵实也伤心，逃的逃，走的走，百万番兵十去其八。姑嫂四人连忙救起元帅，只听得"呱呱"之声，有一小儿。金莲、金定扶起元帅，仙童抱起小儿，割战袍一幅，将来包好。

丁山看见大喜，方信师父之言，怀中至宝就是此子，所以冲破金光阵。梨花定了性，开言说："列位将军，方才吓煞我也。一个筋斗跌下马来，昏晕了，生下孩儿也不知。若没有刘仁、刘瑞同两个番女来救了，不然性命难保，要算四人之功。"对二刘说："你前番同小将军来劫阵，怎样逃脱？又会了二员女将？"刘家弟兄叫声："元帅，小将被应龙世子邀同打阵，小将军被铁板打死。小将被两位公主所擒。这位是天竺国公主。这位是真童国公主。有意归唐，招我们成亲。同在阵中，等元帅到来，里应外合，前来救元帅。望乞恕罪。"元帅大喜，见了两位公主花容月貌，正是两对夫妻，说道："你二人虽是不遵号令，私自出兵。今日救了本帅，将功折罪。"传令招降番军，带其兵马回营，捷书飞报唐王，又说："本帅十分狼狈，快将苏宝同、僧道一起推来。"左右将三人推过。元帅见了大怒，指定骂道："你这孽畜，唐主有甚亏你，必要起兵造反，伤害西番数百万生灵。今日把你碎尸万段，难泄此恨。"宝同亦怒道："你这贱婢，生长西番，不思报国，反弑父杀兄，投唐叛逆，种种罪恶，不可胜诛。不自反省，反来罪我，恨不能剥尔皮，抽尔筋，与杨藩父子出气，才雪我胸中之恨。不幸天绝于我，被汝所擒，要杀就杀，何必多言。"

樊梨花被宝同羞辱，不觉大怒，喝令："斩讫报来！"左右将三人推出，解下捆仙绳，换了粗麻绳捆好。正要开刀，只见他三人哈哈大笑说："我去也！"说罢，吹口仙气，化作三道长虹，腾空而去。梨花帐上看见，倒却心惊。众将一起说："奇了，西番有此异人。"元帅说："今被逃去，只怕又起风浪，前来阻我西进。"嗟叹一番。计点将士，单单死了应龙。因兵马连日劳苦，将息半月，再行西进。众将一声答应，关内扎营，卸甲安顿，此话不表。

再言应龙神魂在凤凰山与神女相逢，要归芦花河为神。来到河中，有一孽龙占住，与他大战，反将神女摄去。斗了数月，不分胜败，我也不表。

再言先锋罗章大兵行到芦花河边，只见水波泛滥，兴风作浪，昼夜不息，把行桥冲断，难以过河。军情事重，进营禀知元帅。元帅听了说："奇了，河水阻我西行进，莫非冲犯了河神，故此作祟？"吩咐左右备下三牲礼物拜谢。元帅到河边奠酒，三杯拜毕，焚化金钱，往河中一看，只见风波不息。收拾回营，独宿帐中，交三更之后，蒙眬睡去。只见薛应龙来到，戎装打扮，上前叫声"母亲"。不知说甚事情，且听下回分解。

第五十四回

丁山神箭射妖龙　应龙芦花为水神

再表梨花看见应龙到来,大喜,叫声:"孩儿,你一向在哪里?叫娘无日不想,无时不思。直到今日见我。"应龙听言流泪,叫声:"母亲,孩儿凭血气之勇,私自打阵,身丧铁板,阴灵不散,来到凤凰山,会着我妻。神女对我说:'你前世芦花河水神,合当归位。'发文书前去。谁知有一孽龙先占踞水府,将文书扯碎。我妻大怒,同我点起神兵与他交战。神女被他捉去,未知生死。孩儿逃阵,风飘到一山,遇轩辕老祖,说孩儿前世北海小金龙,蒙上帝敕旨,封芦花河内龙神。只因蟠桃会上调戏了神女,谪降下凡二十年。与神女七宿姻缘,今当配合。不想孽龙勇猛。孩儿蒙老祖赐夜明珠一颗、降龙杖一根。拜别老祖,到河内与他大战,三日三夜,不分输赢。望母亲助儿一臂之力,使儿复归本位。"梨花:"孩儿已死,今既为神,被妖龙作祟,不肯让位,为娘与你仙凡远隔,怎能下水助你?"应龙道:"这不难。母亲明日领兵到河边,孩儿引他出水。母亲排神箭射他。"梨花道:"你们都是龙形,认辨不清。"应龙道:"孩儿是条小金龙,胸前挂一颗夜明珠,爪钩竹杖,这便是孩儿真身。那妖龙生的独角牛头,满身赤黑,两眼铜铃,爪捧蛇矛枪。母亲要细心,方辨妖龙。"说罢,变作龙形而去。

梨花惊醒,大叫一声说:"应龙孩儿,怎么就去了?"开眼一看,原来是梦。不觉天明,元帅升帐,点齐众将,将梦中之言说明,诸将须记在心中。众将一声答应,立刻起马,来到河边。果然河中兴风作浪。众将看见,搭弓在手观望。只见水中一声响亮,现出一条小金龙,胸有明珠,在水面翻舞。又听得一声响,现出一条乌鳞独角牛头,眼似铜铃,爪抓金枪,腾空来追小金龙。众将一声发喊,万弩齐发。却被丁山神箭,照定妖龙咽喉,"嗖"的一箭,射落波心,几个盘旋翻身,竟直死于水面。那小金龙复下水去了。顷刻风消浪静。元帅大喜,传令抓取妖龙上岸,颈下带着神箭,满身腥臭,吩咐把妖龙头斩下,悬挂关前,身体化为灰尘。令先锋罗章速搭浮桥,成功之日,起兵西进。罗章得令,搭桥不表。

再言小龙来到水府,又巡海夜叉报知黑鱼丞相、鳜鱼右相、虾兵蟹将说:"孽龙被斩,快迎新主复位。"左、右丞相撞钟击鼓,传齐众将,笙箫音乐,开了龙门,接入应龙。应龙仍变为人,登了龙位。众将朝参拜毕,新龙君说:"快请神女相见。"黑鱼丞相禀道:"那神女被妖龙擒来,监在牢里。"传法旨:立刻放出。吩咐掩门,然后与神女相见,说:"斩了妖龙,与妻相会。"摆团圆酒庆贺。此话不表。

再言元帅梨花,自斩妖龙之后,停留三日,传令起兵西进。原来那芦花河周回有万里之遥,东渡到西有百里,所以有万丈竹桥可渡。大兵过了芦花河,到了西岸,一路前去,有一关头,高山霸位。传令扎下营盘,明日开兵打关。众将答应,扎下营盘,且亦不表。

再言这高山名曰"金牛山"。山上有一关,关中守将姓朱名崖号太保,国王封为总兵,镇守此关。生得头如笆斗,眼如铜铃,青脸獠牙,身长丈二。手下有番兵十万,十分骁勇,且有异术。正在总府与副将青狮、马虎说:"前日国舅同两位军师到来说,叫我紧守,休放唐兵过关。他往莲花洞求师父李道符仙长前来,要报此仇,杀尽唐兵。"

二将说："主将有这等本事，何惧唐将？"正在此讲究，有番儿报进说："启上帅爷，唐兵已到关下了。"说："有这等事，传令关上多加灰瓶、石子，若唐兵讨战，速来报我。"番儿得令，各加料理。此言不表。

再言大唐元帅升帐，令先锋罗章带领人马前去取关。"得令！"罗章顶盔贯甲，上马提枪，带了人马，出了营门，炮响一声，杀到关前。抬头一看，只见金牛山两山并立，高接青云，中关有一座门，在半山之中，大书"金牛关"三字。只见旗旌插满，号带分明，无数番兵守住。罗章赶到半山，令军士大骂。有番儿报进关去了，说："启帅爷知，关外有将讨战，口中大骂。"朱崖听了大怒，吩咐备马抬斧，结束停当。带了番兵，放炮开关，冲出关外。罗章抬头见关内冲出一员番将，生得十分凶恶，忙挺枪直刺过去。朱崖把手中宣花斧迎住。两下交锋，战有百合，不分胜败，回马就走。罗章不知是计，把马一拍，随后追来。朱岸把身一摇，现出三头六臂。罗章一见大惊，说声"不好了！杨藩出现了！"回马要走，被朱崖伸出一只神手，轻轻将罗章捉去，收了法相，带了兵士，杀下关来，直奔唐营。唐兵见先锋捉去，先逃回营，报知元帅。

元帅听了大怒道："朱崖将何妖物敢捉我罗章？"令刘仁、刘瑞出兵迎敌，"快捉番将见我。"二将得令，带了双骑人马，出营杀至关下，正撞着朱崖。朱崖看见刘仁、刘瑞飞马走来，正要迎敌，背后冲出二员副将说："不必主将动手，待末将活擒这厮。"青狮提起狼牙棒迎刘仁，马虎将降龙杵接住刘瑞，两边大战，四骑交锋，好似龙争虎斗，十六马蹄盘旋回转，并无高下。马虎叫声："吾儿慢来。"摇身一变，是一只黑虎，扑面抓来，将刘瑞抓去。刘仁大惊，正欲回马，青狮大叫："我儿哪里走！"变成狮子，直奔前来，又将刘仁拿去。二将复了原形，朱崖大喜，掌得胜鼓回关。探子报入营中："二将又被他捉去了。"元帅大惊："他用何术捉去三将？"掠阵官禀道："第一阵罗先锋被朱崖太保现三头六臂，伸手拿去。第二阵二员小将出战，遇他副将青狮、马虎，现出狮子、黑虎拿去。"元帅听了，好不烦闷。秦汉听说徒弟被拿，愿出去讨战。又有金桃、银杏两公主哭上帐，也要报仇。元帅屈指一算说："三将拿去，大事不妨，汝等三位不必多虑。今天色已晚，明日开兵。"三人不敢违令，只回本营，当夜不表。

再言次日元帅升帐，点齐众将，亲自出兵。点秦汉、一虎掠阵；仙童、金定为左；金莲、月娥为右；丁山在后监军。自冲中央，直奔关前，喝声："快放唐将出来，万事全休。若有不肯，打破关头，鸡犬不留。"说犹未了，只听得关内炮响，朱崖带兵杀出。来到平阳之地，两边射住阵脚，摆开阵势。朱崖出马，梨花同四员女将也到阵前，说道："谁将出去擒番儿？"后面秦汉、一虎、丁山三将冲出阵来。马虎敌住一虎，青狮迎着秦汉，朱崖接着丁山，分头而战。马虎、青狮被矮将杀得浑身汗流，遍体生津，不能取胜，各现原形，要来擒住矮将。那秦汉见了，飞入云霄，一虎将身入地。青狮、马虎倒吃一惊，摇身收法，来战丁山。元帅看见，令仙童、金定出去助战。二将领令出来，挈助夫主。丁山一发逞威。朱崖又现出三头六臂，伸手来拿丁山。丁山吓得魂不在身，一跤跌下马来。元帅见了，同着金莲、月娥三骑并出赶来。朱崖正要拿人，却被金莲救去。梨花舞刀敌住，不怕三头六臂，祭起诛妖剑，斩落朱崖神手。朱崖大喊一声，神手中又冲出一道红光，复又钻出手来，要捉梨花。梨花倒吃一惊，又祭起诛妖剑砍去，反被神手接去。梨花看来不好，同月娥回马而走，朱崖随后赶来。月娥慌张，取出摄魂铃一摇，朱崖马上翻身跌下，复了原形，借土遁而逃。

再言仙童、金定大战青狮、马虎，不分胜败。青狮、马虎变了原形，来拿仙童。仙童见了，祭起捆仙绳，将二人捆住，唐兵便来拿住。二人复变原人。元帅收兵回营，解进二人，青狮、马虎跪下求道："我们万年修成，望元帅饶恕。"元帅怒道："你两个何人？敢来助恶，阻我天兵。"马虎道："我是财神面前黑虎将军。"青狮道："我是文殊菩萨佛弟子青狮童子。私自下凡，去难唐三藏取经之路，乘兴归投朱崖，焉敢扰阻天兵？望元帅放我，再不敢到来阻住。"元帅道："若不看财神、菩萨之面，定斩汝首。"吩咐解放仙绳，"去吧！"二人拜谢而去。此话休表。不知后事如何，且听下回分解。

第五十五回

窦一虎盗仙剑被拿 樊梨花擒番将释赦

前言不表,再说元帅失去了诛妖剑,闷闷不乐。秦、窦二将说:"我们去盗来,元帅不要心焦。"梨花说:"你二人去,须要小心。"二将得令,不觉红日西沉,渐渐黄昏,吃饱夜饭,一个钻天,一个入地,进了关门,钻入帐中。不表。

再言朱崖败进关中,十分焦恼。刘氏夫人接着,问其因由,朱崖说:"夫人不要说起,唐将都是神通广大,几乎被摄魂铃摄去魂魄。若非我有九转元功,性命难保,如今西番全恃五山,已被夺去凤凰、麒麟二山,只有金牛、铜马、玉龙三山了。若再夺去三山,我主国王世界都无,性命难保,这便如何是好?"夫人道:"将军,你休要长他人之志气,灭自己之威风。虽然副将失了,尚有千军万马,又何足惧哉?目下紧守关门,待国中救兵一到,开兵便了。"吩咐丫环摆宴,与将军解闷。"多谢夫人。"正在此宴饮,只听一阵狂风吹下瓦片,朱崖屈指一算,说:"夫人,今晚唐营有刺客到,须要防备。"夫人听了,也觉心疑,说:"唐将有此技能,今晚将虎笼悬挂营前,若有刺客到来,将他擒住,锁在里面,使他上不着天,下不着地,无法可逃了。"那番附耳低言说:"如此,如此,管教两个钻天、入地矮将必擒。"朱崖听了大喜，传令三军，戎装披挂，前后守护，齐心捉贼，待等刺客。此话不表。

再言一虎潜入番营地下，抬头一看，见防备甚严，心想："灯烛煌煌，难以下手，叫我如何盗得宝剑？怎好回去缴令？"等到三更之后，越发严备，敲梆鸣锣，摇铃喝号。性急之际，等不耐烦了，在地下钻将出来，见诛妖剑挂在帐前，一虎认得的，满心大喜，只是不能下手。番将喊一声："快拿奸细！"一虎吃了一惊，复又钻入地下。只听众将慌乱，原来是秦汉飞落帐檐前，解诛妖剑，摇动铃儿，番将看见来拿，秦汉跌落尘埃，被众将拿住。一虎地下看见，心中慌张，将身钻出，提棍来救。夫人看见，一个金丸劈面打来，正中面门，一跤翻倒，正欲入地，被朱崖抢过，伸手拿住，说道："这个矮子，放不着地。"把一虎提在手中，开了铁笼，将一虎装在里面，高高挂起。复来拿秦汉着地拖来，秦汉脚下有入地鞋，用力一蹬，说："我去也。"被秦汉钻入地下去了。朱崖见了倒也一惊，防了他钻天，不想又会入地，闷闷昏昏，心中不乐。夫人叫声："将军，方才地下钻起来的矮子，被我金丸打坏面门，所以拿住。这个天上落的，也会地行，真是异人了。"朱崖说："今晚逃去，只怕明晚又来，营中焉得太平？必须再想一个妙计，拿住他们才得安宁。"一夜乱到天明。秦汉回营送上诛妖剑缴令。元帅见了剑大喜，说道："窦将军为何不回？"秦汉将盗剑被拿，锁了铁笼里面说明。元帅听了大惊说："窦将军性命难保。"金莲闻知上帐，叫声："元帅，我夫被番将捉住，奴家提兵打关，相救夫主。望嫂嫂发令。"元帅听了说道："朱崖厉害，姑娘未可出战。待本帅算计救窦将军。"金莲苦苦相求，秦汉上帐说："昨日因盗宝剑，不曾访得先锋、徒弟。今日我夫妻愿随窦夫人同行。"元帅应许。金莲得令，同了秦汉、月娥，带了兵丁出营，杀到关下讨战。元帅放心不下，带了仙童、金定随后掠阵。

再言番儿报入关，朱崖大怒，带兵亲出。金丸夫人叫声："将军且慢，待妾出去擒来。"朱崖依允。夫人手舞双刀，带了兵马，炮响一声，开了关门，杀到阵前。抬头一看，见了金莲、月娥二员女将，后面大旗书着金莲、月娥名姓。夫人正看之间，不防秦汉步行赶来，提起狼牙棒喝道："还我两个徒弟。"照马头打来。金丸夫人倒吃一惊，开眼一看，认得是行刺的矮将，说："昨宵被你逃去，今日拿住，断不轻饶。吃我一刀！"步马交战。金丸夫人原是将门之女，十分骁勇，杀得秦汉招架不住。金莲、月娥看见说："你看，这番女将倒生得千娇百媚，万种风流。秦将军是好色之徒，不要中了她计。"双骑并出，叫声："番女看刀！"金丸夫人看见又来了二员女将，全然不惧，将手中刀敌住三般军器，灯影儿厮杀。又战到数十合，不分胜败。夫人连发三个金丸打来，中了秦汉额角，翻身跌倒，唐兵救回。金莲打了护镜，伏鞍而逃。月娥打中肩膀上，十分疼痛，回马就走。夫人不舍，随后赶来。

元帅在旗门之下看见大怒，手舞双刀，杀到阵前，挡住喝道："休赶！"夫人抬头一看，见梨花挡住，后面又来了二位女将，背后绣旗书名元帅樊、仙童、金定。夫人也不惧，敌住三人。仙童想道："倘金丸来不能招架，先下手为强。"忙祭起捆仙绳，将夫人捆住，唐兵拿捉。番军飞报朱崖。朱崖大惊，即刻杀出关来，杀到阵前，抡着宣花大斧，大喝道："还我夫人，万事全休。若不送出，杀一个你死我活。"三员女将大怒，手执双刀，大战朱崖。朱崖摇身又现出三头六臂，伸手拿人。梨花使隐身法躲过；仙童、金定被朱崖活擒而去。

正走之间，只见前面一座高山挡路，不见了金牛关。走入山林，见一楼台，画栋雕梁，好像寺院，想道："今朝走错了路，虽然马大，又拖两个女将，好不竭力。且下了马，把女将绑在树上，进去看一看，不知什么所在。"走到里面，殿宇高大，只听得一声响亮，走出十多个青面獠牙的鬼将，手提钢叉，捉拿朱崖。朱崖大怒，手舞大斧来战鬼将，被鬼将叉伤朱崖左臂，大喊一声说："好疼痛啊！"欲借土遁而逃。谁知梨花使个移山之术，焉能逃脱？被鬼将拿住，捆进琼楼宝殿。梨花打扮如仙，坐蒲团上，喝声："朱崖，抬起头来，认得本帅么？"朱崖方醒，才晓得移山之计。只见外面走进两员女将，一个执刀，一个拿锤，说道："元帅不必问他，待我打死这个番儿。"朱崖仔细一看，就是被擒的两个女将。有口难言，想性命不保。梨花说："二位姐姐，暂且饶他一死。"说："番儿！今日可肯放还唐将、献关投唐么？"朱崖心中想道："我要脱身之计，且哄她一哄。"说道："承蒙女将不杀之恩，如今回关，愿送还唐将，献关投唐，求元帅连我夫人一并发还，感恩不尽。"梨花说："放你夫妻回去，若有改变，赌下誓来。"朱崖道："若背了元帅释放之恩，倘有负心，死在乱刀之下。"梨花说："放他回去吧。"顷刻收了移山之法，原在战场。朱崖夫妻得放，带了兵将回关。元帅鸣金收军回营。丁山说道："既擒朱崖夫妇，正好破关，救取唐将。何故放回？"元帅道："世子，我岂不知。但是气数未尽，命不该绝。我学诸葛武侯七擒七纵，收服他心，归伏大唐。他立誓而去，焉肯失信？不要虑他。"丁山听了，也不多言，只等献关。

等了二日，朱崖全然不理。元帅大怒，传令众将，齐起兵打关，擒拿失信番儿。秦汉说："元帅且慢打关，待末将先进关中，探听二刘、先锋、师兄消息再处。"元帅点头说："是。"秦汉候晚出营，飞进关中，来到番营打探。且说那朱崖释放回关，夫人十分感念，对朱崖说："将军，我夫妻二人被樊元帅擒去，蒙她不杀之恩，快放这擒来之将，开关献唐。"朱崖听了大怒，说："夫人，我恨樊梨花用移山之法捉我，营中羞辱，此恨未消。况我世代受国王隆重，杀身难报，岂肯降唐做叛逆之臣？不要提起。"夫人听了点头说："将军忠心报国，理所当然。且守住关门，待苏国舅兵到，出战便了。"不知后事如何，且听下回分解。

第五十六回

铁笼火烧窦一虎　野熊摄去二多娇

　　适才前言不表，再讲到朱崖夫妇正在此言，有番儿报进说："营外有一红面孔、三只眼道人，口称孔介山连环洞野熊仙要见。"朱崖听了说："我师父到了。快开中门。"朱崖接进营中，拜见说道："弟子亡命在外，久违师尊，到此何干？"仙师道："徒弟，我山中炼就两把钢鞭，能打仙凡。前日逢着苏国舅同僧、道各处仙山借宝，要杀唐朝人马，请我到来助你。"朱崖大喜说："难得师父到此，明日开兵。"野熊仙抬头一看说："营前挂着何人？"朱崖说："就是唐营矮将。他有地行之术，行刺被拿，要饿死他。"野熊仙笑道："他颇有法术，焉能饿得死他？将他连笼烧为灰烬。"秦汉听了，二刘也不打听，吓得大惊失色，连忙飞到营中说："番将失信，来了师父，要将师兄烧死。"金莲大哭，上帐请救；仙童也哭兄长，要救哥哥。元帅说："事不宜迟，将倒海符帖在笼上，救师兄要紧。"

　　秦汉接了符，飞身进关。笼在平阳之地，四面堆起干柴，正要举火，听得一虎在笼内啼哭。秦汉轻轻说道："师兄不要慌，有符在此，将来贴好。"飞身立在云端。只见远远有金光一道到来，彩云里面一位道人。秦汉一看，说："原来是师父。"上前叩见，细说因由。王禅老祖叫声："徒弟，我在山中打坐，心血潮来，屈指一算，晓得大徒弟有火难，故亲自赶来。倒海符只救得一时三刻，长久就不灵了。我借了北海水，又有珊瑚瓶，我和你立在云里面见机行事。"秦汉才放了心。只见下面野熊仙、朱崖令军士将笼烧得正猛，只听得人声说："好大火啊！番儿只用此火，窦将军也不怕。"又拍手大笑。朱崖叫声："师父，大火烧他，他里面大笑，如何怎了？"野熊仙说："这不难。他有倒海符，不过一时三刻，再加柴火烧，怕他不死？"果然烧了一日一夜，火光直透云霄。野熊仙说："是不见动静，必然烧死了。"朱崖说："非但烧死，铁笼也作灰飞。"正说之间，又听得里面一虎喊道："番儿，就烧我一月也无害于我，枉费这些柴草。"朱崖听了大惊说："师父，烧了他一日一夜还不死，倒在里面骂人，真正妖怪了。"野熊仙说："我不信，再取干柴去烧。"朱崖吩咐再取柴来，军士禀道："积下数年柴草，都烧完了。"朱崖听说数年积草都烧完，倒吃一惊，即差能事小番，往铜马、玉龙两关借积柴。小番领令而去。烧到天明，烟火尽灭，铁笼不动，懊悔无及，枉将积柴烧完，便与师父商议说："此事如何？"野熊仙说："既烧他不死，也罢。明日开兵。"

不表番营之事，再说王禅老祖用北海水救了一虎，对秦汉说："大徒弟有百日灾难，自有高人破关。我去也！"驾云而去。秦汉拜别师父，回转营中。仙童、金莲看见关内火光直透，心中大惊，两眼下泪。想秦将军此去，灵符不灵。元帅说："大事无妨。二位姐姐，不必伤心。"忽见秦汉来到，众将俱来请问。秦汉上帐，将遇师父救了师兄，说灾星未满，大命不妨，说了一遍。众将才得放心。金莲、仙童听了欢喜，望空拜谢老祖。元帅传令，朱崖背信，起兵取关。只见帐下走出两员女将，金桃、银杏上帐说："丈夫刘仁、刘瑞被他捉去，未知生死。今日愿去见阵。"元帅叫声："两位公主，那朱崖妖法多端，去不得的。"二将说："丈夫被他捉去，今朝必要报仇，哪怕番儿妖法。"元帅见她二人执意要去，令秦汉夫妇："你二人帮助二徒媳出阵。"四将奉令出营，来到关前叫骂。

　　小番报进，朱崖大怒披挂。野熊仙说："徒弟，我同你出阵，杀尽唐将，与苏国舅报仇。"一同出关，来到阵前，抬头一看，两位公主十分美貌，起了凡心。口中念动真言，飞沙走石，一阵狂风，众将开眼不得，将二公主摄去，藏入山中。秦汉夫妇回营说："元帅，小将夫妻相助二位公主打关，不想关中冲出野熊仙，手舞双鞭，十分厉害，与公主交战。小将正欲冲锋相助，他口中念咒，顷刻飞沙走石，把二位公主擒去。特来报知。"梨花听了大怒："可恨妖道，擒我二公主。今日必要除他。"立刻传令，亲自出阵。同了仙童、金定、丁山、金莲掠阵，五位将军出营，杀到阵前。再表野熊仙把两位公主摄入山中，藏于野洞，复又驾云来到战场。抬头一看，又见四员女将，又起贪心，开口说道："四位佳人，同我回山洞中轮流取乐。"四将听了大怒，一齐出阵。丁山也向前，将野熊仙围在中间。杀得野熊仙浑身是汗，忙祭起打仙鞭来打，正中丁山肩膀之上，叫声："不好了。"伏鞍败阵。又祭起一鞭，打中陈金定背心，吐血而逃。野熊仙好不喜欢，雌雄鞭祭起，一上一下，来打唐将。又使神通，飞沙走石，杀出无数披头散发鬼将。仙童、金莲慌张。梨花大怒，把手一指，沙石鬼将无影。熊仙大惊，复舞动双鞭来战。仙童祭起捆仙绳，野熊仙晓得仙家至宝，化道长虹而去，直往西山。

　　梨花心中不乐，传令收军。回入营中，秦汉说道："世子丁山、金定夫人被鞭打伤，发昏营中，不得醒转。乞元帅处治。"梨花、仙童、金莲三将听了，魂不在身，连忙观看。三人两泪交流，梨花说："这仙鞭如此厉害，定是八卦炉中之物。"忙将敷药敷好，二人才得醒转，疼痛不止。梨花说："必须黎山求得师父丹药，方可止痛。谁与我走一遭？"仙童说："我师黄花圣母也有。待我前往。"梨花说："事不宜迟，就此起行。"仙童打扮，扮做道姑，骑了腾云驹，日行千里，别了元帅、众将，起程而去。此话不表。

再言元帅说："我看妖道一道黑气在头上出现，决是妖魔鬼怪，化作长虹而去，直往西方，必定有个巢穴，所以不进关门。想两位公主决然也在那里。谁将前去打听下落便好。"秦汉说："二位徒媳已被拿去，小将愿往。"元帅说："秦汉肯去，我放心了。"秦汉奉命出营，飞上云端，直往西方，约行数千里，只见一道黑气冲天。秦汉想道："是了。"按下云头一看，是一座高山。走进山去，见一石洞，两扇门半开，走出数个小妖。秦汉见了避开。听得小妖两个说："我家大王有兴，前日往金牛关去，捉得两个美貌佳人。叫我买办，今夜成亲。连我们也有酒吃。"秦汉听了，方知公主着落。让过了小妖，闪入洞中，果见酒席完备。秦汉见了大怒，提起狼牙棒乱打。众妖一起上前敌住，被秦汉打得落花流水，将台凳尽皆打碎。小妖报到里面说："大仙，不好了！外面有一矮将十分凶勇，口口声声要还公主。洞府打得雪片，众妖打死一半，如今要打进来了。"

　　野熊仙听了大怒，手舞双鞭杀将出来，说："你这矮子好生无礼。我正要做亲，坏我好事，将我酒席打碎。尔来得，去不得了。吃我一鞭！"秦汉举棒相迎，洞中大战。野熊仙张口，吐出毒气，直奔秦汉。秦汉见了，倒拖棒且战且走，被野熊仙追出石洞。秦汉飞身而去。野熊仙进洞，看见众妖，都是头破脑裂，心中不快，无心到里面，也不成亲，守把洞门，恐防再来。秦汉在云中一看，不见野熊仙追赶，不如见师父求救两位公主。算计已定，不消片刻，早到仙山。只见洞门开着，有两个童儿出来，见了秦汉说："师兄不去征西，到此何干？"秦汉将遇野熊仙之事说了，"特来叩见师父"。童儿说道："师父请客，不便通报。"秦汉听了，心中烦恼："我师父家法甚严，不好进洞，如何是好？"又问声："师父今日请什么客？"童儿说："师父请二郎神杨戬老爷。"秦汉听了大喜，"我师也曾说道，二郎神有七十二变化，孙行者大闹天宫，被他降过。若是求得他去，野熊仙就好除了。只是不能见他一面。"正在此想，只听得师父笑声，手挽杨戬双双出洞来了。不知后话如何，且听下回分解。

第五十七回

二郎神大战野熊　圣母收服二牛精

　　前言不表,再说秦汉连忙跪下,伏在路旁,口叫:"师父救命!"王禅老祖一看,认出徒弟,说道:"我前番在金牛关,借北海水救了一虎。今日又来求救于我。你且起来,说与我知。"秦汉听得,立起身来说:"金牛关交兵,来了野熊仙,将金桃、银杏两位公主摄去。元帅命我前往追寻。寻到一山,有一石洞,乃野熊仙巢穴。强逼成亲,被弟子打破筵席,洞中大战。野熊仙妖法多端,被他杀败,特来求师父救公主要紧。"王禅老祖说道:"徒弟,那野熊仙千年修道,变化多端,神通广大,在八卦炉中炼成双鞭,曾偷王母仙桃,我也降他不来。莫要惹他,快快回营去罢。"秦汉听了,叫声:"师父不救,两位公主性命休矣。"流泪不止。二郎神听了老祖之言,当中神目睁起,大怒道:"道友说哪里话来,我和你同是道门弟子,岂可长妖精之志气,灭自己的威风。那野熊虽偷仙气,终究畜类。令徒有难,我当代汝去救。"老祖听了大喜,叫声:"道友发慈悲之心,同我顽徒去收熊精。"二郎神别了老祖,变一喜鹊,往西去了。秦汉飞身要去,老祖叫声:"徒弟,那野熊仙厉害,知你必来求我。我备酒请杨戬老爷到此,我将言语激他,他大怒而去,必然收服,梨花好进金牛关。去罢！"

秦汉拜别，飞身也往西来，到了孔介山野熊洞口，喜鹊先在树上，叫声："秦汉，你来了么？"回说："弟子驾云来迟，望神君恕罪。但是妖精紧闭洞门，怎好进去？"杨戬说："不难。"飞下树来原变二郎神，手执金枪，立看洞门，关得密不通风。秦汉将狼牙棒来打，洞门里面惊动了野熊仙。那小妖报知说："唐朝矮将又来打门。"野熊仙说："不要理他，今晚要做亲。"秦汉打得手酸，洞门不动。杨戬看见，叫声："不要打了，待我看看。"一看，只见洞门旁边有条碎缝。杨戬变作一苍蝇钻将进去，说："妖精逃出，你就打死他。"秦汉应诺。

杨戬钻进里面，洞内宽大，只见这些小妖安排筵席，野熊仙当中坐着，吩咐小妖说："你去请两位美人出来成亲。她若倔强，剥了衣服，绑来见我，取她心肝下酒。"小妖听了，便往里去了。二郎神听了，仍变为人，提手中枪，照野熊仙劈面刺去，喝声："妖怪，不得无礼。我杨老爷来了！"野熊仙吃了一惊，抬头一看，在天官会过，认得是二郎神，吓得魂不在身，连忙走到里面，取出双鞭迎住，说："二郎神君，我今夜成其好事，你来破亲。既到我洞，吃我一鞭。"二人大战，野熊仙吩咐小妖一齐上前围住，那杨神君吹口气，变有数百神君来打野熊。野熊仙看来难敌，拖了双鞭，逃出外面。神君里面赶出，小妖开了洞门，野熊仙逃出洞处。秦汉看见，将手中狼牙棒照头打下，他就化一道红光而去，秦汉吃了一惊。

杨戬走将出来说："妖精呢？"秦汉说："弟子见妖精败出洞来，被弟子一棒打去，他化红光逃了，竟往西南。"杨戬说："他气数未尽，造化了他。你进洞救出两位公主，放火烧洞，尽行烧死小妖，破其巢穴，他无处栖身，再不敢来阻你西进。"秦汉奉命，回身打进洞中，将小妖尽皆打死，里面救出两位公主，回身一把火，烧得洞中乱烟直喷。那二位公主外面拜谢二郎神说："回去有万里之遥，焉能得见元帅？"神君说："这倒容易，借阵风送你回去。"那杨戬念动真言，忽起一阵神风,将两位公主送去。又叫:"秦汉,我去见你师父,说妖精驱逐。你速往军中,叫元帅快进兵取关。"秦汉叩谢。杨戬化一阵风而去。秦汉飞身回转,此言不表。

再言元帅梨花同众将营中昏闷。丁山、金定俱遭鞭打,不时发昏。仙童此去可求得仙丹?两位公主被风摄去,秦汉追寻未有回音。正在此言,听得帐外狂风从空吹落二人。元帅同众将来看,原来是金桃、银杏。令女兵扶入帐中,众将大喜。元帅问起因由,两公主将秦师父能干,求得二郎神逐去妖精之事说了一遍。秦汉也回营缴令。元帅称赞说:"多亏将军莫大之功。但窦姐姐上仙山求药一去不回,烦秦将军走一遭,催促她早回,好救丁山、金定,然后开兵。"秦汉奉令,飞身竟往黄花山而来,此话不表。

再说窦仙童为何不回,有个缘故。那一日行到一高山,忽听得山中喊杀连天,金鼓之声。仙童心中想道:"深山旷野,哪有人厮杀?"走下山头一看,只见山凹内有两支人马,东边一员将,红脸乌须,手执宣花斧;西边一员将,黑脸红须,手执大刀。各带人马,两下交战。仙童山上喝彩说:"好武艺!可惜埋没山中。"二将听了,各住了手,抬头一看,见了仙童,红脸将叫声:"贤弟不要比武了,你看山上有一位仙姑,单身独马看我们。和你赶去,夺得到手,做个压寨夫人。"黑脸听了大喜,二人拍马赶来,大叫道:"哪里来女将?擅敢观我山寨,快随我去,做个压寨夫人。"仙童听了大怒,手舞双刀敌住。一女两男,杀得天昏地暗。红脸将看来难胜,摇身一变,变一火牛,衔了仙童飞走上山。进了独角殿,现了原形,放下仙童,令送房中,明日成亲。殿中摆酒,黑、红二将饮酒。黑脸说:"大哥,此女决非凡人,不要逼她。待慢慢地弟与为媒,劝她顺从。"红脸将说:"多谢贤弟。"

不表二人饮酒,仙童被捉。再言秦汉奉了将令飞到九龙山,来到洞口,只见两个仙姑出来,见了秦汉,叫声:"师兄何处来的?"秦汉道:"我乃王禅老祖门下弟子秦汉,要求见圣母,望乞通报。"二姑听了，连忙进洞，禀知圣母说："外面有王禅老祖徒弟秦汉，有事求见。"圣母说："唤他进来。"仙姑奉命，唤进秦汉。秦汉见圣母倒身下拜。圣母说："闻你下山相助丁山征西，今有何事见我？"秦汉听了，倒吃一惊：难道仙童还未到此？只得上前禀道："弟子因薛世子、金定被鞭打伤，二人发昏，前日令窦仙童到来求丹药，不知何故尚未回去。元帅放心不下，令弟子再来相求，望师父速赐丹药相救，打发仙童速归。"圣母听了秦汉之言，说道："仙童徒弟不曾到此，决定路上阻隔。你去寻了仙童同来，付你丹药，相救世子二人。"秦汉想道："地阔天涯哪里去寻，这题目难了。"只得回身出洞，打从旧路飞腾。来到一高山，只听喊声，却是为何？谁知那黑脸将劝仙童与红脸成亲，仙童大骂，杀将起来。黑脸变一水牛，把仙童捉去，后山捆住。秦汉看见，认得是仙童，提起狼牙棒，喝声："不得无礼。"劈头打来。黑脸将抬头一看，见了秦汉，不解其意，喝声："哪里来的矮子，吃我一刀！"大战一场，杀得黑脸招架不住。

小妖报入寨中说："大王，不好了！二大王被一矮子杀得不能招架。大王快去相救。"红脸听了，备马出寨杀来，迎着秦汉，张开大口，放出火来，直奔面门。秦汉心慌而走，红脸变了火牛赶来，要捉秦汉。秦汉飞上云端。红脸大王见矮将飞去，倒觉心惊。正要进寨，秦汉又飞下，举棒又打，打伤左臂，跌倒在地。秦汉又要来打，黑脸大王大叫："休伤我大哥。"将大刀架住。一场交战，黑脸又杀不过，口喷大水。顷刻波浪滔天，摇身一变，变一水牛，来拿秦汉。秦汉还飞云端。水牛收了法，用药敷好火牛，紧守寨门。秦汉寻到后山，只见仙童捆着，几个小妖看守。秦汉说道："窦夫人不必烦恼，我来救你。"小妖报知大王，那两个妖精大怒。赶到后面，一个吐火，一个喷水，来拿秦汉。

秦汉正要飞腾，云端来了黄花圣母，大喝道："两个孽畜，休得无礼！"红、黑二精抬头一看，见一道婆。弃了秦汉，来战圣母。圣母念动真言，云端落下一位天神，头戴金盔，凤翅分开，身穿金甲，手执降龙杵，口称："圣母有何法旨？"圣母说："今有火、水二牛作怪，与我收去。""领法旨。"那神将大喝一声，将杵打下，变现火牛。骑在背上，将红绳贯穿在鼻孔说："孽畜，快随我去。"只见那只火牛扁扁服服，驾火随了那位神将飞空而去。那黑脸将见了大怒，喝声："妖道，如何拿我哥哥去了？"手舞大刀杀来，圣母将金如意迎住。黑脸张开口喷出大水来了。圣母笑道："孽畜，留你在世，仍旧害人，收服你回山去罢。"口中念咒。又见云端来了一位天神，头戴金箍，红发披耳，身穿绣龙短袄，面如锅底，脚下乌靴，双手打拱，口称："圣母有何法旨。"圣母说："银河水将，速将水牛收归回去。""领法旨！"那水将跳入水中，将牛连打三下，骑在牛背上，穿了鼻孔，随水而去。

山中大小众妖见主将拿去，各自逃散。秦汉大喜，解放仙童。仙童叩见师父救命之恩。圣母说："徒弟，你来意我尽知，该有二牛之难，亏秦汉寻得到此，救了你。我有金丹一粒，速回去救丁山、金定。后诸仙阵再会。"说罢腾云而去。仙童、秦汉望空拜谢。仙童骑上腾云驹，秦汉戴着钻天帽回营。元帅正在营中等候，秦汉先到，说起此事。元帅听了说："亏了秦将军寻到圣母收牛，不然我姐性命难保。"望空拜谢圣母。

不多时仙童到了，元帅迎接。接进营中，诉说一番，取出金丹，毫光万道，"师父命我将金丹救世子、陈妹妹。"便将金丹调好，来到后营。一看见二人只有一息之气，把药敷在伤处，不消片刻，二人醒转，床上坐起。元帅说明，二人走下床来，拜谢秦汉。营中排筵，与秦汉贺功。金桃、银杏两位公主也来拜谢秦汉。秦汉吃得大醉说："明日我还要进关，访两个徒弟、罗章、窦师兄他们的下落。"知后事如何，下回便见。此一回乃秦汉救金桃、银杏、仙童小团圆。

第五十八回

芙蓉设计杀朱崖　梨花兵打铜马关

话说秦汉等到三更，飞入关中，往番营一看，见铁笼悬挂着，想道："不要饿坏了。"叫一声："窦师兄。"笼内应道："师弟，你来了么。事体如何？快来救我。"秦汉说："师兄你安心守着，待我刺死了朱崖，便来救你。"

说罢，飞入后营。见番兵防备甚严，难以下手，又到后边伏在檐上。听得下面有人言语，乃刘仁、刘瑞对罗章说："……我想元帅因而不打关。又听得二公主被野熊仙摄去，性命决然不保。"罗章说："二位兄弟，我和你亏了监军款待，不致饿死，真感他恩。没有他夫妻照管，决然此命难保，想他无益。昨日闻得监军沃利说：'朱崖好色之徒，抢了民间有夫之女，名唤赵芙蓉，十分美貌，强要为妾。'此女不从，夫人苦劝，只是不听，只要在她身上刺死了朱崖，此关好破了。"正在此言，忽听落下一人说："你三人做事，要行刺朱崖，我要出头了。"三人大惊。

罗章抬头一看，原来是秦汉，放下了心，说道："将军到此，二公主消息如何？"秦汉将二郎神救公主之事细说一遍。二刘大喜，望空拜谢二郎神，又拜秦汉。秦汉说："我方才屋上听得此计甚妙，须要通知赵芙蓉。我外面打关,双路夹攻,金牛关立破。"三人听了大喜。秦汉飞出关外,报知元帅,说明此事。梨花听了大喜,令秦汉先进关中帮她行事。传令整备打关,此言不表。

再讲监军沃利,待三将甚好,不甚吃苦,每日倒有好酒肉。那夜沃利送了晚膳进来,见三将流泪。沃利开言说:"我看你往常虽然愁烦还好,今夜为何悲苦?说与我知。"三将叫声:"恩人,我们被擒到此,难以脱身。若得恩人相救,事当图报。"沃利说:"我久有心放你归唐,但本官厉害。若能除了他,就好解救献关。"三人听了,双膝跪下说:"恩人,果然救我,我已有计了。只要通知赵芙蓉,她若依允,除朱崖不难。"沃利说:"容易,待我对妻子讲明,来报你们。"三人吃完夜膳,沃利收拾进内,与连氏说知。那连氏妻子笑道:"我又不是貂蝉,如何做得美人计?"沃利说:"娘子又不要行计,要你引他进去,见了赵芙蓉,此计必成。"连氏说:"这容易。"沃利大喜,来到监中,通知三将,如此这般。

罗章与二刘打扮成番女模样,同了沃利来到家中,见了连氏。那连氏也是爱风流之女,见了二刘,十分得意,只少一杯清水,恨不得将二人吞在肚中。有丈夫碍眼,忙挽了二刘手,张灯引进后营。只听得连氏对芙蓉说:"你明日只说依允,将酒灌醉朱崖,刺死了他,才得夫妻团圆,免至失节。"芙蓉说:"我胆小,只怕做不来。"连氏说:"我三个小妹十分有力。你大胆行去,决不妨事。过来见了大娘。"那三个假番女上前拜见芙蓉,算计停当。次日沃利报与朱崖说道:"芙蓉被我劝得心转,今晚完其花烛,成就美事。"朱崖说:"难得你劝她心转,其功不小。"命左右快备筵席,今晚与芙蓉成亲。

金丸夫人晓得,走出外面,见了朱崖,夫妻坐下。朱崖说:"夫人,今日出堂何干?"夫人道:"将军,妾思唐兵扎驻关外,野熊仙一去杳无音信,须备退兵之计为妙。如何不思忠心报国,今日反做贪花好色?快快放还芙蓉,商议破敌方好。"朱崖说:"不劳夫人费心。若说敌兵临境，已杀他胆散魂消，料他不敢再来攻关。况且芙蓉生得美貌，下官见了她十分得意。夫人休要吃醋，进去罢。"夫人看来劝不转，流泪归房。

果然其夜朱崖中计，芙蓉假作欢笑，陪朱崖酒，击鼓催花。朱崖大喜，饮得大醉，说："夫人扶我房中去睡罢。"扶入房中，朱崖和衣而睡，鼻息如雷。芙蓉想道："此时不下手，等待何时？"将彩衣脱落，床头取出青风宝剑，正要动手，倒却心惊，满身发抖说："不得不如此了！"放下胆，拉开锦帐，将宝剑砍去，中在左臂。朱崖大叫一声："不好了！疼死我也。"走下床，将芙蓉推倒外面。罗、刘三人铜锤打开门，各拔出腰刀，将朱崖乱斩乱砍，杀死了朱崖，即忙扶起芙蓉。正要杀出，只听得关外喊声震天，元帅大兵攻关。

秦汉铁笼内放出一虎，二人在内杀出，斩关落锁，放进大兵。番兵遭此一劫，也有砍破脑的，也有杀死的，也有枪伤的，也有刀刺的。番兵见无主帅，杀死大半，不死的俱逃往铜马关去了。金丸夫人闻报，吓得魂飞天外，披挂赶进洞房，里面杀出三个小将，大喝道："蛮婆哪里走！"夫人见了，喝道："你三个什么人？擅敢无礼！外面唐兵破关，快请将军拒敌。"三人喝道："你丈夫被我们砍为数段，你若不信，进去快看来，应了背信赌咒之罪。"夫人大惊，忙走进房，见了朱崖尸首，大哭一场。番女报进说："大唐人马已杀进府中来了。"三将正要动手，夫人说："你们不必如此，我夫已死，难道我独生？"望空遥奔，拜毕拔出宝剑自刎而亡。

三将迎接元帅入内升坐，请出芙蓉，说："小妹子一计斩了朱崖，待奏闻圣上，赏赐大功。"送芙蓉回家，芙蓉拜谢而去。又称金丸夫人尽节，命棺椁埋葬。屯兵关中。窦一虎、秦汉、刘仁、刘瑞进营拜谢元帅。元帅命薛金莲、金桃、银杏会了窦一虎、刘仁、刘瑞。三对夫妻悲喜交集，俱亏了秦将军救命之恩。元帅令三对夫妻拜谢秦汉。秦汉谦逊说："是你自己福分，与我何干？"六人都上前拜谢。

元帅一面捷报唐王。其时正是寒冬天气，唐天子大悦，差钦差赐锦袍赏赐将士。不一日送到金牛关，元帅接旨谢恩。再停半月，商议西进，放炮起行。先锋罗章上帐说："小将同刘家兄弟若无监军沃利照管，此命难保。望元帅谢他救命之恩。"元帅说："罗将军之言有理，命他镇守金牛关。"沃利上前叩谢。

离了金牛关，往西而进，大雪纷纷，朔风凛凛。传令扎住平阳之地安营，待天晴起程。众将得令，一声炮响，扎下营盘。营中排宴赏雪，顷刻雪高三尺。同三个孩儿一同饮酒，薛勇、薛猛，年六岁。元帅所生薛刚，年方三岁，生得赤黑，像烟熏太岁、水磨金刚。丁山说："我奉旨西征，只望早平西番。不想在路破关夺寨，耽搁年久。父亲骸骨不曾安葬，母亲又不能侍奉，心中好不烦恼。"梨花说："今西番十去其八，只有铜马、玉龙两关，有何难处？待擒了番主，回朝有日，不必介怀，暂且饮酒。"仙童、金定皆劝丁山，此话不表。不觉住了一月，天气晴和，传令起兵。又行了半月，到了铜马关。传令安营，候明日打关。众将一声答应，放炮安营，此话不表。

再讲那铜马关守将，乃弟兄二人，把守东西两座关头，俱封王位。长名花伯赖，次名花叔赖，皆有万夫不挡之勇。花伯赖闻报金牛关已失，不日兵到铜马，忙请兄弟到衙，说："兄弟，我闻樊梨花用兵如神，有许多法术，勇将甚多，与你商议怎生拒敌？"叔赖说："哥哥不要着忙，关内有雄兵十万，何足惧哉？弟前年通好诸番，偶到五龙山经过，那山中有五位仙女，分青、黄、赤、白、黑，乃龙王之女，俱有神术，神通广大。正在演阵，见了兄弟收为徒弟，赠我神鞭，又有火眼金莺，十分厉害，上阵交战，啄人眼睛。有了这两件宝贝，何惧唐兵百万？"花伯赖听了大喜，说："兄弟，你既有神鞭、金莺，还要写书到五龙山，请她姊妹到来，破唐兵甚易。"叔赖说："哥哥之言有理。"一面修书往五龙山，一面整顿交战。此话不表。不知后事如何，且听下回分解。

第五十九回

盗金莺秦窦逞能　摄魂铃擒花伯赖

适才话言不表，再说唐营。次日天明，元帅升帐，令先锋罗章领兵一万打关。罗章领令，结束停当，顶盔贯甲，上马提枪，领兵出营。来到关前，抬头一看，两山环绕，中间关城。令军士大骂。

小番报入关中。花家兄弟闻报，全身披挂，带领番兵，放炮开关，冲出两支人马，来到阵前。罗章抬头一看，见为首二将，俱是红扎巾，狐尾当头，雉尾高挑，身穿金甲，一人提枪，一人拿鞭，脸分白黄，都骑高马，一样打扮。罗章明知花氏兄弟，挺枪出马，直刺花伯赖。伯赖大怒，举枪相迎，战有二十回合。叔赖见兄不胜，提鞭出阵助战。罗章全不在心，一条枪敌住两般军器，一场大战，又战到五十余合。罗章全不惧怯，越战越有力。叔赖放出金莺，飞空扑面冲来。罗章大惊，回马就走，被叔赖一鞭打来，正中肩上，伏鞍大败而走。花氏弟兄在后赶来。

探子报入营中说："罗先锋被番将鞭打肩上，大败而走，请元帅发兵接应。"梨花听了大怒，令丁山出阵接战。刘仁、刘端为左右救应。三将得令，领兵冲出。让过罗章，接住花家兄弟交战。刘仁、刘端也向前，杀得花家兄弟汗流浃背。伯赖拖枪回马就走。丁山在后赶杀，叔赖独战二将，又放出神莺扑面飞来。刘仁、刘端看见，回马就走。叔赖又举起鞭来，正中二将背上，几乎落马。众将救回。丁山正追伯赖，听得二将被打，正欲回身来救，叔赖神鞭已到面前，打中肩上，伏鞍大败而逃。花氏兄弟大喜，驱兵掩杀，杀死唐兵一大半。探子报入营中，元帅大惊，令秦汉、月娥、一虎、金莲四将速挡花家人马，快救回三将。"得令！"四将领兵出营。那花氏兄弟大杀唐兵，见红日沉西，又见大唐人马冲出，鸣金收军，进关排宴庆贺，此话不表。

再言元帅梨花。众将救回三将，四员大将俱皆打伤，忙将丹药敷好，一时痊愈。元帅说："罗将军，番将用何法术将诸将打伤，连输二阵，损兵大半？"罗章说："小将今日出去打关，见关上扯起绣旗，书着花伯赖、花叔赖。关旁两座高山，东西两将镇守。那叔赖身边有一只火眼金莺放出，要吃人眼目。小将招架不住，被神鞭打中。"元帅说："他有金莺厉害，伤损我兵。明日出阵，众将须要小心防备。"众将依令不表。

再言秦汉对一虎说："元帅也防备金莺。待我与你今晚盗取金莺，明日出战，自然得胜。"一虎依言，当夜瞒了元帅，一个钻天，一个入地，私进关中。来到番营，想道："金莺乃叔赖之物，必在西营。"叔赖身边有两个爱妾，一个名爱娘，一个名欢娘，俱皆绝色。欢娘乃贪淫之女，俱皆绝色。因叔赖不进她房，在灯下长叹，怨言仇恨。

秦汉在屋上听得明白，想道："原来此女怨恨，待我看一看。"飞落阶前，往房中一看，果见此女手托香腮，眼中流泪。秦汉看见，进房抱住番女。那欢娘一看，大惊说道："你这矮子，是人是鬼，快快说来。"秦汉笑道："你不要看轻了我，我虽身矮，乃大唐名将秦汉，有钻天之术，来探军情，见美人弹琵琶声声怨言，惊得我在云端内跌入你房。今夜与你成其好事，胜自空房独宿，休错过良辰美景。"那欢娘听了说："看你不出，倒是唐朝上将。既蒙见爱，今晚从了你，待破了关，要娶我的。"秦汉说："这个自然。"正要上床，那一虎在地下听得明白，钻将出来，喝道："你两个做的好事。"吓得二人大惊。欢娘一看，又是一个矮子。秦汉说："师兄为何也在此？"一虎说："师弟不要贪色，和你既进关来，盗金莺要紧。"秦汉对欢娘说："夫人，我和你后会有期。不知金莺放在何处？"欢娘说："那金莺乃夫主防身之宝，东房去寻。"秦汉说："承指引了。待破了关，娶你成亲。"秦汉飞入东房；一虎地行入内。欢娘想道："怪不得唐朝女元帅杀得西凉势如破竹，关门指日可破。二大王啊，我不负你，你偏待我。我今日打点归唐，只候破关。"

不表水性杨花之女，再言两员矮将飞到东房，见房中灯烛辉煌，照得如同白日。房中也有一个女娘，坐在床前，也生得绝色，也口出怨言，对于锦帐，叫声："冤家，为何像死人一样睡了？不念奴家青春，正好云情雨意，鸾凤颠倒，醉得如此！快快醒来，脱了衣服好睡。"叫了几声，鼻息如雷，只是不应。那爱娘无奈，脱了衣裳，露出了嫩粉肌肤，斜露酥胸，钻入帐内，唉声叹气。秦汉在帐外见了她明媚，好不动火，想道："这番儿，好受用。"正当三更时分，好下手了，但不知金莺放在何处？立在栏杆边团团寻觅。只见一虎钻出对秦汉说："师弟，你不见床头前挂着的金莺么？"秦汉一看果然，忙走到床前，取下笼来。谁想金莺大叫起来，床上叔赖惊醒，翻身坐起一看，秦汉接了一虎的莺笼，飞在云端。叔赖下床，见一矮子，大怒，取过神鞭打下。一虎身手一扭不见了。叔赖大惊说："这人倒有地行之术。"抬头一看，不见了莺笼，吓得魂不附体，说："矮子不曾拿去，为何不见了？又是奇事。"只听得半空中金莺叫声，连忙出外，抬头见云端又有一个矮子，提了笼儿，说道："花叔赖，你靠着这只金莺儿，昨日阵上伤我四员上将。我秦将军盗取了。"说罢飞去。叔赖说："可惜金莺，蒙师父五龙公主赠我，上阵至宝。不料唐营有钻天入地之人，要来行刺也不难。"传令兵士营中守护，乱到天明。此话不表。

再言秦、窦二将回入营中。秦汉说："师兄盗莺，未奉军令，倘元帅知道治罪不便。"一虎说："师弟，将莺踹死，埋其形迹。"秦汉点头，果然将莺连踹数踹，登时而死。二人不睡，候到天明。

元帅升帐，众将分立两旁。元帅说："昨日伤了四员将，今日谁去打关。"闪出天蓬黑脸陈金定，上帐说："末将愿去打关。"元帅说："姊姊虽然勇猛，不可独往。"令月娥同去，两员女将得令。金定提锤，月娥使双刀，全身披挂，上马出营。带了人马，杀到关下叫骂。那花叔赖不见了金莺，正与伯赖商议，听得番儿报说："有二员女将攻关。"二人一听大怒，开关出阵。叔赖接住金定；伯赖迎住月娥。二女两男，一场大战。伯赖与月娥战到数十合，伯赖实难取胜，回马诈败而走。月娥喝声："哪里走！"随后赶来，取出摄魂铃一摇，伯赖马上坐不住，迎面一交，跌下马来。番兵正要来取，被月娥轻舒猿臂，捉过马来，回马飞奔进营献功。那叔赖实战不过金定，见兄被捉，回马大败而逃。金定在后追赶，叔赖不进关中，落荒而走。一路追去，追到山凹内面，叔赖说："好厉害的蛮婆，叫我前无去路，后有追兵，我命休矣！"

只见骑鹤一仙女落下说："陈金定休得无礼！俺公主在此。"手执雌雄宝剑，敌住金定。金定昔日在武当圣母处认得的，喝声："赤龙公主，你是出家修仙学道之人，也来管闲事，待我擒番将献功。"公主大怒说："陈金定，那花叔赖是我姊妹的徒弟，焉能不救。你若赢得我手中宝剑，我便还你。"金定性子急猛，听此言大怒说："休得夸口！"举起铁锤打去。公主将双剑交迎，两下大战。叔赖见了大喜说："救兵到了！"飞马逃入关中。二人正在厮杀，听得虚空鹤叫，又来了四位仙女。金定看来不对，回马而去。五龙公主也不追赶，驾鹤进关。叔赖接入营中，说道："金莺被矮子盗去，哥哥又被捉拿，方才若无师父相救，弟子性命难保。"五位公主说："徒弟不须烦恼。梨花依黎山门下，伤我同道之人甚多。今我姊妹承你书来相请，今下山来，我们摆下一阵，与她分个高下，比一比手段。若破得我五龙阵，方算梨花有本事。若不能破，管叫唐兵百万尽为飞灰，归复西番地方，中原可得。只少上将雄兵，有了这二件，就容易了。"叔赖说："这不难，待弟子修本进朝求救，自然有雄兵猛将。"五龙公主说："徒弟，事不宜迟，快些修本，奏知朝廷。"不知修本进朝如何，且看下回分解。

第六十回

哈迷王坐朝议敌　梨花观看五龙阵

适才话言不表。再言那哈迷国王驾坐早朝，文武朝见已毕，分立两班，便开金口说："寡人因国舅苏宝同起兵伐唐，反被薛仁贵父子领兵西进，夺去我国许多地方，杀死无数兵将。可恨樊梨花贱婢，弑父诛兄，投降唐王。前年闻报白虎关杨藩父子身丧，薛仁贵身亡。彼时唐王反把樊梨花为帅，夺我地方。她法术厉害，金牛关朱崖夫妻尽节。目下兵犯铜马关，花家兄弟未知胜负，诸卿有何主见？"

班中闪出一位大臣，头戴乌纱，狐尾当头，身穿蟒袍，脚踏乌靴，俯伏奏道："臣雅里丞相有事启奏。""奏来。""臣因国舅苏宝同被樊梨花大破金光阵，血光冲散而逃，已有表章奏闻，他往名山各处洞府求神仙法术，要剿灭大唐，复夺中原，以报大仇。一去之后，并无信息，使唐兵打到铜马关。今有花叔赖表章进上，狼主龙目观看。"奏毕，将本章呈上。

接本官接了，放在龙案之上。国王一看，方知五龙公主摆五龙阵，缺少上将，故来请命。狼主问："两班文武，谁将去铜马关搭救？"王言未了，武班中闪出驸马苏定国，执笏当胸，奏道："臣愿领兵，保举四将同往。"国王说："卿保举何人？""臣保举殿前云必显指挥、方万春平章、忽突大黄毛洞主、郝麒麟，臣同四将前往，立破大唐兵将，自然奏凯回朝。望我主免忧。"国王听了龙心大悦，传旨宣召。四将一齐朝见，三呼谢恩，当殿插花赐酒，封五将为神武大将军，到铜马关听五龙公主调用。五将谢恩出朝，国王驾退回宫，文武朝散。次日驸马苏定国到教场，点齐人马大兵十万，带同四将，离了都城。到十里长亭，各官设酒饯行。定国等下马立饮三杯，辞了百官，竟往东而进。你看旌旗浩荡，号带分明，三军司命，一路而行，此话不表。

再言陈金定进营，参见元帅，将追花叔赖遇着五龙公主救去之事，说了一遍。元帅说："月娥活擒花伯赖，已入囚车，奏主发落。姊姊遇着五龙公主，如今倒有一番厮杀，传令把兵马退下十里，且慢打关。"众将一声得令。只有秦汉、一虎二将不服，上帐说："元帅休长他人志气，灭自己威风，且慢退兵。虽然五龙公主厉害，小将明日再去打关，探其法术，再计议未迟。"元帅听了说："二位将军之言有理。"传令紧守营盘，放炮一声，营盘扎得坚固，不表。

再言次日元帅升帐，点秦、窦二将出营打关。二将得令，领兵杀到关下。番兵报入关中，叔赖听报，忙来参见师父，说："前日盗莺的上天入地二人又来打关，如何退得？"白龙公主说："徒弟，不必慌，待我们前去拿他进营，斩首号令，出你的气。"叔赖大喜，点兵开关。白龙公主骑鹤来到阵前。秦汉抬头一看，是一位仙姑，头戴鱼尾金冠，身穿鹤氅白衫，手舞双刀，骑下仙鹤。见了秦汉、一虎喝道："你两个无名小卒，快叫梨花出来见我。"二将大怒，喝道："妖妇，我元帅岂可见你的么？吃我弟兄棍棒！"照白龙公主打来。公主大怒，将双刀敌住两人，大战数十余合不见输赢。公主想道："果然二将勇猛，话不虚传。"即忙取下乾坤小伞说道："矮将看伞！"把宝伞撑开，放出五色祥云，把二人眼目罩住，一个筋斗，跳进伞中去了。白龙公主收兵进关，吓得唐兵胆消魂落。回营报知元帅说："秦、窦二将被番兵一员骑鹤道姑撑开伞,二将就不见了。那道姑收兵进去了,特来报知元帅。"元帅大惊说:"我晓得五龙公主法术多端,昨日退兵十里,计议与她厮杀。那二将倚勇不服,打关,至被擒去。如何是好?"月娥、金莲二将上帐说:"元帅,那妖妇拿我丈夫,我们明日打关要救回来。"元帅依言。当夜不表。

再言公主进关,叔赖接入帐中,叫声:"师父,两个矮将怎么样了?"公主说:"我已拿在伞中,此时化为血水。"叔赖大喜,吩咐摆酒贺功。五位公主朝南坐着,叔赖下面相陪。酒至三杯,听得伞内开声说:"我王禅门下,有九转元功。你虽然吃酒,不免要斩你五条妖龙。"叔赖听了大惊。黄龙公主叫声:"五妹,你的宝伞有灵,拿人就死,今日为何不灵?"白龙公主说:"这也奇了。"忙取宝伞撑开,只见两个矮子一个筋斗跳将出来。公主大怒,吩咐拿捉。番兵正要动手,只见二人拍手大笑说:"不劳你们拿捉,我去也。"秦汉飞上天去,一虎钻入地去。五位公主看得呆了,倒觉心惊。叔赖说:"先前说过的,他有钻天入地之术,谁想又被他逃了。"黄龙公主说:"方才不听他说么,他说王禅门下,九转元功,炼就真身,不得化为血水。待我明日出关,祭火珠烧死唐兵百万,才见五龙山手段。"叔赖甚喜不表。

再言秦、窦二将回营,参见元帅。元帅大喜,说:"二位将军被乾坤伞拿去,我心甚忧,我王洪福,恭喜回营。说与我知。"二将说道:"元帅,那宝伞果然厉害,见他撑开,有万道毫光,把我二人眼目遮瞒,跌入伞中。若是凡人化为血水,幸我们师父传授金丹,防身之宝,遇有急难,吞在肚中,不能坏身。放开伞来,逃走回营,得见元帅。"元帅大喜,说:"今日金莲、月娥二员女将要去打关,你二将去助阵,须要小心。"秦、窦二将说:"愿去帮助。"两对夫妻喜欢,整备打关。

有番营差官下战书说:"唐将停留数日,待摆五龙阵完了,见个雌雄。"元帅批允。差官回入关中，报与叔赖说："唐元帅批允。"叔赖与五位公主摆阵，缺少兵将。正在此言，番儿报进说："朝廷差驸马苏定国领兵十万、大将四员到了，请二大王出关迎接。"叔赖大喜，出西关接进营中见礼，设酒接风。

次日五位公主操演人马，演熟出关，摆下五阵，东西南北中央。第一阵名曰黑龙阵，黑龙公主守将台督阵，点大将郝麒麟守住阵门，内中黑气冲天，变化多端，凭你神仙入阵，性命难保。第二阵名曰白龙阵，白龙公主督阵，大将忽突大守住阵门，内中白雾漫天，变化无穷。第三阵名曰赤龙阵，赤龙公主坐中军，点大将云必显把守阵门，内中红光焰焰，好不怕人。第四阵名曰青龙阵，青龙公主督阵，点大将方万春守住阵门，内中青云惨惨。第五阵名曰黄龙阵，黄龙公主守将台督阵，驸马苏定国守住阵门。十万雄兵，按分五行，金、木、水、火、土，分五阵操演，操了五日，精熟。

五龙公主见阵图已完，到六日各驾仙鹤到唐营讨战。梨花闻报，摆队伍出营，旗分五色，一队一队而出。梨花头戴金冠，身穿锦袍，内穿金甲。男左女右一字摆开，众将戎装，兵士精神抖擞。五位公主见了说："名不虚传，果然行军有法，纪律分明。"叫声："樊梨花出来会我。"梨花听了出阵说："五龙公主，我与你风马牛不相及，为何摆下阵图阻我西进？若不回兵，不要怪我无情。"五位公主说："樊梨花，你仗了黎山门下欺我教门，故此我姊妹们不服，摆下一阵。你若破得，我姊妹们让你。若不能破，休怪我等。"

梨花说："我一路征西，破了多少阵图，何在这小阵，你且闪开，待本帅看看，好破你阵。"公主说："你既看看，这也随你，不要害怕。我且回阵。"梨花同了月娥、金莲三骑马来到阵前，喝道："五龙公主，本帅既来看阵，休放冷箭。"公主说："放冷箭，非为好汉。"说罢进阵去了。梨花一看，果然阵图厉害，前呼后应，变化无穷，左冲右击，阵中宝光腾腾焰焰，顶上五云结盖，看了倒也惊骇。正在踌躇，不好进阵。五龙公主在阵中冲出说:"樊梨花,如今可晓得阵中厉害么?"梨花说:"这些小技,有何难破?"说罢三人回营,不知怎样破阵,且听下回分解。

第六十一回

樊梨花一打五龙阵　窦一虎求借芭蕉扇

前话不表。再言梨花在马上想道："方才一时许他破阵，若惧不去，被他们笑我无能。想五龙阵，无非按五行生克，但阵中毫光万道，宝贝不少。凡人不能进去，须有术之士、仙教弟子，方可去得。"就传令月娥、金莲二将，付灵符一道，保护其身："去打青龙阵，须要小心。"二将领令而去。点秦汉、窦一虎："你有金丹保命，去打赤龙阵。"二将领令而去。又点仙童、金定二员女将："各带灵符护身，防他宝贝伤人，去打白龙阵。"二将领令而去。梨花想道："军中能知仙法只有八人，已差去六人。我与丁山去打黄龙阵。只一黑龙阵谁去打？"正在此想，只见尉迟青山解粮到来，参见元帅。元帅大喜说："你竹节钢鞭乃仙传之宝，可以去得。"他黑脸黑甲，正应黑龙。命他同先锋罗章付灵符一道，去打黑龙阵。二将高兴，领兵而去。令刘仁、刘瑞、金桃、银杏同众将守住营盘，不可轻动。众将领令。

梨花、丁山去打中央黄龙阵，见阵中杀气冲天。再表月娥、金莲打入青龙阵内，只见阵中冲出一员番将，好不厉害。见他青盔、青甲、青脸，坐下青鬃马，手执开山大斧，大旗一面，书名大将方万春。出马拦住阵门，大喝道："二位佳人休来送命，倒不如阵前投服，收留成亲。"二将听了大怒,说:"不必多言。"将双刀劈面砍去。方万春使斧相迎,战有数十合,月娥将摄魂铃摇动,方万春倒撞下马。金莲正欲去斩,只见青龙公主骑鹤而出,喝声:"休伤我将!"执剑砍来。月娥、金莲双刀架住,三人大战。公主摇动百灵旗,忽听得阵中一声响亮,赶出无数怪兽,张开血盆大口,飞奔前来吃人。二人吓得魂不在身,回马出阵,败归大营。

那秦汉、一虎打入赤龙阵,见阵里红光中冲出一员番将,脸如红枣,红盔、红甲,骑下胭脂马,手执大刀,旗上书名云必显,舞刀拦住说:"你两个矮东西也来打阵,吃我一刀。"二将棍棒相迎,杀得番将招架不住,回马就走。二将正要追赶,赤龙公主飞鹤而出敌住,祭起雌雄剑,当头砍来。秦汉、一虎看来不好,一个飞天、一个入地走了。

再说仙童、金定二将,杀入白龙阵,见白雾漫天,冲出番将忽突大,白盔、白甲,坐下银鹤马,手执银枪,挡住厮杀。战未数合,番将大败而走。白龙公主冲出,撑开宝伞,二将见了,叫声:"不好!"各人大败逃回。白龙公主收了宝伞回阵。那尉迟青山、罗章杀入黑龙阵,阵中黑气冲天,冲出番将郝麒麟,接住厮杀。郝麒麟岂是尉迟青山对手,战不数合,回马就走。里面冲出黑龙公主,把百叶幡摇动。二将幸得灵符在身,不能化为血水,跌下马来,陷在阵内。

再言梨花同丁山杀入黄龙阵,只见黄沙漠漠,冲出番将苏定国,金盔、金甲、金脸,坐下黄骠马,像秦琼转世,手执黄金锏,冲出拦住说:"通下名来。"丁山说:"我乃平辽王世子薛丁山,同妻元帅樊梨花到你阵,快快下马受死,免污手中戟。"苏定国听了,大怒说:"国王正要拿你二人,要碎尸万段,方雪此恨。"丁山、梨花大怒,戟刀向前,要斩定国。定国把双锏相迎,一场大战。黄龙公主冲出助战,祭起火珠,满阵大火。梨花借火遁而逃。丁山陷在阵中,幸得灵符护身,不致损命。梨花回营,众将都说阵中宝贝厉害,不能破阵,回来缴令。唯世子丁山、尉迟青山、先锋罗章三将陷在阵中，未知性命如何。元帅听了，闷闷不乐说："三人大命不妨。"传令紧守营盘，三日之后，计议救他。

忽报朝廷差军师徐梁赐锦袍到，元帅出营接旨。开读已毕，山呼谢恩，香案供着。然后与军师见礼。徐梁说："为何世子丁山、尉迟青山、罗章不见请来，好领锦袍。"元帅将破五龙阵陷在阵内说了一遍。徐梁军师说："既是如此，不必烦闷。你师广有神通，差人去请来，好破此阵，以救三将。"梨花听了，如梦初醒，说："承教。"军师辞别，元帅同众将送出营门，回身修下书信，差秦汉、一虎速往黎山老母处投上。

二将领书，钻天入地而去。不一日，早到黎山。秦汉落下云头，来寻洞府。一虎也在地中钻将出来，说道："师兄，那边苍松成径，翠柏成林，却不是洞府么！"二人来到洞口，叩门三下，洞门开了，走出二位女道童，见了二人说："莫非王禅老祖门下秦汉、窦一虎么？"二人大惊说："女师兄怎么晓得？"女仙童说："我师父说，命你进去。"秦、窦共同进洞，但见仙鹤成群，仙鹿成对，仙花、仙草满洞。二人行至中殿，见老母坐在禅床。二人跪下叩拜，送上书信。老母说："你来意我尽知，薛丁山三将该有五十日灾难。你二人可往南海落珈山观音菩萨座下，求善才去，好破此阵。一往西方火焰山牛魔王夫人铁扇公主借芭蕉扇，好破火珠。去罢。"二人拜谢出洞。一虎说："师兄，你往南海可以飞过去。我地行往火焰山牛魔王夫人处借扇。"说完，二人分头而去。

那一虎在地中日行千里，夜行八百。地行了半月，钻出头来一看，只见一个村坊，鸡犬相闻，田地肥美。见一老翁在溪边抬头看云，说："不要下雨便好。"一虎叫声："老丈。"上前作揖。老翁听得，回转身来，连忙还礼，笑道："你这人短小，想是矮人国来的么？"一虎说："我是大唐国来的。"老翁说："小哥，你来骗我了。大唐国到这里九万余里，要过许多险路，除非是齐天大圣孙行者方到这里。你又非孙行者，焉能到得这里？"一虎叫声："老丈，齐天大圣是哪一个？"老翁说："小哥，你不晓得么？那齐天大圣也是大唐人，和尚唐三藏的大徒弟，法名孙悟空。唐僧奉旨往西天取经，在此经过。西北上有一座火焰山，一向这里热不过，亏他往铁扇公主借芭蕉扇，将火焰山扇灭了。如今这里也温和了。"一虎闻言，喜之不胜，说："孙行者是佛教，我是仙教，所以同生大唐，不认得的。"老翁说："小哥，想你大唐到这里，是有意思的人。到此何干？"一虎说："老丈，你不知道，那西凉国造反，大兵西进到铜马关。有五龙公主摆阵，阻住唐兵。奉元帅将令，要往火焰山借扇去，经过此地。请问这里往火焰山还有多少路？"老翁说："你原来也要借扇的。如今这火焰山被孙行者扇灭了火，连山都不见了，若要借扇，须往翠云山仙洞铁扇公主处。她如今也皈依佛教，不管闲事。此去西方一百里就是翠云山了。"一虎问明，拜谢作别，起身往地中去了。老翁一见骇然，说："唐朝多是异人，这人身虽短小，倒会土遁法。"

不表老翁之言，再言一虎约行百里，钻出一看，原来一座土山，但见苍松成径，翠柏成林，好一个所在。只听得半山之上石磬声传，白云缭绕。一虎前行，寻见一个洞府，上写着"翠云洞"三字，好不欢喜。将洞门连敲三下，里面走出女子说道："这里修行之地，哪个叩门？"开门出来，一虎见两个丫环，连忙叫声："姐姐，见礼了。我是大唐国樊元帅差来，要见公主娘娘，借芭蕉扇去破阵的。烦通报一声。"丫环说："你这矮子也是大唐来的？前番我家公主受了大唐和尚之气，如今发愿修行，不管闲事，不敢去报。"一虎说："二位姐姐，我是王禅老祖门下弟子，不辞千山万水跋涉，特地到此，请姐姐方便，对公主说一声。"丫环说："王禅老祖，我娘娘常常说起。你就是他徒弟？我与你说一声看。""多谢姐姐。"

丫环进内，来到殿上。公主正在那里打坐，丫环禀道："娘娘，今日外面又来了一个大唐人,说是王禅门下弟子,来借宝扇,去破五龙阵。现在洞外,不敢放入。"娘娘听了说:"既是老祖徒弟,必有神通,前番受了猴子的气,今番此人不善,与我唤他进来。"丫环奉命出洞说:"娘娘唤你进去。"一虎连忙进洞,好个仙界,来到殿上。见公主坐在蒲团之上,一虎跪下叩拜,说起因由,借扇破五龙阵。不知肯借否,且听下回分解。

第六十二回

善才途中战秦汉　五公主阵上收宝

适才话言不表,再言公主娘娘说:"你既是老祖门下,姓甚名谁,有何本事,敢来借扇。"说:"弟子窦一虎,有地行之术,日行千里。"公主说:"这宝扇,当时有火焰山,断断不借的。被孙行者将火扇灭,留在洞中也无用处,借便借,你破了阵就要还的。"一虎说:"这个自然。"丫环付与一虎。一虎接在手中一看,是一柄蒲扇,能大能小,叩谢出洞,还从地行而回。

再说那秦汉上天,飞了数日,早到南海,按落下来,立在海边,见天连水,水连天。秦汉想道:"这顶钻天帽在平地上腾云,跌下来不过在地上。这海如何过去?"硬了头皮飞上云端,而眼紧闭,听得耳边风声,片时落在山上。秦汉开眼一看,原来已是南海。来到大士山门,上写着"慈航禅院"。少停,见两个和尚笑着走出说:"你就是王禅徒弟秦汉么?"秦汉大惊,想道:"菩萨早已晓得。"忙施礼说:"法弟就是。"两个和尚回礼说:"我两个是菩萨座前弟子,法名都罗、吉缔便是。今菩萨朝天去了。曾有法旨,说今日有个大唐差来王禅弟子秦汉到此,求善才去破五龙阵。教他先去。菩萨朝回,就遣善才来。命我回复你回去罢。"

秦汉不敢久停，拜别二位，飞上云端，两耳风声，不消一时，来到东土。下落云头，心中大喜。仍旧飞上云端，一路而行，离了东土，来到西凉国。落下山头一看，见一村坊，有山有池，树木成林，中有茅房草舍，桑麻遍野，鸡犬成群，好一个村居之所。秦汉正在观看，见房中走出一个婆婆，说道："这位客人也是东土来的么？"秦汉大惊：这婆子倒有仙气！说："你因何晓得东土来的？"婆婆说："昨夜有一矮子，与你一样身材，在此借宿，肩上一柄芭蕉扇，是翠云山借来的。今日早上出门，来了一个孩童，头上梳着丫髻，两手带镯，脚踏火轮，手拿齐眉短枪，身穿绣龙锦袄，大红裤子，一双赤足。为甚的见了扇子大怒起来，与矮子交战。那矮子杀得大败而走，孩童赶去，不知死活。"

秦汉听了，"这分明是我师兄一虎。"说："婆婆，承教了。"飞上云头，向西望去，前面喊杀连天。秦汉下落云头，见一虎战孩童不过，且战且走，好不吃力。秦汉叫声："小童，不得无礼！我来也。"童子回头一看，又见一个矮子，并不回言，举起火尖枪就刺。秦汉把棒相迎，战未数合，哪里战得过孩子？棒法乱了。一虎见师弟来了，回身双战孩子，二人也战不过。

秦汉架住枪说："童子，通上名来。"孩童道："我坐不改名，行不改姓，我乃牛魔王之子，铁扇公主所生，吃人无数，火云洞红孩儿便是。只为要吃唐僧肉，遇了齐天大圣孙行者，求灵山观世音菩萨收服。归正五十三年，参拜佛爷，方成正果。在南海紫竹林中菩萨座下，同去朝天。蒙法旨往西方助唐破阵，驾轮来到村坊，遇着这矮子偷我母亲芭蕉扇。快快还我，饶你两人性命。若恃强不还，将你二人活吃。"秦汉听了笑道："我道是谁，原来善才童子。你是菩萨弟子，我两人王禅老祖门下，释道一般，不必动怒。出家须发慈悲之心，不比当初在枯骨山吃人。我奉黎山老母法旨，教师兄往令堂娘娘前借芭蕉扇，要去破阵。我往落珈山相求令师菩萨，请座下善才相助破五龙阵收宝。遇着都罗、吉缔，说菩萨朝天，同善才、龙女去了。叫我先回，就打发善才来西方破阵。我驾云而来，见你们杀得高兴，下山看看。这柄扇是借来的，不是偷的。"善才听了，心下明白，说道："既如此，何不早说？若秦师兄不来，窦师兄将被我刺死。"一虎笑道："你虽是吃人肉的人，若要打死我尚早。若再杀不过，就钻下地中，哪里来寻我？你二人慢慢驾云而来，我往地中先回唐营。"说罢，身子一扭，往地中去了。

红孩儿说："窦师兄有地行之术，秦师兄有何仙术？"秦汉说："我有钻天之术，一日能行千里。请问善才师兄有什么仙术？"善才说："我有风火轮二轮，日行万里，比你两个更好。"秦汉说："事不宜迟，快快起程。"二人双双驾云而来。此话慢表。

再言五龙公主说："打阵之后，一月有余，不来破阵，紧闭营门。请花弟子到来，明月出兵踹营，剿灭樊氏，好夺唐朝世界。"齐声说："有理。"令军士传请。花叔赖忙到阵中见礼："请问师父有何吩咐？"黄龙公主说："徒弟，那唐营紧闭，计穷力竭。明日亲领人马，杀到唐营，踹为平地。"叔赖听了大喜，传令三军，来日破唐。众将齐声答应，整备交战，此话不表。

再言樊梨花对众将说："秦、窦二将往黎山一去许久，有四十余日，还不回来。三将陷在阵中，性命难保。"众将齐言说："那二人不来，我们明日去破阵。"正在此言，有番儿打进战书，约明日交锋。梨花批允，对仙童、金定说："我夫与二将陷阵，秦、窦二人一去不回。花叔赖打战书，我批允明日出战。听天由命便了。"仙童、金定说："既为上将，何惧番兵？明日各要努力，为国亡身，也无怨心。"众将齐忿忿不平，待等明日交战，此言慢表。

次日元帅升帐，点月娥为头阵，金莲为二阵，金定第三阵，仙童第四阵，元帅领大兵为五阵，刘仁、刘瑞为左右翼。正要出兵，有秦梦解粮到，交卸明白，参见元帅说："今日出兵，不点男将，却点女将，不知为何？"元帅说明此事。秦梦大怒说："可恶番兵猖獗，我今出阵，必要活擒番将献功。"元帅说："将军解粮而来，一路辛苦，鞍马劳顿，不敢相烦，后营将息。"秦梦必欲请战。元帅依允说："五龙阵厉害，上阵须要小心。""得令！"秦梦见久不上阵，昂昂得意，全身披挂，手持金装锏，骑下呼雷豹，带领本部人马出营。

那番将花叔赖领兵出阵。五龙公主守住阵脚。冲到唐营，见唐营炮响，冲出一员大将飞到阵前，喝道："俺大将军秦叔宝孙秦梦在此，快出来，决一死战。"一声大叫，花叔赖大怒，飞马冲出，提鞭就打。秦梦双锏相迎，大战五十余合，杀得叔赖汗流浃背，回马大败而走。秦梦喝声："番将哪里走！"拍马随后追来。五龙公主大怒，即驾鹤出阵。五员女将也齐冲出喝道："休得逞能！"各执军器杀去。五龙公主各舞双剑相迎。仙童祭起捆仙绳，被白龙撑起伞来收去仙绳。月娥摇动摄魂铃，也被宝伞收去。梨花大怒，祭起乾坤圈、混元棋盘，来打五龙公主，都被宝伞收去，各样宝贝尽皆收去，五员女将大惊，各带转马头大败而走。五龙公主在后面追赶。

黑龙公主祭起雌雄剑来斩梨花，忽见云端落下一童子，大喝道："黑龙公主休得无礼，我来也。"梨花抬头一看，见云端飞下孩童，脚踏双轮，十分勇猛，手执火尖枪来刺黑龙公主。那公主认得，叫声："红孩儿，你也来管闲事？"收了双剑。五龙公主一齐围住，一场大战。五员女将也来助战。

秦汉正在云端赶路，听得下面杀声，按住云头一看，认得弟弟秦梦追赶花叔赖，看看追近，叔赖祭起神鞭，秦梦不曾防备，打落马下。叔赖正要取首级，秦汉飞下说："休伤我兄，俺来也。"举棒就打。叔赖一看，认得是盗莺的，大怒，提鞭相迎。唐兵抢上救回秦梦。叔赖又祭鞭打来，秦汉飞纵云端。叔赖收鞭回转。五龙公主不能取胜，说："红孩儿、樊梨花，今日天色已晚，明日再战。"两边各自收兵。

元帅回营，见伤了秦梦，将药敷好。请红孩儿相见。正欲拜谢，秦汉前来缴令，细说老母之事，请得这位小英雄破阵。梨花听了大悦，上前拜见善才，说："方才若无师兄相救，几乎一命难逃，礼当拜谢。"善才说："俺也有一拜。"各人拜毕。一虎回营缴令，将借扇之事细说一遍。元帅大喜，设酒庆贺。善才童子乃佛教的，戒酒除荤，命备素筵。众将席中议论说："宝伞厉害，收去许多宝贝。宝贝焉能回来！"善才童子笑道："他伞虽妙，不及我灵山太极圈。待我明日出阵，收回宝贝送还。"众将听说大喜。梨花说："全仗师兄大法力。"酒至半酣罢席，各归营寨安歇不表。未知后事如何，且听下回分解。

第六十三回

元帅营中产薛强　善才大破五龙阵

适才话言不表，再言次日天明，元帅升帐。善才请令破阵。元帅道："今日破阵，全仗师兄，须要小心。"点秦汉、一虎为左右翼，相助打阵。善才同了秦、窦点兵出营。元帅又点仙童、金定为救应，点月娥、金莲在后接应两支人马。元帅同刘仁、刘瑞、金桃、银杏四将五人中路而行，听得阵破，一齐向前杀出。

不表元帅分派已定，再言黄龙公主收兵回营，闷闷不乐，对四位公主说："我和你心厌龙宫，在山修道有数千余年，方得长生不老。今因小忿下山，扶助花叔赖阻住唐兵，指望得胜。谁知画虎不成，她请红孩儿到此。我一向闻他在枯骨山火云洞吃人，积骨如山，乃万恶魔君，今皈佛教，广大神通，焉能敌得过他？不如回山去罢。"白龙公主叫声："姊姊说哪里话来？我五龙公主声名也不小，岂惧红孩儿，就要回山！明日不要与他野战，叫他打阵，自然一网而擒。"三位公主都说道："五妹之言有理，只要引他进阵，红孩儿必定遭擒，也显五龙山公主手段。"黄龙公主依言。

次日五位驾鹤而出，只见唐营大开，冲出三员步将、四员女将，奔到阵前，喝道："五龙公主，快快投降，免汝一死。"五龙公主大喝道："红孩儿，今日不与你野战，敢来打阵么？"红孩儿说："这个何难？俺来也。"五龙公主听言，一齐飞入阵中等候。那善才乖巧，对秦、窦二位说："师兄，她五龙阵按金、木、水、火、土，相生相克，生门青龙，和你们打进青龙阵。"二将说："师兄之言有理。"杀进阵中，只见一道青烟冲出。一员番将喝道："三个孩子慢来，俺大将方万春在此。"三将并不搭话，举棒就打。青龙公主将灵旗摇动，见一群怪兽，张开血盆大口，奔来吃人。两员矮将心慌。善才笑道："些须小技，敢来逞能！"颈上除下项圈，这是灵山太极圈，祭在空中，将灵旗打折，百兽化为乌有。青龙公主大怒，"啊唷，这孩子敢伤我宝。"飞鹤冲出，将宝剑交迎，哪里杀得善才过？大败回身。番将被秦汉一棒打死。四员女将见阵已破，也进阵中。青龙公主无处逃生，把口一张，冲出万道清泉，在水中一滚，变一条青龙随水而去。

红孩儿说："她既逃去，不必追她，再打赤龙阵。"阵内冲出一道红光，声如雷鸣，来了一员番将，喝道："大将云必显在此。"举大刀直劈三将，三将执器相迎。不一合被红孩儿挑于马下。赤龙公主大怒，仗雌雄剑跨鹤而来，祭起双剑，被红孩儿用太极圈打下。公主把口一张，放出万道红火，把身一摇，现了原形，乃一条赤蟒，一滚直去。

赤龙阵已破，来破黑龙阵。见阵中一道黑气冲出，番将郝麒麟手执金瓜锤敌住，被一虎打中。黑龙公主跨鹤而出，手持百叶幡祭起，好不怕人。两员矮将跌倒。红孩儿笑道："这妖幡骗凡人，俺红孩儿九炼成钢，真身不坏，奈我不得。"将太极圈打去，分为两段。两员矮将登时苏醒。公主把口一张，冲出黑水，腥臭难闻，变一条黑龙，在黑水中一个筋斗就不见了。黑水消灭，破了黑龙阵。四女将杀入阵中，救起尉迟青山、罗章。可怜他二人陷在阵中四十余日，饿得七死八活。一虎令小校背负回营。一齐杀到白龙阵。

见白雾茫茫，冲出番将忽突大，手执银枪，直刺善才。善才一枪挑下马来，被四员女将活擒而去。白龙公主驾鹤而出，把伞撑开，冲出万道毫光，矮将、四员女将立脚不住，都跌倒在地。唯有红孩儿端然不动，大笑道："白龙，白龙，你这柄伞今日也要出脱了。"说罢，祭起宝圈，将宝伞打碎。众将死而复醒，大怒向前。梨花取了乾坤圈、混元棋盘，仙童收了捆仙绳。白龙见打碎伞，破了阵，把口一张，喷出白雾，万道寒泉，水中一滚，化白龙遁去。

又来打黄龙阵。只见黄沙漠漠，阵中一声炮响，冲出驸马苏定国，用黄金锏来打善才。善才这火尖枪好不厉害，定国哪里敢得住？杀开血路逃生。众将正要追去，黄龙公主舞剑出来，喝道："休追我将。"举剑来战，祭起火珠，听得霹雳一声，迸出万团烈火冲来。众将吓得魂不附体，撞着烧得焦头烂额而逃。红孩儿呵呵笑道："黄龙，黄龙，你不晓我生在火焰山，住在火云洞，哪里怕你火？"飞身入火内，与黄龙公主大战。元帅说："火珠厉害，快取芭蕉扇入阵救火。"一虎听了，将芭蕉扇连扇几扇，顷刻火熄，将火珠跌下。黄龙公主大怒说："啊唷，可恼，可恼！你们借了铁扇公主芭蕉扇，坏我宝贝，与你杀个你死我活。"抖擞神威，现出三头六臂，像哪吒三太子一般。众将见了大惊，独有红孩儿不怕，说："黄龙，你的法术不足为奇。"把手一放，吹口仙气，阵中杀出无数小红孩儿，手中多执火尖枪，围住黄龙。众将见了大家称异，果然神通广大。杀得黄龙招架不住。红孩儿祭起宝圈打来，那番害怕，现了原形，是一条黄龙，涌起万丈波涛，顶带火珠，水中遁去。顷刻大水不见。

红孩儿破了黄龙阵，众将救起丁山，见他面色蜡黄，不省人事。妻、妹看了伤心，安排暖车送回营中。今日大破五龙阵，多亏善才之功。看看日落西山，元帅收兵回营。灵丹救醒三将，摆宴犒赏，令明日打关。当夜元帅打阵辛苦，生下一子取名薛强，军中停留三日，此话不表。

再言苏定国阵中逃回，叔赖接进关中，问道："唐兵打阵，胜负若何？"定国将红孩儿破阵，五龙公主逃去，捉了大将忽突大，伤了三人，自己亏坐骑逃回，细说一遍。叔赖大惊，令兵将紧守关头，多加灰瓶、石子、强弓、弩箭，与驸马各守东西，告急表章进朝，专等救兵到关。

再言元帅静养三日升帐。一虎说："小将借扇破阵已毕，理当送还。"元帅说："是。"走上善才说："俺奉菩萨法旨，破阵就回。久不见母亲，这柄扇待我拿去。"此扇能大能小，大放在肩上，小安在口中。《西游记》内载的，闲言不表。

元帅传令打关。有秦梦要报一鞭之恨，请令打关。元帅许之。带了人马，来到关前大骂，番兵只当不知。恼了秦梦，令军士扳城而上。只见上面箭如飞蝗射下，兵不能上，倒伤了无数兵士。元帅大兵已到，把人马扎在关下。秦梦禀说："关门雄固，兵不能上。请令定夺。"秦汉上前说："前番小将同一虎进关盗莺、会番女之时，说明今日原要我去通知欢娘，里应外合，才好破关。"元帅说："你前番私进关中，该当有罪。今晚破得此关，将功折罪。"秦汉得令，当晚飞进关中，来到后房，下落云头。窗外一看，见欢娘手托香腮流泪，好似西施一样。秦汉大喜，想道："她终身许我。"跨窗走进，欢娘一见说："冤家，一向因何不来？害我望得眼穿。"秦汉道："美人，自从那夜别去，哪有工夫脱身。"将此事细说一遍，"今番房内无人，与你成其好事。"欢娘笑道："啐，废物东西，青天白日，羞答答说这样话来。倘丫头进房看见，丑也丑煞了。"秦汉说："有了，只要刺死了花叔赖，与你做长久夫妻，你不快活。"欢娘大喜说："有了，待奴整备酒筵，差丫环去请他来到赏端阳。将他灌醉，刺死了他，那时同去降唐。"秦汉说："倘苏定国提兵来时，如何处置？"欢娘一想说："有了，只消如此如此。事有成了，全仗将军帮助。"不知刺得成刺不成，且听下回分解。

第六十四回

欢娘刺死花叔赖　梨花兵打玉龙关

再言秦汉听了此言说："此计甚高，我回营禀知元帅，同师兄进关助你。"说罢，飞上云端，回营对梨花说，遇欢娘如此设计，好破关门。元帅听了想道："矮子个个都贪色的，但愿成功。"开言令秦、窦二将进关帮助，准备雄兵打关，里应外合。二将大喜，接令出营，上天入地，进关不表。

再言花叔赖闻欢娘相请，来到东房。欢娘接进，二人见礼坐定。欢娘说："今日端阳佳节，妾备一杯水酒请大王。但是大王贪恋西房，太觉显然。"叔赖笑道："美人，咱欢喜二人，无分厚薄。一向间阔，今日补情，与美人畅饮一杯。"叔赖上坐，欢娘下陪，丫环斟酒。将叔赖热一杯，冷一杯，灌得大醉，立起身来，一手搭在欢娘肩上，一手举杯，一连几杯，醉得糊涂，立脚不住，丫环扶到床上，人事不知，睡倒。欢娘说："众丫环过来，筵席收去，你们吃个尽醉。"说："多谢夫人。"收了酒席，都往外房吃酒。

正当二更，欢娘拿了剑，欲要砍下，自己身子战栗起来。秦汉飞下进房，接剑在手，将叔赖砍死，说："事不宜迟，传令出去，请驸马来议事，说大王意欲降唐。令刀斧手三百，埋伏帐下，若他不允，将他斩首，开关降唐。"欢娘打扮军装，拿了令箭。只见地下钻出一虎说："秦师弟，这女子传令，我和你开关迎接大兵。"秦汉答应，又对欢娘说："你不要慌，我暗中助你行事。"说罢，上天入地行事去了。欢娘甚喜，提灯走出营门传令，旗牌分立两旁。欢娘说："大王有令箭，请驸马前来商议军情，不得有违。"旗牌接了令箭，往西营不表。

再言爱娘正在房中，丫环报进说："东房欢娘手执令箭传驸马，有刀斧手埋伏帐下，不知何事。"爱娘听了说："这贱人传驸马必要杀我。不如赶进东房，求大王做主救我。"算计已定，提灯来到东房。见众丫环都醉倒，走进房内，冷冷清清，床中一看，见大王被杀死，叫声："不好了！"大哭一场。"待我与他报仇。"结束停当，手执双刀杀出。

再言驸马闻叔赖相请，心中疑惑，带了亲随兵三百，明火执仗来到东营。不见叔赖出迎，便上帐说："花将军夜深请下官何事？"忽听云板一声，走出一个女将说："俺家大王计穷力竭，大王爷被捉去，不知死活，意欲开关降唐。请驸马爷来相议。"定国听了此言大怒道："罢了！罢了！花叔赖逆贼，待我进去杀他。"欢娘正要传刀斧手，听得里面杀出，爱娘手执双刀。驸马说："奸贼使贱人杀我么？"拔出宝剑将二人杀死。惊动帐下刀斧手出来救护，被三百亲随兵尽行杀死，回身杀到衙中，不分老少，尽行杀完。见叔赖先被杀死床上，倒觉稀奇，猜疑不出，回身杀出营门。探子飞报进说："大唐二员矮将潜入关内，把门军杀死，大开关门。大唐兵马如潮涌进来了。"驸马听了，吓得魂不附体，带了亲随，逃出西门，往玉龙关去了。

元帅进了关，传令休伤百姓。进内衙中，见杀死军人无数，方知欢娘、爱娘俱被定国杀死，定国逃去。秦汉说声："可惜佳人。"吩咐将叔赖、欢娘、爱娘埋葬，番兵尽皆收殓，出榜安民。放出花伯赖、忽突大，二人上前叩见。元帅说："你二人无名下将，杀之无益。放你们回去，教玉龙关守将早早献关，捉哈迷番王，解上京都定罪。我主若有好生之德，你君臣的造化。去罢。"二将拜谢，喏喏连声而去。

元帅吩咐摆宴犒赏三军，奏本进朝。养息三日，传令起兵，取玉龙关。点罗章为前部先锋，丁山为护卫，军分三路而进。

那罗章早到关前，一马当先讨战。番儿报进。那守关将乃国王长子罕尔粘镇守。前日间苏定国回来说起，心中一惊；又见花伯赖、忽突大二将放回报说；今又闻番儿报说，大唐兵关外讨战。吓得魂不在身，忙集众将商议："谁人出关开兵？"连问数声，并无人答应。太子无法，正在烦恼，报苏国舅到。吩咐请进，宝同朝拜太子。太子道："国舅少礼。前闻金光阵内走去，今日回来必有神通退得唐兵。"宝同奏说："臣自从金光阵大败，欲起兵复仇，前往各处仙山，请仙借宝。蒙教主金壁风祖师借我一匹神兽，名曰'黑狮子'，驾云而来。闻说唐兵杀到关口，可来讨战么？"太子说："国舅，目下兵临关下，将士寒心，无人出战。难得国舅到来，计将安出？"宝同说："付臣一万人马，杀他片甲不回。"

太子听说大喜，点起雄兵一万、战将十员，放炮开关，冲杀阵前。罗章抬头一看是苏宝同，大怒，挺枪直刺宝同。宝同将刀接住，战有三十余合，宝同不能取胜，把马一拍，那黑狮驹双蹄起在空中，鼻内喷出烟火。罗章两眼难开，回马就走。三军熏得无处投奔，自相践踏，伸手不见五指。那火一发厉害，大者车轮，小者炭火，飞来粘在身上，烧得焦头烂额，一万人马，去其大半。宝同大喜，收兵回关，摆宴贺功。

不表君臣得意，再言罗章大败，收拾败残人马回营。元帅大兵已到山下扎营，罗章回营告罪。元帅说："罗章既为先锋，见机而进，如何被他杀得大败。"罗章禀道："元帅，小将正在打关，冲出番儿苏宝同，骑下神兽，鼻内生烟，口中喷火，四足生风。小将挡不住，三军烧死战场，亏得坐骑跑得快，不然也被烧死。望元帅恕罪。"元帅说："苏贼又来，决有神通。你暂退外，计议出兵打关。"罗章退出。元帅封门，退到内营。金定、仙童接着说："元帅为何不乐？"梨花说："今日罗先锋打关,被苏宝同借得黑狮驹,将先锋烧得大败。想他逃去日久,又纠合左道旁门到来,阻我西进。不知几时可得太平班师,好不烦闷。"仙童说:"他败兵之将,有甚本领。明日出兵,除其恶兽,就好西进。"梨花点头,各自安睡,当夜不表。

次日与仙童计议已定,捉苏宝同取黑狮驹。忙升帐,点秦汉、窦一虎二将领本部人马前去打关,二将得令而去。冲出关前,只听得关内炮响,大开关门,冲出人马,乃苏宝同。二将见了喝道:"屡败之将,敢来送死!"棍棒交迎。宝同说:"你两个又会着了,吃我一刀!"三人大战,宝同把黑狮驹一拍,鼻口喷出烟火冲来。秦、窦二将,张眼不开。一个上天,一个入地,逃出有二里远近。唐兵大败。元帅远望我兵败来,心中大怒,同仙童、金定杀出敌住。宝同见了梨花,怒气冲天,把驹一拍,四足生风,鼻中出烟,烟降满天;口中喷火,大如车轮,直奔三人。仙童、金定见了回马就走。梨花念动真言,顷刻大水冲来,烟消火熄。宝同唬得魂不附体,驾兽而逃,往前竟走,见一座高山挡路,说:"好了,方才几乎淹死,亏坐骑腾云而逃,可怜番兵淹死。怎好进关?"日已沉西,下落青山,远远听得钟声,走进一看,是一座庵院,写着"比邱禅院"。想道:"天色已晚,就在此庵借宿,明日去求师兄帮助。"想罢,下了驹,拴在树上,走进山门。殿上琉璃隐隐,钟声沉沉,有几众女尼在那里做夜课,诵完了出来关门。

见了宝同,问道:"将军黉夜到此,有何事干?"宝同说明阵上之事。女尼笑道:"原来败兵之将,来此投宿。但是我们女庵不便留你,别处去宿罢。"宝同说:"如今天色昏暗,叫我哪里去?乞师父行个方便,就在廊下权宿一宵,明日早行。"再三求告,有一少年尼姑说:"师兄们,他苦苦哀求,里面有一个囚老虎的铁笼,锁在里面,大家安心。"众女尼齐声说:"有理。"对苏宝同说:"我们出家人,慈悲为本,方便为门,都是女众,不便留男客,将军必要借宿,有一囚笼在此，倒也宽大，尽可容身。你在笼内权宿一夜，明日放你出来便了。"宝同该倒运了，上了这当，连声答应说："使得，使得。"不知如何，且听后回分解。

第六十五回

梨花仙法捉宝同　神光扇软窦仙童

　　前言不表,那女尼里面扛出铁笼,放在殿上,宝同身不由主钻入笼内,将来锁上。一众女尼都不见了,只听外面吆喝一声,进来一位官府绅士,随坐在殿上,喝道:"苏贼,认得本帅么?"宝同抬头一看,说:"不好了!被梨花仙法捉住,我性命休矣。"哀求道:"女元帅,你是正大光明英雄,饶了我命,以后再不敢来犯了。"梨花大怒说:"反贼,你无事生非,惹动干戈,以害生灵,几次逃脱,罪不容诛。你有八九元功炼成虹影,刀剑不能斩你。"令左右将灵符贴上,抛在海内。宝同再三哀求,梨花不听,军士扛了,连笼抛入海中,沉于海底。巡海夜叉飞报龙王。金钟三响,龙王升殿。鳜鱼丞相、鲤鱼大夫、虾兵蟹将朝见,齐集两班。赤鱼门官启奏说:"巡海夜叉探得有铁笼囚一将军,沉于海中。特来奏知。"龙王传旨:"令龟鳖二将去扛来,待寡人一看。"二将领旨,同了夜叉将笼扛进。龙王说:"笼内是人是怪?被何仙擒住?说与寡人听。"宝同一看,方知龙宫,开言说:"大王,我乃西番国舅苏宝同,被樊梨花用倒海移山之术擒住,将我沉于海底。望乞放我。"龙王说:"久慕大名。怎样放你?"宝同说:"只要将笼上灵符去落,我就去也。"龙王依奏,将符揭下。宝同大喜，化道长虹而去。龙王大怒说："此人无礼，谢也不谢一声，径直去了。点将拿他。"鲤鱼大夫上前奏道："既去罢了，拿他成仇。"龙王准奏不表。

再言宝同逃去见师父，路遇铁板道人、飞钹和尚驾云而来。见了宝同大喜，三人见礼。宝同说起此事，僧道恨极说："国舅，你失了黑狮驹，怎好去见教主？不如寻李道符师尊到来，擒樊梨花报仇。"宝同说："既如此，二位军师先到关中帮助太子，我不日就来。"三人作别，分头而去。那樊梨花收了法术进营。次日令刘仁、刘瑞打关，驾起云梯，攻打甚急。太子吓杀说："国舅昨日出战，一去不回。今日打进关来，如何是好？"

忽报二位军师到了，太子大喜，令进来。僧道进营参见，太子说："少礼，赐坐。请问师尊，唐兵临关有何妙计？"僧道说："千岁放心，我二人驾云而来，路逢国舅，命我二人先来守关。既唐兵打关，我二人出战，立擒唐将。"太子令点兵二千，开关迎战。刘仁、刘瑞正在打关，听得关中炮响，知有兵出战，退到平阳之地，摆开阵势，准备厮杀。僧、道二人带兵出关，来到阵前，并不搭话，四人大战。二刘虽然勇猛，难敌僧、道，回马而走。

元帅在将台看见，认得僧、道，叫声："不好了！他逃去已久，今番又来，必有异宝。二将乃无术之士，枉送性命。"令秦汉、一虎快去救两个徒弟回营。二将得令，飞身出营。远往二将飞跑，大叫："休慌，我二人来救你。"二将听得有救兵，复回马去，叫道："妖僧休赶，与你决个雌雄。"提枪直刺。僧、道说："走的非为好汉。"举起剑、棒相迎，战未数合，妖僧祭起蟠龙宝塔打将下来，刘仁躲闪不及，被打死马下。刘瑞心慌，正要逃走，又被宝塔打落马下。僧道回身，正要枭首，秦、窦冲出敌住。唐兵救两人尸骸而回。僧、道认得秦汉、一虎，知他手段高强，忙将宝塔打下。一个上天，一个入地。僧、道大怒，冲锋杀过阵来，丁山敌住。元帅令仙童、金定、月娥、金莲四员女将飞马而出，围住僧、道。僧、道焉能杀得过，又祭起塔来，打中丁山、金定。仙童大怒，举起捆仙绳，妖僧见了，化道长虹而去。妖道扇起神光宝扇，仙童手足动弹不得，遍身麻软，如醉如痴。月娥、金莲见了，双骑杀出，救了仙童。月娥取摄魂铃，妖道晓得宝贝厉害，也化长虹而去。番兵败进关中，紧闭关门。

唐兵回营，计点将士，打死四将：金定及夫君、二刘。梨花大哭说："妖僧、妖道两个仇人，打死亲夫、姊姊、刘仁、刘瑞，此恨怎消？"金桃、银杏也哭二位亲夫。营中六神无主。听得云端落下两位仙翁。一虎见了说："师父、师伯到了。"进营通报。元帅住哭，同仙传弟子出营，接进王禅老祖、王敖老祖。二位仙翁下落仙鹤，步进帐中。众弟子参见已毕，问道："丁山、金定、仙童为何不见？"梨花哭禀说："被塔打死，被扇扇坏。"二祖一看，说："不妨，他四人被蟠龙塔打死。"取出四粒金丹，放入口中，四人悠悠醒转，见了师尊，连忙叩拜。二祖说："仙童如醉如痴，被神光扇扇坏。"把手中拂尘连拂三拂，口念真言，仙童手脚活动，叫声："妖道，好妖法。"叩拜师父。二祖说："樊梨花，我有灵幡一面，可破神光扇。明珠一粒，可破蟠龙塔。他二桩宝，乃从教主金壁风那里借来的。他教下都是一班妖魔，神通不小。我二祖虽有仙术，力不能破他。到时须要谨慎。待众仙聚会，共破诸仙阵。"梨花拜谢，接了两件宝贝。二祖驾云冉冉而去。众弟子望空拜谢。专等明日打关。

再言太子清晨升帐，僧、道二人参见。赐坐两旁，说："千岁，昨日大胜，打死唐将。今日出关，立斩梨花，必建奇功。"太子大喜。点兵出关，到唐营讨战。探子报入营中说："妖僧、妖道讨战。"元帅大怒，说："不斩二妖，如何破关？谁将出去除此二贼。"仙童、金定深恨二妖，上帐请令。元帅说："须要小心。"又令世子丁山说："你师父付你两件宝贝，同去出阵，擒此妖僧、妖道。"丁山接了宝贝，要报昨日之仇，带领飞龙将出营。

那仙童、金定来到阵前，僧、道大惊说："那两个女将，丑的被塔打死，齐整的被扇扇呆。如今又出阵，唐营有起死回生之术。今日必要捉进关中献功。"算计已定，举剑轮鞭来战，不能取胜。祭起塔来，二女拍马回身。丁山赶到，祭起明珠，金光闪闪。塔上蟠龙见了珠来抢，丁山把手一招，塔随珠而落，收了宝贝。女将回马交战，吓得僧、道大惊，宝塔被他收去，取出神光扇来扇两员女将。丁山摇动灵幡，仙童举起捆仙绳，僧、道见了，双双化虹进关。唐兵追来，番兵紧闭关门，灰瓶、石子打下，只得回兵。元帅大悦，传令明日打关。

那僧、道进关见太子。太子说："两位师尊，小校报道两桩宝贝被他所破，孤家正在慌张。复来见孤，有何计迎敌？"僧、道说："殿下休惊，国舅借兵去了，决有神仙来降。目下紧守关门，我二人去会了国舅，请下诸仙，破那樊梨花。"说罢拜别，化虹而去。太子惊说："果然法术高强。"传令关上多加灰瓶、石子，日夜严守。我且不表。

再言苏宝同到蓬莱岛紫金山莲花洞，拜见李道符师尊，两泪交流，双膝跪说："蒙师父传我法术，要报父仇。被薛仁贵杀得大败，后被樊梨花大破阵图，化虹而逃。西凉国地方俱被夺去，只有玉龙关，此关若破，国家休矣。望师父发慈悲下山，收服樊梨花，复转地方，与弟子报仇。"仙师听了大怒说："樊梨花，你仗了黎山门下欺毁我教。既神仙犯了杀戒，同去见教主，请齐群仙，好退梨花。"宝同说："弟子前日往教主借黑狮驹，被她用计夺去，不好再去见教主。"仙师说："就将此事激怒师尊，诸仙聚会，一网打尽梨花等众，出你的气。"宝同大喜。同了师父出洞，驾云来到金山逍遥宫。看不尽许多山景，异草奇花，青松翠柏，来到洞外。里面走出两个散仙，见了师徒说："李师长同令徒到此何干？"道符说："有事见师尊。"二仙进洞禀说："李仙师要见教主。"金壁风说："李道符仙翁与我不同教，请进来。"二仙领了法旨出洞，令二人进见。

师徒进洞，见琼楼玉殿，彤庭瑶阶，教主坐在蒲团，八名仙童手内捧宝立在西剪，道符上前参拜，命赐坐。宝同朝拜，愿师尊圣寿无疆。拜毕起立。金壁风教主说："李仙翁今日同令徒到来，还黑狮驹么？"李道符说："师尊不要说起，今日小徒到我山中说……"不知说出什么来，且听下回分解。

第六十六回

仙翁触动金教主　妖仙大战樊梨花

再言李仙师说:"蒙师借驹去破大唐,被樊梨花用倒海移山之术夺去宝驹,将徒弟擒捉笼中。说教主借来的,乞见还他。她非但不还,口中不逊,说教主自来也要擒住。连笼沉于海底。亏他化长虹来见我。"金壁风教主问:"宝同,果有此事么?"宝同说:"真的说出教主之名,她辱骂不堪,说我教非人类,都是畜生。"阶下恼了许多弟子。野熊仙、金鲤仙、黑鱼仙、老牛仙、花马仙、神犬仙、野狐仙、鸡冠仙、花凤仙大怒,上殿朝拜说:"樊梨花欺我教太甚,我等一同去到玉龙关见个雌雄。"教主说:"众弟子不可造次,樊梨花助中原国君,黎山老母门下神通广大,不要管闲事。"野熊仙说:"弟子在金牛关,被他请二郎神烧我洞府,伤我教门弟子甚多。老师不管,金山再无修行学道之人了。"

那教主耳软的,听了此言说:"你们先到玉龙关摆诸仙群会阵。还了黑狮驹便罢;她若不还,我当亲临,显二教高下。"令道符师徒先到关下搭起芦篷,迎接诸仙。道符大喜,同宝同化虹先到玉龙关。

众仙辞别师尊,各驾妖云而来。路上逢着僧、道二位,说失了两件宝贝。花马仙大怒说:"二师,那教主命我十代弟子来助西番,管教大唐百万尽为飞灰。事不宜迟，径往玉龙关去。"僧、道听了大喜回关。苏宝同先进关中，请太子焚香迎接诸仙。不消片时，下落云头，太子一一接进，见礼坐下，说："孤家有何德，敢劳众仙下降，相助破唐。"神犬仙、花马仙笑说："要破唐兵何难，待我二人出关，捉唐将如反掌。"众仙道："我们一同出去看，怎样一个樊梨花？说她如此厉害。"大家说得有理，一同上马，出了辕门，带领妖兵，探头点脑，要想吃人。吓得番民家家下闩，户户关门。道符仙师见了如此，扎营关外，免害生灵。宝同领兵，炮响开关。那丁山同秦汉、一虎正要打关，只见关中冲出一队，人人尽是奇形怪状，如畜兽一般好笑。"番邦用了这班人，国家该灭。"正在观看，旗门下杀出二人，挡住说："来将回去，唤樊梨花出来纳命。"丁山大喝道："呔！你两个狗头马面的妖道，不必多言，看枪罢！"挺枪刺去。妖道双双来迎，一场大战，二妖看来难胜，口中喷出妖雾腥气，罩住天光。丁山伸手不见五指，被他拖下马来。秦汉敌住，一虎救回。又冲出四个妖仙围住秦汉。顷刻天光明亮，一虎放了丁山，复冲出助战。那金鲤仙顶上放出毫光，黑鱼仙口中喷青烟，神龟仙眼中放出红火，鸡冠仙冠中放出五彩，飞在空中，结成一块磨盘大的东西，照定二人头上打来。那秦汉亏得入地鞋，见势不好，说："师兄，我们去罢。"两人上天入地去了。四妖大惊，收了妖术。

　　唐兵报与元帅。元帅见丁山毒气所伤，吃丹醒转。听得二将败回，说明此事。梨花听说，闷闷不乐。为何关关都有异人？如今来了许多妖仙，如何能破？仙童说："前日两位师尊说：'玉龙关群仙开法。'想是这班妖仙。待明日出战，见机行事。"梨花依言，传令紧守营门，恐防妖仙劫营。众将得令，紧守不表。

　　再言李道符犹恐众妖扰民，就关外安营。次日唐营冲出三员女将。野熊仙性不能忍，听见女将出阵，舞剑冲出。见梨花骑黑狮驹，两旁金定、仙童各骑宝马。梨花一见野熊大怒说："妖道，前日在金牛关逃去，今日饶你不过。"抡刀杀去，围住野熊。野熊难敌三将，众妖正要向前，梨花拍马吐出烟火。野熊吓得魂不在身。宝同见物伤心，不敢出战，紧闭营门，对众仙说："黑狮驹厉害，被她所得，若盗得它来，送还教主便好。"花凤仙说："这个何难？今夜包管盗来。"宝同说："全仗师兄大力。"当夜驾云往唐营。

正当元帅得胜，令秦汉巡营，见云中来了一位女仙，来盗黑狮驹。飞上云端与她厮杀，惊动众将，照定仙女乱射。花凤仙心慌，弃驹而逃。秦汉牵了黑狮驹回来禀元帅不表。那花凤仙逃回番营，将遇矮将驾云夺回，说了一遍。国舅好不烦闷，无计可施。

次日唐兵杀到，番营一班妖道各显神通，只见乌云猛雨，现出无数怪物，尽是豺狼虎豹。仙童见了大惊。梨花笑道："这些小术，三岁孩儿也晓。"念动真言，把红绿豆撒在空中，霎时雨散云收。神龟仙大怒，冲出阵来，喝道："樊梨花，你用撒豆成兵之术，我有法擒你。"梨花一看，见此妖尖头，绿眼，黑脸，嘴上微须，身穿八卦道袍，手执鹅翎扇，背上一柄红光剑冲来。将扇子一扇，扇出万丈波涛，水内钻出，拔出红光剑，来斩梨花。梨花念动真言，波涛尽退，将手接住宝剑，举起诛妖剑，神龟仙躲闪不及，砍在背上，现了原形，乃一个大乌龟。将绳索穿了琵琶骨，贴上灵符，吊在旗杆之上，出其大丑。众妖见了，不战而逃。梨花见天色晚，收兵进营，明日交兵。此话不表。再言众妖同了僧、道、国舅来见师父，说起："龟仙被捉，我教扫尽面皮，望师父救回。"李道符仙师说："龟仙被符镇住，待教主亲临方可解救。但是神仙犯了杀戒，我当亲出斩那梨花。"宝同等拜谢，各归营安歇。

再言梨花对众将说："今日出战，须要大破番兵，活擒众妖，好夺关门。"众将说："是。"点秦汉、一虎冲头阵，刘家兄弟第二阵，月娥、金莲第三阵，第四阵点金桃、银杏，第五阵点仙童、金定。自领后阵。丁山、罗章为救应。分派已定，大开营门出阵。秦、窦二将冲到阵，喝道："这班妖道，快快出来纳命。"众妖大怒，犬、马二仙敌住秦、窦二将。

又冲出刘仁、刘瑞，番营花凤仙、野狐仙出阵。见了二刘说："大唐好人物，果然生得标致，待我捉他们回营成亲。"算计已定，各骑仙鹤出阵，娇滴滴声音说："二位郎君，快通名来，我好拿你。"兄弟抬头一看，见二女仙道姑打扮，好似仙子下凡，都是绝色。开言说："我刘仁、刘瑞便是，自出阵以来，无有不胜。你二人不如投降，我与你配一个风流佳婿，夜夜快活。若不然，我这枪杆厉害。"二仙姑笑道："你枪无情，我双刀也不善。"举刀砍来，二刘把枪相迎。

第三队月娥、金莲杀到旗门。野熊仙、老牛仙接住，思量要活捉二员女将。老牛抵住月娥，杀得天昏地暗。金莲迎住野熊。老牛口吐青烟，霞光喷出。月娥摇动摄魂铃，老牛跌下马来，现了原形，是一头白牛。吩咐军校，穿了鼻孔，牵回本阵。又来助金莲。野熊见老牛捉去，一发心慌，摇身变了飞熊，眼如铜铃，口似血盆，来扑捉金莲。那月娥冲到说："郡主不要慌，我来也。"取铃摇动，野熊跌倒，被手下捆捉回营。

二员女将正要回营，抬头见两公主敌住金鲤仙、黑鱼仙。二妖口中吐出海市蜃楼。金桃、银杏眼前花花绿绿，如醉如痴。二妖正待擒拿，金莲、月娥大喝道："休伤我将！"手舞双刀架住。两个鱼妖大怒，思量一网而擒。哪知月娥铃子厉害，对了妖道一摇，二妖跌落马前，现出双鱼，涌出清泉，借水遁而逃。那四员女将杀过对阵，冲出飞钹和尚、铁板道人、苏宝同、鸡冠道人，敌住四员女将。元帅冲锋上前。李道符大怒敌住，喝声："呔！樊梨花妄自尊大，不看仙翁眼内，今日相逢，断不饶你。"梨花抬头一看，见道符仙风道骨，相貌不凡，五绺长须，飘撒胸前，头戴纶巾，身披鹤氅，手执仙剑，不像妖道之辈。说道："仙长，我与你素不相识，风马牛不相及，说什么断不饶的话来。"道符说："樊梨花，你不认得我么？我与你师同列仙班，弟兄相称。道友宝同,是我弟子,虽兴兵拘怨大唐,也各为其主。你不看师叔之面,处他无情。今日我不与你甘休。"说罢,举剑向梨花面上砍来。不知后事如何,且听下回分解。

第六十七回

教主摆列诸仙阵　二教斗法有高低

前言不表，再讲樊梨花双刀架住说："原来是道符师叔，既是上古神仙，该识天命，也不该来助恶为虐。该命你弟子改邪归正，教番主降唐纳款，自然唐主收兵，各分疆界。何劳师叔到关前与我为难。"李仙师听了，大怒说："樊梨花，你说哪里话来！天下昔非一人之天下，唐王坐了中原，贪心不足，夺取西番世界。好好把番国地方退还，收兵回去，叫唐王年年进贡，岁岁来朝，我便饶你。"梨花听了，叫声："师叔，这句话讲错了，中原大国倒反进贡小邦，你如何做得大罗神仙？快快归山，可全体面。若再无知，休怪弟子无情。"道符听了怒容满面，说："贱人，休得多言！"用剑劈面砍来。梨花又架住说："师叔，我看黎山师父之面，让你两剑。若是再来，决不让你。"道符又举剑砍来。梨花将刀相迎，战有数十合，不分胜负。梨花想道，他法术高强，先下手为妙，举起打仙鞭来打仙翁。仙翁大笑，把袖一拂，鞭落在袖中。把身一摇，背后五道金光飞来罩住，梨花眼花缭乱。忽见仙翁提剑赶到，吓得魂不附体，说："性命休矣！五遁不能逃脱。"只听得霹雳一声，五道金光不见。李仙翁正欲砍梨花，听霹雳打散神光，大怒。抬头一看，见黎山老母跨了一匹金鳌飞下，说："李道友,休伤我徒弟。不该请教主炼宝摆阵,害我座下众弟子。如今也不与你计较,你看那边云彩冉冉,教主法驾来也,我且暂退。"仙翁见了老母,欲要相杀,听教主驾到,回头一看,远望西方祥云五色到来,忙传令收兵接驾。那花凤仙、野狐仙正与二刘交战,听得收兵,俱皆罢战,退回本阵,接教主。

那樊梨花在金光中,忽见师父降临,说退道符,收兵回营迎接师父进帐,领众参见,拜谢救命之恩,拜毕起立两旁。老母说:"如今金壁风教主炼四口宝剑,要摆诸仙群会阵,见二教高下,与我等斗法。你去营外搭起芦篷,迎接诸仙下降。"梨花奉命,传令罗章营前台上挂红结彩,请老母坐在当中,香烟不断。又设交椅公座,笙箫细乐。

不表唐营齐整,再言金壁风带了数代弟子,捧了宝剑,那剑红光闪闪,五色毫光。谁知弥勒佛座下黄眉童子,他在西天小雷音寺骗捉唐僧,有徒弟孙行者求得佛主收去。不料弥勒往西天如来佛那里去了,黄眉童子私下山来。见了五色毫光,决有宝物,忙驾云而来,撞着教主宝剑放光,说:"老道士,这剑送与我罢。"教主一看,原来是个童子,说:"这宝剑要到玉龙关摆阵斗法,你要来何用?"童子说:"我爱他五色毫光,心中所喜。"教主说:"快快回去,我要行路。"那童子将布袋抛起收了宝剑,起身要走。教主晓得此袋是佛藏天袋,乃法门至宝,故将好话与童子说:"童子过来,我有话对你讲。你在弥勒佛座下,不见干戈。今日同我往玉龙关摆阵,你把剑还我,斩了樊梨花,与你剑罢。"童子笑道:"既如此,同去看看。这剑原要送我的。"教主说:"这个自然。"驾云来到玉龙关。

那仙师命宝同搭起高台,香花灯烛迎接教主仙驾。只听得半空音乐,道符同了三弟子、九仙妖,一齐迎接教主。教主下云,坐在高台,众仙参见。李仙师旁坐,众弟子侍立两班。道符说:"起初捉去神龟仙,高吊旗杆,又捉去老牛仙、野熊仙。今日亲出,将金光罩住，欲捉梨花，被黎山老母救去。专等教主法旨，大显神通，除此樊梨花。"教主听了说："黑狮驹盗不回，反失三仙。我全仗这匹神兽，好建奇功。"便命弟子飞云、飞翠二位女仙："与你两道灵符，前去盗骑。"

二仙女领法旨，接了灵符，驾云来到唐营。往下一看，见黑狮驹拴在莲花帐前，三仙高吊旗杆，奈有人守，不能偷盗。等到晚来，直至三更，将士带甲安睡，二仙大喜，飞云对飞翠说："师兄，你去盗骑，我去旗杆上放三仙。"飞翠说："师弟，须要小心。""晓得。"那飞翠来到帐前，取出灵符一照，那神兽认得灵符，挣断丝缰，四足腾空。飞翠大悦，骑了驾云而回。那飞云上高杆，将灵符一照，老牛、野熊大喜，脱其绳索而逃。独有神龟仙逃不脱，一汪眼泪。仙女说："他两个见了灵符，脱身而逃。你这乌龟还不快走。"神龟说："仙女，你不知道。他铁链容易脱身，我是捆仙绳，要窦仙童亲念咒语，方能解得。"飞云听说，无可如何，只得同了二仙回营，来见教主，说："弟子奉法旨，老牛、野熊回来，神龟被捆仙绳捆住，不能脱身。回来交旨。"教主驾坐蒲团，也知神龟灾难未除。老牛、野熊也来叩谢。飞翠盗了黑狮驹，也来交旨。教主见了黑狮驹，心中大悦，吩咐牵往后营，待天明乘坐，阵前好会唐兵。此言不表。

再言唐营元帅升帐，守狮小校禀说："昨夜三更，只见半天毫光一闪，那匹黑狮驹叫一声，驾云而去。"梨花大惊，决是金山法力摄去黑狮驹，又是一番周折，闷闷不乐。又小军报进："旗杆逃去二妖，单剩乌龟。"梨花一发心惊，忙上芦篷，叩见师父，说此因由。老母说："徒弟，昨夜音乐嘹亮，想教主已到。待他布了阵图，候诸仙一道破阵。"梨花听师父之言，抬头观看，见番营顶上，五花祥云如同华盖。忙下芦篷传令出鳌营，后面老母驾鳌而出。那番营教主，带了众弟子，骑上黑狮驹出阵，说："唐朝将士，请黎山老母出来会贫道。"那老母乘鳌而出，见了教主，说："道友请了，我和你上古神仙，万劫修身，上朝金阙，何故来降红尘？"金壁凤叫声："道友，你徒弟樊梨花背后恶言毁骂我教。今我下山，只叫樊梨花出来，待我拿上官中，问明还你。"老母说："你的门下多有搬嘴，道友不可听他。"教主说："我既下红尘，摆一阵图，今且暂回，明日分二教高下。"老母说："且摆完了再处。"说罢，两下一拱，各自收兵回营。梨花听得教主之言，闷闷不乐。

教主回营，吩咐国舅，进关祭祷山神海岳天地神祇。国舅领命，请出太子拜祷。然后教主摆起诸仙群会阵，按四方悬宝剑四口，凭你神仙杀到，削去三花，梨花性命难逃。宝同奉命依法整备。次日教主登台，点金鲤、黑鱼二仙："你守南方丙丁火，暗藏三百甲士，若有神仙进阵，举起宝剑，绝他性命。"二妖领旨，镇南方。点白牛、野熊二妖："带甲士三百，镇东方甲乙木。若有神仙进阵，举起宝剑斩他。"二妖领法旨而去。点犬、马二妖，镇守西方庚辛金，付剑一口，二妖领旨而去。点花凤、野狐，将剑一口，镇守北方壬癸水。分派已定，对黄眉童子说："你随贫道到来，烦你一烦。"童子说："我佛门慈悲为念，不晓武艺，叫我如何上阵？"教主说："只要你将布袋抛起，一概收在袋中，其功不小。非但宝剑送你，国王还有许多宝贝赏你。"童子贪财，说："就去。"同道符守中央戊己土，二人领旨而去。又令苏宝同、飞钹和尚、铁饭道人、鸡冠仙四队，分为左右救应。自骑黑狮驹，手执令旗指挥。摆阵已完，众将严守。

那唐朝元帅见番营毫光直透云端，明知摆阵已完，忙见师父说："看此阵十分厉害，师父一人焉能成事？若众弟子进阵，枉送性命。"老母叫声："徒弟，你看那边彩云几朵，诸仙来也。快些迎接。"梨花听了下篷，众弟子跪迎。只见骑龙、骑凤、骑鹤、骑象、骑狮、骑牛、骑虎，都下云端，接入篷上与老母相见，列班而坐。蒲团第一位轩辕老祖、王敖老祖、王禅老祖、张果老、李靖、谢应登、孙膑、张仙共八位仙师，坐在东首。西首坐着五元仙母、金刀圣母、武当圣母、桃花圣母、黎山老母，随来仙女手捧宝瓶，奏动仙乐。梨花同众弟子叩见。薛丁山是王敖弟子，秦汉、窦一虎是王禅弟子。金莲、桃花圣母徒弟。金定，武当圣母徒弟。月娥，金刀圣母徒弟。今日师徒相逢，甚是欢喜，吩咐摆列素筵，款待仙众，说及破阵之事，不知后来，可能破得诸仙阵否，若知后事，且看下回分解。

第六十八回

老祖大破诸仙阵　教主群妖俱已逃

且表黎山圣母说:"金壁风听一面之言,妄动干戈,摆了恶阵,与我教斗法。奉轩辕老祖执掌帅印,发兵破阵。"众仙俱说是。

梨花捧上兵符帅印,老祖接了。往下一看,众弟子不得进阵,有伤性命,便说:"今日承众位道友推贫道执掌帅印,也犯杀戒,以应劫数。黎山老母、五元仙母二位道友,带弟子梨花领兵杀入南阵,取宝剑砍倒朱雀旗,其阵立破,可到中央会兵。""是。领法旨。"又命:"王敖、王禅二位道友,带弟子丁山、一虎、秦汉去打东阵,收取宝剑,砍倒青龙旗,杀到中央会兵。""领法旨。"四仙带领弟子去了。命:"张果老、李靖、谢应登、孙膑、张仙五位道友,带刘仁、刘瑞领兵杀到西阵,取剑砍倒白虎旗,中央会兵。""领法旨。"五仙驾鹤乘虎而去。命:"武当圣母、金刀圣母、桃花圣母三位道友,带金定、月娥、仙童去打北阵,取剑砍倒元武旗,中央会兵。"三仙领法旨而去。自执黄旗,坐下青狮,到中央会合。

再言二位老母,杀入南阵。只见红光冲出,那宝剑盘旋,滚滚下来。二仙恐防有失,顶上现出两朵金莲,托住宝剑。五元圣母,用手一指,摘取宝剑。黎山老母砍倒朱雀旗,红光尽灭。阵中鼓响,杀出金鲤、黑鱼二妖，敌住二仙。梨花举起金棋子，将二妖打死，现了原形，是两鱼精。老母提刀斩了两个鱼头，杀入中央。

那王敖、王禅老祖，杀入东阵。只见一道青烟，随着宝剑如龙舞而来。二位老祖一见，即时顶上现出彩云托住宝剑。王禅收了宝剑，王敖将青龙旗砍倒，同弟子杀入阵中。只听连珠炮响，冲出白牛、野熊提剑来迎。被秦汉一棒打死白牛。野熊正要逃脱，被二祖一指捉住。杀入中央。

再言五位仙翁杀入西阵，见白光万道，夹住宝剑杀将出来，好不厉害，如光芒飞舞，杀气腾空。五仙一见，即时顶上现出金光托住。孙膑收了宝剑，张仙砍倒白旗，冲出犬、马二妖迎敌，被刘家兄弟双戟刺死，现了原形，乃一犬一马。杀入中央不表。

再来三位老母来到北阵，见一道黑气漫天遍地，对面不见人，忽然宝剑如虹而来。三位圣母知得宝剑厉害，每位的头上放出金莲托住宝剑。桃花圣母砍倒黑旗，收取宝剑。忽听锣鸣，冲出花凤仙、野狐仙。仙童举起捆仙绳，将二妖捉住回篷。便往中央大会诸仙。轩辕正与道符斗法。道符祭神光珠来罩轩辕。轩辕笑道："顽仙，你有明珠，我有钵盂。"托在手中，一道金光现出一条金龙，擒住明珠。道符看到诸仙杀到，明珠阵破了，打点逃身。金壁风叫声："不好了！"吩咐童子祭宝。童子笑道："诸位善男信女，大家看看我的宝贝来了。"将布袋抛起，把诸仙弟子一齐收入袋内。单走了轩辕、李靖、孙膑、谢应登、黎山老母五位祖师，余者都被收去。

谁知来了救星，是唐僧奉旨取经，收了三个徒弟，孙行者、猪八戒、沙和尚。遭了八十一磨难，才到西天，取得三藏真经，脱了凡胎，竟回东土。师徒四个在云端经过，听得下面争斗之声。唐僧叫声："徒弟，自离西天，早归东土。这里什么地方，有毫光冲天，杀气腾空，是何意思？"行者道："师父，你忘记么？前日在西天，见佛取经的时节，那如来佛前殿弥勒佛笑对你说：'唐三藏，你归东土，到西凉国地方，有群仙斗法，擒妖捉怪，千万不要管闲事，恐有祸到。'想此正是西凉国地方，由他们罢，问他做甚。"话犹未完，只见面前黑暗，伸手不见五指。师父与八戒、沙僧霎时不见了。孙行者大惊，叫声："师父。"那边答应说："徒弟，我和你方才讲话，日色当中，一时天色黑暗，想是夜了。"八戒笑说："就是夜了，也有星光月色。想是西边沙漠之地，是落沙天了。为何眼睛都张不开？"急得行者无法，想是师父又有灾难了。想一想说："是了，这里定有妖魔，又将我师父缠住，弥勒佛早晓得，待我往西天问明，便知道了。"算计已定，东钻西钻，没有缝路。啊呀！好奇怪！为何还在暗中？且住，我孙行者天宫地府龙宫都走过的，到了东土，寸步难行。我一个筋斗行十万八千里，这些世界有限。团团看去，有一线亮光，好似菜籽大。行者喜说："如今有出路了。"变一蜜蜂钻出。看见天光，一个筋斗早到西天。

走进山门，有四天王、八菩萨拱手说："大圣，你同唐僧归东土，为何又来？"行者说："不要说起，在西凉国经过，被妖魔把我师徒四周罩住，昏天暗地！无处逃身。我变化钻出，特来求见世尊，问个明白，好除妖怪。"金刚菩萨不敢拦阻，引见世尊。行者上前唱喏说："如来佛，老孙唱喏。"世尊笑道："这猴精！同师父回归，为何又来？"行者说起此事，要如来查明是何妖魔。世尊说："诸天菩萨查看，何处妖怪在西凉作难三藏？"有弥勒佛越班而出："启世尊，我座下黄眉童子私自下界有三刻，失去如意乾坤袋，又在那里戏侮唐僧。"世尊说："烦弥勒佛前去收回，放唐僧回东土，完了功业，早来佛地以成正果。""谨领佛旨。"

同了行者驾云来到西凉，立在云端之上，往下一看，只见黄眉童子举袋欲害诸仙。弥勒佛去下念珠，收了布袋，放出诸仙、唐僧师徒三人。黄眉童子见了主人，叩头礼拜。宝同、僧、道见收了袋，大惊。那金壁风、李道符大怒，仗剑驾云，见了弥勒，喝道："你这胖和尚！出家人也管闲事，吃我一剑。"恼了孙行者，手举金箍棒，喝声："齐天大圣在此，吃我一棒！"教主、道符听说齐天大圣，吓得魂不附体，晓得闹天宫，玉帝也降他不得，回身化二道金光而去。行者笑道："我老孙棒不曾打下，这两个野道就不见了。"弥勒佛叫声："悟空，你同师父速往东土，我回西去也。"带了童子驾云往西。

那师徒下落云头，诸仙接见说："四位师父是甚菩萨，收了宝袋，前来救贫道等众？"三藏回礼说："贫道乃唐玄奘，奉旨往西天取经回来，被如意袋收去。大徒弟孙行者逃往西天见佛，求得弥勒佛前来，收了袋，放出诸位仙长、仙母。"众仙说："原来师父就是西天取经圣僧。如令唐王扎住白虎关，速去复旨。"师徒大喜，作别回东不表。

那诸仙对谢应登仙翁说："如今阵已破，金壁风、李道符逃去。只有苏宝同、铁板道人、飞钹和尚未曾剿除，恐有后患。道友在此剪除，我等辞别先行。"应登领命。诸仙各驾祥云去了。众弟子跪送师尊。元帅传令，杀到玉龙关。吓得太子两泪交流，说："如今怎样处？"宝同、僧、道逃回见太子。太子说："国舅，今唐兵大破诸仙阵，教主与李仙翁杀得大败而走。如今计将安出？"宝同叫声："殿下，吩咐严守关门，设计破之。"正在此言，番儿报进说："大唐兵马架云梯攻打甚急。"太子大惊说："如何是好？"宝同说："太子不必着忙，我们二人同去守护。"太子说："孤也同去。"四人来到关上，往下一看，见唐兵如潮涌，围得水泄不通。令军士多备灰瓶、石子、劲弓、弩箭坚守。不知后事如何，且听下回分解。

第六十九回

番王纳款朝金阙　圣主班师得胜回

闲话休提，再言唐营元帅请师叔发落诸妖。那白牛精被秦汉打死；犬精、马精被刘仁、刘瑞刺死；金鲤、黑鱼被金棋子打死；鸡冠仙被乱刀砍杀。剩下野熊、神龟、花凤、野狐四个妖魔，被捆仙绳捆住，跪落尘埃，苦苦哀求说："我虽是妖精，修炼千年方得人身，吸天地之灵气，受日月之精华，同归截教。误被苏宝同诱来抗阻天兵，望大仙释放，从今改邪归正，再不敢妄为。"谢仙师笑道："你们虽归仙数，人面兽心，欲待放你，后来又要害人。"秦汉禀道："师叔，那野熊精兽在金牛关助朱崖，捉去金桃、银杏。亏二郎神逐此妖精，救回二女。断断放他不得。"仙翁点头，取出葫芦，放在桌上一拱道："请宝贝转身。"只见一道毫光，变成剪刀，双翅扑来。野熊深恨宝同，追悔莫及，顷刻头落。又斩了野狐，恐后害人。神龟无能，放他去罢。解了捆仙绳，乌龟拜谢而去。花凤仙原是仙禽，度他成仙，放在仙山。花凤得放，一声响亮，飞向岐山，安逸以待圣人不表。

且说谢仙翁发落众妖已完，元帅即令："秦汉、一虎今夜进关，擒太子破关。"二将得令，来到关中。等到三更，太子在城上，身子困倦。那些番军东倒西困。二人大喜，取出绳索，将太子绑了，将长绳坠下，唐营军士接住。太子梦中惊醒说："不好了，身子已被捆住。"泪如雨下。解进营中，令："囚禁后营，待本帅破了关发落。提兵打关。"二位矮将斩关落锁，放进唐兵。宝同、僧、道闻知，提刀上马，杀下城来，迎战三员女将。铁板道人敌住金定，宝同迎着仙童，飞钹和尚撞着金莲。一场大战。

三人虽是骁勇，见城池已破，无心恋战，恐防祭起宝贝，各化长虹而逃。谢应登见三人逃去，打下定光珠。三虹跌落尘埃，被捆仙绳捆住。正当天明，元帅传令安民。秦、窦二将缴令，女将绑进三人。梨花请谢仙翁到营，说道："苏宝同、铁板道人、飞钹和尚俱已拿到。他三人有化虹之术，弟子不能除他。请师叔除此逆贼。"谢仙翁吩咐摆香案，请出葫芦供着。朝上一拱："请宝贝诛凶。"只听一响，飞出剪刀，扑开二翅，三人恶贯满盈，飞宝立时斩首。仙翁说："我已除三害，可将太子绑在军前，杀入西番。他君臣归伏，就可班师。我去也！"收了葫芦，驾鹤而去。一众弟子拜送。元帅见仙翁已去，传令将太子捆在军前，杀上西凉。

那哈迷王正坐早朝，一连三报进朝。番王召进探子，奏道："启上狼主，不好了。大唐兵马打破玉龙关，杀了苏国舅、二位军师，捉去太子，大兵直杀到西凉了。"番王听了，吓得魂飞天外，惊倒龙床之上，有一个时辰方醒，大哭说："都是国舅惹祸，大唐起兵杀到边城，太子被捉去。目下有谁出去退敌？为孤分忧。"连问数声，两班文武无人答应。雅里丞相道："臣启主公，不必惊慌，备下降书降表，到唐营纳款，将造反之罪推在国舅身上。大唐仁德之君，必然允从，自然还回太子。再备金珠、玉帛、女子，唐师必退。"

番王依了丞相之言，修了降书，宫中取出宝贝，装载数车，同了文武，离了王城，迎接先差。通事番官往唐营说："我邦狼主误听苏宝同之言，触犯天朝。今日天兵到来，追悔无及。今带领文武众臣，出郊迎接元帅，情愿纳款投降，年年进贡，岁岁来朝。望将军转达元帅，番邦幸甚。"先锋罗章听说，叫军士收下降书："待我转报元帅。"番官送上降书。先锋扎住营，飞报元帅。

元帅大喜，此事苏宝同打战书到中原，引起一番征战。今见君臣拜伏马前，令丁山传言说："番国君臣请起，我元帅奉旨征西，欲灭你国。既然君臣悔罪，苏宝同已斩，暂准投降。我主扎往白虎关，班师带汝君臣去复旨。"番王叩谢起身，请元帅人马进朝。同众将进了番城，那番民香花灯烛，挂红结彩，迎接元帅。进了朝门，到银銮殿，番王君臣拜见，摆宴殿廷，又送出许多奇珍异宝，元帅收下。传令起兵出城，带领番国君臣，将太子释放，立刻班师。不比来时，归心如箭，过了玉龙、铜马、金牛三关；芦花河祭过应龙，起兵到沙江关，过了寒江，回到白虎关。先有捷书报与唐王，龙颜大喜："难得平西太平。"差程千岁前往迎接元帅，自同文武出关十里候迎。程咬金飞马来到，元帅大喜，细说一遍。咬金称赞，并马前行。见唐主龙驾，樊梨花看见，同众将下马，拜伏道旁。天子将手一起道："诸卿平身。"起驾进关朝贺。

天子说："卿家夫妇征服西番，其功不小。"樊梨花奏说："番国君臣纳款投降，带在军中，请旨定夺。"将降书送上。天子一看，喜动颜色，传旨："宣哈迷王见驾。"那番王奉召，忙到驾前，口称："大唐圣主，番邦小臣哈迷赤朝见。"山呼拜毕，奏说："臣误听奸臣苏宝同，触犯天朝，罪该万死。愿献西番地方数万里，苟全性命。望王准奏。"天子说："朕念你系小邦之君，误听邪言，兵犯上国。今既悔过，放汝归国。西番地界自沙江关之东，尽归唐朝，以西汝仍管辖。退班。"番王谢恩出朝。同了太子、文武割地求和，回转本国。

西天来了唐僧师徒，下落云端，送上真经。天子大悦，传旨回朝封赏。三藏奏道："贫僧出家人，发愿西天取经，今喜回东见驾，已不愿留在红尘，望我主恩放归山。"天子不忍苦留，御赐袈裟、宝杖，准奏谢恩。三藏山呼万岁，师徒四众辞圣驾云往西不表。

那丁山想父亲白虎山归天，夫妇往山祭奠哭拜，重修白虎庙。来日天子封一虎镇守白虎关镇西侯，带兵十万；金莲封一品夫人。夫妻谢恩就职。秦汉封青龙关定西侯，月娥封一品夫人。夫妻谢恩。丁山夫妇俱来作贺说："此一别不知何日再会。"秦、窦二将说："后会有期。"来日起驾，过了玄武关，不日又到青龙关。秦汉驻守。

行到寒江关，梨花来见母亲。丁山设祭岳父、二舅，请僧超度。丁山说："贤妻不必悲伤，请岳母同去受享荣华。"老夫人说："我本不忍离故国，单有女儿随去便了。"备车起程。又行到界牌关。天子召丁山说："朕当先行。卿同妻搬父棺到京，往山西安葬。"丁山谢恩。

御驾还朝，太子同文武迎接。驾进长安，升了金銮，百官朝贺。有张士贵之孙、老豹之子，君左、君右俱为丞相。朝罢进宫，王后妃嫔朝见，细说征西十有八年，朝中又见一番景况。

次日天子入寺观行香见武氏，收纳宫内，荒淫无度。不久废了王皇后，立武氏为正宫，名唤则天。为尼之时，丑声闻外。今为皇后，一发无忌。天子十日不坐朝，文武撞钟击鼓，天子正与皇后欢乐。听得升殿，丞相魏旭上朝奏道："万岁征西回宫，耽于酒色。倘外夷晓得，为祸不小。"天子听奏，封秦梦为护国公，袭父职。罗章为越国公。陈云、刁应祥已经阵亡，立庙祭祀。刘仁、刘瑞封都督，出守河南，二人谢恩赴任。随征将士俱加恩赏；阵亡将士子孙受职。文武谢恩。天子驾退还宫不表。

再言丁山夫妻见柳氏老夫人叩头。夫人问道："妹子为何不来？"丁山说："妹夫封守白虎关，妹子受封同享。"夫人流泪。丁山说："少不得差人问候。"丁山与老夫人、妻小到灵柩前哭拜，奉旨扶棺还乡。军士挂白如同霜雪。到玉门关地方，官府俱来迎接。早到长安，将棺停在寺中，入朝见驾。程咬金也复旨。不知天子有何言语，且听下回分解。

第七十回

丁山奉旨葬仁贵　应举投亲遇不良

话说大唐高宗皇帝征西回京，西番进贡者七十二国，俱来朝见。龙颜大喜，当日坐朝。程咬金启奏薛氏功劳，天子准奏加封，封薛丁山为两辽王，命工部在长安督造王府。工部领旨。封长子薛勇红罗总兵，次子薛猛云南总兵，三子薛刚登州总兵，四子薛强雁门总兵，大夫人仙童封定国夫人，二夫人金定保国夫人，三夫人梨花功劳最大，封威宁侯。仁贵身丧西凉，谥文定，立庙祭祀。柳氏、樊氏俱封一品太夫人。丁山父子谢恩，回府又拜谢程咬金。文武俱来贺喜，不表。

且表那工部督造王府三月完工，请薛爷进府享受。长子薛勇、次子薛猛辞父上任，各府小爵主俱来送行，不必细表。再言丁山在府对四子薛强说："吾儿，你二兄上任去了，我有一事，因你年幼，不好差你。"薛强跪下说："爹爹有甚事，说与孩儿知道。"丁山说："我在西番曾许下太房州还愿，欲差三子薛刚前去，然他性暴好饮，恐生事故，留在京中。你往雁门是顺路，所以唤你前去。"薛强应诺，拜别父亲、三位母亲。大夫人再三嘱咐："前去小心。"二夫人、三夫人也一番嘱咐。薛强领命，带了家将，望四川而去。

另回再言丁山想起父亲骸骨未葬，便与三位夫人商量。大夫人说：

"这是大事，必须辞王别驾，速扶棺往山西安葬公公是好。"丁山说："夫人有所不知，目前朝廷隆重，就上辞表，未免唐突。"夫人说："这不难，烦徐先生保奏，自必无妨。"丁山忙写表章，次日上朝。一面向鲁国公程咬金说："要往山西葬父，烦老柱国保奏。"咬金听言呵呵大笑，说："这是你孝心，老夫自然保奏。"丁山拜谢回府，端整明日上朝，不表。

再言次日高宗驾坐早朝，文武朝毕，只见班中闪出一位大臣，象简紫袍，俯伏金阶奏道："臣两辽王薛丁山启奏。""奏来。""臣父仁贵，没于王事，丧白虎山，蒙恩命臣扶棺归葬。今臣扶棺往山西安葬，愿王赐恩。"高宗将表一看说："朕欲留卿在朝，以报卿之功劳。今既要葬王叔，依卿所奏。待朕差官御祭御葬，留威宁侯在朝辅政。钦此。"丁山谢恩。驾退回宫，各官朝散。

丁山回府，与三位夫人及二位太夫人说知。次日同柳氏太夫人、二位夫人送父骨往山西祭葬。三夫人梨花同三爵主薛刚在府。朝廷差行人司同到山西御祭御葬。丁山又上朝谢恩。有左丞相徐敬业、右丞相魏旭，又秦梦、尉迟弟兄、文武百官等，俱送到十里长亭，都助丧费银两。朝廷又赐黄金千两、白银万两、金瓜月斧，"倘山西有不称职官员，任卿先斩后奏，三年之后来京就职"。丁山望阙谢恩。各官送别。丁山对鲁国公说："老柱国，晚生有一言相告，今三子薛刚在京，倘或生事闹祸，求老柱国处治。"咬金说："不消嘱咐，老夫自当照管，你放心前去。"丁山又与梨花嘱托一番，唤过薛刚，一番吩咐，不必细表。丁山竟往山西，一路不消尽说。咬金、梨花各回府中，我也不表。

再讲薛刚在京无事，结交一班小英雄。秦梦之子秦红，混名阔面虎，尉迟景混名白面虎，罗昌混名笑面虎，王宗立混名金毛虎，太岁程月虎，长安城中人人害怕他，皆云五虎一太岁。

一日，众小英雄都来探望，与薛刚意气相投，结拜为兄弟。每日在酒店中饮酒，到教场中走马射箭，玩耍回来又生事，凭你文武都要让他几分。就是鲁国公程咬金也管他们不住，无可奈何。这日该当有事。有一人姓薛名应举，妻王氏也是山西人，夫妻二人到长安投亲。不想张君左之子张保，带领许多家将在街上走，张保在马上看见王氏生得美貌，满心欢喜，呼家丁唤他到府中，有话问他。家将领命来到薛应举面前说："大爷唤你夫妇到府，有话问你。"应举摸不着头路，问道："我与你家大爷又不相识，唤我怎么？"家丁说："你见了我家大爷，自有好处。"扯了就走。王氏再三哀告，只是不听，竟扯了应举夫妻走。王氏大喊说："清平世界，又不犯法，拿吾则甚？"街上这些百姓晓得张府势耀，哪里敢来相劝，凭他拿去府中。家丁禀道："唤到了。"张保一见，满面笑容说："尊姓大名？贵处哪里？说与我知道。"

应举初然间家丁拿来，倒有几分害怕。今见张保如此相问，便放心说："大爷，小人家住山西，姓薛名应举，偕妻王氏，到京投亲不着，流落在此。求大爷发放回去，感恩不浅。"张保说："你既投亲不着，在京无益，留你妻子在此，多打发盘缠回去。"应举一闻此言，大怒说："我堂堂男子，满腹经纶，要来求取功名，难道我卖老婆不成？快放了我们回去。"张保说："你来得去不得了，休想回去。"吩咐："把王氏拿进后堂，交婢女们看守，把这奴才赶出府门。"王氏见了扯住丈夫，口中百般大骂说："清平世界，强逼人妻，若奏闻圣上，依律处死。"张保大怒，吩咐家丁："将应举送往长安府，当作强盗，要他处斩，以除后患。"家丁应诺，将薛应举锁住，拿往长安府去了。应举喊破喉咙，哪个来管他。竟到衙门，那知府听了张府家人之言，认其为盗，将应举苦打成招，问成死罪，明日立斩。

那王氏被张保拿进后堂，便抱住亲嘴。王氏把脸侧开，大喊，两泪如雨，大哭起来，叫道："丈夫快来救吾。"张保笑嘻嘻说："不要叫了，若肯从我，少不得做个小夫人；若不愿从，你也休想回去。你丈夫做了强盗，料不能活的。"王氏听了，两脚乱蹬，将头向张保乱撞。

张保正欲势强，忽家人报说："老爷回朝，唤公子。"张保无法，就交付老婢："看守在后园，晚上来与她成亲。"竟往外面去了。老婢同王氏来到后园，王氏哭诉冤情，老婢哀怜，说："大娘，你如今好了。你既有冤情，我也晓得。我晚上放你。那公子怕老爷，不敢乱为。"王氏跪下说："妈妈救了我，我没世不忘。"啼哭不住。老婢说："也罢，我开园门放你去。"王氏叩谢救命之恩。老婢扶起而别。

不表王氏逃走，再言老婢做成圈套，公子问起，只说王氏投池身死，谅来不究。那张保留在书房，不许进内。这是老婢造化。

再言王氏逃走，一路啼哭，天色又晚，就投庵过夜。明日仍上街打听。听得人说，明日午时要斩大盗。王氏闻言，问道："要斩何人？"旁人说："昨日张府失盗，拿住正盗，叫薛应举。"王氏听了，这是我丈夫呀，叫一声："张保，天杀的，我与你无冤无仇，为甚将我丈夫处斩？好不疼杀我也！"大叫一声，晕倒在地。

这日薛刚同一班小英雄在酒店饮酒回来，在状元街游到金字牌坊玩耍，见一妇人跌倒在地，啼啼哭哭。众小英雄问道："你何故在此啼哭？"王氏细说名姓："山西人氏，丈夫薛应举，小妇王氏，来到长安投亲不着，被张君左家人哄骗进府。张君左之子张保要强奸小妇，因我不从，将我夫当强盗送到知府，苦打成招，明日将我夫斩首。今求仁人君子化一口棺木，收殓丈夫，我也尽一点孝心。"薛刚大怒说："难得此女贞节，明日我等救你丈夫，回去罢。若被张贼晓得，你性命就活不成了。"王氏拜谢回庵。小英雄回府，众人说："造化了，遇着薛三爷，谅必得救了。"不知如何去救，且看下回分解。

第七十一回

劫法场御赐金锤　鞭张保深结冤仇

　　前言不表。单言次日薛刚同秦红等结束停当，暗藏器械，都到状桥，只见长安府监斩，薛应举绳索绑捆，身上斩条插了，一声锣，一声鼓，迎将来了。薛刚一看，拔出身边短刀，大喊一声，将知府一刀，众人一齐动手，杀了刽子手，劫了法场，救了应举。众百姓纷纷逃命。薛刚叫声："众兄弟，你们各自回去，不要被连累。自古好汉做事，一身承当。"小英雄听了，各自分散。

　　薛刚单身同应举夫妻一路，只说是哥嫂被张保陷害。圣上问起，要说明白的。商量已定，来到午门，请天子坐殿。上前奏说："臣有堂兄嫂来投王府，不想被张保陷害，绑赴法场。今臣救了，奏闻圣上，除却奸臣。"天子龙颜大怒，问君左。君左回奏："臣实不知。被人冒了姓名，也未可知。"天子也不究，罚俸一年，修金字牌坊。封薛刚为通城虎，赐金锤两柄，朝中打奸臣，民间打土豪。

　　薛刚谢恩出朝，同应举夫妻回家。樊夫人以礼相待。薛刚对母亲说："孩儿不喜做官，登州总兵哥哥去做。孩儿在京服侍母亲。"夫人大喜。次日设酒送行，应举夫妻感恩不尽，拜别往登州上任而去。薛刚有御赐金锤，朝中大臣哪个不惧？日日同了小英雄五虎一太岁往教场比武玩耍。

薛刚用的铁棍乃异人传授，有三十六棍，天下英雄闻名，称为黑三爷，犹如水墨金刚，烟熏太岁，好力气。秦红使金锏。罗昌用梅花枪。尉迟景用水磨铁鞭。王宗立用长枪。程月虎用抱月金斧。又有某人某人等，在教场中走马射箭，不止一日。

那日正在玩耍，不想张保带了家丁也来观看，被巡捕官看见，报与薛刚。薛刚听了，叫拿上来。众人竟将张保拿进教场。薛刚明晓得是张保，只做不认得说："你是歹人，擅敢偷看。"吩咐左右拿下去捆打四十。张保大叫："我是丞相之子张保。我父现在朝中为相，不要认错了。"众小英雄说："张君左哪有此子？分明是贼偷，打他二十。"不由分说，竟将张保打了二十大棍。打得皮开肉绽，鲜血迸流，一跌一拐回去。众人大笑而回。

张保见父说明此事，薛刚如此长短。君左大怒，父子进后宰门，哭奏天子。天子说："该打。你父子生事教场，先帝封典二十四家国公。你是文官，不教尔子攻书，如何去射箭，此事朕也不究。"君左父子忿恨回家。父子商议，薛刚朝廷宠用，另寻别事算计他不表。

再言一日君左父子进朝，宫中武后看见张保生得美貌，奏知圣上，将张保承继为子。天子耽于酒色，听武后言，将张保为了殿下。自此丑声外闻，是不必说。

再讲丁山到山西葬父骨，安享三年，奉旨钦召进京。文武相送，离了山西，竟上长安，到自己府中。三夫人梨花、薛刚迎接安宴，是有一番言语，欢会一宵已过。次日上朝，有左相徐敬业、魏相等相见，各叙久阔寒温。金鞭三响，驾坐早朝。丁山上前朝见。天子大悦："久不见王兄，朕想念之甚。"丁山谢恩。天子赐宴。次日又去拜望各公爷。至鲁国公府，咬金请酒，说起薛刚之事，"闯祸劫法场，亏天子洪恩，也不深究。贤侄回府必须教训一番。"丁山领诺回府，埋怨夫人，唤薛刚要痛责。梨花是护短的，丁山又不好在夫人面上难为，吩咐将薛刚关进书房，不许外出生事。

再表高宗李治天子宠幸武后，朝中大臣进谏，天子不准。武后知帝昏懦，易于扇惑，且垂帘于政，言听计从。遂肆意荒淫。与僧怀义、张保、张昌宗等污浊后宫，丑声闻外。魏相、徐敬业觉见不雅，将张保等禁止于外，不许妄入宫禁。武后情思不得遂欲，阴使心腹奏帝，调徐敬业外任；魏相告老，朝廷大政尽归武氏，中外称为二圣。此话不表。

再言丁山见朝廷颠倒，思念母亲柳氏，次日上本回家养亲，天子准奏回府。各公爷都来辞别。吩咐家丁五百看守王府，同夫人梨花、薛刚出了长安，行至长亭，各官送行。鲁国公程咬金说："两辽王，你回山西安享。想吾等，唐朝天下亏我们打成，世界不久要归武氏，深为可惜。"丁山说："老柱国，身为臣子尽忠而已，不必虑他，须要在朝立谏，自然太平。谅圣上明白。"各公爷也有一番言语，我也不表。

丁山辞别，竟往山西。到王府一家完聚，拜见柳氏、樊氏二位母亲，设家宴。次日拜客，忙忙然非止一日。再言柳氏太太思想女儿下泪，丁山上前，双膝跪下说："孩儿叨祖父母亲福庇，做了一介藩王，不能报答。母亲今日正当受享荣华，为何不悦？莫非孩儿不孝之罪？"太太说："非为别事，你妹妹金莲同你大舅窦一虎镇守西凉白虎关，久无音信，意欲差人问候，但未有其人。"薛刚上前说："孩儿前往问候姑夫、姑姑。"太太大喜说："孩儿肯去，吾愿足矣。"

丁山说："母亲，三孩儿不可去，他吃酒生事闯祸，其实不好的。"梨花说："孩儿勇猛，路上虽有毛贼，谅他不在心上，万无一失。"夫人窦仙童也想兄弟一虎，也来撺掇。丁山说："要去，须要戒酒。"薛刚说："这个何难，今日就戒起。"丁山说："要立个誓来。"薛刚说："从今后开了酒，杀吾全家。"丁山大怒说："畜生，胡言乱语。"薛刚说："不要慌，杀尽了，还有吾报仇。"丁山气得目睁口呆。

梨花说:"相公不要听他,他是呆子,颠倒说的。"陈金定也来相劝。丁山见母亲要他去,三位夫人又来说,只得允从。端正礼物,带了家人数名。

次日薛刚拜别,离了山西,竟往西凉而去。一路上果然并不饮酒,又不生事。一日打从天雄山经过,只听得一棒锣声,跳出数百喽啰,拦住要讨买路钱。薛刚大怒,打死头目喽啰,喽啰报上山中说:"大王,不好了!方才小人们出去巡山,路逢数人,内中一人黑面使棍,十分勇猛,将头目打死,特来报知大王。"

大王大怒,带马提枪冲下山来,见了薛刚,大叫一声,说:"不要逞强,俺来也。"薛刚见了大王,白面银牙,相貌堂堂,来者不善,不如先下手。照头就是一棍打来。大王说声:"来得好!"把手中银枪往棍上噶啷一声响,架在旁边,冲锋过去,圈得马转来。薛刚又是一棍打来,大王又架在一旁。一连数棍,杀得大王浑身是汗,两臂酥麻,大叫一声:"好棍!"杀到后来,棍也轻了一半,被大王一连数枪,薛刚只是招架,没有还棍之力。拼命将棍招住枪说:"狗大王,认得你黑三爷么?"大王道:"哪个黑三爷?"薛刚说:"我乃两辽王薛丁山世子薛刚。"

大王听了,就下马说:"得罪,莫怪俺不晓得,三爷为何在此经过?乞道其详。"薛刚也下了马说道:"壮士下问,吾家父亲差往西凉探亲,在此经过,不想遇着壮士,三生有幸。"大王邀薛刚同到山中。薛刚问起姓名,说:"吾乃姓伍名雄,祖父伍云召,隋朝南阳侯,战死在沙场。父亲伍登已经去世。故弟在此落草。"薛刚说:"原来是南阳侯之子,久慕大名,恨相见之晚也。"吩咐家人:"先往西凉,我就来。"家人领命而去。伍雄拜薛刚为兄,留在山中。当日饮酒办席,薛刚辞谢说:"我在家中家父面前立誓戒酒。"伍雄说:"伯父恐兄道路之中生事,所以戒酒。今日在山中只有吾兄弟二人,饮酒何妨?"薛刚说:"兄弟只是要少吃些。"当夜饮酒。次日前后山玩耍,此话不表。

再言长安高宗天子，在长安宫中酒色太过，终日昏花，不理朝事。武后奏主："圣上二目不明，明春上元佳节，大放花灯，主上看灯，二目就明亮了。"天子大喜，旨下："明春大放花灯，与民同乐。"正月十三日上灯，十八日下灯，朝中大小衙门俱端正花灯，外省行台节度俱送名灯进京。不表。

再言薛刚在山中同伍雄情投意合，走马射箭，比较武艺。正南上离数十里有一山，名曰双雄山。山中有一大王，姓雄名霸，雄阔海之孙，在山落草，与伍雄相好往来的。有喽啰报说："伍大王那边有什么黑三爷在山比武，客人不敢过往。"雄霸听了备马，带了喽啰来到天雄山。伍雄闻知下山迎住，接进独角殿，说起薛刚一事，雄霸大喜。三人结拜弟兄。薛刚见雄霸仪表非俗，豹头环眼，燕额虎须，声如铜钟，身长一丈，两臂有千斤之力，想道："不枉西凉走一道，若在家中，怎能会二位兄弟。心中大喜，当夜兄弟饮酒，吃得大醉，各去安歇。次日又在山中玩耍。雄霸接薛刚、伍雄到双雄山饮酒。不觉年尽。有儿郎来报："拿得灯匠十余名，求大王发落。"伍雄说："拿进来。"喽啰将一班灯匠拿到独角殿。问："你这班是什么人？"朱健上前说："小人奉南唐萧大王之命，明春圣上大放花灯，解灯进京的，并无财物。乞大王发放。"薛刚看见朱健身材长大，也是一个好汉，说："兄弟，他说解灯，拿灯上来看。"十余盏名灯拿上来。朱健说："大熬山灯进于天子，小熬山灯送中山王武三思，凤凰灯送张太师。"伍雄、雄霸叫喽啰灯俱留下，打发他回去。薛刚说："不可，不可。"不知说出什么话来，下回分解。

第七十二回

众英雄大闹花灯　通城虎打死内监

再表薛刚说："二位兄弟，不可将灯一齐留下。大敖山灯送天子的，教他拿去。小敖山、凤凰灯他送与奸臣，我们留下。"朱健说："大王留下二灯尤可，小人回去难见萧大王。望大人留下凤凰灯，还了小人敖山灯。"伍雄说："若再啰唆，一齐留下。"朱健无奈，拜谢而去。当下便将二灯挂上，弟兄三人赏灯。薛刚对伍、雄说："我要到长安走走，看看灯。"雄霸说："既然哥哥要去看灯，吾弟兄二人相陪。"薛刚说："不可。山寨乃是根本，离不得的。况且长安城中去，许多做公人看见兄弟相貌不凡，恐妨惹祸。待弟单身前往，枪马留在此山。"

过了年，正月十二日，薛刚别了伍雄、雄霸，单身而走。来至临潼山，见一伙人推一辆囚车，认得是朱健。薛刚身无尺铁，怎生相救？见路旁有一枣树，将来拔起，打死众人，救了朱健。问其何事装入囚车，解往哪里去？朱健说："解灯进京，张太师道我大王不送与他，因此大怒，要将我斩首。我说明此事，将我解到南唐萧大王那里发落，不想壮士救了小人。如今又冤杀了众人，教小人有家难奔，望壮士救我。"薛刚说："不难，你到天雄山落草。"朱健说："他那里不肯收留怎处？"薛刚道："我有鸾带，叫你拿去，伍雄自然收用。"朱健拜谢,接了鸾带,竟上天雄山。伍雄问明,叫他搬家小上山来,此话不表。

那薛刚来到长安,到秦红府。家人报知,秦红接进,叙起久阔。吩咐家人去请这班小英雄到来相见,大家欢喜,准备看灯。到十五日夜,众人都去看灯。只见那六街三市、勋戚衙门、黎民百姓奉天子之命,与民同乐。家家户户结彩悬灯,今晚要点通宵长烛,如有灯火昏暗不明者,俱已军法究治。就是宰府门首,也扎个过街楼灯。小英雄看到那些走马撮戏、舞枪弄棍、做鬼装神,闹嚷嚷填满街市。

不多时已到中山王门首。那楼与兵部衙门的一样,灯却不是一样的。挂的是一种凤凰灯,上面牌匾四个金字"天朝仪凤",旁边一对金字对联:"凤翅展丹山,天下咸欣兆"。薛刚等看了回来,又在天汉桥酒店中吃了酒,多有些酒醉了,下楼又往皇城内来。五凤楼前闲人挨塞得紧,楼前有两个内监,带五百净军,都穿着团花袄,每人拿一根朱红齐眉短棍,守着这座灯楼。薛刚看见好灯,大呼小叫。内监见了大怒,喝叫:"拿下!"净军听了,拿了齐眉棍上前来打。这班小英雄大怒,抢了短棍,反将净军打得东跑西窜。薛刚赶上,将内监打死。

内宫有人认得是通城虎,报知天子。丞相张君左下五凤楼观看,认得果然是薛刚,奏知圣上说:"通城虎闹花灯,打死内监。"天子大惊,二目不明,下五凤楼,失足跌下楼。文武俱散,天子进宫。张君左叫拿薛刚,天子说:"非关他事,只怕不是薛刚。他回家已久,面貌相同,也未可知。明日细查。"张君左见圣上不准,只得回家。

这班小英雄都到秦红家中,程月虎言:"我回去走走。"众人说:"你去去就来饮酒。"月虎回家,咬金说:"你们这班出去闯祸,大闹花灯,打死内监。张君左要拿薛刚,亏圣上念有功之臣。明日还要细查,倘或查,你们这班畜生性命都不保,教薛刚快走。"月虎听了,忙来至秦红家说:"祖太爷叫三哥快走,明日祸至。"宗立说:"私进长安,打死内监,连累薛叔父也不好了。"薛刚听了大惊,拜别弟兄,出了长安。至天雄山相见伍雄，说起闹花灯一事。伍雄说："不如在此住下，老伯父要晓得，自然打本进京，谅来也无事。"朱健过来拜谢救命之恩，此话不表。

再言天子闷在宫中，张君左奏说："果是薛刚。圣上差官往山西拿丁山到来究问，就明白了。"天子不言。武后奏说："丞相所奏不错，速召丁山来京。"天子言道："今日各处查到，并无薛刚，反要劳动功臣，面上不好看了。"张君左又奏。天子无奈，命钦差王令到山西问两辽王，可是薛刚否？王令领旨来到山西开读。丁山接了天使，来到王府，开读已毕，吩咐摆香案供着。旨上不过说"薛王兄，尔子在家否？"这句话。丁山谢过恩说："天使大人，小儿上年往西凉望姑夫窦一虎、姑母金莲，奉母命的。不晓得有这一事，望天使说明。"

王令说："今年正月十五元宵，大闹花灯，打死内监。丞相张君左奏主拿问，圣上原不信的。旨上问有无，两辽王表本上写明白回旨。下官告别了。"

丁山送去天使，连夜修成表章，差薛贵抱本星夜进京。天子将本一看大喜，宣张君左道："薛丁山上年奉母命，差薛刚往西凉去探亲，不在家里。若是依你，反害好人，以后不必多奏。退班。"张君左无颜，谢恩退朝。天子赐黄金千两，彩缎千端，差官出京，钦赐丁山，此言不表。

另回言武昭皇后请旨盖造御花园，天子准奏，传旨晓谕各处，有好花都要送上。命张保监工，人夫数千，开池，造御书楼，堆假山。百姓劳苦，万民嗟怨。命张大郎号昌宗同太监把守后宰门，不许闲杂人等进去。那御花园与后宫相近，张保、昌宗不时进宫与武后淫乐，不必说。

再言薛刚在天雄山同伍雄、雄霸在山饮酒。报说："拿得一班解花木的十余人，求大王发落。"伍雄问众人："你们解这花木哪里去的？"众人跪下说："小的奉南唐萧大王送花木上长安，圣上要修造御花园，进上的，望大王发放。"伍雄叫喽啰拿上花来观看，说："余花发还，牡丹花叫留下。"薛刚说："不可，前番留下二灯，教朱健吃苦，如今还他去罢。"众人闻言拜谢，下山而去。又过了几日，薛刚说："我今别了二弟，要上长安走走。"

伍雄说："不可。前番去闹了花灯，连累父母。如今且不可去。"薛刚说："不妨。我今去会弟兄，打听朝中之事。现今敕赐金锤，怕他则甚？"雄霸也劝。薛刚只是要去。伍雄阻挡不住，内中选数名喽啰扮做家丁，跟了三爷，扶侍前去，叫他不要生事，早早就回。

薛刚依言下山，带了喽啰，竟往长安。吩咐："喽啰城外住着，我进城去就来。"喽啰说："三爷去就回，小人们在此等候。"薛刚进城，来到秦红家。小英雄都到，说起花灯一事，"打得爽快。三哥不在，吾等无兴，目下天子昏愦，多用了一班奸党张君左弟兄、父子。内有武后盖造御花园，劳民伤财。太老程千岁也不进朝"。薛刚听得大恼："今日同兄弟御园走走。"

众人说："不可去，前后有人把守，进去不得的。"薛刚说："有我在此不妨。"众小英雄都无主意的，内中有高兴的说去得。若有个老年人在内决然阻挡。一班俱是后生不知厉害，所以有一番大是非。当晚就在秦府饮酒。

次日五虎一太岁高高兴兴一路来至园首，见一班人扛抬一块假山石，好用力，口口声声说："工钱克减，我们吃苦。"薛刚看见问道："你们讲甚话？"众工人说："张爷要百姓做工，工钱又少，又受鞭打，累死人无数。这一块大石，叫我们哪里扛抬得动，又有限期，迟了些受责。"薛刚说："不妨，待吾等与你扛了进去。"工人说："你们进不得的，我们都有字号识认，所以能进去。"秦红说："既有记号就好了，快拿记号来。"工人身边都有腰牌写姓名，张三、李四、某人、某人。众人巴不得替他，忙解下付与薛刚。薛刚付与五虎一太岁，带在腰边。六人忙将大石轻轻地扛起，不甚费力，竟抬进御园。守门的看见有腰牌挂着，不来查究。众人来到里面，将石放落，果然好一个大花园。但见许多人在那里挑泥种花，不计其数。只见上面坐着一人，又有许多绿衣人侍立两旁。又见送酒饭鱼肉拿上去给张保吃的，薛刚叫留下，"待吾来吃"。有人见了报与张保。薛刚不知厉害，吃得大醉。众英雄劝他不要进去，他不肯信，倒走进去。秦红等只得出去，恐其连累，都到秦红家计议救他。且听下回分解。

第七十三回

御花园打死张保　劫法场惊死高宗

再言薛刚乘酒兴走到牡丹台，将牡丹花插在发边，张保大怒，叫手下人拿薛刚。薛刚大怒，两手一拉，跌倒数人，夺一条棍子，赶上前将张保一棍打死。众人大喊说："不好了，千岁被薛刚打死。"忙报与张君左。薛刚到御书楼大醉，睡在龙床，不表。

再言张君左闻报儿子被薛刚打死，大哭，一面差人到御书楼将薛刚绑住，一面进宫奏闻天子。旨下："到御书楼捉拿薛刚。"张君左奏主："今夜即刻开刀。"天子说："君王避醉汉。"传旨将薛刚监在天牢，明日处斩。四虎一太岁打听详细，忙来到咬金府中说明此事。咬金说："你们这班小畜生做的好事！如今身家不保。我如今一百多岁的人了，教我也救不得薛刚。况朝中徐、魏二人又去位，张氏弟兄当朝。天子虽然明白，武后因他打死心上人，决不干休。吾不能挽回。老公爷死的死了，去的去了，孤掌难鸣。一身做事一身当。你们有计较去做来，吾是做不来的。"罗昌说："要救得三哥便好。况吾等结同生死之交，若明日斩了三哥，侄孙们都有不便。"那程月虎上前说："要祖太爷出个主意。"咬金说："不得不如此。尔等把家小搬去长安，明日打点劫法场，都到西凉去，京中有吾在不妨。"众人别去，齐齐打点劫法场。

次日天子想道:"江山亏了薛家父子平东西二路,今日要斩他,心中不忍。但是法律上去不得。朕今只斩薛刚,免其余犯之罪。"传旨王独:"午时处斩薛刚,五凤楼前开刀,余犯不究。"监斩官领旨,将薛刚绑出午门外去了。咬金在南门下等候,这班小英雄结束停当,身藏暗器,带了家将,来到午门,假做活祭,杀死监斩官王独。尉迟景杀死刽子手。薛刚看见这班小弟兄,挣断绳索,夺过腰刀,杀散众人。军士看见杀了监斩官。报与张君左。

君左听报,一惊非小。传令五城兵马司,带领兵马活擒这班强盗,不许放走一人,违令者斩,小英雄哪里放在心上,杀散兵马,出了长安南门。咬金说:"你们快走,有吾在此不妨。"

内官来报天子,奏说:"有一班劫了法场,杀死监斩官、刽子手,杀伤军士不计其数。"天子一闻此言一惊,大叫一声而死。在位二十四年。

张君左与武后商议,命武三思带兵三千追赶,一路而来。至南门见咬金坐着,三思问:"老千岁为何在此?"咬金说:"吾要南海去烧香。"三思下马说:"老千岁可见薛刚否?"咬金说:"不见,想是他不出南门,往西门去了。"三思不敢出南门,上马往西门而去。咬金大笑出南门,会见众人。薛刚说:"祖太爷先去。我要到天雄山去取枪马。"两下分别。薛刚到天雄山住下。咬金同众人往西凉,此言不表。

再言三思追不着薛刚,回见昭仪武后。立太子李显为君,为中宗,葬先帝于皇陵,大赦天下。中宗在位五月,武后贬天子湖广房州,为庐陵王。张君左请武后登位,国号大周,则天皇帝。张君左、张君右封为左右丞相。武三思为中山王。怀义和尚封御禅师。张昌宗为驸马。文武各加升级。则天皇帝思念张保被薛刚杀了,深恨于骨。与张君左计议,必要杀尽薛家,方雪此恨。须差铁骑拿捉。君左奏道:"臣想已久,此仇必报,但是薛丁山勇冠三军,三妻都有法术。万岁即差官往山西钦召进京，说新君初位，赏有功之臣。若拿捉，逼其反也。"武则天依奏，传旨一道，差官往山西召两辽王进京复命，到京就职。钦差领旨，竟往山西。

　　再言丁山，柳氏母亲、樊氏母亲身故，祭葬已毕，在府守孝。这一日有家将报说："三爷大闹御花园，打死了殿下，众小英雄劫了法场，惊死天子。程千岁已反了。武娘娘自立为帝，称为大周。差官钦召千岁进京就职。"丁山听了，大叫一声："畜生做的好事！"仰面一跤，跌倒在地。左右救醒，扶进后堂。三位夫人问起："为甚事相公这般着恼？"丁山如此长短说了一遍。梨花说："钦召一事是假，将相公召进京中，性命难保。"陈金定说："我们反了罢。"丁山说："胡说。我薛氏父子忠良，这祸是畜生闯出来的，粉身碎骨也应得的。今朝廷不来拿捉，是为幸也。今来钦召。国恩难报。君要臣死，不死则不忠。"梨花把指来阴阳一算，应该金童星归位。三儿白虎关杨藩转世，死于丁山之手，冤冤相报。张保乃张士贵之孙。仁贵杀了士贵，薛刚又打死孙子，前数已定，今该如此。此话不表。

　　再说钦差来到王府，开读已毕。丁山谢过恩，同了三位夫人，离了山西来到长安。则天命三思将丁山夫妻拿下，发落天牢。又差铁骑五百，到山西王府，一门三百余口，尽行拿下，解上京都，监在天牢。张君左奏道："薛丁山虽落天牢，还有长子薛勇、次子薛猛、四子薛强，都有万夫之勇。倘闻父被拿捉，兴兵杀上长安，无人抵敌，速差兵分头捉拿。命邻近州府，须要拼力擒拿。如纵放者，与本犯同罪。"武则天依奏。旨下："命大刀王殿，带兵三千，走云南捉薛猛。又命阔斧陈先，带兵三千，走红罗关拿薛勇。命姜通带兵三千，走雁门关，捉拿薛强。若是走漏一人，本官处斩。"众将领兵分头而去。

　　再言阔斧陈先带兵到红罗关，将薛勇一家尽捉拿，起解进京。再言朝中徐贤，是大臣徐茂公之侄孙，原任户部尚书，见朝廷不正，告老在家。闻得拿薛勇进京，对夫人王氏说："薛氏一门受害。薛勇有子名唤蛟儿，才年三岁。我也有子徐青，也是三岁，小夫人莫氏所出。吾欲将徐青抱去，调换蛟儿，存了薛氏一脉。"王氏夫人埋怨相公："我虽有子徐青，也是相公一点骨血，于心何忍教他也受一刀？"徐贤说："夫人有所不知，蛟儿受害，绝了薛氏宗嗣。"

夫人一想："吾与薛勇之妻，有姑舅姊妹至亲，应承了。"只说烧香，上轿，一路下来至临潼上，见薛勇夫妻解来。徐夫人在大路上，报与薛勇之妻相见。薛夫人命从人退后，表姊妹相见。徐夫人说："将来与你换子，留你一脉。"二人调换。徐夫人只说烧香而去。

陈先起程上长安。旨下："把薛勇夫妻下在天牢。"丁山见子伤心。薛勇把徐夫人换子说一遍，一家大哭。狱官俞元看见薛氏一家受枉，来对妻子说："薛丁山父子有大功于朝，不幸一门俱要遭害，我想薛氏后代绝矣。吾欲将俞荣也是三岁，此子算命养不大的，又且多病，换了薛蛟，后来有靠。"杜氏夫人听了，想道："此子乃前妻所出，非关他事。况自己年轻，看薛蛟相貌端严，换了此子，后来必有好处。说："相公见识不差。"忙对众人说明。

丁山想："此子乃徐贤子之调换来的，既然狱官好意，只得允了。"开言说："既承美意，无门可报。"杜氏抱了假薛蛟到后园玩耍。有阴风山莲花洞欧兜祖师在云端经过，看见了薛蛟，一阵风带回山去。杜氏夫人说："此子命该如此。"夫妻嗟叹一声，此言不表。

另回言云南总兵薛猛对夫人王氏说："下官夜梦不祥，心惊眼跳，莫非吾家有甚祸事么？"夫人说："相公，日有所思，夜有所梦。思念公婆，所以如此，不必多愁，放心为主。"有家将报进说："老爷，不好了！长安朝中三爷闯祸，害了千岁，如今差大刀王殿来拿老爷，相近云南。请老爷作速筹备。"薛猛不听犹可，一听此言，大叫一声："我那爹娘啊！"跌倒在地。夫人闻知忙来扶起，只见老爷面如白纸，不知性命如何，且听下回分解。

第七十四回

武后下旨捉丁山　三百余口尽遭灾

　　再言薛猛惊倒，半晌方醒。夫人说："相公为何如此？"薛猛说："方才家将报说：'三爷闯祸，连累父兄。'如今差铁骑拿我，我去也不去？"夫人说："公公一家俱下天牢，只有相公。若到京都，性命难保。依妻之言，尽起云南兵马，杀上长安，救了公婆叔叔，除了昏后，更立新君。此计如何？"薛猛说："夫人之言差矣。吾上不能报故主之恩，下不能答父母之恩。吾薛氏二世忠良，有功于国。况朝中首相张君左当朝，各国公俱已退位。倘一举动，反情有露，落其圈套，遗臭万年，断乎不可。"夫人哭道："我家只有孩儿，才交三岁，名唤薛蚪，也叫他受害？"薛猛说："吾看家将中只有薛兴忠义，我与他结为兄弟，将蚪儿过继与他为子，教他逃往他方，存薛氏一脉。"薛兴说："老爷在上，小人不敢当。"薛猛说："如今托孤与你，休要推辞。蚪儿过来，拜叔叔为父。"

　　薛兴拜别，抱了公子，离了云南，竟往别方而去。息报钦差到了。薛猛自刎而亡。夫人大哭一场，撞阶而死。大刀王殿听报进见，果然死了，心中想道："做什么冤家？"吩咐埋了。带兵回长安，奏知武后说："薛猛自刎，夫人撞阶而死。"旨下，既死不究。

再讲姜通到雁门关,人报说:"两月前不见薛强。薛强原到太行山进香,在路闻知,不回雁门关,落荒而去。"姜通只得回朝复旨。

张君左奏知天子:"前年故君斩薛刚,劫了法场逃去,并无下落。今晚四更,将薛丁山满门斩首,以除大害。倘露消息,为害不小。"旨下:"命刑部何先,速斩薛氏一家,无违。"何先奉旨,打扫法场,传齐刽子手,到牢中将薛氏一家绑赴法场。法场上四面兵马围住,四更开刀。旨意又下:"命武三思、张君左监斩。"其夜灯球火把,照耀如同白日。

那刽子手到牢中,见了禁子商议说:"薛家父子万夫之勇,哪里绑得他住。不如用个苦肉计。"众人说:"好计。"来到里面见了丁山,齐齐跪下,说道:"小人们求千岁看顾,小人家中都有父母妻子。"有数百叩头不起。丁山听了哈哈大笑说:"是今夜朝廷要杀吾么?"众人道:"然也。"薛勇听得此言,叫声:"爹爹不好了!今晚要杀吾一家,孩儿有话告禀。"丁山说:"孩儿有话讲来。"薛勇说:"爹爹在此,三位母亲也在此,依孩儿之言,反出牢门,杀上皇宫,除了妖后,更立新君,不可守死而已。"

丁山一听此言大怒,说:"畜生,讲这些乱话!今日父死为忠,子死为孝,母死为节,家丁死为义。忠孝节义出我一门。"吩咐刽子手:"将我先绑将起来。"薛勇无奈,也叫绑了。共三百余人,一齐绑了。家人们大哭,出了监门来到法场。你看阴风惨惨,怨雾腾腾。今晚屈斩忠良,天愁人怨。

樊梨花抬头一看,"吾不救他,更待何时?"口中念起咒语,但见豁拉拉一阵狂风,飞沙走石,千年老树连根拔起,法场人都立脚不住。吓得武三思、张君左魂不在身,灯火都吹灭了。梨花将身一抖,绳索都落下,起在空中,驾在云端,往下一看:"待吾救出薛家。"

不表梨花救薛家,且言黎山老母驾坐蒲团,心血来潮,轮指一算说:"不好了,徒弟梨花要救薛家,违犯天条。"忙驾云到长安,按落云头,见樊梨花作法,叫一声:"徒弟,今日金童星合当归位,犹恐你救他抗违御旨,斩仙亭有凌迟之罪。"梨花见了师父,听得此言,不敢违天命,同了师父回山。此言不表。

今有八宝山连环洞彭头老祖在云端经过,见一道杀气冲天。往下一看,原来周天子斩薛氏一家,数该如此。"内有孤儿不该绝命,待吾救他。"将手一指,带回山去。少停风息,张君左查点人犯,单单不见樊梨花、薛蛟,恐防又有变局,传令开刀,将薛丁山一家斩首。复旨天子,就罢了。张君左又奏说:"薛强不知去向,薛刚逃避,恐有后患,不如画影图形,到处张挂,捉拿那薛刚、薛强。将威宁侯王府拆去,开为铁丘坟。"旨意下了:"依卿所奏。"君左领旨,将王府拆得干干净净,把丁山一门尸首,颠倒埋在下面。将生铁铸成馒头一样,叫永世不得翻身。内有家人王六,充作工匠,暗暗把尸排好,其余家丁都是乱放的。

张君左传令:"各处天下文武官员,有人拿住薛强、薛刚者,封万户侯;匿藏不报者,与本犯一体治罪。"旨意下了,好不厉害。各处关津渡口盘诘,画影图形到处张挂。铁丘坟四面,武三思命大刀王殿带三千人马守左道;又命阔斧陈先带三千人马把守右首。又命儿郎日夜巡察。想:"薛刚这厮必来上坟,若来必定要捉住,碎尸万段。"武三思与张君左算计已定,自不必表。

再言薛强不回雁门关,欲往西凉。这一日来到八叉山,一声锣响,跳出无数喽啰拦住去路,要讨买路钱,被薛强杀败。报上山说:"山下一人经过,小人去讨买路钱,此人十分英雄,头目被他杀得大败。特来报知。"那大王姓朱名林,有女儿金镖公主,守住八叉山,官军不敢迎敌。一闻此言大怒,吩咐带马抬枪,带了儿郎冲下山来。一看薛强耀武扬威,大怒说:"小子不得逞强,俺来也。"薛强看见此人红面长须,手执大刀,身骑高马。薛强看此人来者不善。将手中银枪劈面一枪,朱林把枪一架,刀枪并举,二人连战三十回合。朱林招架不住，欲待回马，只听得后面金镖公主大叫说："爹爹，孩儿来也。"薛强看见一员女将十分美貌，弃了朱林，来战女将。不上数合，公主将红锦索抛起，薛强措手不及，被她拿住，带往山中。吩咐绑了，问起姓名。薛强说："吾乃两辽王四子，原任雁门关总兵官薛强便是。"朱林听得大惊，下阶亲解绳索，扶上聚义亭，纳头下拜："不知爵主，误犯有罪。"薛强答礼，也有一番言语不表。再说金镖公主乃圣母娘娘徒弟，师父吩咐后来与薛强姻缘之分，当夜与薛强成亲，在山招兵买马，积草屯粮，报父母之仇。

不言薛强在山，再表薛刚在天雄山，报说："雄霸到。"二人上前迎进。雄霸见了薛刚，大骂说："一身做事一身当，你犯了弥天大罪，害了父母、兄嫂满门斩首。如今各处拿你，你还不知，天下之不孝就是你。"薛刚一听此言，晕倒在地，半日方醒，大哭不止。伍雄说："破釜沉舟，哭也无用。商议一个计较报仇要紧。"薛刚说："哪里等得，吾先要到长安祭扫父母。"伍、雄阻挡不住。薛刚拜二人，在路上果见关津村坊张挂榜文。薛刚日间不敢行走，夜间而行，来到潼关。潼关尚未开启，到相国寺下马，进方丈来见当家和尚。和尚法名梁乘，认得是薛刚，说："三爷好大胆，你看处处张挂，要拿你。上长安，怎进去？且在寺中住下，有机会就进去。"薛刚心焦，惹起病来。

这日小和尚来报，魏相到寺行香。当家和尚前来迎接。和尚摆斋，说起丁山受屈而死，魏相下泪。和尚又说："三爷为此，只是不能进长安。"薛刚说："孙儿唯恐不能进长安，进了长安就不怕了。"魏相低头一想果然。进长安倒没有什么，说："侄孙，你既要进长安，躲在我轿中可进。"薛刚拜谢太祖。魏相回到府中下轿。唤出薛刚，收拾三牲祭礼，一条铁棍当作扁担挑好，天晚出门。魏相吩咐说："你祭过父母，不许到我府中。速出城去，恐妨有人知觉，性命就难逃了。"薛刚拜谢，挑了物件，来至坟前，十分苦楚。打死更夫，大步上前，将锁扭断，走进栅门，用石板顶好，到里边祭奠，名为"一祭铁丘坟"。外面惊动守坟的兵将，不知此处捉拿否，且听下回分解。

第七十五回

薛刚一扫铁丘坟　武则天借春天顺

再表那薛刚坟前大哭，正在悲伤，又有更夫上前来，看见前面更夫尸首，又见坟内有灯，前来报与王殿、陈先，飞马报知张君左、武三思。二人闻报，传令各处添兵围住坟前，城门都加关锁，吩咐不许放走，点起灯球火把，不计其数。

薛刚在内听见外边有人守住，收起祭礼，打开石板，一条铁棍无人抵挡，杀将出来。只是寡不敌众，越杀越多，三军四面围住，喊声大震，口口声声"快拿薛刚！"薛刚说："今晚我命休矣。"当有饭店夫妻二人，乃是秦汉、刁月娥奉香山李靖之命，在此相救。二人一路杀来，放出宝贝，无人阻挡。杀至城门池边，斩关落锁，救出城来。秦汉夫妻借土遁回西凉去了。

薛刚出城门，天大明了，撒开大步而行。只听得后面喊杀连天，尘土起处有无数人马赶来。为首一将，声如巨雷，金五大将军武安国，手执铁锤，大叫："薛刚哪里走！"薛刚回头一看，"不好了，我是战了一夜，困乏得很，哪里战得过他。也罢，只得拼命而战。"只见三军将箭往前乱射，薛刚身上中了三箭，正在危急。薛刚乃上界披头五鬼星转世，所以忽然头上透出原形，变了五头，身长数丈，倒杀转来。武安国被薛刚一棍打死。三军见了这般形象竟大败，三停去了两停，将城门紧闭。

薛刚按定元神，开目一看，只见尸横遍野，自己不知不觉，不晓什么意思，慢腾腾回至相国寺，别过了和尚，取了枪马，要走天雄山，走错了路，来到季龙山。一声锣响，走下一将，上前大战一场。问出名姓，原来是黑三爷，请上山饮酒，季龙有女名鸾英，与薛刚成亲，招兵买马，要报父母之仇。

不表薛刚在季龙山安身，再讲天子在朝，国家无事，天下太平。与怀义和尚、张昌宗在宫淫乱，百官谏阻不听。一日宣百官在万花楼说："朕贵为天子，万民之尊，今十月小冬万花凋零，朕今借春三月，百花尽放。未知天意顺否？"百官闻言奏说："万岁金口玉言，花神怎敢违旨？"天子甚喜。百官皆散。次日果然天气温和，御花园百花开放。檫树花不开，天子大怒，贬在岭外。武则天果然真命帝王，天下各处万花尽放，应十月小阳春。

天子召男妇赴鸳鸯大会，赐百官宴万花楼，赐各命妇宴于后宫。众夫人谢恩就席，天子逐名问起："爱卿你成亲怎样行房？"怎么长？怎么短？众夫人都是害羞害怕，亦只得实奏头一夜怎样，第二夜怎样，如此问到第三夜。十二席中有一夫人，面黄不堪，喘息不定。天子说道："你丈夫本事如何？"夫人奏说："臣妾夫乃卷帘大使薛敖曹，他本事甚好，妾亦不堪受。"如此长短说了一遍。天子大悦，宣入宫中，与薛敖曹交好，果然称心满意，通宵不倦，封为如意君，百般快活。后一年生一子，面如驴头，命宫娥丢在后园金水河中，有西番莲花洞魔张祖师带往山中修仙学道，此言不表。

再言薛刚在季龙山招兵，杀进长安，要报父母之仇。探子报上长安，张君左奏知则天："薛刚造反，速请征讨，恐养成贼势，为害不小。"武则天依奏，命中山王武三思为元帅，姜通为前部先锋，武状元郭青为后应，张君右总行粮草，起兵十万，择日兴师，兵走河南。

正走之间，报说："启上元帅，季龙山在山西近界，有三条大路，东河南，西山东，中山西。"传令兵过河南，走山西一路。三军司令浩浩荡荡。这一日报说："启爷，兵至季龙山前了。"吩咐："前军哨探，后军慢行，放炮停行安营。""得令！"按下不表。

再言季龙同薛刚夫妻在山言谈，忽喽啰报上山来说："大王爷，不好了！朝廷差武三思带兵十万、大将千员，将山前山后团团围住，水泄不通，要杀上山来，擒拿大王。"季龙一听此言，大怒，带领喽啰走马下山相杀。果然好厉害，季龙一条枪刺死三军无数。武三思催动大兵当先。有姜通使开枪，正撞着季龙，二人搭上手，两马相交，双枪并举，不上三四个回合，马打六七个照面，姜通枭开季龙的枪，"招爷爷的家伙罢！"一枪刺进来，季龙叫不好，招架不及，被姜通照咽喉一枪刺死。

喽啰见大王已死，大喊一声，四散逃命。薛刚夫妻闻知季龙身死，大哭，走马下山，大战数合，姜通败走。三思传令："休教放走反贼！""嘎！"一声答应，那些三军团团围住，姜通、郭青同了众将，又杀上山来。好厉害！夫妻在内大战，足有三日三夜。武三思命副将冲上山中，杀散喽啰，放火烧山，连山寨都烧了。薛刚抬头一看，见满山俱红，自思不能取胜，虚晃一枪，跳出圈子，落荒而走。

鸾英见丈夫走了，也杀出重围，见山上四处火光，大败而逃，心中苦楚，到茂林自尽。有香山李靖，叫声："鸾英，你不必寻短见，后来自有夫妻相会，母子团圆。我与你随身短袄，前途自有安身之处。"鸾英听了，拜谢救命之恩。抬头一看，一道红光不见了。鸾英望空拜谢，收拾打扮，往前而行。

走了数日，见一庄院借宿。老夫妻二人并无男女，家当充足。见了鸾英，问起姓名，"家住何方，说与我知。"鸾英说："公公，妾住河南归德府人氏，姓陈名鸾英，因武三思征讨季龙山，逃难到此。望公公收留奴家借宿一宵，明日早行。"员外说："原来是逃难的。老汉夫妇年近六十，并无儿女。我家也姓陈，过继与我，拜我二人为父母，在我家住下。日后会见亲戚，然后回去。"鸾英大喜，上前拜陈老夫妻为父母。只因大战吃苦，腹中疼痛，生下一子，雷公嘴，黄毛头发，后取名薛葵。按下不表。

再言武三思大获全胜，班师回京，上表奏知天子说："季龙山征平，复旨。"朝廷大悦，敕赐三思红袍玉带，以下将官俱各升赏，赐宴金銮殿。

话分两头。再说薛刚走到天雄山借兵复仇，不料伍雄有病，雄霸又不在。想妻子不知存亡，度日如年。在山想起当初救过薛应举，今在登州，离此不远，不如走走去。别过伍雄，来到登州，进了城门，来至总兵府前。有人报知应举，应举听知大惊，只得出来迎接。进了私衙，夫妻见礼，谢救命之恩，设酒款待。薛刚说："吾一家受害，今见兄嫂借兵，如我报仇，不忘大德。"薛应举开言说："恩兄，你不知我登州地方又小，兵马又少，待吾差官往莱州、青州两处借兵，共我处兵马有三处，与恩兄前去报仇。"薛刚拜谢。

夫妻进房商议说："我又在武三思门下投拜为师，武后目下势大，天下全盛。薛刚一人，干得甚事？现今奉旨拿得薛刚者，官封万户侯，妻封一品夫人。收留者全家处斩。我今将薛刚出首，朝廷自有加封。"夫人道："言虽如此，只是太负人心也。他前年在长安救你性命，今该恩将恩报才是。反要把恩兄出首，天理何在？"再三苦劝，应举不听，出外去了。夫人自思，忘恩之贼！身家难保，不如先自尽，竟自缢而死。家人报与应举，应举叹道："他没福做一品夫人。"

次日买棺成殓。当晚将薛刚灌醉酒，命家将绑捆，下在监中。应举有一家人薛安，原是丁山旧时家人，只因奉主母之命，同到登州扶侍应举。见此不仁，夫人又死，心中大怒。送饭到监，见了薛刚，说此因由，"应举害主之心，小人无由得救"。薛刚说："薛安，不要走漏消息。你快去往天雄山，请伍雄前来救吾。"薛安说："这喽啰不肯放我上山。"薛刚说："不妨，我有鸾带一条，拿出他认得的，见了鸾带，自然放你上山。"薛安应声而去，按下不表。

　　再说薛应举命差官赍本进京，叫先见武三思。若要活的，点兵来护送；若要死的，本处斩首。差官对三思说明，三思听说大喜："这贼也有今日，恶贯满盈。"明日五更上朝奏知武后说："登州总兵捉拿薛刚，下在牢中。"将表呈上。武后一看，龙颜大悦，旨意下："命薛须领兵五千，将薛刚护送来京，朕亲自发落。"三思谢恩退朝。不知薛刚性命如何，且听下回分解。

第七十六回

骆宾王移檄起义　薛刚二扫铁丘坟

前言不表，再说应举送礼到青州，知会拿住薛刚。薛安上前讨差，要往青州。应举吩咐路上小心，薛安领命，带了家丁，拿了礼物，离了登州，不往青州，竟往天雄山大道而行。

再说程咬金同这班小英雄在路旁，有香山李靖指点说："薛刚有难，教他往天雄山驻扎。"咬金领命。在路行了多日，来到三岔路口，撞着薛安，被家将拿住来见。程咬金问明薛安，说起此事。咬金同薛安来到天雄山，伍雄下山迎接进寨，聚义厅拜见程千岁并众英雄，摆庆贺筵席。席上说："薛刚监在牢中，差薛安前来讨救。"伍雄说："三哥有难，合当相救。目下多少英雄在此，齐点兵马杀进登州，救出三哥，何等不美？"咬金说："不可，登州城池坚固，又有青州、莱州为助。若一举动不打紧，倒害了薛刚性命。须要里应外合，劫牢为上。"众英雄说："祖太爷言之有理。"

咬金传令伍雄扮做和尚，雄霸扮做道人，尉迟景扮做卖膏药，罗昌扮做书生测字算命，在城中府前左右打听。城外炮响一齐动手，打入牢中，救出薛刚要紧。薛安路熟在城中知会。点秦红带喽啰三百名，十一日晚上打东南二门。王宗立金毛、太岁程月虎带喽啰三百名，打西北二门。咬金自守山寨。众将得令，分头下山。

伍雄来到登州府门首左右，坐下念佛，雄霸念三官经。城外放炮，有探子报进说："响马攻城。"应举闻说，点兵出府，被伍雄、雄霸二人双棍齐起，将应举捆住带往天雄山发落不表。

尉迟景入监中乱打，放出薛刚。薛刚打入府中，将应举一家老少尽行打死，同伍雄、雄霸杀得三军大败，往北门而逃。尉迟景杀至城下，大开城门，请进英雄，打开府库，抢劫钱粮，装载车上，运往山上，将登州府劫掠一空。众英雄然后放炮出城，回天雄山而去。来到山中，薛刚拜谢众位弟兄救命之恩。然后咬金出来，薛刚跪下说："孙儿非祖公相救，焉得在世。"咬金说："你父兄之祸都是你闯出来的。你众兄弟一个公位都不做，特来帮护你，要报父兄之仇，连老夫一家国公都送掉了。"秦红说："祖太爷不要说了，今日与三哥贺喜。将应举交与三哥自己发落。"即将应举绑出。薛刚一见大怒说："你这负义的贼！当时那样，只有我薛刚有眼无珠，当你做个好人，认汝为兄弟，将一个总兵与你做。今日不想你恩将仇报，汝有何言？"命喽啰："令他捆绑，待我取出心肝看看。"一刀刺入，五脏齐出，血流满地，哀哉畅哉！众英雄俱说："造化了他。"当晚尽欢而散不表。

再讲登州城有佐贰官查点，杀死百姓不计其数，总兵薛应举一门受害，升报进朝。差官背本上长安，至中途遇一队人马乃是薛须。上前说起，一同回到京中，参见武三思，说起响马劫牢，杀死总兵薛应举，薛刚越狱逃遁，杀死官军、伤残百姓不计其数。武三思听了大惊，抱本上殿，奏知天子。武则天大怒，旨下："命青州、莱州先行起兵证讨天雄山，擒捉薛刚。"然后命武三思操演三军，征伐天雄山。三思领旨出朝，对张君左说："薛刚一人尚不能擒捉，今有助恶多雄，必须起大兵征讨。"三思操演兵马不表。

再言程咬金在天雄山，喽啰报上来说："青州、莱州兵马围住山前，声声要拿大王。"咬金一听此言说："兵来将挡，水来土掩。今有兵有将，何足惧哉！"吩咐伍雄、雄霸带喽啰下山，杀莱州兵马；秦红、尉迟景带人马下山，杀退青州兵；自领薛刚、罗昌、程月虎、王宗立冲中路，帮杀二处人马。莱州总兵郭大忠同众将在山下讨战，见山上冲下一队人马，内有二将，勇不可挡。郭大忠哪里挡得住？杀得大败。青州总兵又战不过秦红、尉迟景，在那里抵死相杀，听得莱州兵马大败，无心恋战，虚晃一鞭，败下阵来。怎挡得山上冲下三将，杀得二处人马四分五落。莱州总兵郭大忠、青州总兵雷明败下去有三十里路，见后面不来追，收拾败残兵马，三停去了二停。回到本州上表进朝，贼寇势力不能抵敌，请兵添将，保护城池。差官星夜进京不表。

　　再言咬金对薛刚说："今虽退去二处人马，朝廷必然大怒，起大兵前来，如何抵敌？必须你去房州奏明小主，我等扶助庐陵王兴兵伐周，名正言顺。若在此久待，终非善事。你去走一遭。"

　　薛刚领命，拜别下山，竟往房州，不止一日。在登云山经过，那山上大王一名吴琦，一名马瓒，都有万夫之勇，守住山寨，喽啰数百。有儿郎报上山来说："小的们拿得牛子，求大王发落。"吴琦说："拿去砍了。"薛刚被绊马索跌倒，拿往山中，听得喝声"砍了"，叹道："可惜吾薛刚死在这里，不能见到小主，负了众弟之情。"马瓒听得，喝声："住着！"亲自下阶问："谁是薛刚？"薛刚说："吾乃通城虎薛刚。"马瓒听得，亲解其缚，扶入厅上，纳头便拜。

　　薛刚扶起二人，问起姓名。吴琦说："小人姓吴名琦，此位结盟兄弟名马瓒。今日误犯三爷，是有罪了。如今要往哪里去？"薛刚说明此事，要往房州见小主。吴、马二人说："三爷要到房州，吾兄弟同去。"薛刚大喜。当晚三人结拜生死之交，在山饮酒。次日兄弟二人吩咐头目："看守山寨，同三哥到房州，不数日就回。"头目领命。吴、马二人同了薛刚竟到房州。

　　这一日元帅王荆周在教场演武，看试射箭。有人射进红心者赏，不中者罚；有大刀一把，重一百二十斤，有人舞动者赏，舞不动者罚；有铁香炉一个，约重千斤，有人拿得起者赏，拿不起者罚。薛刚等看见这些将军有中一箭的，有一箭不中的。这大刀也有将官拿得起的，就气喘吁吁，香炉越发无人拿得起。马瓒高兴，走进教场，一连三箭俱中红心。众军喝彩。吴琦见了，也入场中，将大刀抢起如飞。薛刚左手撩衣，右手拿炉，走出圈外，又走进来，放在原处，面色如常，气也不喘。元帅一见大惊，开言说："要壮士周全本帅体面。"薛刚等下拜。

元帅扶起，传令散操，一同至彩山殿见驾。元帅奏道："臣往教场操演，遇着三位英雄，十分武艺，都有万人之敌。千岁有此三员将，江山可复也。"庐陵王闻言大喜，传旨："宣上来。"薛刚等闻言，进彩山殿，三呼跪下。小主问起姓名，吴、马二人上前俯伏奏道："臣吴琦、马瓒。"又问薛刚，薛刚不肯说名姓："臣有大罪，望小主敕赐免死牌，方说姓名。"小主说："赦卿无罪。"薛刚谢恩，奏道："臣祖薛仁贵，父薛丁山，平定东西，有功于朝。臣薛刚罪该当死，打死张保，武后将臣父母一门杀害，颠倒埋入铁丘坟。有程咬金千岁在天雄山，请主登位，杀进长安，以接大位。"

小主闻奏下泪说："卿无罪。尔父尔祖有大功于国，孤家尽知。方才所奏到长安接大位，焉有子伐母之理？此言休说，今封卿为忠孝王，马、吴二卿为左右都督，在房州造王府住下。秦、程二卿不日钦召。母后天年之日定夺。"薛刚谢恩，住在王府，日日同元帅操军不表。

再言朝中武三思看见青、莱二州表章上本，起大兵征讨天雄山。有探子报到朝中说："扬州都督英国公徐敬业，与南唐萧大王，同骆宾王谋以匡复庐陵王为辞，移檄州县，起大兵三十万，打破城池，甚是厉害，声声要去武后，更立新君庐陵王，不得不报。"武三思大惊，奏明天子，武后看檄文："一抔之土未干，六尺之孤何托？"后问："谁人？"对曰："骆宾王。"后曰："此人不用，宰相之过也。天雄山小事且慢，江南徐敬业等乃心腹之患。"遂将大将李孝逸封为元帅，魏元忠为参谋，武顺为后应，起大兵五十万，良将数百员，择日兴师，兵发江南。此话不表。

再言天雄山合当造化，亏徐敬业起兵，天下响动。朝中只顾江南，哪管天雄山。不要说别的，就是断其水道，山上不战而自乱矣。

再言薛刚在房州，到秋后小主同文武在教场望空祭祖。薛刚想起父母，见了伤心，上前奏道："臣父母在长安铁丘坟内，今奏过主公，要去上坟。"小主说："卿家要去，须要小心。"薛刚谢恩，同了吴、马二人一路下来，逢州过府，无人盘问。薛家之事有三年之外，官府也不在心。三人来到长安城外，饭店中吃酒，收拾祭礼进城上坟。至坟前天色将晚，薛刚上前打掉锁，往里而行。将石块顶住栅门，到里面青草茂盛，没有道路。三人将草拔去，摆下三牲祭礼，薛刚哭拜。有巡捕官见了，说声："不好，想必薛刚又来偷祭了。"忙报知武三思说："薛刚偷祭上坟。"武三思传令："架起襄阳大炮打死他。命大刀王殿、阔斧陈先领兵四面围住，开放大炮。城门紧闭，都加闩锁。点十万大兵，桥头巷口处处摆卡把守。"巡城官打锣，口叫："小心捉拿薛刚。"百姓家家闭户。武三思在铁丘坟前把守，喊声大震。薛刚同吴、马二人在里面祭过父母，三人饮酒，名曰"二扫铁丘坟"。不知外面如何，且听下回分解。

第七十七回

薛刚三扫铁丘坟　西唐借兵招驸马

再说这铁丘坟，三思为何不杀进来？有道是虎怕人，人怕虎。吴琦说："哥哥，外面有兵马守住，我等慢慢地吃了饭，夜深出去。"薛刚说："不可，外面有大炮，恐防打进来。我等早早出去。"二人闻言，结束停当，手执军器，带马开了栅门。外面大刀王殿叫人开放大炮，有丁山灵魂保护，炮倒转来，把王殿打为灰土，死伤军人数千。薛刚、吴、马三人一冲上前大战，哪里杀得出？街道不比战场，百姓家家在楼上，将砖瓦、摇车、台机塞满街道。只听四下叫声："不要放走薛刚。"

三人正在危急，有饭店夫妻二人，乃窦一虎、薛金莲奉李靖之命，说："你侄儿有难，快去相救。"窦一虎同金莲扮做乡村夫妻，地行至长安，果见三人不得出城。金莲将纸团六个，口中念咒，喝声："起！"都变了六丁六甲神人，有一丈五尺长，将街上这些东西搬去，上前开路。三人乘势杀到城边。城门紧闭，窦一虎一口气吹开城门，三人一拥而出。薛刚拜谢姑父、姑母。说起丁山，金莲流泪，话不叙烦，恐人知觉，窦一虎夫妻地行回西凉去了。

薛刚、吴、马回登云山。儿郎报说："自大王去后，有九炼山两个贼人杀来，把山寨粮草尽行抢去，山寨罄空。"薛刚、吴、马三人大怒说："这两个毛贼，吃了豹子心、老虎胆，这般放肆。待俺去拿来，连九炼山踏为平地。"行至九炼山大骂，有二人下山，问名姓，下马即说："我姓南名见，弟柏青，奉香山李靖令，来请三哥。闻说不在，故我先把粮草金银收拾在此了。三哥必来寻找，故此我二人等候。请上山去。"薛刚大喜，一同上山饮酒。对薛刚说："此山宽大，方圆四十里，左接正定，右接幽州，好招兵买马，积草屯粮，好报父母之仇。"五人说得投机，结拜弟兄。次日薛对吴琦、马瓒说："烦二位贤弟到天雄山接程老千岁、众弟兄到九炼山驻扎。"

二人奉命来到天雄山，见了咬金，倒身下拜，说起"三哥到房州，遇着晚生，同到房州比武，封忠孝王。我二人左右都督。祭铁丘坟，至九炼山"。如此长短说了一遍。"命吾二人来请老千岁往九炼山驻扎，好招兵买马，兴兵杀上长安，除了伪周，立小主为君。"咬金闻言大喜，同众英雄下山。伍雄、雄霸守了山寨，送别下山。来至九炼山，薛刚接上，唤南见、柏青过来拜见。咬金欢喜。见九炼山果然雄伟，底下有三关，四面高山围定，上有忠义堂、聚义厅，耳房数百余间，有河有水，又有战场，比天雄山好数倍，立起招军旗，来投军的不计其数，聚兵数万。命吴、马二人到房州见小主说："兵已招足，缺少粮米，请立为帝。"

吴、马二将领命竟往房州，先见元帅王荆周，次日上朝见驾。小主问道："薛刚为何不来见孤？"吴、马二将奏说："薛刚在九炼山招兵，奉程老千岁之令，来请殿下，到长安为君，复兴唐室。要借粮米五万石，救众军之食。"小主说："兴唐且慢。先发粮米五万石，付与二卿前去。"吴、马二人谢恩。领粮米回至九炼山。咬金说："兵少成不得事，如何是好？"想到西唐国先前与唐天子交好，他听元帅丁天钦之言攻打雁门关，被吾家元帅薛仁贵擒拿，以礼相待，国王投降，送还元帅归国，有恩于他。命薛刚到那里借得兵十万，就好动手。

薛刚领命，带了吴、马二将至雁门关。守关总兵朱魁，原是丁山手下副将，闻报有三爷来见，朱魁一见是薛刚，只做不认得。问起名姓，薛刚更姓换名说："关外走走。"朱魁放过关，对薛刚说："三爷，我是认得你的，因耳目众多，只做不认得。须要早早回来。明年我不在此做官，要升任去。"

薛刚拜谢，出了雁门关来到西唐国。府前冷冰冰，问守门人为何静悄悄，那人说："国王同了公主在教场招驸马，所以兵将不在这里。"薛刚说："原来公主招亲，有这一事，明日也去看看。"三人在饭店中住下。次日来到教场，有多少英雄在此。张天宝坐在彩山殿，有披麻公主比武，一连三日并无对手。吴琦上去也败，马瓒上去又败。薛刚上前与公主战了数十合，薛刚虚晃一枪，假败下来。公主不料是计，追上来，被薛刚活捉过马。彩山殿鸣锣，请驸马下骑。薛刚拜见张天宝，问起名姓，原来是通城虎。与公主成亲。请吴、马二将至王府。是夜二人成亲。次日薛刚说起借兵一事，张天宝说："粮足发兵。"

过了三日，薛刚先打发吴、马二将先回九炼山，"见老千岁说我粮草一足，即刻起兵"。二将奉命上马，进了雁门关，来到九炼山，见程千岁说："三哥一到，招了驸马，粮草一足，即时起兵。"咬金大喜，一面就差官打本到房州，见千岁报喜说："薛刚到西唐国借兵，明天准到，一到就开兵。"小主甚喜，留二将住在房州，此话不表。

再讲长安魏相先打发家眷去房州，自己来别徐贤，二人谈论。魏相说："我要到房州去见见小主，特地前来别你。"徐贤说："小弟也要就来。"魏相见一少年立在旁边，问起说："是何人？"徐贤说："小弟之子徐青。"魏相见了竟像薛勇，流泪而去。徐贤画了画图，乃征东故事，叫蛟儿前来观看。蛟儿不知，说："爹爹，孩儿不知，望乞讲明。"徐贤说："这白袍是你曾祖父薛仁贵，穿红袍是祖父丁山，这一位是你父亲薛勇，红罗总兵。"将此事说明。蛟儿听了大哭，要去祭奠坟墓。徐贤把阴阳一算说："不妨，你出去祭过，作速就回。"

蛟儿收拾祭礼，挂一口宝剑，晚上出门，到铁丘坟来。自古道："官无三日紧。"此事有十二年了，无人把守。蛟儿打掉了锁，来到里面，摆下三牲礼物，大哭："祖父、父母有灵，孙儿来祭奠，望阴灵保佑孙儿，报复此仇。"有巡城兵看见，报知张君左、张君右、武三思说："薛刚又来偷祭，在铁丘坟。"武三思带十万人马，四门大炮，围住铁丘坟。吩咐："城门都加闩锁，到处排围，把守城池，喊声大震。"不料又被窦一虎救去。蛟儿在里面看见，欲要自尽。有丁山灵魂，头戴三山帽，身穿白月袍，叫声："孙儿，闭了眼，救你出去。"将蛟儿提出铁丘坟，三岔路口放下。

　　蛟儿入梦中，眼睁一看，认得是秦驸马府中后园。蛟儿跳入园中，在白花亭上住下。有侍女看见，报知公主，公主宣入问道："你是谁人？为何到我园中？"蛟儿跪说："我乃两辽王薛丁山之孙。"将冤情说明，今日来上坟，虚空有人提出来到园中，望娘娘救命。公主说："不妨。将蛟儿去了男衣，扮做女子。明日少不得奸臣来搜，处置他去。丫头小翠有病将死，改换他的衣服，睡在卧房。"算计已定。

　　再言武三思同张君左弟兄，看里面不见动静，一定是窦一虎土遁去了。忽见半空中有人出来，在三叉路口，往秦府花园内去了。有人报知武三思、张氏弟兄说："这是先皇的公主，秦怀玉之妻，惊动不得。"张君左说："千岁，他是朝廷钦犯，怕什么银瓶公主？"

　　次日上朝，奏明天子，旨下："命张氏弟兄到秦府捉拿薛刚。"张君左弟兄带领五百家将，将秦府围住。有人报进说："娘娘，外面张氏弟兄围住府门，不知为何？"公主一听此言大怒，吩咐："开了府门，放他们进来。"家人领命，把府门开了。张氏弟兄看见开了府门，公然进来。不知后事如何，且听下回分解。

第七十八回

张君左秦府出丑　九炼山薛刚团圆

　　前言不表,再言君左弟兄来到银銮殿,公主接旨。开读已毕,公主谢恩。张君左弟兄朝见公主,立在两旁,禀道:"臣奉天子之命,今有薛刚逃在娘娘后园,娘娘必知,望乞放出。"公主说:"二位先生且听,自驸马去世之后,朝中大政哀家不管。你谎奏朝廷,说什么薛刚在此,你去回复圣上。"张君左说:"难复旨意,容臣搜明。"公主道:"两位先生不信,但凭搜来。"

　　张君左吩咐去仔细检搜。那些军士一声喊,到处搜寻,前房耳房,高楼后围,地板天花板,俱已掘开看过,回复不见薛刚。张君左好不着急,吩咐再搜。军士说:"只有娘娘卧房,小人们不敢搜。"君左说:"管什么卧房,快去搜来。"军士闻言,赶到卧房。卧房门关了的,军士打将进去,只听叫声:"不好了!"郡主惊死床上,侍女出来,报知公主。

　　公主大怒,吩咐左右:"将这两奸臣锁着,待哀家见圣上发落。"张君左弟兄大惊,吓得魂不在身,只得哀求。公主哪里肯听,被这班侍女将二人剥下衣衿,纱帽红袍除去,将大链锁住。公主乘辇出来,将二人带在辇前,出其大丑。

到金銮见了武后,朝拜已毕。公主奏说:"哀家公公秦叔宝打成唐朝天下,驸马秦怀玉征东平西战死沙场,有大功于国。今日张君左谎奏圣上,来搜薛刚。哀家怎敢藏匿?驸马亡过之后,不理朝中之事。今明明来抢臣家,先王钦赐金银,被他唤狠奴抢得罄空,惊死郡主,前后楼房尽行打坏。望圣速拿二奸贼,以正国法。"天子听奏说:"皇姑息怒,朕当处置。"宣张氏弟兄上殿。武后一看,见二人好笑,不像官体,好似囚犯。旨下:"罚张君左弟兄修驸马府,赔还金银。御妹惊死,尔弟兄做孝子,奉旨开丧,百官祭奠,送上丘坟。命中山王武三思代朕往皇姑府请罪。""谢恩。"银瓶公主谢恩出朝。张氏吃了一场大亏。小翠倒有福气,受百官祭奠,开丧忙忙碌碌,自有一番打点。我也不表。

再言诈了张氏许多金银,将小翠送上丘坟已毕,满心大悦。想留蛟儿终久无益,恐有人知道,欺君之罪不小。假说烧香,好将蛟儿带出城外,换了男衣,叫他逃往房州。蛟儿拜谢,竟往大路而行。公主往秦安州烧香回府不表。

再言蛟儿不曾经过风霜,一路上凄凄惨惨,前面猿啼虎啸,好不怕煞,欲投涧而死。旁有香山李靖,叫声:"蛟儿不要慌张,闭了眼睛立在乌帕上,我救你去。"李大仙同了蛟儿驾起祥云飞在空中,不消一个时辰来到香山,下落云头。蛟儿拜谢。大仙说:"蛟儿你拜我为师,传你枪法。"吩咐童儿取枣子与他吃。蛟儿吃了枣子,长力千斤。蛟儿拜了大仙为师,教习枪法,此话不表。

再言徐贤叫蛟儿出去祭坟,先打发家小往房州。自己在府中,闻得张君左弟兄被银瓶公主算计得颠颠倒倒,心中大悦。唯恐泄漏,连夜往房州而去。

再言江南扬州徐敬业以匡复庐陵王为名,起兵讨武氏。朝廷差李孝逸,相杀数年,被孝逸因风送火,敬业大败,逃海而去。报捷到长安,天子大悦。百官上表奏驾。旨下,命李孝逸镇守江南,以防边患。自敬业在江南兴兵十余年，不把薛刚放在心上，故存此患，不必细表。

　　再说蛟儿在香山枪法已熟，气力充足，欲要下山寻叔父，来见师父。李大仙说："徒弟既要下山寻叔父，我日后送枪马来与你。"

　　蛟儿拜别下山，一路行来，见一庄坊，腹中饥饿，上前去唱道请化斋。有一妇人出来，见蛟儿一貌堂堂，留吃饭，送他白米五升、钱三十文。庄客报说："少爷回来。"薛葵回家一见，便大骂蛟儿，喝声："野道童！"将拳就打。妇人喝住，问起名姓，说是薛蛟。妇人说："原来是侄儿。"蛟儿问起，说是薛葵。鸾英上前相见，说起缘由。蛟儿说："婶母放心，我同兄弟去房州访问叔父。"庄客说："有人送兵器、马匹在外。"原来是李靖差仙童送来的。二人一看，好马、好枪。薛葵说："这枪、马哪个送你的。"薛蛟说："是师父李大仙送的。"说起传授枪法，一一说明。问薛葵说："兄弟，你兵器、马匹也有么？"

　　薛葵说："兄弟那年在山玩耍，遇见二虎相斗。兄弟去拿它。二虎见了跑入洞中，被弟拿住虎尾拖将出来，不见了虎，竟变了两柄铁锤，重有四百多斤，有笆斗大。山中有一老道教习我法，也精熟了。有一匹马也稀奇，牛马相交养出来的，牛头马身。待弟牵出来与哥哥看。"果然后槽牵了马，里面拿出锤。薛蛟大喜说："兄弟本事高强，好与祖父报仇。"二人拜别鸾英。鸾英说："你弟兄路上小心。"薛葵说："母亲放心。"

　　二人并马而行，来至房州，访问薛刚，并无下落。在城外饭店中楼上吃酒，兄弟说得投机，大笑起来。楼板是稀的，把那些灰尘落将下来，楼下面也有人喝酒，灰尘落在酒碗内。吃酒的柏青大怒，大喝道："楼上的直娘贼，蹬你娘的怎么？"薛葵上面听见，心头火发，纵起身来，飞奔下楼。柏青、南见弟兄早已立起身来等打。薛葵性急走得快，不料脚下一块青石一滑，仰面一跤，跌倒在地。二人上前拿住，将拳打下。吴琦喝住："不可，他失足跌倒，你要打他，不像好汉，放手！"薛蛟也下楼来帮打。听见说得有理，不再动手，薛葵立起身来要打。薛蛟说："不可，恐伤了人。"吴琦说："二位爷不像这里人的口气。"薛蛟说："我乃山西绛州龙门县人氏，姓薛名蛟。我兄弟薛葵。来房州寻叔父薛刚。"吴、马二人听了，原来是忠孝王之子侄："得罪了，我四人与你叔结拜兄弟，我乃吴琦，此是马瓒、柏青、南见。"薛蛟大喜说："原来是四位叔叔。"同薛葵上前拜见，重新吃酒，当夜不表。

次日同薛蛟弟兄至王府门首，问黄门官要见驾。黄门说："千岁在御花园搭彩楼招驸马。"薛氏兄弟行到御花园，彩球打中薛蛟。庐陵王传旨宣驸马进朝。问起姓名，薛蛟奏明。小主大悦："原来是忠孝王之子侄。"招薛蛟为驸马，与公主成亲。薛葵封为大都督。说起："尔父上年往西唐借兵，至今未见回来。闻他招为驸马，耽搁在那里。命你二人回家，接你母亲同到房州安享。"薛蛟弟兄谢恩，二人回府。

次日薛蛟弟兄转至陈家庄，接了鸾英一同下来。这日天晚投庙中夜宿。道士接见。说是薛蛟驸马，道士大悦，留上房歇宿。有八叉山朱林差人到庙查问。道士说是薛驸马及薛刚之子薛葵，接太夫人一同在此庙内。儿郎报知朱林，薛强、薛孝叔侄二人听了大喜，一同到庙上前相会，当有一番话说不表。次日差官先送母亲到九炼山，同叔叔相见。薛葵兄弟二人要出雁门关寻父，此话不表。

再言薛刚与披麻公主点兵十万，将少不能动身。又到西凉请十弟兄，乃征东仁贵结拜的周青、姜兴霸、李庆红、薛贤徒等，有功于国，封守西凉为总兵，世袭镇守。闻薛三爷相请，各助兵一万。李大元、姜兴、姜霸、薛飞、周龙等共有十人，与薛刚拜为弟兄，一同来到雁门关。总兵吴忠不肯开关，分兵把守。薛葵大怒，催开坐骑抢进关上，一锤打死吴忠。众军见主将已死，四散奔逃。薛蛟斩关落锁，大开关门。

薛刚同公主进关，到九炼山。咬金大喜，当日相会鸾英，一番言语不表。次日吴琦、马瓒拜本上房州，见小主说明此事。小主大悦，敕封薛刚为兵马大元帅，咬金为军师，诏下九炼山，程咬金等谢恩。命薛蛟、薛葵弟兄二人解粮。邻近州府都来归附，声势浩大。山东、山西、湖广之文武官员都归顺房州，要立小主为帝，灭伪周武氏。探子报入长安，武三思闻报大惊，忙上本见驾。旨下："命武三思为大元帅，姜通为先锋，马立为后应，带兵五十万，出了长安，旌旗浩荡，杀奔九炼山。"不知后来如何，且听下回分解。

第七十九回

武三思四打九炼山　程咬金夜劫周营寨

前言不表，再言周兵相近九炼山，有探子报上山来说："朝廷点武三思为帅，良将千员，起大兵五十万。前部先锋姜通好不厉害。报与元帅知道。"薛刚说："知道了。"赏探子银牌一面、羊酒十樽。报子谢赏。

咬金差人往天雄山，请伍雄、雄霸都到九炼山。元帅在山，令四边把守栅门，摆下檑木，以备厮杀。

再言武三思来到山前，摆开阵势。先锋姜通在山下差军士大骂。薛刚带领众将下山迎敌，两边射住阵脚。姜通说："薛刚且住着，听我一言。你三次偷祭铁丘坟，也算英雄。何不依我归顺大周，散去诸寇，保汝为将。"薛刚大怒说："你这贼子，我乃大唐臣子，奉小主之命，收回旧业。汝食君禄，不报君恩，实为无耻之徒。且待我杀这无名之将。"一马冲出阵来。姜通大怒，奋勇将手中大刀砍进。薛刚将棍挡住。一往一来，战有三十余合，薛刚棍法散乱，众将看见助战。姜通手下大将许琦等，也各纷纷出战，两边混杀。秦红使双锏来助薛刚，杀退姜通，天色已晚，各自收军。薛刚回山。

次日武三思摆一个五虎把山阵。旗分五色，有五员虎将守住阵门,五门有兵五万。姜通讨战,薛刚同众将下山。伍雄出马,大战姜通,有数十余合。雄霸见伍雄战不过姜通,出马双战,被五虎将围将拢来,二人抵敌不住,大败而走。众英雄纷纷出马接战,哪里挡得住?薛刚迎住姜通,哪里战得过?竟大败落荒而逃。姜通在后追赶,正在危急,只见薛葵解粮来到,见姜通追赶薛刚,薛葵大喝道:"不得无礼!休伤我父。"只一声不打紧,就似春雷响震一般。

姜通大惊,抬头一看,不认得薛葵,抛了薛刚来战薛葵,把手中大刀一举,照顶门砍将来。那薛葵不慌不忙,把锤往上一举,当的一声响,把大刀打断了。姜通叫声:"不好了!"震开双手虎口,带转马没命地跑了。薛葵催开牛头马赶来,喝声:"哪里走!"锤打来,姜通要走来不及,打得脑浆迸出,连马打成肉酱而死。三军见主将已死,阵图已破。秦红双铜打死许琦。尉迟景鞭打士超下马而死。五虎将俱被罗昌、王宗立二人杀得大败。程月虎使动大斧,一斧一个好杀。外面薛刚同薛葵杀将进来,五万兵马去了四万,只一万逃奔大营。

武三思见前军已失,先锋诸将尽亡,传令安营。哪里扎得住?被薛葵双锤打进,哪里挡得住?人撞锤就死,马撞锤就亡,杀进一条血路,众军士遭其一劫。武三思见大势已去,抛了众军,逃往临阳关,计点军士,折其大半。折手伤足者不计其数。吩咐把关门紧紧闭好,城垛上多加炮石、檑木,与总兵程飞虎修本进朝讨救。

朝廷见表大惊说:"中山王丧师辱国,败奔临阳。哪位爱卿出征与朕分忧?"班中闪出张君左道:"今有武状元郭青、金吾大将俞荣,此二人文武全才,去往临阳,同中山王一同征讨。"天子大喜,宣二人上殿,钦赐金花御酒,封为左右副元帅,带兵二十万,副将二百员。二将下教场祭旗,离了长安,来到临阳。参见元帅,然后发兵,共有四十万,来打九炼山,此乃二打九炼山。离山十里,放炮安营。一声炮响,三军扎下营盘。吾也不表。

儿郎报上山去说:"朝廷命武状元郭青、金吾大将俞荣同武三思起兵四十万,又来打九炼山,请大王定夺。"薛刚说:"知道了。"咬金说:"郭青、俞荣乃是名将,元帅不可轻敌,须当小心。"大将李大元、姜兴、周龙、薛飞等数人上前说:"元帅,小弟在此,未曾破敌。今我等兄弟出阵。"薛刚说:"既然兄弟们出去,须要小心。""得令!"

再言武三思来到九炼山,摆左右二营,中间立一个大营,摆一个四牛斗底阵。两边密密伏下弓弩手,以防薛葵冲营。武三思说:"他以力为强,追来即放炮为号,两下一齐射出。他如回马,我兵乘乱奋杀,他决奔逃上山。我这里分兵断截各处水道。山上无水,不战而自乱矣。"传令已毕,令郭青讨战。忽山上冲下一队人马,喊杀连天。郭青来到山前,大叫一声:"哪个纳命的,出来会吾?"姜兴、周龙冲出。大将郭青说:"无名小卒看枪!"照姜兴面上一枪刺进来。姜兴不慌不忙,把手中大刀抵住。刀枪并举,战有二十合。郭青虚晃一枪,往左营而走。姜兴不舍,把马一鞭追上前来。郭青见来将将近,即按住钢枪,取弓在手,搭箭当弦,照定来将尽力一箭。姜兴听得弓弦响,急待要躲,来不及,正中咽喉,倒撞马下而死。

姜霸见兄被射,使动双鞭杀出救兄。被俞荣挡住,大战三十回合,被俞荣一刀砍下马来。李大元见二姜阵亡,大哭。同周龙一齐杀出,两下混战。薛飞步战出阵,使五百斤大锤,身长二丈四尺,貌若金刚,杀入中营,听得号炮一声,万弩齐发。薛飞身中七箭,大败而回。李、周又抵敌不住,三军围将拢来。正在危急,忽山上冲出无数人马,伍雄、雄霸、秦红等杀入周阵,救出李、周二将,分头迎敌。一场好战!天色已晚,两下收兵。

薛刚见姜氏兄弟阵亡,伤悼不已,计点军士,折兵大半。咬金说:"胜败兵家常事,今晚去劫寨,必然全胜。"薛刚说:"此计甚妙。"吩咐秦红、尉迟景带领一支人马,往左边下山打入左营。罗昌、王宗立带领一支人马往右边下山,打入右营。薛飞、李大元、周龙、伍雄、雄霸带大队人马下山,直冲中营,杀武三思要紧。果然周营不防备,被秦红、尉迟景扳开鹿角，杀入右营。郭青正在睡梦中，听得有人劫营大惊，披衣起来，满寨通红，忙上马，遇着尉迟景黑脸钢鞭打将进来；郭青却待迎敌，昏头耷脑，被尉迟景一鞭打死。秦红用双铜打得三军乱逃，儿郎一个个动手杀死。杀得尸横遍野，号哭之声不绝。

　　左边一样如此。薛飞打入中营，军士昏睡，要射箭也来不及，弓箭也不知放在哪里。半夜之中，一场大杀。武三思往后营而逃，薛飞等追赶有三十里。鸣金收军，大获全胜，所得军器粮草无数。天色大明，收兵上山庆贺不表。再言武三思见不来追，计点军士折了七八万，损了郭青、俞荣上将数十员，走入临阳关住扎，意图报复，连夜差人赍本进朝求救。

　　使命到京，奏上表章，天子看了大惊，亲问使者曰："中山王大兵四十万，何故又至大败？"使者将初阵斩了贼将两员，不料中贼计，当夜冲营劫寨，丧了二位副元帅，折兵八万，走入临阳，细说了一遍。

　　武后问丞相张君左："薛刚反乱山东，十分猖獗，何以制之？"张君左奏道："中山王被贼偷营，非战之过。再差御营总兵赵仁为先锋，成国公上官仪为将，广信侯姚元为副将，成魁、钱通为左右使，武探花屈松彭为后应，齐国公冯贞护送粮草，起大兵十万，去到临阳关，与中山王一同征讨，薛刚可擒矣。"天子大悦："依卿所奏。"旨下。上官仪奉旨教场点兵，出长安来到临阳关，与中山王合兵，商议九炼山之事。教场操演人马，习练阵图，以备征进，此话不表。

　　再讲薛刚得报，朝廷又点上官仪、姚元、成魁、钱通、屈松彭、赵仁等兵扎临阳，操演三军，不日出兵。薛刚大惊，忙与程咬金商议说："老千岁，如今伪周又点兵马到来，怎生迎敌？"咬金说："上官仪文武全才，尚不足虑。唯有太阳枪赵仁，十分厉害，使开枪能在花光中他见你，你见不着他，取上将之首如探囊取物。屈松彭青面獠牙，用金顶铜，重百六十斤，甚是凶勇。余不足介怀。"薛刚闻言，准备迎敌。不知后事如何，且听下回分解。

第八十回

尉迟景鞭打太阳枪　净道人圈打众英雄

适才话言不表，再讲武三思到了山前，三声大炮扎住阵脚。先锋赵仁同左右使成魁、钱通顶盔贯甲，挂剑悬鞭，令军士在山下大骂。

儿郎报上山说："启元帅，今周营先锋讨战，实是了不得。"薛刚闻报问："哪位哥哥出去会他？"旁边闪出四员大将，吴琦、马瓒、南见、柏青上前说："待吾弟兄们出去会他。"薛刚说："周将厉害，兄弟们须要小心。"四将得令，冲下山来。咬金说："周将骁勇，四将不能胜他，传令尉迟景、秦红带领三万人马下山掠阵。"二将得令，领兵下山。

吴琦四将来到山前，摆开阵势，射住阵脚。只见周阵拥出三员大将。南见抬头一看，赵仁面容恶相，黑脸铜铃豹眼，腮下短短桃红竹根须，身长九尺，使一把太阳枪。成魁、钱通又重得凶恶，喝声："狗强盗，快下马受死。"柏青见了大怒说："不得猖獗。"放马过去，劈面一刀砍住。南见看柏青战不过赵仁，一马冲出，双战赵仁。吴琦、马瓒纷纷出马。那边成魁、钱通两下敌住，一场大战。那赵仁果然厉害，使开枪左插花，右插花，枪花中只见日光闪闪，罩定柏青、南见开眼不得，被赵仁一枪挑死柏青，回手一枪又结果了南见。尉迟景大怒，一马冲出，照日光一鞭，赵仁叫声"不好了！"肩上着了一鞭，散了日光，大败而回。吴琦战住钱通，听见柏青、南见落马，回头一看，被钱通砍死。马瓒被成魁枪挑而亡。秦红见二将已死，大叫一声："不要走，我来也。"用双铜敌住成魁。尉迟景战住钱通，两下大战。

薛刚闻报失了四将，恐防二将有失，鸣金收军。秦红、尉迟景听得鸣金，弃了成魁、钱通，走马上山。成、钱二将也不追赶，各自收兵。薛刚点军折了一万人马，死了四将，伤感不已。传令紧闭寨门，安排檑木、炮石以防攻打。

再说赵仁虽然全胜，也伤了肩膀。钱通、成魁来问安。赵仁说："不妨。"葫芦取出丹药敷好，片时痊愈。来到中营，参见武三思说："杀了贼将四员，大败归山。"三思大喜，重赏三军，上表进京报捷。次日赵仁等又在山前讨战。山上众将说："太阳枪厉害，不敢出阵。"

再讲薛蛟弟兄解粮到中路，遇着师父李靖。薛蛟下拜。李大仙说："徒弟，赵仁太阳枪厉害，众将不能抵敌。赠你定阳针插在头上，好捉赵仁。"薛蛟拜谢。一阵轻风不见了。薛蛟来到山前，见赵仁耀武扬威，薛葵把粮草推过。薛蛟上前，大叫一声："赵仁，不得无礼！少爷来也。"赵仁看见薛蛟，也不放在心上，说："哪里狗头？休来纳命。"劈面一枪。薛蛟还转一枪，战有二十回合。赵仁用这太阳枪法罩住自身，薛蛟头上插了定阳针，不见什么太阳。法被薛蛟破了，赵仁心慌。成魁、钱通看见上前，双马齐出夹攻。薛葵大怒，展开双锤，一马冲出敌住成魁、钱通。

山上薛刚得报，点诸将分头下山。薛飞用大锤打入周阵，众将纷纷落马。薛葵与成魁、钱通战不到三个回合，都被薛葵打死。赵仁与薛蛟大战，未及防备，被薛葵冲上来，大叫一声说："哥哥，待兄弟打死这贼。"赵仁大惊，被薛蛟一枪挑于马下。诸将见薛氏兄弟成功，勇加百倍。各皆突入中营。连斩副将四员。上官仪横刀而出，正遇秦红，约战数合，尉迟景也来攻打，上官仪虽然勇猛，哪里挡得二员大将。又被罗昌从后面杀进来，看见秦、尉迟二将战住，上官仪被罗昌从后面一枪刺死马下。薛葵用大锤追杀官军，薛蛟兄弟大踹周营。武三思往后营便走。于是三军尽皆奔逃。众英雄拼力奋进，杀得周兵尸横遍野，血流成河，哭声震天，弃下衣甲刀枪无数，被薛军收回。咬金传令收军。诸将把马勒转，大小三军都次第回山，所得粮草衣甲不可胜计。摆筵席庆贺薛氏弟兄。此话不表。

再言武三思败下去有一百里，看见兵将不来追赶，才得放心。传令收拾败残人马，点一点，不见了大半。赵仁、上官仪、成魁、钱通阵亡，杀死副将数十员，后队屈松彭又到，心中稍安。屈松彭参见，武三思说："我自起兵以来，遭薛刚三次大败，俱损兵折将，无颜再请救兵。"副将姚元说："千岁在上，今日这场大败，都害在使双锤的小蛮子之手，不料他如此凶勇，先锋太阳枪尚被他破掉杀死。目下屈将军到此，再整兵马，调各路总兵与他大战，除剿了他，余者不足介意。"三思听了，安下营盘调兵。

有军士报进说："辕门外有一道人要见。"三思说："令进来。"道士来到营帐前说："千岁在上，贫道稽首。"武三思看见道人仙风道骨，行步不凡，说："仙长少礼。哪座名山？何处洞府？到此有何见教？"道人说："贫道乃清虚山无心洞净山道人。我已入仙界，不染红尘。奈我徒弟赵仁被薛葵所害，因此贫道愤愤不平。今又算千岁洪福，薛刚命该如此，所以动了杀戒，方入红尘。除了薛葵大事完矣。"三思大喜，大营设筵款待道人。次日武三思离了大营，整顿人马，不及半天，来到九炼山。日已过午，不及开兵。当夜在营备酒，席上言谈，饮至半酣，方才营中安歇。

次日清晨，摆开队伍出营。道人上马端剑，屈松彭上马举斧在营前掠阵。道人催开坐骑，相近山前，高声叫道："山上的快报与薛贼子知道，叫他速整下山与贫道答话。"那薛刚立起身来说："诸位兄弟，前日他被我等杀得大败，今日为何又有野道人讨战？待我亲自出去，杀这野道，除了武三思，杀进长安，灭了伪周，立小主为帝。"咬金说："元帅不可轻出，三军司命全在于你。令薛蛟兄弟下山擒此妖道。"薛刚应诺。

薛蛟、薛葵换了盔甲，结束停当。底下众英雄齐声要去杀武三思。薛刚说："须要小心。"俱已结束上马，带了军士，冲下山来。秦红说："看这道人身体软弱，有何能处？前日阵上长大英雄，被俺这里杀得大败。待吾出去取他性命。"大喝一声："妖道，俺来也。"一马冲出。道人呼呼大笑说："你可知贫道本事厉害！薛葵伤我徒弟，故来取他的命。你不是薛葵，你去罢。"秦红听了，说："好自在的话儿，看得这样容易。"把铜一摆，喝声："招铜！"一铜当头打下。净山道人将铜敌住，不止数合，道人祭起连环圈打来。秦红叫声："不好！"正要走，被照头一圈，打落马下。急待向前来取首级，尉迟景抵住，众军救回秦红。尉迟景又被打伤。一连打伤伍雄、雄霸、罗昌，俱带伤大败而回。

薛葵飞马舞锤迎住道人，当头就是一锤。道人把剑往上一迎，哪里迎得住，两臂酸麻，看来敌不住，回马就走，祭起圈来，将薛葵打落牛头马下，道人仗剑纵马要伤薛葵。薛蛟大叫："妖道休伤我弟！"飞马舞枪抵住。薛跤上前救回薛葵，道人与薛蛟战不数合，薛蛟看来不搭对，恐防他又放这圈，搭转马就走。道人赶来，两边众将吩咐军士放箭，军士得令一齐放箭，道人回马，各自回营。

众将扶着带伤英雄，俱上山寨安息在床，秦红等昏迷不醒，尚有一线气在口中。薛蛟等着急，往忠义堂说明此事。薛刚大惊，同咬金前来看视。只见众人闭目合口，面无血色，伤处四周发紫。咬金说："此必受妖道圈所伤，毒气追心，无药可救。不知阵上还有何人与他交战？一定也要受伤，多凶少吉，只可高挑免战牌，保守山寨，寻了医家，救了众人性命，然后开关。"若知后事，下回分解。

第八十一回

俞荣丹药救诸将　武三思月下遇妖

适才话言不表。众英雄俱被毒圈打伤。次日，道人又来讨战。见山前高挑免战牌，道人呼呼大笑，回进帅营。

武三思、屈松彭接到里面坐定，说："师父今日开兵辛苦了。"吩咐摆酒上来。道人说："千岁屡次失利，起兵三次，未闻一阵成功。今贫道下山与徒弟报仇，没有半日交战，伤他数十员将，杀得他高挑免战牌，紧闭寨门。贫道这连环圈乃毒药炼成，受日月之精华，打在身上，不消七日必死。"武三思大喜道："望大仙早擒薛刚，班师回朝，朝廷自有升赏。"道人说："不消费心，这都在贫道身上，待伤了薛葵，贫道仍回山修道，不染红尘。"当夜饮酒不表。

再言八宝山连环洞彭头老祖正坐蒲团，有徒弟俞荣，乃前年在长安救来的假薛蛟，老祖教习枪法，两臂有千多斤之力，年长十六岁，身长八尺，貌若灵官。这日立在师父身边，老祖叫声："徒弟，现有薛刚被净山道人阻住九炼山，逆天行事，打伤数员大将。我今有丹药一葫芦在此，你拿去救众将性命。"俞荣跪在地下说："弟子从师父到此年久，从不曾说起。今日师父说要去救薛刚，望师父指示明白。"老祖就将从前之事说了一遍。

俞荣带泪拜别师父，骑上草龙，不消片时，来到九炼山，按落云头。有程月虎在山前，见空中落下一道童来，吃了一惊，大喝："妖道何来，快拿去见三哥。"俞荣说："休要鲁莽，我乃八宝山连环洞彭祖之徒弟。今见你诸将有难，奉师父之命，特来相救。快报进去。"程月虎听了，叫声："得罪，三哥在堂上正与我祖太爷商议，无计可救诸将。快请进去看视。"俞荣随了月虎来至堂上，见了咬金拜见。问起俞荣，俞荣将往昔掉换薛蛟，被师父救去，今奉师父之命来救诸将如此一说，薛刚大喜说："原来是我家大恩人。"当殿拜为弟兄，就看视诸将。

俞荣看了伤痕，忙向葫芦中取出丹药，敷在伤处。又取丸药，将汤灌入口中。登时入肚腹中，响了三声。诸将悠悠醒转，说："嗳唷，好昏闷人也。"两眼睁开，身上觉得爽快，倏然都坐在床上。薛刚、咬金二人大喜，薛刚道："今有俞贤弟在此相救，快快拜谢。"众人见俞荣立在旁边，即下床叩拜谢恩。薛刚吩咐摆酒款待。席上说起妖道连环圈厉害，诸将难敌。俞荣说："不妨，师父曾吩咐说：净山道人若祭连环圈打来，与你一件宝物，名曰'紫金尺'，可破连环圈。"薛刚大喜，席上言谈，自不必表。

次日，道人闻报山前去了免战牌，武三思传令，屈松彭摆大队人马来至山前。道人上马提剑，摇旗擂鼓，冲将出来，令军士大骂说："这些死不尽的下山纳命。"报知山上。薛刚同众将上马，放炮一声，带了三军，冲下山来，攒箭手射住阵脚。俞荣顶盔贯甲，上马提枪，冲入战场。薛强麾旗，薛蛟掠阵，还有王宗立、程月虎在两旁护阵，战鼓频催。

那边道人正撞着俞荣，便不搭话，两下交锋，战有数合，道人回马便走。俞荣不舍赶来，道人祭起连环圈打来。俞荣不慌不忙，袋中取紫金尺祭起，往上一迎，只见那连环圈套在紫金尺上，一阵红光，竟不见了。道人看见破了法宝，大怒，回转马来与俞荣交战。

众将见道人个个恨之切齿，只害怕这圈儿。今见俞荣破了他圈，众将胆更大了。尉迟景执鞭当头就打，秦红双铜照肩膀乱打，薛葵用双锤打下去，件件惊人。大将齐出，叫声："要活擒妖道。"那净山道人虽附着邪法，十分本事，经不起众将，恐防有失，借土遁走了，薛葵一锤打去，金光散乱，不见了道人，众将惊骇。

屈松彭在后掠阵，见薛军战住道人，大喝一声，把马一冲，跑出阵来，举起金顶束，好不骁勇，照定俞荣，喝声："小孩子看束！"豁喇一响，往顶门便砍来。那俞荣用枪架开。本事厉害！如今两下杀在一堆，战在一处，有数十合，俞荣不能取胜。诸将因不见了道人，又见俞荣与屈松彭大战，都围将上来。尉迟景把钢鞭来战，秦红也上前，三员将战住屈松彭。屈松彭哪里放在心上，用金顶束敌住三般军器。又战了数合，又不能胜。薛飞用五百斤大锤大步出阵，喝声："三位兄弟少住，待吾来活擒这厮。"屈松彭正与三将大战，抬头见一大汉来到，心中防备。薛飞举起大锤，照屈松彭打击。屈松彭叫声："不好！"把金顶束一抬。原来好厉害，三将也挡不起。哪里战得四将？屈松彭虽有本事，束法精通，怎挡得四般兵器？却也心慌意乱，实难招架。被俞荣一枪刺中咽喉，跌下马来，尉迟景下马取了首级，得胜回山。

武三思在后面帅营闻报说："道人不知去向，屈松彭阵亡。"听了大惊，传令拔寨退后而走，离山百里安营下寨，安摆鹿角、灰瓶、炮石，攒箭手把守敌楼，恐防薛兵追赶。三思闷坐帐中。

其夜月明如昼，三思出外步月，往后营上马，不带军士，悄悄地行了数里。见一所庄房，倒也幽雅，见一年少女子立在月下。三思一看："嗄唷！好绝色女子。"面如傅粉红杏，泛出桃花春色，两道秀眉，一双凤眼，十指尖尖，果然倾城倾国，好像月里嫦娥，犹如出塞昭君。三思不看犹可，见了之时，神魂不定，心中按落不下。月下看去，果然又齐整，开言道："小娘子，黄昏夜静独自出来何干？"

那女子听得回转头来,看三思戎装打扮,决非下贱之人,开言说:"将军不知,妾因独坐无聊,出来看月,不想遇着将军,三生有幸。不弃贱妾,同入草庄,奉待香茗。"三思大喜,同了那女子走进庄房。房屋虽小,倒也精致。走出几个丫环,也生得清秀。吃过香茗,三思问起姓名。女子说:"妾姓白名玉,父亲唐朝人白太玄阵亡,母亲陈氏死过三年。上无兄,下无弟,只生妾一人。年近二九,婚姻未配,颇有庄田,尽可度日。不知将军为何到此?"武三思就将失机之事说了一遍。女子说:"原来是中山王,贱妾不知,多有得罪。妾生长将门,晓得武艺,又遇异人传授兵法,与将军前去复仇。"三思欢喜,同女子出了草庄,来至帅营。大小三军因当夜不见三思,俱各处寻打,忽闻千岁回营,众将大喜。

问安已毕,其夜女子同三思苟合,次日封为白玉夫人。调河南北人马前来征剿。河南总兵方天定,带领勇将数十员,人马两万。前日旨下调兵,整兵正要启程,今闻中山王令箭来催,同了河北总兵桑十朋,一齐来到帅营。军士报知,方天定同了桑十朋进营,参见三思。三思命白玉夫人操演三军,然后征剿九炼山,此话不表。

再讲阴风山莲花洞殴兜祖师救了徐青,带回山中,教练枪法,传授兵法,力有千斤。这一日在山中无事,同了仙童玩耍。忽一阵大风吹来,徐青看见一个斑毛豹跳出,被徐青拿住,打了几下。那豹偏偏伏伏立着。徐青骑在豹上,竟走入洞中。老祖说:"徒弟,你如今有脚力了,你快往九炼山去见薛刚,好帮助小主杀进长安,灭却伪周,复立大唐。你功行完满,依原上山,修成正果。你到半路,遇着穿鼠色衣、尖嘴微须的黑面道人,枭了首极,前去请功。"说毕将斑毛豹一吹,念了咒语。

徐青拜别,骑上豹。只见那豹四足腾云而起,不一时来到中路,下落豹来,果见一道人喘息方定,在那里坐着。徐青便问:"仙长是哪座名山?何处洞府?从哪里来?"道人抬头一看,原来是个道童,身不满四尺，面貌不雅。开言说："道童你不知，我乃清虚山无心洞净山道人，因薛葵伤吾徒弟，吾下落红尘，与薛家开兵。不想他收我法宝，我意欲回山再炼宝贝，会同各洞仙长，再来复仇。"徐青一听此言，说："踏破铁鞋无觅处，得来全不费功夫。"把手中枪夹背心一下，透心而过。道人不防备的，大叫一声，跌倒在地。徐青取了首级，将尸埋了，上了豹，竟往九炼山而来。且听下回分解。

第八十二回

莲花洞徐青下山　三思五打九炼山

话分两途。再讲徐青来到山前，儿郎报知上山，来见薛刚。薛刚问起说："仙童哪里来的？"徐青说："小侄乃阴风山莲花洞殴兜祖师徒弟。向年斩两辽王之时，被师父救去，十有六年。今奉师命下山来见叔父。路上遇着净山道人，被我斩了，为进见之功。"

薛刚大喜拜谢，逊上坐，满腹疑心想道："吾侄儿现在营里，怎么又有薛蛟救出？待吾问程老千岁，便知端的。"开言叫声："老柱国，这些事情谅必晓得。"咬金呼呼笑道："我久在长安，怎么不得知？前日破圈的，是狱官之子。这个小将军是徐贤之子，临潼关调换的。不知以后怎么样。"徐青说："果然师父有言，与这位老千岁说来一点不差。"薛刚欢悦不过，摆酒庆贺，同了这班小弟兄在堂饮酒，我也不表。

再言武三思看见白玉夫人操演兵马已熟，点起大队人马，放炮一声，兵至九炼山。离山半里，扎下营盘，摆队出营。身骑高马，手提白刃绣凤鸾刀。后面跟了二十四名女将，是狐狸精。两旁方天定、桑十朋带同众将，后随五百名钩镰枪，准备拿人，恐防前日一样，又被救去。安排停当，令军士叫骂。

山上得知，薛刚众将下山，摆开阵势。薛葵出阵一看，原来是一员绝色女将，不觉大喜，说："公子爷会你了。"白玉夫人一见说："这病鬼，也要与娘娘打阵么？叫薛刚出来。"薛葵说："俺家王爷哪里来会你这贱婢！你还不晓得公子爷双锤厉害，也罢，我看你千娇百媚，这般绝色，走遍天涯，千金难买。我还没有妻子，待吾活擒你过来，与我结为夫妻罢。"白玉夫人闻言，满面通红，大怒道："我把你这蠢汉乱道胡言，招刀罢！"这一刀往薛葵面上砍下来。薛葵叫声："好！"把手中双锤往下一声响，架在一边，冲锋过去。薛葵把双锤望马头上一击，打将过去。白玉夫人看来不好，把双刀用力一架，一声响火星迸发，几乎跌下马来，花容上泛出红来了。想这蠢汉虽小，力气倒大，不如放出宝珠伤了他罢。口中一喷，吐出圆果大一粒红珠，往薛葵劈面打来，光华射目。薛葵眼前昏乱，看不明白，把头低了一低，正打在额角包巾上，叫声"痛杀我也"！在马上一晃，扑通翻落尘埃。白玉夫人把口一张，那红珠还收在口内。这里雄霸、伍雄上前去救，被那边钩镰枪搭住拿了去。伍雄、雄霸、薛强、薛孝、王宗立等四虎一太岁都被拿去。方、桑二将大喜，得胜回营，吩咐乱箭射住。

　　薛蛟等大哭回山。薛刚闻知，含泪对咬金说："老千岁，向年为吾父兄受害，今要兴兵报仇。不料又将吾薛氏弟兄连累，诸姓兄弟都被拿去。复仇之事休矣，要这性命何用？"拔剑欲自刎。咬金夺住剑说："元帅不必如此，吉人天相。"徐青说："师父有言，诸将合当有些小灾，不致伤命，自有人相救。叔父不必忧虑。"俞荣也来相劝。薛刚无奈，半信半疑，此话不表。

　　再讲武三思见白玉夫人本事高强，满心大悦，令拿下诸将，打入囚车，差副将孔大振带兵五百，护送到长安，朝廷发落。吩咐摆酒庆贺夫人，此话不表。

　　再言薛兴奉主命与薛猛拜为弟兄，将子薛蚪拜薛兴为父，逃奔定军山。闻薛猛已死，就在定军山落草，十有六年。薛蚪长十九岁，力大无穷，身长一丈，使一把开山大斧，重百六十斤。就近草寇，尽皆归伏，喽啰数千。这日闻知薛刚在九炼山复仇，来见薛兴说："叔父在九炼山招兵，孩儿意欲前去。但不知爹爹心下如何？"薛兴听了说："我儿，一向道你年小，不好对你说。如今已长成人，我就对你说明。"就将往事一一说明。薛蚪听了大哭，坚意要去报仇。

薛兴就分散了喽啰，放火烧山，带了数十名心腹小校，离了汉中府，一路下来。来到临阳关相近，只见一队人马，有十数轮囚车上来。薛兴上前打死孔大振，薛蚪杀散众军，救出薛葵诸将军，众将一一上前拜谢救命之恩。说起原来是弟兄，俱各大喜。薛强说："侄儿如此英雄，不如先取临阳关，然后到九炼山，杀那武三思。接小主起兵取长安，除去张氏弟兄，父母之仇报矣。"诸将一齐欢喜。伍雄说："四哥之言有理。"薛葵一马当先，诸将随后，打入临阳关，程飞虎措手不及，薛葵一锤将程飞虎打死，占有了临阳关，差人去报九炼山不表。

再讲武三思在营，有人报说："中路有草寇杀死孔大振，救去诸将。"三思大惊，命白玉夫人出马，拿捉薛刚。山上薛刚闻知，薛蛟要出去。咬金说："薛氏一门，只有你不可出阵，恐伤性命。"薛蛟说："叔父、弟兄俱被贱人捉去，难道我薛蛟不与报仇，不要在阳间为人了。"二膝把马一夹，冲下山来。薛刚阻挡不住，吩咐众将下去掠阵。薛蛟来到阵前。白玉夫人抬头一看，但见营前来了一人，甚是齐整，面如满月，傅粉妆成，两道香眉，一双凤眼，鼻直口方，好似潘安转世，宋玉还魂。薛蛟见白玉夫人看他，开言说："你这淫妇，把我叔父、弟兄们捉去，快快放出来。若不放出，吾与你誓不两立，不挑前心透后背，怎能出我胸中之气。招枪罢！"一枪劈面挑进去，白玉夫人把刀架开，冲锋过去，回转马来。白玉夫人把刀一起，往着薛蛟头上砍将下来。薛蛟把枪逼在一边。二人在战场上杀到十余合，白玉夫人心中暗想："这人相貌又美，枪法又精，不要当面错过。不若引他到荒僻所在，与他成其好事。"算计已定，把刀虚晃一晃，叫声："我的儿，娘娘不是你对手，我去也。休得来追。"带转马往野地走了。薛蛟说："贱妇，不要走！"把枪一串，二膝一催马，追上来了。有十余里，白玉夫人躲在庙中。蛟儿下马，被白玉夫人戏弄，薛蛟色胆如天，阳精被白玉夫人收去而回。蛟儿四肢无力，不能起身，洋洋死去。

有李靖在云头经过，看见徒弟被狐狸精弄死，按落云头，来到庙中，用金丹救醒薛蛟，传他法术，教他明日如此如此。蛟儿吃了丹药，精神倍增，拜谢师父回山。再讲薛飞、徐青、俞荣、李大元见薛蛟与白玉夫人相杀，夫人败去，薛蛟赶去，不知去向。众将上前，杀进周营。方天定、桑十朋挡住大战。俞荣杀死方天定，徐青枪挑桑十朋，周军大乱。忽见白玉夫人飞马来到，众将大惊。薛刚鸣金收军。白玉夫人看见伤了二将，料不能胜，吩咐收军。武三思见伤了二将不悦。白玉夫人说："今日虽然伤了二将，薛蛟被吾杀死于荒郊，除其大害。"当夜不表。

次日白玉夫人出阵。再讲薛蛟当夜回山，对薛刚说明此事，"师父说狐狸精明日必死。"薛刚听了大喜。次日白玉夫人讨战，薛蛟仍又下山，与白玉夫人交战。两下相与过的，旧情复发，又追到庙中，双双又重新做，弄得夫人神魂颠倒。薛蛟吃过丹药，精神倍增。夫人快活不过，口中吐出珠来，呐在薛蛟口中，被薛蛟一口咽下肚中去了。

白玉夫人大惊，满身是汗，大叫道："罢了！罢了！可惜千年德行，一旦被你收去。若要此珠，再不能够了。"只得起身含泪而回。回到营中，武三思一见大惊说："为何夫人神采俱失，想必沙场辛苦，后营歇息罢。"夫人无心无意来到后营，身体困倦，伏几而卧。当夜三思看完兵书，来到后营，见几上卧着一只狐狸，心中大怒，拔出宝剑，一剑斩了。众女兵见斩了老狐，吱哩哩叫出后营，俱逃去了。这话不表。

再讲薛蛟吃了红珠，满心大悦，出庙门回山，说明此事。闻报薛强等在临阳关已夺了关寨，请哥哥攻前，兄弟攻后，杀却武三思，好进长安。薛刚闻说大喜，明日点兵下山。次日点了众将，一齐冲下山来。不知后事如何，且听下回分解。

第八十三回

武三思大败回京　薛蚪走马取红泥

前言不表，再言武三思见斩了白玉夫人，心头不快，又闻报道临潼已失，后面杀来。又报山上薛刚起大队人马杀下山来。武三思大惊说："两头夹攻，吾命休矣！"同了诸将齐上马快些逃命，留大将断后。弃了大营，不管好歹，竟自走了。外边烟尘兜乱，喊杀连天，叫声不绝，营头大乱，夺路而走。后面薛刚等领了三军冲杀上来。这条铁棍好不厉害，撞在马前就是一棍，打人如打弹，呐喊如雷。又有薛飞、李大元、周龙、周虎、徐青、俞荣领三千人马冲蹋周营。徐青使动银枪，见一个挑一个，见两个挑一双。俞荣使动宝剑，见人乱砍乱杀。薛飞举起大锤见人便打。李大元、周龙、周虎使动金背刀见人乱斩乱剁。人头滚滚，血水滔滔，伤人性命无数。周兵大乱，只要逃命，哪里厮杀。四面营帐都杀散了，归到一条路上逃命。后面薛强、四虎一太岁听得那杀声震耳，炮响连天，提了兵器，领了人马从后面杀来。杀得周兵人马无处投奔，可怜尸弃荒郊，血流沟壑。这一杀不打紧，杀下去有百里路，逃命者无数，伤残者尽有。武三思有众将保护，只是吓得魂不附体，伏在马上半死的了。同着诸将不敢走临阳关，向大路，竟往青州。

有青州总兵来接，接进城中。诸将上前叫声："千岁苏醒，已到青州了。"三思那时才醒，"嘎唷！吓死俺也。"吩咐传令诸将出去收军，三通鼓完，周兵四十万不见了十万，只剩得三十万，还是伤手折脚，倒有二十万。大将共伤了十六员。三思说："俺自起兵五次，未尝如此大败。今杀得如此模样，何颜立于朝廷？也罢么！"吩咐紧守青州，"俺回朝再添兵复仇。"诸将得令，武三思连夜回长安不表。

再言薛刚发令，吩咐鸣金收军。一声锣响，各将扣定了马，大小三军兵将都归一处，退回九炼山。薛强说起薛兴相救，一一说明。薛刚大喜，见了薛兴拜谢，还称为弟兄。薛蚪过来拜见叔父。今日父子叔侄团圆，举家拜谢天地，作庆贺筵席，不表。

薛刚对薛强说："张君左弟兄之仇未报，吾今有兵有将，杀入长安，报复此仇。"咬金说："这个使不得，擅自兴兵，难逃背反之罪。不如弃下九炼山，扎兵在临阳。差官到房州请小主登位，然后杀入长安。名正言顺，复立大唐。吾等恪守臣节，张氏弟兄之仇何报矣。"薛强说："老千岁之言不错。"薛刚依言，命伍雄、雄霸守山，五千人把守各路山口，以备退归。自带领众将大小三军来到临阳关住扎，查盘府库钱粮，各处该管地方命将镇守。然后差薛蛟往房州报捷，接驾登位。

薛蛟奉命来到房州，先见了大元帅王荆周，同上银銮殿，奏知小主。小主大悦，命忠孝王兴兵取长安。旨下，薛刚谢恩。立起忠孝王旗号，然后下教场操演有半个月，演好了就此发兵，点明队伍，共兵马二十万。点薛兴带一万人马为先锋，要逢关斩将，遇水搭桥，候元帅到了，然后开兵打阵。薛兴得令，好不威风。鲁国公程咬金护国军师，点解粮小将薛葵双锤厉害，护送粮草。薛飞第二路催攒粮草。薛强第三路护粮。点齐已毕，然后薛刚同了诸将，离了临阳关。留大将李大元、周龙、周虎等诸将守关。因前丧了姜氏弟兄，故此留他守住关。

再说薛刚往西而进,不一日到了红泥关,传令放炮安营。一声炮响,安营已毕。因武三思战败,命各守将日夜当心。红泥关有一位镇守总兵,你道什么人?姓莫名天佑,其人身长八尺,面黑短腮,两臂有千斤之力,善用一条丈八蛇矛,其人骁勇不过。莫天佑正在私衙与偏将们论中山王战败,临阳关已失,少不得要来打红泥关。正说未了,探子报进说:"启上将军,不好了,小人打听得薛军二十万,薛刚立起忠孝王旗号,护国军师程咬金,带了数十员战将,底下的合营总兵官,来夹攻打红泥关了。"莫天佑听报不觉骇然:"离关多少路?"探子说:"前部先锋到了关前。"莫天佑吩咐大小三军:"关上多加灰瓶、炮石、强弓、弩箭。若薛兵一到,速来报知本镇。"得令去了。

再言先锋薛兴领了一万人马,先候元帅。只听炮响,薛兴远相接说:"元帅,末将在此候接元帅。"薛刚吩咐围住关前,说:"哪位兄弟去讨战?"闪过薛蚪上前说:"叔父,侄儿同父亲愿去取关。"薛刚说:"侄儿须要小心。""得令!"来到关前。"呔!报知主将得知,大兵到了。早早出关受死。"探子报进:"启将军,薛将在外讨战。"莫天佑听了,吩咐备马抬枪,顶盔贯甲,上马提枪,来到关上。吩咐发炮开关。一声炮响,关门大开,放下吊桥,直奔上前。把枪一起,照薛蚪面上刺来,叫声:"反贼看枪!"薛蚪叫声:"来得好!"把枪一架。莫天佑在马上二三晃:"嘎唷!好厉害。"勉强战了七八合,招架不住,却待要走,被薛蚪一枪,劈前心挑进来了,要招架也不及,一枪正中前心,跌下马来。薛兴上前取了首级,令军士抢关。那边军士闭关不及,杀进关中。那时候各府官员都闻报了,有偏正牙将们,顶盔贯甲,上马提刀,杀上前来。薛兴、薛蚪父子二人,两条枪好不厉害,来一个刺一个,来两个刺一双。识时务的口叫:"走吓!走吓!"都往宁阳关去了。有一大半下马投降。

元帅同众将进了关,咬金说:"果然贤侄孙骁勇,取了红泥关。薛氏该兴旺,枪法厉害。"薛刚大喜说:"承老柱国妙赞,还是枪法不能完美。"咬金说："说哪里话来？有其父必有其子，得了头功。"薛蚪拜谢元帅。查点钱粮，盘查府库，当夜设筵，与薛兴、薛蚪贺功。养马三日，放炮起兵，进兵宁阳关。离城十里，传令前军哨探，后军慢行。放炮三声，扎下营盘，明日开兵。有探子报入关中，此言不表。

再说镇守宁阳关总兵姓孙名国贞，这一日升堂，有探子报进："启爷，薛刚已夺临阳关、红泥关，莫将军阵亡，关寨已失。薛家兵将实为骁勇，大兵已到关外。"孙国贞听得失了红泥关，吓得胆战心惊，说："本镇知道，再去打听。"一面差官保本上长安取救兵。失了二关，宁阳旦夕不保。差官领令竟往长安。一面吩咐小心把守关头。此话不表。

再讲次日请元帅升帐，聚齐众将，两旁听令。薛兴父子披挂上前，薛蚪叫声："叔父，侄儿愿取此关。"薛刚说："侄儿，你想前日红泥关被你取了，其功不小。此关厉害，点别将去罢。"薛蚪说："叔父，此关厉害不厉害，待侄儿走马成功，取此关头以立微功，乞帅老爷发令。"咬金说："好，贤侄孙之言有理，实乃少年英雄，但要小心在意。"

"得令！"顶盔贯甲，悬剑挂鞭，提枪上马，同了薛兴，带领军士，冲出营门。走到关前，大叫一声："呔！关上的快报与你孙国贞知道，今大唐元帅要杀尽你们这班妖党。红泥关已破，早早出关受死。"一声大叫，关上探子报进来："启爷，关外薛兵人马已到，有将讨战。"孙总兵听了大怒说："无名小将也来讨死。"吩咐："取盔甲过来。"备马抬刀，打扮结束停当。带过马，跨大雕鞍，提刀出府，来到关前，吩咐开关。一声炮响，大开关门，放落吊桥，带领兵将冲出。薛蚪抬头一看，见来将生得凶恶，面如兰靛，发如朱沙，一脸黄须，头戴铁盔，身披龙鳞铁甲，坐下一骑青鬃马，手持大刀，喝声如霹雳，叫一声："看刀！"往薛蚪头上劈将下来。薛蚪叫声："来得好！"把枪往上只一枭，国贞叫声："不好！"枪直往自己头上绷转来了。一马冲锋过去，薛蚪把手中枪紧一紧，喝："去罢！"一枪当心挑进来，未知孙国贞性命如何，且听下回分解。

第八十四回

薛蚪兵打临阳关　薛孝争夺打潼关

再讲孙国贞叫得一声："啊呀！不好了。"躲闪不及，正中前心，咕咚一响，刺下马来，复一枪结束了性命。吩咐诸将："抢关！"一骑先冲上吊桥。营前先锋在那里掠阵，见继子枪挑了孙国贞，已上吊桥，把枪一串说："诸位将军快抢吊桥。"有秦红、尉迟景、罗昌、王宗立、程月虎等上马提枪、使剑、用鞭、执斧，抢过吊桥来了。

那些周兵往关中一走，闭关也不及，被薛兴一枪一个好挑哩。众将把剑砍的、鞭打的、斧砍的、枪挑的，好杀。这些兵马也有半死的，也有折臂的，也有破膛的，见来不搭对，皆下马投降。关外请元帅同军师咬金，大小三军陆续进关，来到府衙，盘查钱粮，开清在簿。薛蚪上前缴令。薛刚对薛兴说："亏哥哥教侄儿武艺有功，真是走马取关，哥哥其功不小。"薛兴大悦。咬金说："真乃将门之子，算得个年少英雄。"

那薛孝在旁听得称赞薛蚪，忍耐不住，走上前对薛刚说："哥哥已取了两关，前面潼关待侄儿去取，以立功劳。"薛刚说："潼关守将厉害不过，姓盛名元杰，年有六十开外，骁勇无比。有三个孩子武艺精通，雄兵十万。周朝算为第一。"咬金说："盛元杰吾晓得他的本事,幼年在我标下为将,果然凶勇。还是你弟兄同去的好,不要伤了和气。"薛蚪说:"兄弟,你年轻力小,还是做哥哥的去取。"薛孝说:"哥哥不是小视我,就在叔父面前比势,赢得的便去。"薛蚪说:"兄弟先来。"各皆上马。薛刚喝住说:"今日起兵,与祖报仇。你兄弟争论,倘比起武艺来,若有一失,吾今休矣。照常起兵。"薛孝说:"一样侄儿,功劳大家得上的,休要偏向。"咬金说:"二位小将军本事高强,老夫晓得的。且下潼关非比前二关,须立左右先锋。薛兴为正先锋,薛蚪为副先锋,薛孝右先锋。"二人拜谢。薛刚大喜说:"老柱国之言有理。"

一面差官到房州报本,接驾镇守临阳,催赶粮草。差官领令,来到房州,见了驸马薛蛟,说起此事,薛蛟大喜。次日上朝见过小主,将表章呈上。庐陵王看完大喜,命众人同到临阳。御酒赏诸将士。为何薛蛟在房州不来?有个缘故,徐贤在房州,魏相也在那里,小主封为左右丞相。薛蛟见了徐贤,拜谢救命之恩,又是继父,故此耽搁。这些言语不必细表。

再讲薛刚在临阳关扯起忠孝王旗号,养马三月,放炮起程。离了临阳关,三军如猛虎,众将如天神。一路上前往潼关进发,好不威风!探子预先在那里打听,闻得失了临阳关,飞报进潼关去了。这里在路行兵三日,来到关外,把人马扎住。后队大元帅人马已到,吩咐离一里安营。放炮一声,安营已毕,传令明日开兵。

再说潼关守将盛元杰,同子盛龙、盛虎、盛彪,都有万夫不挡之勇。有一女儿年方二八,美貌超群,英雄得了不得,用两口双刀,乃金刀圣母徒弟。有两件宝贝,小小圈儿带在手上,名为四肢酥。这日盛老爷正坐私衙,有探子报进说:"薛刚已得三关,如今大兵已到关外了。"盛元杰听报大惊说:"再上打听。"盛总兵一面修本到长安,一面吩咐三军:"关上多加灰瓶、石子,小心保守。兵马一到,报与本镇知道。""得令!"此话不表。再讲差官到长安上表求救,武后荒淫无极，耽于酒色，不理朝政。武三思丧师辱国，损兵折将，朝廷不行查究。告急表张都被张君左兄弟纳住不奏，圣上并不知道。此言不表。

再讲薛刚次日令薛兴、薛蚪、薛孝攻打潼关。三将得令，带了三军，来到关前讨战。有军士报进关中："启爷，今有薛将在外讨战。"元杰闻报问："哪个孩儿出去会他？"盛龙上前说："孩儿愿去杀此反贼。""你出去，须要小心。"

"得令！"盛龙上马提枪来到关前，吩咐开关。炮声一响，开了关门，放下吊桥。盛龙冲出关前，后拥三百多攒箭手射住阵脚。薛兴抬头一看，见一个年少后生，往吊桥上冲来。见他头戴束发紫金冠，身穿索子黄金甲，坐下一匹黄花马；左悬弓、右插箭，手执一条蛇矛枪，直奔上前，把枪一起，薛兴把银枪架定说："呔！来将留下名来！"盛龙说："你要问少爷之名么？我乃镇守潼关盛元帅大公子盛龙便是。你可要晓得少爷枪法厉害之处么？你这老匹夫想是活得不耐烦，前来少爷马前受死？这枪不挑无名之将，通下名来，少爷好挑你。"

薛兴说："你要问某家之名么，洗耳恭听。吾乃忠孝王大元帅麾下前部先锋薛兴便是。难道不闻久占定军山薛大王的本事厉害么？快快献了潼关，还封你家一个总兵。若有半声不肯，打进潼关，杀得鸡犬不留。"盛龙呼呼笑道："原来就是定军山草寇。薛刚尚要活擒，何在你这狗强盗。"薛兴大怒说："休得胡言，招某家的枪罢。"把枪一起，插一个月内穿梭，直往盛龙面上挑将过去。盛龙不慌不忙，把枪架住。一来一往，二人正是对手。战到有四十个回合，盛龙越有精神，枪法如雨点，左插花，右插花，好枪法。薛兴是五旬之外的人了，本事哪里及得少年人。只有招架，没有还兵之力。薛蚪、薛孝在那里掠阵，见薛兴不能胜，大叫一声，拍马向前，冲出夹攻。盛龙只好战一人，那里又来了薛蚪，就当不起了，勉强战了几合，看看敌不住，面上失色。薛蚪扯出折将鞭在手中，才得交肩过，喝声："招打罢！"盛龙一闪，打中肩膀上。盛龙大喊一声，口吐鲜血，伏在马上，大败而走。

薛兴父子说："你要往哪里走，我来取你命也。"催开双骑，追上来了。盛龙败过吊桥，那边军士把吊桥扯起，乱箭就射。薛兴、薛蚪扣住马说："关上的，快快报与老匹夫知道，叫他早早献关就罢了，如若闭关不出，打入关中，踏为平地。某家且自回营。"勒马回到帅营，说："元帅，末将打败关中守将盛龙，前来交令。"薛刚说："哥哥、侄儿果然英雄，明日再到关前讨战。"此话不表。

再讲盛龙败进关中，来见父亲说："爹爹，薛将果然厉害，第一次遇着一员老将，本事却也平常，与孩儿战有四十余合。正要拿枪挑他，不料又来了一员年少将军，本事高强。孩儿肩膀上被他打一鞭，甚是厉害，吐血而回，来见爹爹。"盛元杰听了说："孩儿受伤辛苦，且回私衙将息。"盛龙应喏，回衙不表。

再言盛虎、盛彪来见父亲说："今日开兵，胜负若何？"盛元杰说："我儿不要说起。今回薛刚大队人马已夺了三关。今日你哥哥出去交战，被他打了一鞭，好不疼痛。"盛虎、盛彪不听犹可，听了此言大怒说："孩儿们出去与哥哥报一鞭之恨。"盛元杰说："两个孩儿动不得。薛家父子厉害不过。哥哥本事尚且不胜，何况你们。"盛虎说："爹爹，不妨。将门之子，未及十岁，就要与皇家出力，况且孩儿年纪算不得小，正在壮年，不去报仇，谁人肯与爹爹出力。"盛元杰说："我儿虽英雄，还是年轻力小，骨肤还嫩，枪法不精，只怕你兄弟二人不是他的对手。"那盛老爷有意归唐，故此这般说，不道他两个儿子这般倔强！只得说道："我儿不可出去，待等到救兵到了，为父的与你一同开兵。"盛虎说："爹爹，孩儿们在后花园中，日日操演枪法，什么皆精。今日定要出去报一鞭之恨。"盛老爷说："今日晚了，明日开兵。"盛虎、盛彪兄弟二人，顶盔贯甲，上马出关，与薛兵交战。

不到三个时辰，兄弟二人大败进关。盛老爷说："如何？你两个不听吾言，被他杀得大败。"盛虎、盛彪说："爹爹，他们兵将甚多，孩儿杀他不过。待等救兵一到，管叫杀得他片甲不留。"不知后面如何，且听下回分解。

第八十五回

盛兰英仙圈打将　美薛孝帅府成亲

　　前话不表。再讲闺房小姐名唤兰英，闻知哥哥打伤，二兄又杀败，来到堂上，只见二兄与爹爹言谈，走上前说："爹爹为何愁闷？"盛老爷说："女儿不知，你哥哥被他打了一鞭，肩膀打伤。二兄又皆杀败。故此在这里与二兄商议。"小姐说："爹爹不必忧闷，待女儿出去，必要杀却薛将，以洗二兄之恨。"盛老爷说："不可。你三兄尚且如此，何况于你。不要去罢。"兰英说："爹爹不知，女儿有师父传授，双刀精通，法术高强，哪怕三头六臂。定要出去！"盛虎、盛彪听言大喜，说："贤妹既有法宝，待二兄与你掠阵。"盛爷无奈，想道："这女孩儿不听父言，命也难保，凭她罢。"

　　再讲薛营诸将正要打关，报："头运督粮官薛葵到了。"来到营中，见了父亲，拜见已毕。薛刚说："兵多将广，正缺粮草，上了功劳簿。"有二运催粮官薛飞到，薛刚说："解粮有功，升赏。"问："哪位将军前去打关？"旁边薛飞说："小弟到此，未见功劳，待我前去打关。"薛刚大喜说："兄弟前去取关必破。同薛葵一同前去，须要今日攻破潼关，好进长安。""得令！"二将来到关前，会齐薛氏弟兄，吩咐军士叫关。关内得报，兰英听了说："该死的到了。"

小姐跨上了马,手执两口绣花鸾刀,来到关前。后随二兄带领兵将,吩咐开关。一声炮响,关门大开,放下吊桥,冲出阵前。抬头一看,只见金刚大的一人步战,手提大锤,喝声:"婆娘看锤!"一锤往小姐面上打下来,犹如泰山一般,好厉害!小姐叫声:"不好!"把双刀用力一架,不觉火星直冒,两臂酥麻,花容上泛出红来。想这大汉力大,不如放起宝贝伤了他。把手中圈起在空中,念动真言,青光冲起,指头点定,直取薛飞。薛飞抬头一看,好玩耍,原来是圈儿在空中旋下来,倒有井栏圈大,薛飞叫声:"不好!"拳头打开,往项梁上打下来了。薛飞把头偏一偏,哪里来得及,打中脑盖,身子打为肉酱。此圈收去。

薛葵看见薛飞身死大怒,把牛头马一拍,双锤一起,大叫一声:"鸟婆休得无礼,我来也。"冲出阵前,把双锤一起,"招打罢!"那小姐当不起锤,又将圈起在空中,打将下来。薛葵见势头不好,下马往本阵而走,竟打死了牛头马。兰英马上呼呼大笑说:"来将许多夸口,竟不上两合,死的死,走的走,有本事的出阵会我。"

这里薛孝对薛蚪说:"此功劳让了兄弟罢,今日不与哥哥报仇,不要在阳间为人了。"把双膝一催,哗啦啦追上来了。那小姐抬头一看,"嘎,原来是齐整的后生,貌若潘安,美如宋玉,我若嫁了此人,三生有幸,也不枉在世间。"开言说:"小将军,你是何人?姓甚名谁?乞道其详。"薛孝说:"你要问少爷之名姓么,吾乃雁门关总兵薛强之子、忠孝王之侄,薛孝便是。"小姐说:"原来功臣之后嗣。俺家今年十六岁,我父潼关总兵。奴家还未适人,意欲与将军结成丝萝之好。况你是总兵之子,我又是总兵之女,正是天赐良缘。未知允否?"薛孝听了大怒说:"好一个不知羞的贱婢!你把我薛飞叔父打死,少爷不稀罕与你这贱人成亲。休得胡思乱想。看枪罢!"着实一枪,直往咽喉刺进去。小姐把刀架住说:"小将军休要烦恼,你的性命现在奴家手中。你若允,奴家与父兄商议投降,献此潼关;若不允,我把指头取出宝圈，就要取你性命了。"于是放起圈来，小姐哪里舍得打他，把指头点定。薛孝大惊说："既承小姐美意，待吾回去与叔父商量，就来议亲。圈儿不可打下来。"小姐说："不妨，吾指头点定不下来的。"心中好不欢喜，说："小将军一言为定，驷马难追。你且回去，明日来议亲。"

薛孝惧怕圈儿，只得回军。薛蚪说："兄弟，你好造化，在阵上对了一个绝色佳人。"薛孝说："哥哥休如此说，那圈儿厉害，勉强应承的，与叔父算计，除了这圈，潼关好破了。"二人同诸将来到帅营，见了薛刚，说起此事。薛刚一闻此言大怒，说："畜生，她打死薛飞，应该报仇，反与敌人对亲，要你这畜生何用？"吩咐："斩乞报来。"左右将薛孝绑定，正要推出辕门。薛孝吓得魂不附体；众将在旁，见元帅怒气不息，不敢上前去劝。

只见程咬金说："刀下留人！"对薛刚说："元帅不必发怒，老夫有一言相告。"薛刚说："老千岁有何话说？薛刚领教。"咬金说："潼关盛元杰乃是忠厚君子，况且他女儿美貌，又有宝圈阻住潼关，长安何日得进？父兄之仇难报。况且名门旧族，正好匹配。待进了潼关，长安指日可破，父母之仇可报，尔弟只生一子，若斩了他，去其手足，依老夫之言，待吾唤孙儿程千忠为媒，成就秦晋，共讨伪周，此乃全美。"薛刚听了甚喜，开言说道："果然我失于算计。"吩咐放了绑，令薛孝拜了咬金，此话不表。

再言盛兰英见薛孝回军，收了圈儿，回进关中，来见父亲。盛虎、盛彪弟兄二人在关外掠阵，见妹子打死薛飞，打走薛葵，心中大喜。又见妹子在阵上与薛孝当面议亲，心中大怒。一见妹子进关来到堂上，二人各拖出宝剑来斩兰英。兰英也拔出剑来挡住，元杰大喝住。盛虎说："这贱人如此无耻，在阵上私自对亲。"一一说了。元杰说："我儿你不知，为父的本是大唐臣子，今武后灭唐改周，武三思丧师辱国，又失三关。目下小主在房州，不久为帝，难道我助周不成？

况且薛氏弟兄世代忠良,赤心为国,武后将他满门斩首,难道他子孙不要报仇么?你妹子的师父金刀圣母对我言过,后来与薛孝有姻缘之分。前生已定,孩儿不必如此。"盛虎听了,默默无言。盛龙说:"明媒正娶的好,阵上对亲,岂非苟合?还要三思。"正在此言谈,有军士报进说:"启总爷,关外有鲁国公之孙程千忠将军要见。"元杰问道:"他带多少人来?"军士说:"他一人一骑,四名家丁跟随。"说:"既如此,大孩儿出去请进来。"盛龙领命,接进千忠,来到堂上,宾主相见。

这程千忠也有七旬之外年纪,头发斑白,与元杰年纪差不多。元杰见了程千忠说:"将军到贱地,有何见教?"千忠说起求亲一事,"与薛孝为媒,与令爱求婚。"元杰满口应承。将庚帖送过。千忠接了回去。次日薛刚亲送薛孝同诸将进关。正是黄道吉日,作乐挂彩,当日就在盛府成亲。此话不表。

如今潼关上扯起大唐忠孝王旗号,停留半月起兵,竟往临潼关。三军司命,浩浩荡荡,大队人马,杀奔临潼关,离城十里,放炮停行,一声炮响,安营已毕,明日开兵。

再讲临潼关离长安二百余里,若临潼关一破,长安就不能保,这镇守总兵官名陈元泰。这一日升堂,有探了报进说:"老爷,不好了!薛刚打破潼关,已到临潼关了。请爷定夺。"陈元泰不听犹可,听了此言,吓得魂飞魄散,手足无措。想临潼关乃小小关津,怎能挡住大兵?况且兵微将寡,不如上表进京求救。关上多加灰瓶、石子,紧闭关门,不与你交战,待朝廷救兵到了,然后开兵。

差官星夜到京,见了武三思说:"薛刚打破潼关,事在危急,乞千岁奏明圣上,请救兵保守临潼关,以退薛兵。"武三思听了大惊,如今耽搁不住,抱本上殿,奏知天子。武后见表大惊失色,忙问差官:"薛刚叛贼怎能得到临潼?"差官奏道:"薛刚先居临阳,兴兵三十万,其兵不可挡。打破三关,潼关总兵盛元杰献了潼关,与敌人对亲。今兵已到临潼前了。请旨定夺。"武后传旨，如有人退得薛兵者，官封万户侯。两班文武闭口不言。连问数次，并无人答应。武后大怒。班中闪出武三思奏道："臣闻大厦将倾，一人难扶。且今库藏空虚，都城虽有兵十万，没有良将。愿陛下张挂榜文，有人退得薛刚，重爵加封，彼此出死力以解此危。"武后说："此言甚是有理。"一面将圣谕张挂，一面整顿兵马，援去救援保护。不知后事如何，且听下回分解。

第八十六回

驴头揭榜认太子　梨花仙法斩驴头

适才话言不表，再讲西番莲花洞魔张祖师，这一日在洞中，驾坐蒲团，屈指一算，晓得武则天有覆国之祸，忙唤徒弟薛驴头到来，说："你在我山一十八年，力长千斤，枪法精通。命你下山到长安见你母后，领兵前去活捉薛刚，不可伤他性命。牢牢记着。"薛驴头跪在地下说："弟子不知，望师父说明，好去认父母，以退薛兵。"师父说："你不知么？你父薛敖曹，与武后交好，生下你来，将你抛在金水河中。我救你回山，传授枪法。你母后被薛刚打破潼关，事在危急。作速前往。"

驴头醒悟，带了火尖枪，骑上狮子马，师父又与他一件宝贝，名曰飞铤，祭起拿人。驴头拜别师父，跨了狮子马，把马一拉，四足腾空而去。片时已到长安，按落云头，来到朝门，果见榜文。命军士通报武三思。武三思得报，正在用人之际，急忙请进，说起情由一同来到朝中。驴头朝见说："母后在上，臣儿朝见。"武后一看，见其人诧异，驴马头，人身子，道童打扮，问道："缘何称朕母后？"驴头奏说："臣父薛敖曹，向年与母后交合，生下臣儿，抛在金水河中，被师父救去，今已年长。师父命臣儿下山，立擒薛刚，扫灭薛兵，天下太平。"

武后听了，心中大悦，封驴头太子兵马大元帅，张昌宗为军师，起兵十万，出了长安，来到临潼关。总兵官陈元泰出城迎接。接进千岁、军师，到了帅府，下拜已毕，摆酒接风。他们三个俱是一样格式。你道为何？原来都是酒色之徒。二人一到，就接几个粉头前来陪酒。一个叫作就地滚，一个叫作软如绵。筵散就在帅府房中行乐。二女客极其奉承，弄得太子快活不过。

次日问陈元泰道："薛兵到关几日了？"陈元泰道："前日到的，打关二日，无人出去应战，紧闭关门。千岁到了，传令开关迎敌。"太子说："且慢，明日开兵。行兵打阵之事，再不必提起，只是饮酒，夜间多唤几个粉头陪吾。"陈元泰应喏，奉承得驴头太子不亦乐乎。

军师张昌宗对高力士说："朝廷用酒色之徒为将，国家休矣。武后春秋甚高，其情不忘。不如弃了周朝去投南唐，此事如何？"高力士说："老爷言之有理。"当夜主仆二人逃出临潼，竟往南唐。后来高力士成了阉人，唐朝皇宫内为太监，此后话不表。

再言薛刚领了三军在关外，对诸将说："本帅起兵以来，未尝亲自交锋。今已得四关，这临潼关待本帅亲自讨战。"诸将皆曰："元帅对阵，弟等愿为掠阵。"薛刚大喜，带领徐青、俞荣来到关前，诸将在后跟随，吩咐军士叫骂："那关上的，报与主将知道，大兵到了三日，尔等闭关不出。今若再不出战，要踹进关来，踏为平地。"

关上军士听得，报入帅府："启上将军，不好了。薛军骂了三天，今若不出，要踹进关了。"驴头太子正在吃酒，听得此言大怒，吩咐备狮子马，抬枪，顶盔贯甲，打扮已毕，来到关前，吩咐放炮开关。一声炮响，大开关门，放下吊桥，一马冲出，来到阵前。陈元泰带同三军分立两旁。薛刚抬头一看，见来将生得怪异，莲蓬嘴，尖耳长鼻，铜铃眼；头带紫金盔，身穿索子乌金甲，坐下一匹千里狮子马，声如雷鸣。叫一声："谁敢前来纳命？"

薛刚大怒，拍马向前，把手中棍一起说："留下名来。"太子说："孤家乃当今武后所生驴头太子是也。可知孤家枪法厉害么？"劈面一枪，照前心刺进来了。薛刚说："来得好！"将手中铁棍往上一迎，冲锋过去，带转马来，回手一棍。太子把枪一架，一来一往，战到二十回合，马有十个照面。驴头念动真言，祭起飞锉，一道红光，黄金力士平空将薛刚拿住，只剩得一匹马。

薛葵见父亲被拿，大惊，拍马出阵，不二合又被红光拿去了。徐青、俞荣叫声："不好了！"双马齐出来战。与驴头战到十余合，又见红光飞出，大惊，借土遁而回。驴头太子打得胜鼓回关。这里诸将面面相视，出声不得。咬金见了流泪说："此番拿去，性命不保。报仇之事休矣！"薛强护粮来到，听得兄被拿，大哭，欲同薛蚪、薛孝上去救护。

徐青晓得阴阳，屈指一算说："四将军，元帅拿去不妨，自有仙人相救，明日必到。临潼不日可得。"薛强说："果有此事么？"徐青说："阴阳算定，一些也不错。"薛强无奈，半信半疑，收军回营不表。

再言驴头太子拿了薛刚父子，打入囚车，解往长安，朝廷发落。陈元泰设酒贺喜说："千岁拿了巨魁，功劳非小。"太子说："待孤家明日拿尽了薛氏，班师回京。"当晚在帅府行乐不表。

再言囚车解薛刚父子在路上，薛刚怨气冲天，惊动了樊梨花。她在云端走过，被五鬼星怨气冲开云头，往下一观，方知薛刚父子有难。"待我救了他。"一阵风将薛刚父子提出囚车，往临潼关外，按落云头。薛刚见是母亲，倒身下拜说："母亲久别多年，今日来救孩儿。"樊梨花说："孩儿，你不知驴头邪法多端，待为母的除了他，好进长安。"正在此说，军士报入营中说："元帅回了。"薛强大喜，同众将出营迎接。接进营中，薛强拜见母亲，薛蚪兄弟拜见祖母，众将又过来见礼，自有一番细说不表。

再讲解囚车军士见大风一阵，开眼不得，风息一看，不见了薛刚父子。大惊，忙回报与太子，太子一听此言大怒说："今番拿住，当地斩首。"传令开关，一声炮响，关门大开，冲出阵来，厉声大叫："快叫叛贼早早出来会我。"这里探子报进营中。薛刚大惊。樊梨花说："孩儿不必心焦，待为母的出去斩也。"薛刚甚喜，点起大队人马，来到阵前。驴头太子抬头一看，原来是员女将，说："可教薛刚出来，你是妇人，有甚本事，枉送性命。"梨花大怒，一剑劈面砍来。太子把枪一架，战有数合，太子祭起飞锉，红光一道冲起，被梨花把手一指，红光倒往后去了，梨花把袖一张，将锉收了。驴头见收他飞锉大怒，把手中枪照前心刺来，梨花把剑一指，那枪跌落地下，两手动弹不得，被梨花赶上前，一剑砍死。薛刚母亲砍死驴头，吩咐诸将抢关。陈元泰闭关不及，被众将杀入关中，将陈元泰杀死。取了临潼关，立起大唐忠孝王旗号。樊梨花对诸将说："吾不染红尘，今救了吾儿，我去也。"一阵轻风归山。若知后事，且听下回分解。

第八十七回

狄仁杰一语兴唐　唐中宗大坐天下

适才话言不表，樊梨花化一阵清风而去，薛刚等望空下拜。养马三日，盘查国库。次日起大兵六十万，三声炮响，往长安而来，离城十里，放炮停行，一声炮响，扎营已毕。传令明日开兵攻城。此话不表。

守城军士报入午门，当驾官奏道："驴头太子阵亡，临潼关已失。今薛军六十万，战将千员，其锋不可当。请陛下定夺。"武则天听奏，吓得魂飞魄散，跌下龙床，半时方醒。问道："哪位爱卿与朕分忧。"闪出一位大臣娄师德上前奏道："不若遣一能言舌辩之士，陈说君臣之义，令其罢兵，庶其可解此危。"武后道："卿举何人前去？"娄师德奏道："臣保举谏议大夫前往，可解国难。""依卿所奏。"宣狄仁杰上殿，狄仁杰上殿俯伏。武后开言说："今日兵部尚书娄师德保奏说，卿往薛营，将大义说他讲和退军，回朝朕当加封。"狄仁杰奏道："陛下春秋鼎盛，宾天之后，并无后嗣。今庐陵王乃先帝之子，去周复唐，天下太平。武三思丧师辱国，张君左弟兄纳表不奏，一并拿下，送入刑部天牢，候新主发落。若不依臣，臣不敢往。"

武则天想："所言不差。我八十多岁的人了，朝不保暮，久后必归庐陵王。若不依奏，恐薛刚打入长安，自立为帝，唐家朝代绝矣。"开言道："依卿所奏，传旨将武三思、张君左兄弟二人发下天牢。钦此谢恩。"

狄仁杰退朝，出了长安，来到薛营。只见行营方正，遍处刀枪，千军万马。命军士通报，说朝廷遣谏议大夫狄仁杰求见。军士报进："启元帅，营外有一员朝臣狄仁杰要见。"薛刚说："令进来。"狄仁杰随了军士而入，好齐整，两旁刀斧手直摆到辕门，两边列坐着大小众将，中间坐着薛刚，咬金旁坐。狄仁杰上帐说："薛将军，下官皇命在身，不能全礼。"薛刚忙起身迎说："狄大人此来有何见谕？"狄老爷说："今特来参谒，有一言相告。但不知将军肯容纳否？"薛刚说："大人有话见教，但有可听者，无不从命，如不可行者，不必多言，大人谅之。"咬金见狄仁杰气概不凡，连忙出位逊坐。

狄仁杰公然坐着，开言说："将军起兵，为何旗上扯起忠孝王，倒要请教？"薛刚说："大人不知。我父母遭奸臣所害，今起兵与父母报仇，尽忠于国，小主封为忠孝王。今到都城，长安已破在目下，拿住佞臣碎尸万段，方泄此恨。不必在此饶舌，去罢。"狄仁杰说："将军不必发怒，待下官说明。将军祖父受朝廷大恩，封为王位，封将军登州总兵，圣恩极矣。尔不去为官，劫法场打死长安府。张君左所奏，先帝不准，赐尔金锤一柄，上打奸臣，下打恶人。君待臣不过如此矣。后归山西，尔私进长安，大闹花灯，打死张保，惊死天子，尔之罪不小。周主将尔父拿捉，尔该挺身而出，却公然远避他方。尔父母兄嫂尽忠而死，你不忠不孝，勾连草寇，劫夺关梁。后世叛逆之名难免，请将军三思。"薛刚一听此言立起身，逊狄大人上坐说："末将不明，愿大人教之。"

狄老爷说："将军，你不知目下小主在房州，应迎接到长安为帝。张君左弟兄与武三思，圣上今已拿下天牢，候新主一到，奉旨施行。奸臣可除，冤仇可泄，岂不是忠孝两全。上匡君以报先帝，下救民以安社稷。不知将军心内如何？"薛刚听了大喜，传令去了忠孝王旗号，扯起大唐元帅旗来，差官到房州接驾。狄老爷说："将军前去接小王，待下官回朝同文武大臣打扫金銮，候接小主。"薛刚领命，送出辕门。狄仁杰回都城不表。再将薛刚传令："军士不可乱离队伍，候小主一到，一同进城。取民间一物者，军法枭首。""得令。"

　　再讲庐陵王闻报薛刚得胜，大悦。今差官来接，同了徐贤、魏相、驸马薛蛟一路下来，来到长安。薛刚闻知，同程咬金、四虎一太岁诸将出寨，跪迎俯伏，接进小主，安慰一番，一同进长安。百姓香花灯烛，挂红结彩，满朝文武俱出远迎。

　　咬金传令昭告天地社稷，然后请小主上金銮殿登位，受百官山呼万岁，复国号为唐，是为中宗。圣天子传旨："赐宴百官，君臣共乐。"众官酒过数巡，皆谢恩而散。朝廷退朝，忽报武后宾天。朝廷大哭。次日哀诏颁行天下文武各官，二十七日国丧。非一日之功，足足忙了一月。立韦氏娘娘为正宫，在朝文武各皆升赏。狄仁杰加少保，娄师德为吏部尚书，徐贤封英国公，魏相封太保，封薛刚忠孝王大元帅。薛强袭父职封两辽王。薛孝封红罗都督。薛蛟封驸马都尉。薛蚪封为青州总兵。薛葵封无敌大将军。秦红、尉迟景、王宗立、罗昌、程月虎世袭国公。程咬金年高爵重，无可加封，命家居安享，赐黄金万两，彩缎千端，荣归山东。子铁牛、孙千忠俱封侯爵。伍雄封南阳侯，雄霸为西平侯。大将阵亡者，子孙世袭，在生者各加爵禄，还乡。余外各路总兵，俱皆加级。旨意一下，众皆谢恩，此话不表。

　　再讲次日又出赦书颁行天下，犯十恶大罪不赦，其余流徙斩绞，不论已结未结，已发觉未发觉，俱一概赦免。中宗以前，周朝钱粮尽行赦除。颁行天下，百姓欢呼载道，万民乐业。薛刚上殿哭奏说："臣祖仁贵平定东辽，臣父丁山扫清西番。被奸臣张君左、张君右屈陷，将臣父三百余口尽行杀害，颠倒葬铁丘坟。臣兄子薛蛟，亏徐贤、俞元将亲儿掉换。他子被仙人救去，俱皆下山帮扶。徐青、俞荣大恩未报。武三思助恶不忠。伏望圣上恩仇报明。特此奏闻。武三思、张氏弟兄应该何罪？"天子听言大怒说："朕晓得三人罪恶。吓，王兄你把三人拿来，任凭怎样处置，与父报仇。待朕请罪薛王兄便了。"薛刚谢恩，出朝归府不表。

　　再讲又有旨意下来，命徐青、俞荣认父，封节义侯。命开掘铁丘坟，将两辽王夫妇及薛勇夫妇骸骨归葬山西金项御葬，地方官春秋二祭。命先禄寺备筵，程王伯代朕御祭。将三将斩首，坟前活祭。两辽王府重新起造。不知后回还有何言，且听下回分解。

第八十八回

笑煞程咬金哭煞铁牛　打开铁丘坟报仇雪耻

　　前话不表。再讲程咬金领旨，同薛刚往监中提出三人，来到铁丘坟。摆下祭礼，鸿胪寺读过祭文。程咬金代圣行礼。薛氏弟兄还拜毕，然后望北谢恩。薛刚、薛强大哭，行了八跪八拜；然后薛蛟、薛孝、薛蚪、薛葵俱皆叩首。薛刚立起身来，同了薛强各扯出一口宝剑，叫声："父母兄嫂有灵，今日陛下命程老千岁亲在此赐祭。大仇人在此，孩儿与父母报仇了。"就把宝剑往张君左弟兄心内"豁绰"一刺，鲜血直冒，把手一捞，两指扭出心肝。张氏弟兄跌倒尘埃，两个奸臣往阴司里去了。下面那武三思吓得魂飞天外，束落落乱抖。薛刚、薛强把这两颗心肝放在坟前桌上说："仇人心肝在此活祭，父兄慢慢饮三杯安乐酒，前去超生仙界。"程咬金说："薛两辽，你儿子在此祭奠，放心去罢。"

　　薛刚命将武三思斩首。咬金说："张氏弟兄是尔之仇人，三思他无大恶，乞宽免之。"薛刚依言，将武三思当坟前打了四十大棍，岭南充军。传令将张君左弟兄子孙、满门家丁三百余口斩首东市。

　　吩咐军士匠人掘开铁丘坟。哪里掘得开？是生铁铸成馒头一样，年深月久，不能动弹。薛刚无计可施，只得命薛强打开，越打越亮，薛刚等拜谢天地。只见樊梨花按落云头，叫道："若要开铁丘坟，且待今宵半夜间。待做娘的今夜前来摄去铁盖，好等你安葬。"薛刚听得此言，望空拜谢。当夜弟兄子孙在坟守到半夜，只听得一阵大风，梨花命黄巾力士揭去。一声响，众人一看，不见了铁盖，众皆大喜。大家上前，看见一堆白骨，不分皂白，哪里认得出父母兄嫂骨殖？忙忙然乱到天明。薛刚吩咐军士将榜文张挂，若有人晓得薛千岁骸骨者，官封总兵。不行出首者，将造坟匠人不分男女，一齐斩首。

　　榜文一挂，来了一位老军，名唤王六，来见薛刚说："千岁骨殖我晓得。"薛刚大喜，一同来看。王六说："这一堆老千岁，这一堆大夫人，这一堆二夫人，这两堆大老爷、大夫人。余下这些乱骨，都是家人妇女。"薛刚听了说："你怎么晓得？"王六说："小人向在千岁府中服侍。晓是千岁遇害，小人冲了匠人安排好的。"薛刚称谢，提他官职以报大恩。王六说："小人不敢受封。"薛刚看他不愿做官，赏银千两。王六叩谢而去。薛刚将父母兄嫂骨殖安放杉坊，停在坟中。余骨安放城外埋葬。在坟旁开丧七日，文武大臣俱来吊丧不表。

　　再讲徐青认明了父亲徐贤，抱头大哭，说起衷肠。王氏夫人已生二子，徐青见有了兄弟，拜别父母上山修道。徐贤夫妻不忍儿子离去，再三苦留。徐青说："爹爹、母亲，不必愁烦。师父有言，不可久在红尘，早早回头。"徐贤苦留不住，次日上表辞官，飘然而去。俞荣访问父亲死过多年，窦氏母亲生了一子，也回家去。也上本辞官，往山中去了。

　　再讲程咬金祭过丁山，回家想起我贾柳店结拜三十六人，都已人亡物去。吾今百二十岁多的了，看薛仁贵投军征东平辽，今他孙子开铁丘坟，如今五代见面，好不快活杀人也。呼呼大笑，一口气接不下来，竟笑杀也。

　　程铁牛也有九十八岁的人了，看见父亲死了，大哭一场，竟哭死了。

其子千忠打本进朝说:"臣祖、臣父身死。"天子闻言,亲自祭奠。有百官俱来上祭,忙忙然过了七日。旨下:命千忠送丧归山东安葬。文武百官、薛氏弟兄送出城外,回山东不表。笑煞程咬金,哭煞程铁牛。此回书已说过了。

　　再讲薛刚在京半月,次日弟兄辞皇别驾,往山西安葬。满朝大臣送出都城百里。天子差官到山西御葬。一路下来,逢州过府,俱皆祭奠,扶灵到两辽王府开表。一省文武俱来吊奠。薛刚等守制三年,回朝复命。自不必说。直到唐明皇,薛家子孙还在朝中。唐中宗即位以来,风调雨顺,国泰民安,四方朝贺,安享太平。在位五年而崩。传位玄宗,明皇登基。唐朝共有二十二主,相传三百余年而终。有歌为证:

　　　　唐太高武中睿玄,肃代德宗宪穆传。
　　　　敬宗文武宣宗续,懿僖昭帝与昭宣。
　　　　高宗以后多女乱,肃宗以后多强藩。
　　　　相传二十有二主,几及唐朝三百年。

第八十九回

山后薛强遇旧友　汉阳李旦暗兴师

今日不表武三思弄权之事，且说先朝有一个开国功臣，姓李名靖号药师，晚年学道，云游四方。一日屈指一算，笑说："今皇上气数将终，是有一个新君即位。该是薛强夫妻、子女等三人辅佐，我当往山后指点他。"遂驾起云头，来到山后，把云头落下，在演武场前。时薛强在演武场中，教子习学武艺。

李靖上前一揖道："驸马别来无恙？"薛强抬头一看，认得是李靖，即忙下堂还礼道："前日在小神庙蒙老师指点，得成佳偶，生男育女，时时记念老师，不敢忘情。未知老师今日要往何处？"李靖道："我今日特来指点汝，但此处不是说话之所，请到府中告明。"

薛强遂引李靖来到府中，重新施礼。薛强又唤八子二女亦上前施礼，礼毕坐下。薛强问道："老师此来有何教训？"李靖道："方今大唐皇帝，八月中秋有杀身之害。大位该是高宗王娘娘所生太子讳旦，如今住在汉阳。汝当去辅佐他，方能重整李氏江山，复兴唐朝社稷。"薛强道："气数如此，愚弟子即日兴师前去。"李靖道："依我愚见，你今八子俱皆英雄，二女亦精韬略。况又有九环公主之才，如此威风，何患不克。汝今率公主并八子二女，军士不可太多，只带五百，暗过雁门关，悄悄至汉阳，告知李旦。吩咐李旦发兵之时，亦只要好用五百人，合一千军，分作一百队，只许一将统领，皆要扮做商贾模样，或先或后，接踵而进。到长安时，只要分五十队，进城伏在皇宫左右，俟中秋半夜之时，宫内喧哗，喊杀起来，即时放号炮，会集军士，一齐杀入宫中，锁拿奸人。其余五十队，分伏在四门，缉获叛党，自然成功。汝当毋忽我言。"李靖遂起身告别。薛强又再三留之不住，无奈送出府门。一道紫云，只见李靖跳在云中，作揖而去。

薛强即时进入府中，把李靖之言一一对九环公主说了。孟九环道："李老师往往有先见之明，不可不从。"明早薛强同九环公主一齐到大宛城，将情由奏知国王。国王准奏。薛强遂同九环公主领八子二女，点起五百军陆续起程，暗往雁门关而进。

再言李旦自兴唐宗，请和之后，遂偏安汉阳，每以天下为念，终日训练兵卒，积聚粮草，以待无时。一日升殿，与徐孝德共议大事。徐孝德道："臣昨日观天象，帝心不明，后来必有大患。主公一星朗耀，天下不久必属主公。又兼列宿扶向主公一星，将来必有勇将来助。"忽见黄门官来报说："山后虎头寨武三王薛强举家来此，现今在府门候旨。"唐王命宣进来。黄门官传出钧旨。薛强遂同了九环公主及八子二女相率上殿，行了君臣之礼。唐王离座回礼道："王兄今日到寒国有何见教？"薛强道："臣因前朝李靖颇识天运，下界指点下臣。臣欲举家来助主公，共兴大唐江山。"遂将李靖所教一一说明。旁边徐孝德道："真神人也，主公不可不依。"

李旦大喜，大设筵席款待薛强父子，令后宫胡后亦排筵席，款待九环公主母女。次日乃是八月初一日，李旦选五百多军士，令李贵、袁成守城，自同徐孝德、马周众将人等，偕薛强夫妇、八子二女，共一千军，皆扮做商贾模样，分作一百队，陆续进长安而来。

又言黎山老母在黎山岛屈指一算，知中宗气数已终，派薛强辅佐李旦即位。其中奸党未能尽获，又该薛刚在长安城外缉获，方无漏网,但薛刚乃是凡胎,安能先知其事?必须天魔女下山去指点,方能有济。遂唤樊梨花出来问道:"汝知大唐天子之事乎?"梨花道:"弟子已知皇上气数已终,应该薛强辅佐李旦为君,但虑薛刚不知共成其事耳。"老母道:"然也,你今当下山去指点薛刚成事,待事成之日,速速回山,不可久恋红尘,以加罪恶。"

梨花道:"弟子知道。"遂驾起云头来到会稽,在薛刚门首按落云头。当时薛刚已削去兵权,安顿在会稽,门庭下寥落,只有一个老家人看守大门,忽见樊太君来到,忙入内报知薛刚。薛刚忙出外迎接樊太君到府内,就唤妻子与侄儿并媳妇出来叩见。大家参拜毕,梨花道:"吾儿,我算皇上气数,该有害身之祸。应尔弟薛强辅佐李旦为君。你当引十八家丁,悄悄到长安城外,共拿奸贼,帮助成功。速速前去,不可迟误。我当指引你成事。"

薛刚领命,即便领了家丁,扮做卖药、算命模样,同樊梨花向长安而来。到八月十五日,离长安城只有十里,樊梨花吩咐扎住等候。不知后事如何,且看下回分解。

第九十回

仇怨报新君御极　功名就薛府团圆

　　再说李旦同薛强并将士人等，分作一百队，行到八月十五日已到长安。各队将士陆续进城，四处埋伏停当，准备夜间号炮一响，即出来行事。那武三思这日安排杀君之法，既已停当，走入宫来，适遇中宗在御花园游玩未回，遂悄悄告知韦后："今夜行杀之事，可保无虞，我已决矣。"韦后忙问："如何行弑？"三思道："夜宿卫壮士皆我心腹，无敢违逆我，今已安排妥当。况今夕又是中秋佳节，正好与陛下畅饮赏月，候陛下微醉，暗将药酒毒死。只说是醉后中风而崩，众臣自然无话。明日便可登位，必得行所欲。纵有不测，现有宿卫壮士抵御，不足畏也。"韦后道："此计甚善，宜速行也。"

　　及至日暮，中宗回宫。韦后道："今夕是中秋佳节，当与陛下登楼玩月消遣。"中宗道："正合朕意。"遂唤宫娥及武三思随驾上青桥楼。果见天色无尘，明月皎洁，遂排宴楼中，饮酒作乐。饮至半酣，中宗微醉。暗地里武三思将毒药放在酒里，进上劝饮。中宗吃了一杯，不多时药性发作，跳起身来，大叫一声，呜呼哀哉！妃嫔宫女见君惨死，不觉大惊，喧嚷起来。

　　平时太子重后知武三思有不良之意，是日闻父王与三思在楼上饮酒，心甚不安，暗点几个御林军在楼前楼后听其动静。忽闻楼上喧嚷，又见天星落下如雨，知其有变，遂唤军士杀入。谁知三思亦暗伏军士在楼下，忽见太子杀入，两军交战，喊声大震。外面李旦、薛强等闻得喊声震地，遂放起号炮，四面伏军齐出午门，一齐杀入。

武三思一闻外面杀入，大惊失色，欲从御苑后门逃出，手执宝剑才欲下楼，适太子方到楼门，不提防三思出来，竟被三思一剑砍死。武三思忙忙逃出御苑后门，走到城门，天色微明，城门已开，只见军士相争。三思杂在军中，亦大呼拿人，暗暗逃出南门，走了十里，竟被樊梨花、薛刚一班人拿住，解入城来。城内薛强、马周众将人等杀入午门，逢人便捉。当时武后年七十余，睡觉起来，忽听得呐喊之声动天震地，吃了一惊，不觉跌倒，呜呼哀哉！

韦后正欲逃脱，被薛强拿住。不多时，天已日出，军马稍定，各拿奸人献功。李旦逐一查问，不见了武三思，心甚抑郁。忽见南门走进薛刚，手拿奸犯武三思。李旦并不深究，即令众将千刀砍碎，只要留一个首级，悬在午门外示众。

徐孝德同众将，皆请唐王早即大位，以安人心。李旦再三谦逊，众将固请，然后登金銮殿，即皇帝位，是为睿宗。受君臣山呼万岁毕，令御林军将韦后绑到法场，碎剐其身，又将武后尸首扛出斩首，以报母后王娘娘之仇。韦后一家不论老少，尽行剿灭。凡为武三思同党者，亦皆斩首。其余百官，概不查问，各居原职。追赠王后为皇太后，立胡后为正宫皇后，申妃为偏宫贵妃，立子隆基为皇太子。封徐孝德为太尉、护国军师兼武宁王。封薛强为上将军兼中书令。王钦、贾彪、殷国泰、贾清、柳德、李奇，俱为兴国公。薛霸、薛琼、薛瑶、薛璜、薛璟、薛璞、薛璕、薛魁、张籍、常建高、郭马赐皆为中兴侯。袁成、李贵皆为中兴伯。李相君为镇国夫人。孟九环为秦国夫人。薛金花、薛银花为中兴贤女。大赦天下，免一年赋税。凡前日阵亡功臣，及前朝被杀功臣，俱各加封赐谥，子孙复职。又前朝所表功臣，及削去兵权在家闲住功臣俱各加封职，入京调用。群臣受封，皆叩首谢恩。睿宗就令以王礼收殓中宗，择日安葬。朝罢，诸臣退出。薛刚、薛强及九环公主、八子二女，俱回至薛府。樊梨花先在府中，众人来见毕，樊梨花起身要回山去，薛刚再三苦留。樊梨花道："我灾难将满，岂可又恋红尘，更加罪过。今日来此，是要指点你们立了此功，使你们一门团圆。今你功成名遂，我有何求？"遂驾云而去。

再过几日，薛刚子侄及家眷俱到。大家相见行礼毕，薛刚、薛强就命大排筵席，一家欢喜畅叙，又杀牛宰马，重赏随征军士。文武百官皆来庆贺，足足闹了一月，方安排安定。正是：骨肉团圆，一门欢悦，富贵之盛，一言难尽。有诗为证：

大闹花灯不可当，全家连累走他乡。
多少英雄怀国恨，诸人义气为君王。
阳州保驾扶王室，灭韦除奸姓氏香。
报仇可雪先人恨，复正河山兴李唐。